U0164106

越界跨國
文學解讀

王潤華 ❖ 著

謹以此書獻給我的老師

周策縱

威斯康辛大學榮休教授
著名漢學家、歷史家、紅學家、詩人

自　　序

　　疆界消失在無國界的學術世界中。這是一個大學沒有圍牆，學術無國界的新紀元。從全球化的創新知識經濟來看，民族國家開始終結，我們生活在一個無國界的地球村。不分國界的語言與思維的新典範（shifting paradigm），改變了這個世界，尤其人類的思想概念。以中國中心及其他傳統思維與概念分析文學，不是唯一的一種思維方式。

　　這本論文集書名中的「越界跨國」，不單指跨越民族國家區域的界限，也指跨越學科、文化、方法的、視野的邊界，同時也超越文本，進入社會及歷史現場，回到文化／文學產生的場域。有時也有必要打通古今，進出現代與古代之間，所以這裏解讀的也包括現代與古典文學。中文演變成華文後，華文文學在世界各地蓬勃地發展，因此我們也要突破傳統中國文學的領域。種種跨越，為的就是要設法貼切的去解讀文學作品。

　　這二十四篇論文，共分五輯：跨越學科、多元文化思考、文學現場與資料考古、古今文學詮釋模式與無國界的華文文學。這是說明我們可以從五種不同的角度、視野、方法來思考與詮釋。當然所謂五種是武斷的數目字，你也可以說只有一種，也可以歸納成十多種。

　　遠在進入網路社會以前，還沒有為了因應轉型為創新知識

驅動型的全球化經濟，歐洲與北美一流大學與學者，早已開始大力拆除大學院系與學科間的圍牆，人才不設圍牆，概念不設圍牆，思維不設圍牆，知識不設圍牆。知識一旦不設圍牆，知識的發現，知識的轉移，知識的應用，不但能善用資源，集思廣益，知識也成為實用性很強的文化了。中國現代文學在六、七十年代在西方，尤其美國，發展迅速蓬勃，就因為一大群來自不同學科的學者，包括社會、歷史、政治、哲學、西洋文學的學者，進入中國現代文學的領域，知識整合所帶來的綜效（synergies），使得現代文學具有國際的視野，走向多學科、多方法。從歷史語言到以文學論文學、文本細讀、文化批評，都有所發揮。目前學術界強調的跨學科研究（multidisciplinary studies）的精神與方法，早在六十年代開始用在中國文學、現代文學研究中。

我在美國威斯康辛大學受過上述的學術訓練，尤其深受我的指導老師周策縱教授影響。他的歷史語言學（philology）、文化考古（古典文學）、文化研究（五四運動），無國無界、不分古今的研究領域，樣樣都精通，都使用。我一輩子都在向他學習。再加上我出生的多元文化的後殖民社會環境，華人的邊緣位置，然後又走過後現代後結構的情況，這促使我更從東南亞本土文化的思考去解讀中國現代文學、後殖民文學，更肯定華文邊緣文學的重要位置。

原來傳統的學術研究疆界消失後，這本論文集中各輯，從跨越學科到越界跨國到華文文學，是我近年研究與教學之旅的路線圖，在民族國家的終結，無國界的世界，回歸人的本位，讓每個人重新思考，不要迷失在族群國家意識形態中。每個人需要一張自己的地圖，我這張研究路線圖，希望對正要出發的

年輕學者，對他們的研究方法與方向，會帶來啟發與思考。

王潤華

二〇〇三年十月於元智大學

目錄

第三輯...文學現場與資料考古

第四輯...古今文學詮釋模式

第五輯... 無國界的華文文學

第一輯

跨越學科

中國現代文學研究的新方向

──跨越學科

一、一門年輕的學科

劉若愚在1975年，曾發表一篇關於中國文學研究在西方的歷史與現狀的考察報告，他認為西方的中國文學研究到了1960年代，便開始脫離漢學（Sinology），成為一門獨立的學科（discipline）[1]，因此原來屬於中國文學研究中的一環的中國現代文學研究在西方的歷史也不會太長久，葛浩文（Howard C. Goldblatt）說，在美國「以中國現代文學的某些專題作研究，撰寫博士論文，在1952年以前是沒有的，要到1953年才陸續出現」，他承認「七十年代以前，美國學者對於中國現代文學還不太注意，研究成果也不算豐富」。[2]嚴格地說，即使在中國大陸，現代文學研究的起飛年代也很遲，王瑤在1984年仍說「中國現代文學研究是一門年輕的學科」：

> 直到近年，才開始轉入日常的學術建設，對現代文學進行冷靜客觀、具體細致、事實求是的分析與考察，顯示了紮實深入、穩步前進的趨勢。[3]

樊駿在1983年也有相似的看法：

> 從二十年代到四十年末的二十多年間，從事這項工作的
> 人數有限，把它作為一種專業、一門學科看待的人更
> 少，還沒有專門從事現代文學研究的學者，研究成果也
> 大多散見於作家作品評論，或者附屬於中國文學史的整
> 體研究中。這就是說：中國現代文學研究尚未從一般的
> 文學批評、從整個中國文學研究中分離出來，成為一門
> 獨立的學科。[4]

　　五十年代以後，雖然隨著大專院校現代文學課程的開設，
逐步形成現代文學研究與教學的專業學者群，標誌著現代文學
開始成為獨立的學科，但受了庸俗的社會學架構之影響，即以
政治鑑定代替文學評價的干擾與破壞，所以中國文學研究之危
機在1970年代末期才算結束，正如王瑤所說的，「直到近年」
才開始打破禁區，擴大研究領域，增加研究課題與方法。[5]
　　雖然中國現代文學研究的歷史，不管在西方、中國和其他
地區，都不很長，以本文的篇幅和個人的能力，不可能對整個
世界的中國現代文學研究的歷史發展、現狀及未來的趨勢，加
以詳盡的評述和分析。因為在短短的一、二十年內，中國現代
文學研究的進展及其研究成果是驚人的。在美國，中國現代文
學專題研究在五十年代才出現，到了七十年代，正如葛浩文
說：「美國學者研究之中國現代文學不僅成果豐碩，而且興趣
很濃，幾乎蔚成風氣。」[6]而在中國大陸，雖然進入八十年代
以來，才能放心「專注於正常的學術思考和科學探討」，其成

長之快速是驚人的，現在「每年發表論文千餘篇，出版專著幾十種」[7]，只要翻閱每期的《中國現代當代文學研究》[8]便令人相信和驚訝。當今世界另一個重要的中國現代文學研究地區日本，自從在七十年代中期以來，因為第三代中國現代文學研究學者的出現，大大打破以前為日本最高學府如東京大學、京都大學少數教授壟斷的現象，學者群與研究著作都日愈增加，研究的作家與課題，甚至方法也多樣化。[9]

其實中國現代文學研究在世界各國的發展及其現況，多年來已是極受關注的課題，目前已有不少學者發表有關這方面的研究報告。劉若愚在1975年發表的〈中國文學研究在西方的發展歷史、趨勢與前景〉分析了古典與現代中國文學研究在西方的情況[10]，接著有三篇極重要的考察報告：戈茨（Michael Gotz）在1976年發表的〈西方對中國現代文學研究的發展〉、葛浩文1979年的〈中國現代文學研究的方向：從美國學者研究情形談起〉、及樂黛雲1984年的《中國現代文學研究在國外》。[11]他們三人分別從不同的角度，採用不同的資料研究來說明西方現代文學研究的各個問題。至於有關中國大陸的現代文學研究情況的研究報告，那更是舉之不盡。其中王瑤、樊駿等二十多位學者的研究述評現收集於《中國現代文學研究：歷史與現狀》，論述甚詳。[12]中國社會科學院所主編的年度《文學研究年鑑》，每年都有一篇《中國現代文學研究述評》。[13]關於日本方面的研究，我在1987年曾發表〈中國現代文學研究在日本〉。[14]

除了這些述評性的研究報告，現在還在資料性的目錄參考書，更具體的、詳細的讓學者一目了然的掌握整個研究成果。這些目錄有些是一般性的，有些是以小說、詩歌等文類為專

題，有些則以個別作家為專題。譬如關於中國現代文學的研究
與翻譯，季博思（Donald Gibbs）和李芸貞編的《中國現代文
學翻譯與研究書錄》，在1975年出版的幾年內，實在很好用，
在任何一個現代作家條目下，以西方各種語文撰寫的博士論
文、專書、單篇論文、翻譯，都一目了然。[15] 例如楊力宇與茅
國權編的《中國現代小說翻譯與研究書目》使人很容易掌握住
西方對中國大陸及臺灣現代當代小說的研究成果。[16] 在中國大
陸的研究著作雖多，每一期的《中國現代當代文學研究》都能
相當完整反映全國各地的研究著作。[17] 同樣的，日本每幾年出
版一次的《現代當代中國文學研究文獻目錄》也能完整掌握往
日本的現代文學研究的行情。[18]

　　本文的目的，不是對研究狀況的述評，或是資料性的評
析，主要是從一個新加坡人的觀點，去考察和評析中國現代文
學研究在東西方各地區的治學方法、學術思潮、研究領域與成
就。我從臺灣的大學走向現代文學，浸濡在美國研究所學術界
很久，最近二十年在新加坡做研究，遠離西方與中國、日本、
臺港，我相信這種距離能給我在看問題時，帶來很大的客觀
性，當然也有很大的局限性，因為我強調的只是我所看見的、
我所熟悉的有關方面。

二、來自不同學系的學者陣容

　　劉若愚在上面引述過的研究報告〈中國文學研究在西方的
新發展、趨向與前景〉中，有幾項重要的結論值得我們特別留
意。首先他指出，在1960年到1970年間，中國文學研究在西

方蓬勃的發展起來。有關這方面學術著作的出版，大幅度的增加，便是最好的證據。劉若愚教授列舉亞洲學會出版的《亞洲研究年度目錄》(*Bibliography of Asian Studies*) 中的1962與1971年度的出版專書與論文數目，來說明從事中國文學研究的學者及其著作的眾多。下面除了劉若愚教授列舉的，我又增加1984及1985年度的著作目錄，由此更可見到近二十五年中國文學研究的成長過程[19]：

年度	專書	單篇論文	博士論文
1962	17	46	6
1971	50	35	17
1984	47	266	不詳
1985	47	382	不詳

　　劉若愚教授指出，尤其在美國，以中國文學作為研究專長的學者日愈增加，使中國文學研究在1970年代中期已成為一門獨立的學科，不再是附屬於漢學的一部分。學者把自己的專長與研究範圍限於中國文學之內，因此他們願意被看作中國文學專家，而不是漢學家。在劉若愚評析的許多中國文學研究著作中，有三分之一是中國現代文學研究的學術著作，他本人對現代文學毫無興趣，卻有這麼多這類著作出現在他的論文中，清楚地說明中國現代文學研究在西方的發展，幾乎已達到與古典文學研究並駕齊驅的境界，同時也說明它已從漢學脫離，成為一門獨立專門的學科。戈茨的研究報告〈中國現代文學研究在西方的發展〉發表於1976年，比劉若愚的只晚了一年，他的結論指出，在過去二十年間，中國現代文學研究已不再是漢

學的一部分，而是一門獨立的學科：

> 在過去二十年左右，西方學者對中國現代文學嚴肅認真
> 的研究已大大的發展起來，可以名副其實到了稱為「學
> 科」（field）的階段。中國現代文學研究已不再是附屬
> 於漢學的一部份，它已經從語言、歷史、考古、文學研
> 究及其他與中國有關的學術研究中脫離，自成一門獨立
> 的學科。[20]

　　中國現代文學研究在西方為什麼發展得這麼迅速？戈茨的看法很有見地，因為在第一個發展階段中，許多不同學科的中國專家群，他們原來是研究歷史、社會學、政治學、西洋文學，突然由於環境與生活的需要，紛紛改行研究中國現代文學。在1960年代中成名的學者中，像許介昱，一開始就專攻中國現代文學，從1959年的博士論文《聞一多評傳》開始[21]，一直到1982年逝世時，始終為現代文學效命。可是他在西南聯大念的是外文系，後來在密芝根大學讀碩士，本行卻是英國文學，因此要找一位從大學到博士的訓練，全是正統中文系出身的，恐怕難於找到。目前我只知道一位，他是柳存仁。他在北大和倫敦大學的學位，全是研究中國文學。雖然他最大的成就在古典領域裏，他對現代文學也有極大的貢獻。[22]

　　在美國第一代的中國現代文學學者中，他們幾乎是從別的學科轉行過來的。像周策縱原是密芝根大學的政治系博士，李田意是耶魯大學歷史系博士，夏志清和柳無忌都是耶魯大學的英文系博士，其他學人像王際真、陳世驤、夏濟安、盧飛白、施友忠都是英文系出身。這些第一代學人，離開中國時，已有

舊學造詣，中國現代文學在親身參與或耳聞目染中，也有基礎，當他們把其他學科的治學方法拿過來研究中國現代文學，則很容易開拓領域，發現新問題。由於從多學科的觀點與方法著手，周策縱的《五四運動史》才能成為研究現代中國社會、政治、文化、思想和文學的一本重要著作。[23] 夏志清的《中國現代小說史》至今仍是研究比較文學和中國現代文學的權威著作[24]，主要原因是夏志清在研究中國小說之前，已對世界小說理論與著作有研究，這部書正實現了海陶瑋（James Hightower）的預言：

> 以往從事中國文學研究的人，多半是對異國文學缺乏深切認識的中國學者。現在我們需要受過特別訓練的學者，通曉最少一種為眾所知的其他文學的治學方法與技巧，由他們把這些治學方法與技巧應用於中國文學研究上。只有採用這樣的研究方法，中國文學才能得到正確的評價，西方讀者才會心悅誠服地承認中國文學應在世界文壇上占一個不容忽視的地位。[25]

這種趨勢一直發展到今天，雖然像戈茨所說，「學者們愈來愈更加傾向文學分析」[26]，還是不少原來非研究中國現代文學的人，進入這一研究區域，主要是受學科與學科間的科際研究（Interdisciplinary Studies）之學術風尚影響。這些學者將文學與和人類生活上如哲學思想、宗教、歷史、政治、文化銜接起來，給我們帶來廣面性的方法，幫助我們從各種角度來認識文學，使文學研究不再是片斷和孤立的學問，甚至可以將研究中的真知灼見和結果，文學與非文學的學科互相運用。因此目

前美國研究中國現代文學的學者中，仍舊很多這類學者。譬如在一本《文學與革命》的論文集中，有兩篇討論中國現代文學與革命的論文，作者史辯士（Jonathan Spence）和紀森（Lawrence Chisolm）都是擅長科際研究的學者，前者原是耶魯大學歷史系博士，後者為耶魯大學美國研究博士。他們近年來，還是有繼續本行研究，史辯士研究清代問題，紀森探討美國與亞洲文化交流問題。[27]另一本1985年才出版的論文集《魯迅及其遺產》[28]，所收集的文章都很專門，所有十一位作者中，竟有六位原來不是專攻純文學的學者：

1. 李歐梵：臺大外交系畢業，先到芝加哥讀國際關係，後來轉哈佛大學專攻中國近代思想史，得碩士及博士學位。
2. 林毓生：芝加哥大學歷史系博士。
3. 亨特（Theodore Huters）：史丹福大學政治系博士。
4. 何大衛（David Holm）：耶魯大學東南亞及蘇聯史博士。
5. 戈曼（Merle Goldman）：哈佛大學遠東史博士。
6. 愛博（Irene Eber）：克爾蒙學院亞洲研究（思想史）博士。

由此可見中國現代文學研究專家陣容在西方的複雜性。正因為如此，學術研究課題與方法，就特別的獨特、深入和廣闊。反觀亞洲，不管在中國大陸、臺灣、日本，就很少人打破傳統，以別的學科的治學方法與觀點來研究中國現代文學。在中國大陸與臺港，學西洋文學的不少從事中國現代文學研究，

在日本，學日本或西洋文學的也研究中國現代文學，因此帶來很多新創見，不過他們所學到底還是屬於文學的範圍內，不像美國學者那樣突破研究學術研究領域的界限，使文學研究不再是與別的學科孤立存在的學問。

三、博士論文爲主要學術著作的時代

劉若愚在上述的研究報告中，引用了許多西方學者的學術著作，用來說明中國文學研究領域大大的開拓了，譬如每個時期的文學、各種文體的作品、個別作家與作品都受到注意，此外研究方法也多樣化，從傳統的歷史、傳記的方法到比較文學、西方文學批評的方法，不一而足。劉若愚本人一向對中國現代文學沒有興趣，可是在他列舉的論著中，有三分之一是研究中國現代文學的著作，由此可見，當中國古典文學脫離漢學，成為獨立的學科的時候，現代文學也已經自立門戶了。下面是劉若愚論析的有關中國現代文學研究的專書，它能說明西方現代文學發展的許多意義，我現在抄列出來，後面括號內的中文說明是我所加註上去的：

1. D. W. Fokkema, *Literary Doctrine in China and Soviet Influene 1956~60*, The Hague: Mouton, 1965（1965 年荷蘭萊頓大學博士論文）.

2. B. S. McDougall, *The Introduction of Western Literary Theories into Modern China, 1919~1925*, Tokyo: Center for East Asian Cultural Studies, 1971（1970 年澳洲雪梨

大學博士論文）．

3. Mariian Galik, *Mao Tun and Modern Chinese Literary Criticism*, Wiesbaden: Franz Steiner, 1969（1966年捷克東方學院博士論文）．

4. David E. Pollard, *A Chinese Look at Literature: The Literary Values of Chou Tso-jen in Relation to the Tradition*, Berkeley: University of California Press, 1973（1970年英國倫敦大學博士論文）．

5. C. T. Hsia, *A History of Modern Chinese Fiction*, New Haven: Yale University Press, 1961.

6. Julia Lin, *Modern Chinese Poetry*, Seattle: University of Washington Press, 1972（1956年美國華盛頓大學博士論文）．

7. David Roy, *Kuo Mo-jo: The Early Years*, Cambridge, Mass: Harvard University Press, 1971（美國哈佛大學博士論文）．

8. Leo Oufan Lee, *The Romantic Generation of Modern Chinese Writers*, Cambridge, Mass: Harvard University Press, 1973（美國哈佛大學博士論文）．

9. Joseph Lau, *T'sao Yu The Reluctant Disciple of Chekov and O'Neill*, Hong Kong: Hong Kong University Press, 1970（美國印地安那大學博士論文）．[29]

　　上列九本書，只有第五本夏志清的《中國現代小說史》是例外，這是他拿到博士後的著述，其他八本原來全是作者的博士論文。雖然其中兩本分別在日本與香港出版，這些論文全是

歐美澳大學的博士班畢業論文。這個現象說明一個事實：中國現代文學研究在西方，所以一開始就有大量紮實、有深度、有見解的著作出版，而且多是大塊頭的，因為這些著作都是博士畢業論文所構成。如果不是遇上當時歐美澳大量培訓中國現代文學研究生，那中國現代文學研究的發展，一定會緩慢得多，而且研究成果也不會如此驚人。在中國，現代文學研究在二十年代就開始，可是沒有研究院的正式培養專家，在幾十年內都不怎麼上軌道，研究成果始終停留在講義大綱，或一般的文學批評中。這種困境與危機，一直到1976年後才解除。[30]

中國現代文學研究在1960年代就開始被歐美大學納入大學課程和學位論文，到了1970年代則更為重視。目前有兩本書錄記錄了這個發展歷史，那就是《關於中國之博士論文，1945～1970》及《關於中國之博士論文，1971～1975》。[31]在1945至1970年的二十五年中，研究中國文學的博士論文，共有142篇，其中38篇以中國現代文學為研究課題，它占全部中國文學論文的百分之26.7。而這38篇論文中，頭二篇完成於1947年，12篇完成於1951至1959年間，其餘24篇在1960～1970年間，由此可見現代文學研究在西方在50年代開始被接納，到了60年代，則日愈受到重視，而到了1971至1975年，在五年內中國文學博士論文竟猛增到116篇，其中33篇為有關中國現代文學的論題，共占全部論文的百分之28.4，這又說明了古典與現代文學成為獨立學科後蓬勃發展的事實。可惜目前還沒有1976年以來的中國現代文學博士論文統計數目，因為《關於中國之博士論文》第三冊還未見出版，我相信現代文學博士論文在過去十五年是一定大有增加，早已超過百分之30。

　　細讀《關於中國之博士論文》中的現代文學論文篇目，我們又可以了解另一個事實：1945～1960年間的15篇論文中，歐洲占了11篇，而且以東歐最多，美國大學只有五篇，可見當時的研究重鎮在歐洲（特別是東歐與蘇聯）。可是從1961到1970年，美國大大超越了歐洲，已遙遙領先，在30篇中國現代文學論文中，只有11篇出自歐洲大學，另1篇澳洲大學，其餘全是美國大學的產品。論文的分布地區很清楚地告訴我們中國現代文學在西方的發展情形。如果把美國、加拿大、英國、澳洲放在一起，這些英語國家地區的大學，便是當今中國現代文學研究在中國以外最重要的中心。

　　賴淑敏在1974年曾收集1945至1974年在歐、美、澳、香港、臺灣、新加坡等地區之518篇有關中國文學之碩士和博士論文，亞洲大學占391篇，西方127篇。最奇怪的，37篇研究中國現代文學的論文中，全是出自西方大學（包括澳洲），亞洲大學（蘇聯不算在內，日本、中國大陸當時沒有資料，也不在內）竟沒有一篇。[32]這個叫人驚訝的事實，也同時說明中國現代文學研究在今日漢學界之崇高地位，是由於歐美大學領先承認其研究價值與地位所造成的。

　　在1991年的今天，中國現代文學研究的地位在世界各地已逐漸提高。在日本大學，丸山升說，東京大學的研究生，有一半以中國現代文學為研究對象，其他大學也大致如此。[33]不過在臺灣、香港、新加坡、馬來西亞，研究中國現代文學的碩士學位大有增加，但博士論文似乎還未多見。在中國大陸，現代文學在大學的地位，自1976年以來，隨著碩士、博士班之設立，大量的研究生開始以現代文學作為研究對象，這是令人欣慰的事。目前這些碩士和博士論文，很多已出版成書，構成

每年極重要的研究成果。譬如王富仁的《中國反封建思想革命的一面鏡子：〈吶喊〉〈彷徨〉綜論》，原是1984年北京師範大學中文系的博士論文，陳平原的《中國小說敘事模式的轉變》，本是1987年北京大學中文系的博士論文，王友琴的《魯迅與中國現代文學震動》出自北京中國社會科學院1988年的博士論文。[34]由於學位論文都是由專家指導下苦心研究的學術成果，因此當它從學位論文經過修訂，出版成書，流入學術市場中，我們自然發現中國大陸的研究成果在十多年來已有重大的突破和驚人的創新。

我在本文第二節所列的歐美出版統計數目中，在1962和1971年的出版專書與單篇論文，數目相距不大，可是到了1984年，專書47本，單篇論文226；1985年，專書47本，單篇論文382，這些數目字顯示，歐美的中國現代文學研究著作已突破了學位論文稱霸的時代，專書多數是根據博士論文改寫而成，單篇論文大量之出現，表示專家已成長，至少以目前看非學位的論著比學位論著要多，這顯示中國現代文學研究已進入昌盛成熟的歷史階段。我在〈中國現代文學研究在日本〉一文中，也曾指出，那裏的研究已很普及化，並不限於大學的圍牆之內。[34]

四、華籍學者與美國的中國現代文學研究

自第二次大戰以來到1975年，在歐洲和北美大學完成有關中國各種課題的博士論文，多達3,801篇。其中產量最多的國家是美國（2,685）、德國（279）、法國（235）和英國

（218）。近十五年來的統計數目如果有的話，相信美國比別國
會更多。毫無疑問的，她在培養中國現代文學研究學者方面，
貢獻最多。目前在中國大陸和日本以外的學者，絕大多數出自
美國大學。而在美國的大學中，根據1971～1975年中國問題
博士論文數目來推論，又以下列大學為最多：柏克萊加州大學
（85）、哈佛大學（78）、哥倫比亞大學（54）、密芝根大學
（49）、芝加哥大學（48）、威斯康辛大學（47）、史丹福大學
（46）、印地安那大學（34）及康奈爾大學（32）。[35]平常我們
在西方的中國研究期刊上所看見的論中國現代文學的作者，絕
大多數出自美國各大學，即使在中國大陸以外的華人學者中，
也是如此。我現在試把二本《關於中國之博士論文》中的華人
學者同時又是中國現代文學專家照先後畢業秩序列於下面，並
註明年代、大學與研究範圍：

1945～1970年間獲博士的華籍學者名單
金愛麗，1951，哈佛大學，現代。
劉君若，1952，威斯康辛大學，古典。
陳　欣，1953，芝加哥大學，現代。
周策縱，1955，密芝根大學，現代。
柳存仁，1957，倫敦大學，古典。
許介昱，1959，史丹福大學，現代。
劉紹銘，1966，印第安那大學，比較、現代。
莊信正，1966，印第安那大學，比較、古典。
陳幼石，1967，耶魯大學，古典。
葉維廉，1967，普林斯頓大學，比較、古典。
王靖宇，1968，康奈爾大學，古典。

楊世蓬，1968，威斯康辛大學，戲劇、現代。

胡耀恒，1969，印第安那大學，比較、現代。

李歐梵，1970，哈佛大學，現代。

在1970年間獲得其他學系博士，而後加入現代文學研究陣營的學者還有很多，成就較大者如夏志清、顏元叔、盧飛白（英文系）、林毓生（思想史），便是一些代表。

1971～1975年間獲得博士學位名單

郭大夏，1971，威斯康辛大學，古典。

王靖獻，1971，柏克萊加大，比較、古典。

楊力宇，1971，史丹福大學，古典。

董保中，1971，克拉蒙學院，現代。

陳炳良，1972，俄亥俄大學，古典。

鍾　玲，1972，威斯康辛大學，比較、古典。

王潤華，1972，威斯康辛大學，古典。

傅述先，1972，印第安那大學，比較、古典。

許世文，1972，劍橋大學，現代。

張振翱，1973，華盛頓大學，比較、現代。

梁佳蘿，1973，倫敦大學，現代。

杜國清，1974，史丹福大學，古典。

洪銘水，1975，威斯康辛大學，古典。

蔡梅溪，1975，柏克萊加大，比較、古典。

另外在1975年至今的十五年中，歐美大學又培養了很多學者，可惜《關於中國之博士論文》第三冊尚未見出版，不能

將名單列出，就我熟悉的博士後常有這方面著述的，就有黃維樑、黃德偉、鄭樹森、林綠、黃碧端、吳茂生、王曉薇、王德威等。自70年代以來，香港、日本、新加坡、臺灣地區大學也培養了一些專門研究中國現代文學的學者，近年來著作較多者有黎活仁、盧葦鑾、黃坤堯、林萬菁、張漢良等。[36]

我所以不厭其煩的把這許多學人的姓名及其研究範圍註明出來，是因為它說明了現代文學研究發展的新方向。首先它顯示中國現代文學研究者的學術方法與視野是多元性的。他們至少在二個以上的學系中受過不同的學術訓練。這種培養與訓練，打破了中國傳統的學術規範，即使同時代的非華人學者也是如此，我在第二節中已舉出一些西方學者作為例子。在上面幾十位華籍學者中，從大學到博士，三個學位都是主修中國文學的少之又少，其中恐怕只有柳存仁、洪銘水、陳炳良、黃維樑、黎活仁等幾位。其中絕大多數在學士學位時，讀西洋文學，到了碩士博士才以中國文學為專業。即使如此，博士論文還是以中國古典文學或比較文學作為研究專題占大多數。博士論文以現代文學的反而比古典少。這批現代文學研究學者，實現了周法高的企望：「普通學科的根底要打好，例如研究中國文學的人對西洋文學方面要選讀幾科才行。」[37]而且也正如海陶瑋所強調，他們「通曉最少一種為眾所知的其他文學的治學方法與技巧」[38]，然後運用到中國文學研究上。有一些學者，還繼續如第一代學人的精神，跨越科系之界限，來研究現代文學，林毓生、李歐梵便是例子。

目前在西方大學的第一代中國學者像陳世驤、夏濟安、許介昱等人已逝世，其餘學者像王際真、李田意、施友忠、柳無忌、柳存仁都已退休，還有好幾位也在幾年內退休，像夏志

清、周策縱等人。上列名單中的華籍學者目前在北美、香港、臺灣、新加坡逐漸日形重要，取代了第一代的學人。在中國大陸以外出版的學術刊物、論文集，主要就是這批學者，如果加上與他們同時候畢業的歐美籍學者，可以說他們統治著目前中國大陸、日本以外的中國現代文學研究的學術界。也因為有這一批華籍學者在努力研究，特別在1980年前，我們才擁有比較紮實的用華文撰寫的中國現代文學研究著作，要不然，就會被英文與日文的著作所專美。目前沒有一本關於中國大陸以外世界各地華人以中文論中國現代文學的著作目錄，但從溫儒敏編的〈中西比較文學研究資料要目〉中有關現代文學研究的專書與單篇論文，就知道以中文撰寫的學人，主要就是出自上面名單中歐美大學訓練的學人。[39]

五、多學科、多方法的研究途徑

二十世紀的學術研究趨勢是走向專門、精細、深入，漢學籠統的作風已成過去，尤其漢學部門繁多，一個人的精力時間有限，不能兼顧，因此這種學術發展路線促使中國文學從漢學中獨立，甚至中國現代文學研究也脫離中國文學成為獨立的一個學科。但是學科專門分科的同時，又注意到學科與學科間的關係，特別是那些基本學理，如研究文學的，應該懂得一些世界性的文學作品及基本文學理論，研究中國語言學的必須通曉普通語言學的原理和方法，不過還需要跨越科系，兼通文學、思想、歷史、社會的人來研究中國現代文學，常有出乎我們想像之外的好處與成就。

　　第一代的學者，除柳存仁例外，他自北大到倫敦大學，專治中國文學，其他學者如王際真、陳世驤、柳無忌、夏濟安、夏志清的專業訓練都是西方文學，雖然他們在離開中國時對中國文史都有極高的造詣。就因為他們對「通曉最少一種為眾所知的其他文學的治學方法與技巧」，而且把這些治學方法與技巧應用於中國現代文學研究上，夏志清就因為採用這樣的研究途徑，他對中國現代文學的研究著作，「中國文學才能得到正確的評價，西方讀者才會心悅誠服地承認中國文學在世界文壇上占一個不容忽視的地位」。夏志清在1961年已出版的《中國現代小說史》，恐怕是最早以文學論文學，以「文學分析」（literary analysis）來研究中國現代文學的典範之作。林明慧的《現代中國詩歌》先是博士論文（1956），後來出版成書（1972）也是較早的「分析」研究之一。[40] 一直到今天，上述幾十位華籍學者，給中國現代文學帶來的中英文的「分析」著作，算是一大貢獻，因為在中國，由於長期存在的「以政治鑑定代替文學評價」的強行文學政策之存在，沒法推行「文學分析」，在日本的學者，也深受中國「左傾」之影響，因此這種研究便全靠歐美的博士學者了。80年代以來，中國大陸在這方面急起直追，王瑤在1984年說：

　　　　如果說過去分析作家一般偏重其政治傾向和社會思想的話，那麼今天還同時重視作家的美學觀點和藝術特色，以前著眼於作品的主題、題材，主要在說明作品的社會內容和思想意義，現代則除此之外還要探討它的藝術風格和美學成就，現在作家的藝術個性受到了普遍的重視……這樣，就使得作家作品的研究不但打破了「千篇一

律」的局面，而且更切合文學藝術本身的特點，真正成
為「文學」的研究，具有了「文學的眼光」。[41]

　　從王瑤等合著的《現代小說名作賞析》，錢理錢、吳福輝
等人的《中國現代文學三十年》等書，可看到文學分析研究在
中國大陸已經成長起來，而且已經開花結果。[42]

　　跨越科系的早期學人，周策縱便是其中一位，他在進出文
學、思想、歷史、政治之間，為五四運動找到較完整的定義，
所以他的《五四運動史》成為各種科系學者的重要參考著作。
李歐梵自己所走的學歷道路，從外文系到國際關係，再從近代
思想史到中國現代文學，正代表跨越科系的學術發展趨勢。他
的著作《浪漫的一代》、《鐵屋子的聲音：魯迅研究》和《中
西文學的徊想》是文學和思想史的結晶。[43] 後來他主編的《魯
迅及其遺產》更集合了一批學術背景與他相似的學者而寫的一
部多種途徑、多種觀點，探討魯迅的著作。

　　在運用西方的文學批評方法來探討中國現代文學的著作
中，比較文學占了最重要的部分，比「文學分析」更多。上面
所列博士論文研究範圍已顯示出很多以比較為主修，還有一些
以比較為副修的並沒有註明。我覺得以比較文學來探討現代文
學，是歐美、港臺華人學者及日本學者最特別的貢獻。中國大
陸在70年代末期門戶開放後，馬上就注意到這方面的特殊成
就。溫儒敏說「他們在這方面所作出的成績是能引人注目
的」。他編了一本《中西比較文學論集》，書中收了二十三位學
者的論文（只有三位是歐美籍，其他全是華籍），除了陳慧
樺、張漢良及樂衡軍三人，其他全是西方大學的博士，其中葉
維廉、吉布斯、陳慧樺、黃維樑、張漢良、侯健、顏元叔、周

英雄、王靖獻、鄭樹森、王潤華、麥克杜戈爾等人都有很多現代文學的研究著作。[44]

臺灣從1967年開始提倡比較文學，至今訓練了不少比較文學博士，他們對古典文學的比較研究成就很大，而現代文學的成績平平，因為臺灣幾十年來把五四以來的現代文學列為禁區。但對臺灣50年代以來發展起來的現代文學，卻有特別多和優異的研究。李達三在1978年出版《比較文學研究之新方向》時，說中國大陸沒有任何的比較文學研究。如果他今天才寫那本書[45]，那他需要比臺灣更多篇幅來評述比較文學在中國大陸的發展。樊駿指出：

> 近年來，中外學術交流工作開始活躍起來，我們翻譯介紹了國外的一些研究成果，有些同志嘗試著採用西方流行的比較文學，結構主義來分析作家作品。西方學者往往注意到我們忽視的方面，提出一些引人思索的見解，又比較重視藝術分析，有的分析相當細致。這些都有值得借鑑參考之處。

因此正如王瑤所看到：

> 近年來關於中國現代文學與外國文學關係的研究，主要集中在兩個問題上：一是探討中國現代文學在發展過程中所受外國文學的影響，一是總結中國現代文學在處理吸收外來文化與民族傳統的關係。[47]

中國近年出版的《中國比較文學年鑑》及《中國比較文學》

內的研究現代文學論文[48]，反映了以比較方法研究古典現代文學成了非常熱門的話題。著名的中國學者的著作很多都以這途徑探討中國比較文學，如樂黛雲《比較文學與中國現代文學》、嚴家炎《中國現代小說流派史》，孫玉石《中國初期象徵派詩歌研究》與《野草研究》和王富仁的《魯迅前期小說與俄羅斯文學》。[49]像樂黛雲和王富仁所走的路就很像歐美訓練的華籍學人，他們兩人對中國與西洋文學都有研究，後來專治中國現代文學與比較文學，是跨越科系的華人。

由於受到西方美學價值觀與文學批評的學術訓練，歐美訓練的學者，在60年代開始就肯定了許多作家像郁達夫、巴金、沈從文、老舍、周作人、徐志摩、曹禺、李金發等人的文學成就，中國大陸在80年代後才恢復他們的作品在文學史上應有的主流地位。當英美學人注重藝術成就的作家的同時，東歐以普實克（J. Prusek）為首的布拉格學（Prague School）學者則偏重左派作家，而且注重研究革命文學的理論與歷史發展，不像英美地區學者，強調文學分析。他們嘗試向前探討，去發現革命文學的根源在更早期的中國文學裏，不是英美派所強調的所受西方的影響。[50]

到了70年代，英美及西歐學者開始向前推展，臺灣自50年代的新文學、中國大陸自1949年以來的作家及作品都同樣受到重視，而且不像日本那樣，受到大陸批評的影響。70年代末期以來，中國新時期的作品在日本、歐美及臺港、新加坡，開始受到重視。

以歐美、日本為中心的中國現代文學研究墾拓的另一個新領域，應該是參考工具書的編製，使研究工作更加系統化。從季博斯和李芸貞的《中國現代文學翻譯與研究書目》、朱寶樑

的《二十世紀中國作家筆名錄》到楊力宇和茅國權的《中國現
代小說研究目錄》[51]，使研究者很容易掌握住世界各國歐美語
言的出版的資料。近二十年來，日本與中國大陸也急起直追，
尤其中國在過去十年中所出版的像《中國現代文學知識百
題》、《中國新詩大辭典》等多達百種。[52]

六、美國、中國與日本：中國現代文學研究的三大中心

　　第一代的日本學者研究中國現代文學的出發點是為了竹內
好的「鏡子」理論，他們以研究中國作家作為自我反省，藉以
批判日本的現代道路。從這一認識出發，實在不易找到有如此
偉大的作家，因此日本第一代研究中國文學的學者的研究課題
都很狹小，主要探討少數幾個作家，特別是魯迅。到了1949
年以來，第二代的學者多數追隨中共的文學路線，只肯定大陸
接受的作家，此外便是那些與日本有特殊關係的作家如郁達
夫。《中國關係論文資料索引》中〈現代文學〉部分，共收錄
了1964～1978年間日本學者發表的二百多篇論文，其中有關
魯迅的就有70篇左右，茅盾15篇，老舍9篇，郁達夫7篇。這
目錄正反映日本過去研究領域之狹窄。可是進入80年代以
後，第三代的研究突飛猛進，人數大大增加，除了關東地區，
關西也形成另一個重鎮，像目前出版的《野草》、《咿啞》所
刊登的論文，反映了新方向：不但全面性研究現代作家，更邁
向當代的新時期作家及臺灣和新馬華文文學。在方法上也從多
種角度進行，尤其中日現代文學比較研究，成果最大，歐美及

中國學者無法與其比美。[53]

在中國大陸的情形，引用王瑤的話，「在現代文學研究中長期設置的『禁區』終於打破，研究範圍逐漸擴大」，因此 1980 年後，現代文學的研究工作起了重大的變化：

> 第一，對「現代文學」性質的認識的逐漸深化，並由之帶來研究格局的突破與研究方法的變革；第二，對「現代文學史」這門學科的性質的認識和變化，並由之帶來研究視野與方法的變革。[54]

近年來中國大陸的學者狂熱吸收了世界各國的學術成就與治學方法，再加上研究機構與研究學人眾多，基礎又深厚，在十年左右產生的研究成果，實在令人震驚。我曾經以《中國現代文學研究叢刊》為例，說明現代文學在研究角度、方法、深度等方面所呈現的新局面：

> 如果我們將第1期到我所看到的第35期的論文作一個研究方法和研究課題的分類，我們會發現，從傳統的傳記、社會詮釋方法到比較文學、美學、結構方法都有所運用，就以近幾年發表的一些論文來說，劉納《望夜空──從一個角度比較辛亥革命時期與五四時期的我國文學》、陳航《五四時期小說與西方現代主義》、黃子平《同是天涯淪落人：一個「敘事模式」的抽樣分析》都代表中國現代文學學者在研究方法和思考上有了重大的突破。至於研究的課題之多樣性，由每一期編者在《作家作品研究》專欄之外，組織的特稿像《文學史研

究》、《現代文學與中西文化》、《抗戰文藝運動研
究》，便知道編者努力在拓展現代文學的研究領域，而
且有了很大的成就。[55]

　　現在中國每年出版最好的研究成果，包括單篇論文、專書
或學位論文，不管從什麼觀點和標準來評估，都不輸給歐美日
及其他地區，甚至有過之而無不及。就以嚴家炎和錢理群主編
的《二十世紀中國小說》為例，研究手法新穎，見解也獨到，
正如嚴家炎在《前言》中說，他們要打通近、現、當代，擴大
研究的範圍，同時要求在世界文學廣闊背景下來考察中國近九
十多年（1897～目前）的小說的繼承與革新。[56]以前蘇聯與捷
克學者就開始注意把中國現代文學向前研究[57]，而從《二十世
紀中國小說》第一卷看，研究格局與方法更創新，再加上第一
卷作者陳平原眼光獨特，我讀後不禁拍案叫好。它代表中國大
陸目前的中國現代文學研究現代化的新方向，這是以世界文學
的發展背景來考察中國現代文學，以傳統和各種新研究方法來
分析的新產品。
　　至於蘇聯、捷克等東歐國家的現代文學研究近年來也日愈
國際化，所以中國現代文學在世界幾個研究中心裏，可說日愈
形成世界大同的新局面。接下來的幾十年裏，將是競爭劇烈，
追求突破、自我創新的時代。[58]不過在1991年所能看見的，目
前世界上的中國現代文學研究中心，應該在美國、中國和日
本。

注 釋

[1] James J. Y. Liu, "The Study of Chinese Literature in the West: Recent Developments, Current Trends, Future Prospects," *The Journal of Asian Studies*, Vol.XXXV, NO.1 (Nov.1975), pp.21～30.此篇報告是美國亞洲研究學會（A. A. S.）特別邀請劉若愚撰寫。劉若愚已於1986年逝世。

[2] 葛浩文〈中國現代文學研究的方向：從美國學者的研究情形談起〉，見《漫談中國新文學》（香港：文學研究社，1980年），頁109～119。

[3] 王瑤〈中國現代文學研究的歷史和現狀〉，見王瑤、樊駿等編《中國現代文學研究：歷史與現狀》（北京：中國社會科學出版社，1989年），頁1～13。

[4] 樊駿〈關於中國現代文學研究的考察和思索〉，同註3，頁14～38。

[5] 同註3。

[6] 同註2，頁115。

[7] 〈編者前言〉，同註3，頁1。

[8] 《中國現代當代文學研究》為月刊，收集中國全國期刊內有關現代當代文學研究之論文，由北京中國人民大學書報資料室主編。本人所見最早一期為1983年出版。

[9] 王潤華〈中國現代文學研究在日本〉，見《學術論文集刊》第2集（新加坡：新加坡國立大學中文系，1987年），頁178～198。

[10] 見註1。

[11] Michael Gotz, "The Development of Modern Chinese Literature Studies in the West," *Modern China*, Vol.2, No.3 (July 1976), pp.397～416；葛浩文的報告見註2，樂黛雲的見其論文集《比較文學與中國現代文學》（北京：北京大學出版社，1987年），頁77～87。

[12] 同註3。

[13] 中國社會科學院文學研究所主編的《19XX年文學研究年鑑》從1980年開始出版，1980～1985年的七篇現代文學的述評，現收集於《中國現代文學研究：歷史與現狀》中，頁397～527。

[14] 同註9。

[15] Donald Gibbs and Yun-chen Li, *A Bibliography of Studies and Translations of Modern Chinese Literature 1918～1942* (Cambridge, Mass: East Asian Research Center, Harvard University, 1975).

[16] Winston Yang and Nathan Mao, *Modern Chinese Fiction A Guide to Its Study and Appreciation Essays and Bibliographies* (Boston: G. K. Hall & Co., 1981).

[17] 同註8。

[18] 由東京邊鼓社編輯出版，收錄期刊單篇論文及專書，已出版二集，第一本（出版於1981年）包括1977～1980年出版者，第二本（出版於1983年）包括1981～1982年，是目前最完整的有關日本中國現代文學研究的目錄。

[19] 美國亞洲學會每年出一冊《亞洲研究年度目錄》，自1941年至今不斷出版，1984與1985是本人所見最新二冊，因取之作例，近年來目錄中不收博士論文。

[20] 同註11，頁397。

[21] "The Intellectual Biography of a Modern Chinese Poet: Wen I-to" (Stanford University, 1959)，經過修改出版成書：*Wen I-to* (New York: Twayne, 1980).

[22] 柳存仁的現代文學著作包括同茅國權合作英譯巴金的《寒夜》*Cold Nights* (Seattle: University of Washington Press, 1979), "Social and Moral Significance in Modern Chinese Fiction", *Solidarity*, 3(Nov.1968), pp.28～43等等。

[23] 博士論文原題為 "The May Fourth Movement and Its Influence Upon

China's Socio-Political Development (University of Michigan, 1955)，經過修改，出版成書：Chow Tse-tsung, *The May Fourth Movement* (Cambridge: Harvard University Press, 1960).

[24] C. T. Hsia, *A History of Modern Chinese Fiction* (New Haven: Yale University Press, 1961).

[25] 海陶瑋作、宋淇譯〈中國文學在世界文學中的地位〉，見《英美學人論中國古典文學》（香港：中文大學出版社，1973年），頁253～265。

[26] 同註11，頁397。

[27] Jacques Ehrman(ed.), *Literature and Revolution* (Boston: Beacon Press, 1970). 他們的論文是Jonathan Spence, "On Chinese Revolutionary Literature" (pp.215～225), Lawrence Chisolm, "Lu Hsun and Revolution in Modern China" (pp.226～241).

[28] Leo Lee(ed.), *Lu Xun and His Legacy* (Berkeley: University of California Press, 1985).

[29] 同註1，頁22～29。

[30] 這是王瑤與樊駿等人的看法，見註3及註4。

[31] Leonard Gordon and Frank Shulman(eds.), *Doctoral Dissertations on China A Bibliography of Studies in Western Languages, 1945～1970* (Seattle: University of Washington Press, 1972); Frank Shulman(ed.), *Doctoral Dissertations on China 1971～1975: A Bibliography of Studies in Western Languages* (Seattle:University of Washington Press, 1978).

[32] 賴淑敏《世界各國關於中國語文哲學高級學位論文之分析及目錄》（1975年南洋大學中文系榮譽論文），140頁。

[33] 同註9，頁197。

[34] 王富仁《中國反封建思想革命的一面鏡子》（北京：北京師範大學出

版社，1986年），陳平原《中國小說敘事模式的轉變》（上海：人民出版社，1988年），王友琴《魯迅與中國文化震動》（長沙：湖南教育出版社，1989年）。

[35] 我根據的統計數目，見 *Doctoral Dissertations on China, 1971～1975,* pp.259～260.

[36] 以上名單，是本人從二本《關於中國之博士論文》中國文學類的名單中挑選出來，見第1冊，頁164～168，第2冊，頁141～156。

[37] 周法高《漢學論集》（臺北：正中書局，1965年），頁8。

[38] 同註25，頁265。

[39] 溫儒敏編《中西比較文學論集》（北京：北京大學出版社，1988年），頁363～395。

[40] Julia Lin, "Tradition and Innovation in Modern Chinese Poetry" (Ph. D. Dissertation, 1956, University of Washington)，出版時書名是 *An Introduction to Chinese Poetry* (Seattle: University of Washington Press, 1972).

[41] 同註3，頁8～9。

[42] 王瑤等著《現代小說名作欣賞》（太原：山西人民出版社，1985年）；錢理群、吳福輝、王超冰《中國現代文學三十年》（上海：上海文藝出版社，1987年）。

[43] Leo Lee, *The Romantic Generation of Modern Chinese Writers* (Cambridge, Mass: Harvard University Press, 1973), *Voices from the Iron House: A Study of Lu Xun* (Bloomington: Indiana University Press, 1987)，《中西文學的徊想》（香港：三聯書店，1986年）。

[44] 同註39。

[45] 李達三《比較文學研究之新方向》（臺北：聯經出版事業公司，1978年），頁134。

[46] 同註4，頁32。

47 同註3，頁7。

48 北大比較文學研究所編《中國比較文學年鑑》（北京：北京大學出版社，1987年），該書第四部分為「比較文學論文選摘」，有關現代文學的數量很多；《中國比較文學》由中國比較文學學會編，浙江文藝出版社出版，第一期創刊於1984年。

49 樂黛雲，見註11；嚴家炎《中國現代小說流派史》（北京：人民文學出版社，1989年）；孫玉石《〈野草〉研究》（北京：中國社會科學出版社，1982年）；王富仁《魯迅前期小說與俄羅斯文學》（西安：陝西人民出版社，1983年）。

50 普實克的論現代文學代表作已被翻成中文，見《普實克中國現代文學論文集》（長沙：湖南文藝出版社，1987年）。

51 《中國現代文學研究與翻譯目錄》，見註15；Chu Pao-liang, *Twentieth-Century Chinese Writers and Their Pen Names* (Boston: G. k. Hall & Co., 1977)；第三本見註16。

52 陳覽《中國現代文學知識百題》（杭州：浙江教育出版社，1985年）；黃邦君、鄒建軍編《中國新詩大辭典》（長春：時代文藝出版社，1988年）。本人目前正編寫一本，暫定為《中國現代文學研究參考工具書題解》，把中國、日本、歐美及其他地區所出版的約二百種重要參考書給予分析，以方便研究者熟悉這類書籍。

53 同註9。

54 同註3。

55 王潤華〈從國際性的學術期刊到《中國現代文學研究叢刊》〉，見《中國現代文學研究叢刊》第40期（1989年8月），頁4～11。

56 陳平原《二十世紀中國小說史》（北京：北京大學出版社，1989年），第1卷。這本書將分為七卷，目前我只見到第1卷。全書由嚴家炎與錢理群主編，各卷將由不同學者執筆。

57 把五四作家與民國前的傳統文學聯繫起來研究的蘇聯作家可以謝曼諾夫為代表，他以魯迅為例，說他的文學傳統出於晚清小說，見謝曼諾夫著、李明濱譯《魯迅和他的前驅》（長沙：湖南文藝出版社，1987年），捷克方面可以普實克為代表，他的著作見註50。

58 關於蘇聯的中國現代文學研究，可參考李明濱《中國文學在蘇俄》（廣州：花城出版社，1990年），頁190～230。關於捷克的中國現代文學的發展，參考陳雅玲〈布拉格漢學之春〉及〈專訪布拉格漢學家奧・克拉兒〉，見《光華》，Vol.16, No.4（april 1991），頁126～138。

論胡適「八不主義」所受
意象派詩論之影響

　　1917 年 1 月出版的《新青年》雜誌，發表了胡適（1891～1962）的〈文學改良芻議〉。當時胡適還在美國哥倫比亞大學念書，主修哲學博士，這篇文章是從美國寄回中國發表的。[1]它的主要內容，是主張「今日而言文學改良，須從八事入手」，他所說的「文學改良八事」是：

　　一曰，須言之有物。

　　二曰，不摹仿古人。

　　三曰，須講求文法。

　　四曰，不作無病之呻吟。

　　五曰，務去爛調套語。

　　六曰，不用典。

　　七曰，不講對仗。

　　八曰，不避俗字俗語。[2]

　　〈文學改良芻議〉全文，就是一項一項的把這「八事」的內涵詮釋出來。胡適在結論中指出：

　　　　上述八事，乃吾年來研思此一大問題之結果。遠在異
　　　　國，既無讀書之暇晷，又不得就國中先生長者質疑問
　　　　難，其所主張容有矯枉過正之處。然此八事皆文學上根

本問題，一一有研究之價值。……[3]

　　這篇文章所列的八條「文學改良八事」，又稱「文學革命八條件」或「八不主義」，後來學者每提及《文學改良芻議》內方案，多簡稱為「八不主義」。

　　胡適的文學革命八項主張，其實早在1916年10月出版的《新青年》雜誌上，以〈寄陳獨秀書〉為題，已經提出了[4]，不過當時未受注意，等到胡適又以〈文學改良芻議〉為題，進一步把這文學革命八大原則加以詮釋清楚，發表在1917年1月的《新青年》上之後，當時《新青年》的主編陳獨秀（1879～1947）在二月號的《新青年》上發表〈文學革命論〉[5]，於是新文學運動便熱烈的展開來了，因此現代中國的新文學運動，以1917年胡適發表了〈文學改良芻議〉，提出文學革命八大原則開始。

　　相信胡適自己當時也萬萬不會預想到，他的八大主張會引爆了中國新文學運動，而這運動正如夏志清所說：「在範圍與重要性來說，可謂史無前例的文學運動，把整個中國文學史的路向改變過來。」[6]

　　本文的目的，是要研究胡適「八不主義」的孕育及其產生背景，從而了解意象派詩論與中國新文學運動的一段姻緣。

從「文學革命八條件」到「八不主義」

　　胡適的八點方案，曾先後出現在四篇不同的文章中，每次提出時，每個項目的排列秩序及文字，都略有修改。這八點方

案，最早是在胡適寫給朱經農的信中提出的，當時稱為「文學革命八條件」。根據胡適的《胡適留學日記》，作者在1916年8月21日有這樣一段記載：

> 我主張用白話作詩，友朋中很多反對的。其實人各有志，不必強同。我亦不必因有人反對遂不主張白話。他人亦不必都用白話作詩。白話作詩不過是我所主張「新文學」的一部分。前日寫信與朱經農說，新文學之要點，有八事：
> ㈠不用典。
> ㈡不用陳套語。
> ㈢不講對仗。
> ㈣不避俗字俗語（不嫌以白話作詩詞）。
> ㈤須講求文法。——以上為形式的方面。
> ㈥不作無病之呻吟。
> ㈦不摹仿古人。
> ㈧須言之有物。——以上為精神（內容）方面。[7]

胡適把一則日記以「文學革命八條件」為標題。這八條的排列秩序與〈文學改良芻議〉中的八條很不一樣。胡適把前五項，即不用典、不用陳套語、不講對仗、不避俗字俗語及須講求文法，放在一起，形成針對形式方面改良的要點，另外三點，則是針對作品的精神與內容而言。從這排列，很明顯的，當時胡適心目中要改革的文體，主要是舊詩，因為在1916年以前，他這階段的文學革命的思想觀念，還局限於詩界革命，而詩界革命，主要是從要改革舊詩著手，用白話去寫自由詩。

　　胡適在同一天（1916年8月21日）的日記裏，還有一條
〈寄陳獨秀書〉[8]。日記裏的信只引錄了一部分內容，這封信的
全文後來在1916年10月（二卷二期）的《新青年》雜誌上的
〈通訊〉欄上發表。[9]胡適說這八點是「年來思慮觀察所得，以
為今日欲言文學革命，須從八事入手」，因此這第二次提出的
八條，我們可稱之為「文學革命八事」。同時它比「文學改良
八事」還要早一年在《新青年》雜誌上發表。它與第一次提出
的「文學革命八條件」中的八點之先後秩序完全相同，只有文
字稍有修改過：

　　　一曰不用典。
　　　二曰不用陳套語。
　　　三曰不講對仗（文當廢駢，詩當廢律）。
　　　四曰不避俗字俗語（不嫌以白話作詩詞）。
　　　五曰須講求文法之結構。
　　　　　此皆形式上之革命也。
　　　六曰不作無病之呻吟。
　　　七曰不摹仿古人語，語須有個我在。
　　　八曰須言之有物。
　　　　　此皆精神上之革命也。[10]

胡適在信末說，「此八事略具要領而已。其詳細節目，非一書
所能」。後來在1917年發表的〈文學改良芻議〉，胡適便詳盡
的一項項討論八事之內涵。

　　胡適在1917年7月回到上海。回國後，他寫了一篇〈建設
的文學革命論〉，發表在1918年4月出版的四卷四期的《新青

年》雜誌上。[11]他又把「文學革命八條件」再加以引用：

一、不做「言之無物」的文字。
二、不做「無病呻吟」的文字。
三、不用典。
四、不用套語爛調。
五、不重對偶——文須廢駢，詩須廢律。
六、不做不合文法的文字。
七、不摹仿古人。
八、不避俗話俗字。[12]

因為每一項目都以消極的「不」字開始，胡適自稱這「八事」為「八不主義」。這「八不主義」，除了以白話語氣表現外，每項排列之秩序，與前三次都有所不同，作了很大的更動，其中最主要原因，是要把「八不主義」改用肯定語氣，概括成四條：

一、要有話說方才說話。
二、有什麼話說什麼話；話怎麼說就怎麼說。
三、要說我自己的話，別說別人的話。
四、是什麼時代的人，說什麼時代的話。[13]

原來「八不主義」中二、三、四、五、六條，被簡化成上述第二條，此外「八不主義」中一、七及八條，則變成上述第一、三及四條。

如果把胡適前後提出的「八事」的排列秩序與字句比較一

下，我們可以相當清楚的看出，第一次「文學革命八條件」與
第二次的「文學革命八事」，基本上是針對舊詩革命而說。試
看前面五項，即不用典、不用陳套語、不講對仗、不避俗字俗
語、須講求文法，都是反對舊詩的格律和詞藻而說的，其它三
項，不作無病之呻吟、不摹仿古人、須言之有物，則是反對舊
詩中之陳腐內容而說。

　　胡適到了「文學改良八事」，由於有意將「主張用白話作
詩」擴大到其它文體，他便把原來二信中最後三項，「不作無
病之呻吟」、「不摹仿古人」、「須言之有物」，排列在最前
面，變成「須言之有物」為第一，「不摹仿古人」為第二，
「不作無病之呻吟」為第四，因為這樣的安排，比較適合用來
討論整個文學問題。為了便於保守人士接受，胡適把前二信中
「文學革命」中之「革命」，改用較緩和的「改良」字眼。

　　由此可見，到了1917年撰寫〈建設的文學革命論〉，胡適
把「八不主義」的每項秩序作了很大調整，主要是改用肯定語
氣，概括成四條，這樣我們便完全看不出當年文學革命的綱
領，是以詩界革命為主的痕跡了。

胡適的「八不主義」與意象派的「六大信條」

　　胡適的文學革命八點主張，不管以「文學革命八條件」或
「八不主義」形式出現，它的內涵不但與詩界革命有關，而且
深受當時流行英美意象派詩論之啟發或影響。1926年，當梁
實秋還在哈佛大學做研究生時，他寫了一篇〈現代中國文學之
浪漫的趨勢〉的文章[14]，很有見地的分析新文學運動以來所受

外國文學影響的一些例證。他認為引起 1917 年白話文學革命的導火線是「外國的影響」：

> ……何以到最近才行爆發？這爆發的導火線究竟是什麼？我以為白話文運動的導火線即是外國的影響。近年倡導白話文的幾個人差不多全是在外國留學的幾個學生，他們與外國語言文字的接觸比較的多些，深覺外國的語言與文字中間的差別不若中國語言文學那樣懸殊。[15]

梁實秋更進一步指出，最直接的導火線是意象主義者：

> 同時外國也正在一個文學革新的時代，例如在美國英國有一部分的詩家聯合起來，號為「影象主義者」，羅威爾女士佛萊琪兒等屬之。這一派唯一的特點，即在不用陳腐文字，不表現陳腐思想。我想，這一派十年前在美國聲勢最盛的時候，我們中國留美的學生一定不免要受其影響。[16]

梁實秋雖然沒有明白的指出胡適及其「八不主義」，言下之意，〈意象派宣言〉中的主要觀點，曾被胡適移植到他的「八不主義」裏頭去了：

> 試細按影象主義者的宣言，列有六條戒條，主要的如不用典，不用陳腐的套語，幾乎條條都與我們中國倡導白話文的主旨吻合，所以我想，白話文運動是由外國影響

而起。[17]

　　羅威爾（Amy Lowell, 1874～1925）的〈意象派宣言〉，即梁實秋所謂「影象主義者的宣言」（Imagist Credo），最早發表於羅威爾主編、1915年4月出版的《意象派詩人》（*Some Imagist Poets*）。[18]這是一本意象派詩人作品專集，而羅威爾的這篇〈意象派宣言〉就用作序文，她把意象派之形成，他們詩歌之特徵，以及意象派詩人之共同信念都作了解釋。在這篇文章中，她把意象詩人之共同信條歸納成六點，這就是梁實秋所指的「六條戒條」。我現在試譯每條中較重要者如下：

一、使用日常語言，但用字要準確，不可差不多準確，或只是為了裝飾作用。

二、創造新韻律，作為新語氣之表現。不要抄襲舊韻律，那是舊詩風之迴響。我們並不堅持「自由詩」是唯一寫詩的方法，我們爭取它，為的是自由原則。我們相信自由詩總比舊詩更方便表現一個詩人的獨特性。在詩中，新的韻律能表現新的思想。

三、選擇題材應有絕對的自由。寫飛機和汽車的壞作品不能算好詩；另一方面，寫舊題材的好詩並不算壞作品。我們相信現代生活的藝術價值。……

四、呈現一個意象（即是「意象主義者」名稱之來源）。我們不是一個畫派，我們相信詩應該準確呈現具體的事物，不是描寫含糊的毫不重要的瑣碎的細節。因此我們反對取材包羅萬象的詩人，他們看來好像有意逃避詩藝術的真正奧秘。

　　五、詩要具體清楚，不可模糊不清。

　　六、最後我們相信焦點集中是詩的靈魂。[19]

　　我在上面說過，根據《胡適留學日記》，他在1916年8月曾記下給朱經農信中所提出的「文學革命八條件」，8月21日又在〈寄陳獨秀書〉中，再提出這八點方案。到了1916年12月底，他又把八點一一詮釋，寫成〈文學改良芻議〉投寄《新青年》雜誌。在12月底的另一則日記裏，胡適貼了一則從1916年12月24日的《紐約時報》（*New York Times*）書評版剪下的〈意象派宣言〉中的六大信條。在剪報下面，胡適寫了幾個字：「此派所主張與我主張多相似之處。」[20]這個按語不知意思如何？可能是暗示這只是偶然的類同，並非受其啟發或影響，也可能表示默認他曾從意象派那裏得到一些靈感。如前所述，羅威爾的〈意象派宣言〉早在1915年4月就以序文出現在《意象派詩人》那本詩集中。

　　羅威爾特別強調日常生活語言在新詩中的運用。上引六大信條中的第一條「使用日常語言，但用字要準確，不可差不多準確，或只是為了裝飾作用」，基本上，它已涵蓋了胡適的「不避俗字俗語」、「不用套語爛調」、「不用典」與「不講對仗」。胡適解釋說，「不避俗字俗語」是指採用日常生活中的語言，「不用套語爛調」目的是「但求其不失真，但求能達狀物寫意之目的」。他反對「懶惰不肯自己鑄詞狀物」，他說用典之人，「大抵皆懶惰之人，不知造詞，故以此為躲懶藏拙之計」。其它如「不講對仗」和「講求文法」也是要求特別是詩中的語言要「近於語言之自然，而無牽強刻削之跡」。[21]

　　羅威爾的其他第二、三項，是強調詩人之獨特性、新思

想，與現代生活題材之重要性：「自由詩總比舊詩更方便表現一個詩人的獨特性」，「我們相信現代生活的**藝術價值**」。這些話正是胡適在提倡精神與內容上革命的三項目，即「不作無病之呻吟」、「不摹仿古人」及「須言之有物」之內涵。在〈寄陳獨秀書〉中「不摹仿古人語」一條之下，胡適還加上「須有個我在」幾個字。由此可見，他也強調一個詩人之獨特性。

〈意象派宣言〉中「六大信條」的最後三條，很簡要的概括了意象詩之特徵。意象詩要「準確呈現具體的事物」，不描寫瑣碎的細節，同時詩中意象要「具體清楚」、「焦點集中」。胡適的「八不主義」雖然沒有把意象詩的特徵搬進去，可是三年後（1919），胡適所寫的〈談新詩〉[22]其中最重要的論點，就是以意象派的詩論為依歸。首先如羅威爾力爭「自由詩」，胡適也說：「新詩除了『詩體的解放』一項之外，別無他種特別的方法。」羅威爾說：「詩要具體清楚」，「準確呈現具體的事物」，胡適也說：

> 詩須用具體的做法，不可用抽象的說法。凡是好詩都是具體的……凡是好詩，都能使我們腦子裏發生一種——或許多種——明顯逼人的影象。這便是具體性。[23]

胡適在〈談新詩〉中批評舊詩時，「不能引起什麼明了濃麗的影象」的舊詩，他就貶為壞詩，凡是「能引起鮮明撲人的影象」的舊詩，他就評定為好詩。[24]這不是很顯然的受了羅威爾及其他意象派詩論之影響嗎？

胡適的「八不主義」與龐德的〈幾種戒條〉

方志彤在〈從意象派到惠特曼主義：現代中國新詩之困境〉中[25]，更進一步指出，胡適的「八不主義」不但跟1915年〈意象派宣言〉相似，他也深受發表於1913年的龐德（Ezra Pound, 1885～1972）的〈幾種戒條〉（A Few Don'ts）之影響。〈幾種戒條〉最先發表在1913年3月出版的第一期《詩刊》（*Poetry*）上，它發表時的標題叫〈一個意象主義者的幾種戒條〉（A Few Don'ts by an Imagiste），全文長達三頁。[26]龐德先給意象詩下定義，接著便從語言與韻律兩大方面定出一些戒條給初寫詩的人作參考。他說他不能每一條都用消極的語氣列出來，奇怪得很，胡適前三次提出他的「八事」時，也沒有全用消極語氣。下面我從龐德的〈一個意象主義者的幾種戒條〉中，選擇幾條的片斷文字，這樣便可看出它與胡適「八不主義」相似之處：

一、不用沒有作用的多餘的一個字和形容詞。

二、盡量避免過於抽象。不要用次等的詩去重複第一流的散文寫過的東西。……

三、不要讓「影響」只停留在從你崇拜的一二個詩人吸收過來的一些爛調套語中。

四、不要用修飾詞，除非很有必要。

五、勿讓你的韻律破壞語言文字的結構，自然的旋律，或意義。

六、如果你寫有對仗結構的詩，不可將意思表達出來之

後，便把其餘的空間隨意填滿就算數。

七、不可用陳言套語把原意大略地表達出來，這是懶惰
選用精確語言的結果。……[27]

龐德的第一、第三、第四及第七條，大致上與胡適「不摹
仿古人」、「不作無病之呻吟」、「務去爛調套語」、「不用典」
等事中所涵蓋的相同。胡適也像龐德，攻擊那些喜用陳言爛語
的人「懶惰不肯自己鑄詞狀物」、「故以此為躲懶藏拙之計」。[28]
龐德第六條簡直就是胡適的「不講對仗」，胡適所說講對仗結
果便「言之無物」，與龐德「便把其餘的空間填滿就算數」含
義完全一樣。

胡適後來所稱「八不主義」這個帶有洋調調的詞語，大概
等於英語「Eight Don'ts」，我想大概靈感來自龐德的「A Few
Don'ts」。胡適的〈談新詩〉一文，基本上也像龐德的〈一個
意象主義者的幾種戒條〉，主要從語言、韻律與詩的作法三大
要點上立論。胡適在文中說：「近幾十年來西洋詩界的革命，
是語言文字和文體的解放。這一次中國文學的革命運動，也是
先要求語言文字和文體的解放。」[29]這段話不是很明顯是指他
留學時的英美詩界革命嗎？其中當然意象派的新詩運動最引起
他的注意。

意象派詩人原來曾受中國舊詩之影響，尤其是他們的領袖
龐德和羅威爾，對中國舊詩非常沈迷，也翻譯了不少中國的舊
詩。[30]方志彤在〈從意象派到惠特曼主義：現代中國新詩之困
境〉一文中，基於胡適的文學革命綱領所受意象派之影響，他
甚至說：「龐德是中國1917年文學革命之義父（god-father），
而羅威爾是義母（god-mother）。」[31]

影響胡適的美國詩壇

上面的分析，我們主要比較胡適與意象派詩論之相似點。胡適是否對意象派很注意？他真的深受其影響，而不是英雄所見略同？因此我們有需要考察一下當時美國詩壇如何給胡適帶來啟發和影響。

胡適留學時間是1910年到1917年6月，先後在康奈爾大學及哥倫比亞大學念書。那時美國新詩開始蓬勃，當時有「大草原」(the Prairie poets) 詩人、意象派詩人和抒情詩人。著名的《詩刊》於1913年創刊，這本在芝加哥出版，由孟羅 (Harriet Monroe) 主編的月刊推出很多當時還籍籍無名的詩人及詩派。這時活躍的領導性詩人如馬斯特斯 (Edgar Lee Masters, 1869～1950)、桑德堡 (Carl Sandburg, 1878～1967)、佛洛斯特 (Robert Frost, 1875～1963)，都是大膽採用美國日常用語寫詩。[32] 意象派早在1908至1919年間在美國和英國熱烈展開。龐德是第一個借重《詩刊》及其他小型雜誌，將這詩派宣揚開去。他的〈一個意象主義者的幾種戒條〉便是發表在1913年3月出版的《詩刊》上。1914年龐德的興趣逐漸冷淡下來，羅威爾便取代他的領導地位。在羅威爾的提倡之下，意象派詩人連續出版四本同人詩選集《意象派詩人》，第一本在1915年4月17日出版，第二本在1916年6月出版，羅威爾的《意象派宣言》便是以序文的方式，出現在頭兩本詩集之前。這宣言與龐德的〈幾種戒條〉構成意象派的基本詩觀。[33]

意象主義詩人開始是對抗傳統舊詩講求音韻格律和陳言爛

語，主張採用自由詩的形式和日常用語寫詩。這種創作的基本
信念，自然非常吸引胡適的注意。我們在上面已經指出，胡適
在1916年12月底，他在寫〈文學改良芻議〉的時候，居然日
記上也貼上〈意象派宣言〉中的「六大信條」，另外他在《嘗
試集‧自序》（1919年8月）中也承認：

> 民國前二年，我往美國留學……在綺色佳五年，我雖不
> 專治文學，但也頗讀了一些西方文學書籍，無形之中，
> 總受了不少的影響，所以我那幾年的詩，膽子已大得
> 多。……[34]

此外在〈談新詩〉（1919年10月）中，他也說：

> 近幾十年來西洋詩界的革命，是語言文字和文體的解
> 放。這一次中國文學的革命運動，也是先要求語言文字
> 和文體的解放。新文學的語言是白話的，新文學的文體
> 是自由的，是不拘格律的。……[35]

這些話處處反映出他在美國留學時相當注意當時詩壇的動態和
出版物。

　　如果小心翻閱他這時候寫的日記，可以找到更多的證據。
胡適在1915年9月17日第一次提出文學革命的口號。他在這
天寫的一首舊詩〈送梅覲莊往哈佛大學詩〉說：「新潮之來不
可止，文學革命其時矣。」後來在同年9月21日一首七律〈依
韻和叔永贈詩〉中說：「詩國革命何自始？再須作詩如作文。」
[36]到了第二年，1916年7月22日，胡適寫了一首題名〈答梅覲

莊——白話詩〉的白話詩，這不但是胡適本人的第一次嘗試，同時也是中國新文學運動以來第一首白話詩。[37] 這首試驗性的新詩，實是白話打油詩，梅光迪（覲莊）看了，趁機打擊白話詩之提倡。他寫信給胡適，罵他提倡新詩是受了「新潮」之毒害，而所謂「新潮」，梅光迪認為在文學上，是未來主義（Futurism）、意象主義（Imagism），及自由詩（Free Verse）。[38] 梅光迪與胡適在康奈爾大學朝夕共處，經常相聚討論文學問題，既然他罵他受意象派詩之壞影響，可見胡適平時一定常閱讀意象詩，平日常把意象詩掛在嘴上。

　　胡適的《嘗試集》於1920年出版，它是中國新文學運動以來的第一本新詩集。出乎意料之外，批評《嘗試集》最激烈的文章，竟是當年留美的朋友梅光迪和胡先驌。前者在一篇題名〈評提倡新文化者〉的文章中，指責說：

> 所謂白話詩者，純拾自由詩（verse libre）及美國近年來形象主義（Imagism）之餘唾。而自由詩與形象主義，亦墮落派之兩支。……[39]

梅光迪攻擊的對象，雖沒有指名道姓，很顯然是主要針對胡適而言。胡先驌曾寫〈評嘗試集〉，全文長達二十九頁，他說胡適的新詩運動是一條絕路，因為他所提倡的新詩是意象主義的餘唾，而意象詩是浪漫主義萎靡不振後的末流：

> 在歐美則有印象主義派（Imagist），在中國則有近日報章所刊登模仿塔果兒（A. Tagore, 1861～1941）之作，與胡適君《嘗試集》中《蔚藍的天上》之詩。……[40]

　　從梅、胡的文章，我們可以證明，胡適提倡的白話詩的理論基礎，一定是深受意象派的影響。要不然他當日在美國一起留學的朋友，不會胡亂給他戴帽子。

　　很多跡象顯示，胡適甚至對《詩刊》很熟悉，他和他的中國同學，應該常閱讀這類書刊。上述〈評嘗試集〉所提到的一些「劣詩」，如阿定頓（Richard Aldington, 1892～1962）的〈白楊〉（Poplar），羅倫斯（D H Lawrence, 1885～1930）的〈玉米中的螢〉（fireflies in the Corn），都是發表在孟羅主編的第三卷的《詩刊》上。[41]《嘗試集》中的〈關不住了〉一詩[42]，胡適自稱「〈關不住了〉一首是我的新詩成立的紀元」[43]，其實這詩原是美國女詩人蒂絲黛兒（Sara Teasdale, 1884～1933）的詩，原題〈屋頂上頭〉（Over the Roofs），而這詩原來也發表在1914年出版的第三卷第四期的《詩刊》上。[44]

結論

　　由胡適第一次在寫給朱經農信中所提出的「文學革命八條件」到〈文學革命論〉中的「八不主義」，前後四次提出的八點方案，文字都有所改變，它們的演變，很明顯的反映出，胡適的文學革命的思想觀念，還局限於詩界革命。

　　胡適的新詩理論，又曾受當時美國詩壇革命之影響，尤其是意象派詩論。在意象派詩論中，龐德的〈幾種戒條〉和羅威爾的〈意象派宣言〉中的「六大信件」，就是胡適當時提倡文學革命的八大方案的主要理論與精神的指導原則。所以方志彤

教授稱龐德和羅威爾為中國新文學革命之「義父」、「義母」，
也相當有道理。

注 釋

[1] 《新青年》2卷5期（1917年1月），頁1～11；又見《胡適文存》（上
海：亞東圖書館，1921年初版；臺北：遠東圖書公司重印，1961
年），第1集，頁5。胡適留美期間是1910年8月到1917年7月，先後在
康奈爾大學（Cornell University）及哥倫比亞大學（Columbia University）
深造。

[2] 《胡適文存》，第1集，頁5。

[3] 同前註，頁17。

[4] 《新青年》2卷2期（1916年10月），頁1～3；又見《胡適文存》第1
集，頁1～4。

[5] 《新青年》2卷6期（1917年2月），頁1～4。

[6] 夏志清著，劉紹銘譯：《中國現代小說史》（臺北：傳記文學社，1979
年），頁35；或見C. T. Hsia, *A History of Modern Chinese Fiction* (New
Haven: Yale University Press, 1961), p3。

[7] 《胡適留學日記》（臺北：臺灣商務印書館，1959年），第4冊，頁
1002～1003。這日記原名《藏暉室札記》，胡適於1910至1917年留學
美國所記，初版於1939年，由上海亞東圖書館出版。

[8] 《胡適留學日記》，第4冊，頁1003～1004。

[9] 《新青年》2卷2期（1916年10月），頁1～2；又見《胡適文存》，第1
集，頁1～4。

[10] 同前註，又見《胡適文存》，第1集，頁3。

[11] 《新青年》4卷4期（1918年4月），頁289～290。

[12] 同前註，頁289～290；又見《胡適文存》，第1集，頁55～73。

13 同註11，頁290；又見《胡適文存》，第1集，頁56。

14 梁實秋：《浪漫的與古典的》（上海：新月書店，1927年初版；臺北：文星書店，1962年再版），頁1～24。

15 同前註，頁4。

16 同前註，頁4。

17 同前註，頁4。

18 Amy Lowell (ed), *Some Imagist Poets* (Boston: Houghton Mifflin, 1915), pp.I-III.本文所引，出自Peter Jones (ed), *Imagist Poetry* (London: Penguin Books, 1972), pp.134～136.

19 同註17，頁135。

20 《胡適留學日記》，第4冊，頁1071～1073。《紐約時報》這篇書評發表於該報1916年12月24日星期特刊上。

21 〈新文學改良芻議〉，見《胡適文存》，第1集，頁15。

22 〈談新詩〉，見《胡適文存》，第1集，頁164～186。

23 同前註，頁182。

24 同前註，頁182。

25 Achilles Fang, "From Imagism to Whitmanism in Recent Chinese Poetry: A. Search for Poetics That Failed", *Indiana University Conference on Oriental-Western Literary Relations* (Bloomington: Indiana University, 1955). pp.177～189.

26 "A Few Don'ts by an Imagiste", *Poetry*, Vol: I No. 6 (March 1973), pp.200～201.

27 本文所譯〈幾種戒條〉，根據Ezra Pound, *Make It New* (London: Faber and Faber, 1934). pp.336～337.

28 〈文學改良芻議〉，見《胡適文存》，第1集，頁14。

29 《胡適文存》，第1集，頁165。

[30] 關於龐德與中國詩之關係，參考Wai-lim Yip, *Ezra Pound's Cathay* (Princeton: Princeton University Press, 1969)。有關羅威爾與中國詩，參考 *Fire Flower Tablets* (Boston: H. Mifflin, 1921)。

[31] Achilles Fang, "From Imagism to Whitmanism in Recent Chinese Poetry: A Search for Poetics That Failed", *Indiana University conference on Oriental-Western Literary Relations*, p.181.

[32] 關於這個時期之美國詩壇，參考Donald Allen (ed.), *The New American Poetry* (New York: Grove Press, 1960)。

[33] 《意象派詩人》在1914至1917年間，每年出版一集，共出版四集，1930年又再出版第五集，不過那時意象派基本上已解散了。意象派的主要成員有四位美國人（Ezra Pound, Hilda Doolittle, John Fletcher, Amy Lowell）、三位英國人（Richard Aidington, F. S. Flint, D. H. Lawrence）。關於意象派，參考Stanley Coffman, *Imagism* (University of Oklahoma Press, 1951)。

[34] 《嘗試集・自序》，見《胡適文存》，第1集，頁188。

[35] 《胡適文存》，第1集，頁165。

[36] 《胡適留學日記》，第3冊，頁783～784及789～900。梅覲莊（1890～1945）名光迪，當時他從西北大學（North-Western University）轉學到哈佛大學（Harvard University）。叔永，原名任鴻雋（1886～1961）。

[37] 《胡適留學日記》，第4冊，頁965～974。不過胡適後來以〈蝴蝶〉（作於1916年8月23日）為第一首詩。又見《胡適留學日記》，第4冊，頁1007～1008，當時胡適在哥倫比亞大學，住在海芬街（Haven Ave）92號，原題：〈窗上有所見口占〉。

[38] 《胡適留學日記》，第4冊，頁981～982。

[39] 《梅光迪文錄》（杭州：浙江大學出版社，1948年初版；臺北：中華

　　叢書委員會，1959年再版），頁1～4。

40 胡先驌〈評嘗試集〉，見《中國新文學大系》（上海：良友圖書公司，
　　1935～1936年初版；香港：文學研究社，1963年再版），第2冊，頁
　　299。

41 *Poetry* Vol: III No. 1～6. (Oct. 1913～March 1914), pp. 134, 117～119
　　and pp.191.

42 《嘗試集》（上海：亞東圖書公司，1920年初版；上海：上海書店
　　1982年再版），頁51～53。這詩譯於1919年2月26日。

43 *Poetry,* Vol: III, No.4 (January 1914), p.1916. 此詩亦收在蒂斯黛兒的詩集
　　River to the Sea (1916)。

沈從文小說人物
回歸山洞的神話悲劇

一、描寫被物質文明毀滅的鄉村小說

　　沈從文於1902年生於湖南鳳凰縣，1916年讀完小學，1917年便開始當兵，輾轉在湘西各地奔跑。他在《湘西·題記》中說：「我生長於鳳凰，十四歲後在沅水流域上下千里各個地方大約住過六、七年。」（《文集》，9：332）[1] 他於1922年8月告別湘西的鄉下人與軍隊的生活，開始投身北京及其他現代都市中，而且不久後即開始寫作。[2] 沈從文在《沈從文小說選集·題記》中，自己認為湘西的作品最為滿意：

> ……試用各種不同表現方法，……在一九二八年到一九四七年約二十年間，我寫了一大堆東西。……最親切熟悉的，或許還是我的家鄉和一條延長千里的沅水，及各個支流縣分鄉村人事……。（《文集》，11：70）

　　我在〈沈從文論魯迅：中國現代小說的新傳統〉中曾指出，沈從文在三十年代到四十年代中期，當他創作了大量以湘

西為背景的小說，從區域文化的角度來窺探和再現鄉村中國的
生活方式及鄉下人的靈魂，同時呈現城市人病態的心靈，他開
始從他自己所追求與試驗的小說觀點來考察同時代的小說作品
時，他特別肯定魯迅及其他作家描寫被物質文明毀滅的鄉村小
說為中國現代小說的重要傳統，主要是為自己所寫的小說爭取
承認與肯定。[3]沈從文首先肯定這種鄉土小說傳統，早在魯迅
小說中已建立起來。他說「以被都市物質文明毀滅的中國中部
城鎮鄉村人物作模範」，「是魯迅先生的作品獨造處」。（《文
集》，11：107～108）同時承認自己的鄉土小說也受了魯迅小
說的啟發才開始創作：「魯迅先生起始以鄉村回憶做題材的小
說正受廣大讀者歡迎，我的學習用筆，因之獲得不少勇氣和信
心。」（《文集》，11：69）他特別賞識魯迅作品中農村為物質
的侵蝕而崩潰與毀滅的主題：

> 魯迅使人憂鬱，是客觀的寫中國小都市的一切；……中
> 國農村是在逐漸情形中崩潰了，毀滅了，為長期的混
> 戰，為土匪騷擾，為新的物質所侵入，可讚美的或可憎
> 惡的，皆在漸漸失去原來的型範……。（〈論中國創作
> 小說〉，《文集》，11：173）

　　沈從文在許多當代小說作品中，也找到與自己相似之處。
除了較早期的受魯迅影響的王魯彥、許欽文等人之外，他發現
施蟄存、羅黑芷、廢名也是創作描寫被現代文明毀滅的鄉村小
說的作家。在〈論施蟄存與羅黑芷〉一文中，他說：「這兩人
皆為以被都市文明侵入後小城小鎮的毀滅為創作基礎。」（《文
集》，11：107）他更承認並指出他與廢名相同之處甚多：

> 同樣去努力為仿佛我們世界以外那一個被人疏忽遺忘的
> 世界，加以詳細的注解，使人有對於另一世界憧憬以外
> 的認識。（〈論馮文炳〉，《文集》，11：100）
> 農村所保持的和平靜穆，在天災人禍貧窮變亂中，慢慢
> 的也全毀去了。（〈論馮文炳〉，《文集》，11：101）

沈從文是一位艾略特所說的「詩人批評家」（poet-critic），他的文論是典型的創作室批評（Workshop Criticism），即批評為創作的副產品，目的是要替自己所寫的小說辯護，以便爭取承認。這種批評當它在討論與自己創作有關的作品時，具有很大的權威性，往往獨具慧眼，透視許多隱藏的問題，其真知灼見，很有說服力。[4] 所以本文便是根據沈從文自己肯定的描寫被物質文明毀滅的鄉村小說的特點，來考察他的小說中人物回歸山洞的神話與悲劇。

二、回歸山洞尋找永遠的自然與神意合一的愛情

沈從文有好幾篇小說，書寫情人前往深山峻嶺中的山洞幽會，然後自殺死亡，長眠在鋪滿野花的石板上。《月下小景》（1932）的神話是寫在一個為人類所疏忽、歷史所遺忘的殘餘種族聚集的山寨，一位剛滿二十一歲的寨主獨生子儺佑，在一次忘我的郊遊中，與熱戀的少女偷嘗禁果。在激情過後，才意識到這個民族不知何時遺留下來的野蠻風俗：一個少女同第一

個男子戀愛，卻只能同第二個男子結婚。第一個男子雖然可以
得到女子的貞操，卻得不到永遠的愛情。如果女子違反這種規
矩，就要受到懲罰：把女子背上捆著石塊，沈潭淹死，或拋到
土坑裏，處女被認為是帶有邪氣的東西。他們為了永遠的愛
情，走進山上石頭碉堡，雙雙睡在野花鋪滿的石床上，吞下毒
藥。他們不但破壞了魔鬼習俗，也在第一個戀人身上找到永遠
的戀愛之夢。[5]

儺佑與少女所追求的永遠的愛情，「與自然的神意合一」
（《文集》，5：53），卻違反了風俗習慣。這種魔鬼的習俗不是
神所同意的。這個悲劇其實是魔鬼（巫師）在奪取執行初夜權
而產生的。在原始的大自然世界，巫師往往化身為習俗，變得
野蠻殘暴。未受文明污染的愛情，仍然保持原始神話，所以沈
從文以野花來象徵他們回歸自然，以山洞來暗示他們回去原始
的時代：

> 兩人……在這個青石砌成的古碉堡上見面了。兩人共同
> 采了無數野花鋪到所坐的大青石板上，並肩的坐在那
> 裏。山坡上開通了各樣草花，各處是小小蝴蝶，似乎向
> 每一朵花皆悄悄囑咐了一句話……。（《文集》，5：
> 54）

在這個天堂裏，他們兩人最後永遠睡在一起：

> 兩人快樂的咽下了那點同命的藥，微笑著，睡在業已枯
> 萎了的野花鋪就的石床上，等候藥力發作。（《文集》，
> 5：57）

儺佑與少女回歸山洞的悲劇神話，代表自然與神意的愛情的死亡。

三、寶石洞的初夜：純潔雪白小羊的死亡

〈媚金·豹子·與那羊〉中二位情人回到石洞裏幽會。那裏黑暗、原始、自然，象徵他們回返了天上：

> 她是早先來，等候豹子的。她到了洞中，就坐到那大青石做成的床邊。這是她行將做新婦的床。石的床，鋪滿了乾麥杆草，又有大草把做成的枕頭，乾爽的穹形洞頂仿佛是帳子，似乎比起許多床來還合用。她把酒葫蘆掛到洞壁釘上，把綉花荷包放到枕邊，（這兩樣東西是她為豹子而預備的）就在黑暗中等候那年青壯美的情人。洞口微微的光照到外面，她就坐著望到洞口有光處，期待那黑的巨影顯現。（《文集》，2：396）
>
> 寶石洞當年，並不與今天兩樣。洞中是乾燥，鋪滿了白色細沙，有用石頭做成床同板凳，有燒火地方，有天生鑿空的窟窿，可以望星子，……一個不怕傷風，不怕中暑，完完全全天生為少年情人預備的好地方……。（〈媚金·豹子·與那羊〉，《文集》，2：395）

這是白苗女子常與別族男子幽會的地方。當年美麗的白臉苗族女子媚金，與鳳凰族男子豹子在對唱中情感交流成一條

河，女子就約他夜間到洞裏相會。由於是初夜，根據當地的風俗，需要尋找一隻全白的小羊來換取，結果豹子找遍當地的村寨，都找不到純潔雪白的羊，最後奔跑到遙遠的村子找到一隻受傷的小白羊，又得送去地保家敷藥。豹子趕到山洞時，天已快亮了，發現媚金奄奄一息的躺在石板床上，胸膛插著一把刀。

原來那天媚金吃過晚飯，擦上香油宮粉，打扮得美麗大方，帶了酒與繡荷包，便到洞裏赴會。可是等到快天亮，豹子還未出現，她以為豹子爽約，欺騙了自己，便拔刀自殺。豹子最後把媚金胸膛的刀拔出來，扎進自己的胸脯。第二天地保帶人尋到寶石洞，見到的是兩具死屍，還有那隻半死的白羊。

媚金與豹子的死亡是因為純潔雪白的小羊消失，因此才造成豹子的遲到或媚金的誤會。同時習俗也一再破壞自然生活秩序。白羊象徵逐漸消失的純潔的愛情，要一隻來換取處女的血，又是象徵以物質價值來衡量愛情，所以小說中作者慨歎：

> ……地方的好習慣是消滅了，民族的熱情是下降了，女人也慢慢的像中國女人，把愛情移到牛羊金銀虛名虛事上來了，愛情的地位顯然是已經墮落，美的歌聲與美的身體同樣被其它物質戰勝成為無用東西了。（《文集》，2：395～396）

媚金的自殺身亡就是為了抗議假裝的熱情與虛偽的戀愛，雖然她對豹子的爽約是一場美麗的又是死亡的誤會。

〈媚金·豹子·與那羊〉中的寶石洞也從此永遠在世界消失了。以前的寶石洞，一切都是自然的「完完全全天生為少年

情人預備的好地方，如今卻供奉了菩薩」（《文集》，2：395），把這山洞加以人工的佈置，變成聖地。沈從文用這一句話「寶石洞當年，並不與今天兩樣」，說盡今天的愛情已經墮落，再也回歸不了往日的愛情世界。所以今天的白臉的女子，再也沒有媚金的熱情，也「不能作媚金的行為了」，因為媚金、豹子死了，那隻最後純潔雪白的小羊也死了。

四、山洞裏死亡的約會：在神話中以偎抱使愛人復活

〈三個男人和一個女人〉（1930）關於一個小鄉鎮賣豆腐的年青人與商會女兒死亡約會的神話，是根據《從文自傳》中〈清鄉所見〉那一則當兵時的親身經歷所改寫。[6] 商會的小女兒大概受到父母之命，安排她嫁給有權勢的軍官，而她已深深愛上勤勞、沈默寡言、強健結實的鄉下年青人，於是他企圖逃離現實，回歸傳說中的世界：少女先吞金自殺，七天之內，男子把她從棺木裏抱起來，帶到山洞，以緊緊的偎抱便可以使少女復活，然後潛逃回鄉下。在這之前，賣豆腐的年青人已不斷寄錢回家鄉，作好一切安排。想不到年青人把墳掘開，把女子背到山洞，怎樣親密的擁抱，也救不活少女，最後少女的屍體被人發現躺在山洞裏。[7] 像媚金與豹子、儺佑與愛人一樣，這商會的女兒，長眠在石洞裏鋪滿野花的石床上：

> 商會會長女兒新墳剛埋好就被人拋棄，屍骸不知給誰盜了，……這少女屍骸有人在去墳墓半里的石洞裡發現，

> 赤光著個身子睡在洞中石床上，地下身上各處撒滿了藍色野菊花。（《文集》，9：160）

那些野菊花與山洞，正說明少女純真無邪的愛情，而鄉下青年人原始樸實的生命活力，正是小鎮商會小女兒所渴求的。豆腐鋪青年最後把她帶回山洞，放在石床上，讓她赤裸身體，在身體四周撒滿野菊花，這些都是象徵讓她回歸自然原始的懷抱。[8] 這少女具有勇氣去反叛扭曲自然人性的社會制度：她不愛那群穿著體面毛呢軍服的軍官，他們走路胸部向前直挺，還要用有刺馬輪的長統黑皮靴子磕著街石走路，這些都代表現代文明的虛偽與造作。與這些剛好相反，賣豆腐的年青人赤露著強健如鐵的一雙臂膊，天天沈默的扳著石磨。他的誠實單純、充滿野性生命的活力，正是她所追求的。[9]

五、現代醫生救活不了傳奇的愛情

沈從文寫了〈三個男人和一個女人〉一年後，又寫了〈醫生〉（1931）。[10] 很顯然的，這是前者的續篇。一位姓白的西醫生被一位年青人（使人想起賣豆腐的青年人）強行帶到一個山洞裏去搶救一位已冷僵的女人。她死了二天左右，看不出死因，神情安靜，眉目和平，仿佛只是安祥睡著的樣子，若不是肢體冰冷，看不出是一個死人（顯示出她是吞金自殺）。醫生覺得她「長得體面整齊的美女人，女人的臉同身四肢都不像一個農莊人家的媳婦」，這分明暗示她是商會的女兒。當醫生用燈細照，又發現「在衣服上留下許多黃土」（《文集》，4：

191），原來這年青人將她從墳墓裏挖出背到山洞裏，希望醫生在七天內將她救活，大概男人身體的偎抱，不能如傳說中將她起死回生。到了第六天，眼看醫生還是束手無策，沒法將她救活，他採摘許多野花（桃花）放在女人身邊：

> 他一個人走出去折了許多花拿到峒裡來，自己很細心的在那裡把花分開放到死屍身邊各處去。（《文集》，4：198）

白醫生是四川R市的西醫，兼通中西內外各症，是市中心福音醫院名醫生。但城裏的名醫，憑著藥品與儀器，也救不活瀕臨絕滅的純潔的愛情。最後青年人對文明人及其醫學感到絕望，只好用美麗的野花來醫治這位美麗的少女，把醫生拖到山下，讓他們與野草留在象徵原始文化的山峒裏。在山洞裏躺在野花叢中，不是正代表回歸原始自然的懷抱嗎？[11]可惜現代人的愛情受傷太重，即使回到原始，回到神話，還是要面臨死亡，怪不得青年人最後傷心驚慌的瘋掉了。

六、推開旅店的窗口遙望：山洞的男女喚醒 人類的情欲

山洞在沈從文上述小說中都是情人最後的歸宿地。回到山洞就如回歸神話，這情形就如黑貓在〈旅店〉小說中，看見窗外出現過短暫模糊的情景：

> 黑貓今天特別醒得早，醒時把麻布蚊帳一掛，把床邊小
> 小窗子推開，……不知有多少男人這時聽到雞叫，把那
> 與他玩嬉過一夜的女人從山洞中送轉家去，……別的婦
> 人都有權在這時從一個山洞中走出，讓男子腿下衣代為
> 披上送轉家中，她也不能做。（《文集》，8：305）

黑貓雖是烏婆族二十多歲的婦女，跟著丈夫從商，早晚為旅店
與酒店業務忙碌，尤其丈夫逝世後，更加為賺取金錢而折磨得
身心疲倦，正如她的助手駝子所說，「世界變了，女人不好好
的在年輕時唱歌喝酒，倒來做飯店主人……」。（《文集》，
8：307）窗外山洞的男女勾引起她的性慾，因而使她感到旅
店與外面大自然的人類生存境況，形成二種強烈的對照，裏面
代表文明沒落，人種退化，外面野性，自然的生命力。

那天早上黑貓睡醒，推開窗遠望，看見走出山洞的男女，
象徵大自然喚醒了人類本能與情慾。因此，最後黑貓走出旅
店，在她經常汲水的河邊與大鼻子客人野合。這是回歸大自
然，嘗試恢復自然原始人的一種努力。可是黑貓與大鼻子只能
回返大自然，讓自然原始的人性與慾望發洩一次，不久後大鼻
子得急病死了，而黑貓敵不過世俗的流言是非，不敢再回返自
然。

〈旅店〉中文明沒落與種族退化是通過性慾衰退的象徵性
語言來說明，而且強調恢復性本能，才能拯救文明於頹廢。可
是中國現代社會就如同這間旅店，住在裏面的人都生活在焦
慮、絕望中，因為大家都為金錢商業活動而奔波；都是有變態
心理，過著病態的生活。駝子有先天缺陷，性無能，黑貓雖然
美麗性感，商業工作把女性慾望磨滅掉，丈夫很年輕就病死，

她成為年輕的寡婦。12

七、軍隊屠殺逃回山洞的野人：原始文化生活的毀滅

在〈七個野人與最後一個迎春節〉（1926）裏，北溪村原是一個世外桃源的原始村落，當政府要在當地設官設局，派軍隊來駐守時，有七個野人頑強抗拒，因為他們擔憂，違反文明的風俗，遲早會禁止，種族中直率慷慨全會消失，族中男子將墮落成奴隸，女子也會逼成娼妓。眼巴巴看見好風俗為大都市文明侵入毀滅，全村的人在最後一個迎春節裏用燒酒醉倒自己，因為新的習慣將在人心中生長，代替那舊有的一切。

其中有七個人拒絕歸化，反抗又無效，便一起搬到山洞中去住：

> 照當時規矩，住山洞的可以作為野人論，不納糧稅，不派公款，不為地保管轄，他們這樣做了。（《文集》，8：322）

他們七個人仍然過著鄉下人的生活：上山打獵，下山與人作公平交易，除了用槍彈把鳥獸獵來，復用歌聲把女人引到山中：

> 他們幾個人自從搬到山洞以後，生活仍然是打獵。獵的一切，也不拿到市上去賣，那些凡是想要野味的人，就拿了油鹽布匹衣服煙草來換。他們很公道的同一切人在

洞前做著交易，還用自釀的燒酒款待來人。他們把多餘的獸皮贈送全鄉村頂勇敢美麗的男子，又為全鄉村頂美的女子獵取白兔，剝皮給這些女子製手袖籠。

他們自己呢，不消說也不是很清閒寂寞，因為住到這山洞的意思，並不是為修行而來的。他們日裡或坐在洞中磨刀練習武藝，或在洞旁種菜舀水，或者又出到山頭彎裡坳裡去唱歌。他們本分之一，就是用一些精彩嘹亮的歌聲，把女人的心揪住，把那些只知唱歌取樂為生活的年青女人引導洞中來，興趣好則不妨過夜，不然就在太陽下當天做一點快樂爽心的事，到後就陪女人轉回村子，送女人下山。他們雖然一切方便，卻知道節制，傷食害病是不會有的。（《文集》，8：322～323）

而北溪的人依舊是耕田，依舊是砍柴栽菜，只是要納捐，要在一切極瑣碎極難記憶的規則下走路吃飯，有了內戰，壯年便被拉去打仗，還有許許多多的變化：

北溪改了司，一切地方是王上的土地，一切人民是王上的子民了，的確很快的便與以前不同了。迎春節醉酒的事真為官方禁止了，別的集社也禁止了。平時信仰天的，如今卻勒令一律信仰大王，因為天的報應也可靠也不可靠。大王卻帶了無數做官當兵的人，坐在極高大極闊氣的皇城裡，手下人拿了各式各樣的武器和各式各樣的法律規章。

還有不同的，是這裡新村寨中漸漸同別地方一個樣子，不久就有種不必做工也可以吃飯的人了。過三兩年且有

靠說謊話騙人的紳士出現了。又有靠狡詐殺人得名得利
的候補偉人了。又有人口的買賣行市，與大規模官立鴉
片煙館了。地方確實興隆得極快，第三年就幾幾乎完全
不像第一年的北溪了。（《文集》，8：325）

七個野人還開發了其他山洞，讓年輕的情人可以逃回神話
裏作短暫的生活：

凡是年青的情人，都可以來此地借宿，因為另外還有幾
個小山洞；經過一番收拾，就是這野人特為年青情人預
備的。洞中不單有乾稻草同皮褥，還有新鮮涼水與玫瑰
花香的煨芋。到這些洞裡過夜的男女，全無人來驚吵的
樂了一陣，就抱得很緊舒舒服服的睡到天明。因為有別
的緣故，向主人關照不及時，道謝也不說一聲便走去，
也是很平常的事。（《文集》，8：323）

第三年的迎春節，所有懷念舊風俗的人，想過荒唐生活、無拘
無束生活的人，都跑到山洞聚會。七個野人拿出山珍海味與美
酒，熱情招待他們。過了三天，當北溪的人還在夢中，七十個
帶槍的軍人，把野人洞包圍，將七個人頭砍下，掛在門前大樹
上示為，並出示布告一張，說明野人召集數百土匪的罪，圖謀
造反的罪狀，這些都是官方捏造的罪狀：

新衙門前貼出一張白紙黑字告示，說是經過密查探明，
洞中嘯聚數百土匪，圖謀不軌，顛覆政府，有造反陰
謀，幸發覺，所以把七個主謀匪徒所住山洞，加以圍

剿，經過忠於國王的兵士奮勇血戰，將所有奸匪全部殲
滅。凡是本村善良公民，那天到山洞吃血酒的，及早自
首，則酌量罰款，自首不速察出者，抄家，本人充軍，
兒女發官媒賣作奴隸。（《文集》，8：326）

七個野人選擇逃回山洞，過著打獵的生活，其他村民因懷
念舊風俗，偶而回去山洞回味一下田園風土人情的生活，都遭
到暴力的破壞。這說明現代文明從侵蝕變成屠殺原始人性與古
樸的民風了。七個野人的死亡，象徵原始農村的素樸人性的毀
滅，自然生活方式的滅亡。在山洞裏最後一個迎春節，代表桃
源世界的最後一次的出現與消失。[13]

八、重黎斷絕天地：墮落的苗民上不了天的 神話

根據中國古代神話，人和神原來是混居在一處，天堂與人
間是相通的，可以自由的往來。自從天堂的尤到了下方，煽動
人類跟他造反犯罪，不肯跟從的，就製作了種種殘酷的刑罰，
來逼迫苗民跟從他，行善受罰，作惡有賞，漸漸的苗民也泯滅
了善良的天性，跟尤作起亂來了，於是上帝命重和黎二神切斷
天地的通路，從此人上不了天，神也回返不了天堂。

在中國神話裏，有許多神也因個別的受了邪魔的沾染或犯
了罪，最後也回返不了天庭。黃帝曾派遣應龍及其女兒天女去
攻打尤，殺死尤弟兄後，因為受了邪魔的沾染，從此只能留住
在地上，再也不能上天了。羿因為射落九個太陽的過失，天帝

革除他的神籍，而且和他一起下凡的妻子娥（嫦娥）也受累，再也沒有上天了。[14]

神話中回返不了上天，永遠住在地上受苦受難，主要原因是受了邪惡的沾染，違反了天堂的清規，犯了惡罪，泯滅了善良的天性。這種回歸天上失敗的悲劇的神話原型（archetype）[15]，說明人類從蠻野蒙昧的狀態到今日科技發達時，人類都會在墮落與回返原性中掙扎。這種殘存在人類記憶中回歸原鄉的集體意識（collective consciousness），很明顯的支配著沈從文小說中的人物的思想行動。上面討論過的小說，從〈月下小景〉、〈媚金‧豹子‧與那羊〉、〈三個男人與一個女人〉及〈旅店〉中的男女，所以要從世俗的世界，逃回山洞，最終又以死亡悲劇收場，如果要追溯探源，其原型出自神話中因人神本性之墮落，溝通天地之道路被斷絕，從此回返不了天上的悲劇。這些男女要回歸山洞，就等於人類要恢復自然的情欲與感性，找回自我的自然原始的人性。這個山洞，與神話中的天堂是相同的，因此媚金與豹子自殺之後，村民把寶石洞看成聖地，還供奉著菩薩。

山洞是原始人的住所，人類文化的源頭，因此〈七個野人與最後一個迎春節〉這篇小說中的獵人，要回返山洞，而不單單回歸山林，來表示對現代文明的反抗。這篇小說中的回歸不了天堂的神話原型結構，就更明顯了。北溪村原是一個人神不分，人間與天堂難辨的世外桃源。當政府官員帶著武裝軍隊來設官局，禁止所有人或神，回返象徵天堂的山洞或原始打獵的生活，而且殲滅或嚴厲懲罰仍然嚮往神仙生活的人類。代表現代人類文明的官，其實就是從天堂派來人間的尤。尤使苗民泯滅了善良的天性，新來的地方官忙於徵稅與吃喝，最後引導人

民精神墮落：說謊詐騙的人都成為紳士，英勇的男子墮落成奴隸，女子也被逼成娼妓。上述討論的小說如〈月下小景〉、〈媚金・豹子與那羊〉、〈七個野人與最後一個迎春節〉都是苗族的人與事[16]，那些帶著軍隊前來的官僚與欺壓人民的紳士，都是漢人，自以為是從天上來到凡間，所以自認為「一切地方是皇上的土地，一切人民是皇上的子民了」。（《文集》，8：325）漢人以暴力權威強迫湘西苗人墮落，因此很明顯的，〈七個野人與最後一個迎春節〉是古代神話尤使苗民泯滅了善良的天性的現代版本。

王德威在《二十世紀中國的寫實虛構：茅盾、老舍、沈從文》一書與〈原鄉神話的追逐者〉一文中指出，像沈從文這類鄉土文學作家，因鄉愁而勾引起的故鄉，不僅只是一個地理上的位置，它更代表了作家所嚮往的生活意義源頭，想象中的夢土，以及作品為事力量的為動媒介。沈從文的湘西不只是蘊藏著作者往日個人經驗的地方，更像陶潛用來呈現白日夢的桃花源，往往只不過是一個小說想像的風景（fictional landscape）。正因為沈從文的湘西能激發出一大群的意象，它才被看成意義重大的故鄉。所以沈從文要重現的，與其說只是另一原鄉的種種風貌，不如說它展現了時空交錯（chronotopical）的複雜人文關係。因此王德威以神話來解讀沈從文的鄉土小說，開拓了一條門徑。沈從文的鄉愁，未必是舊時情懷的復甦，只是想像的鄉愁（imaginary nostalgia），往往為了逃避或瞭解，現在所創造的回憶或神話。[17]

我前面分析過沈從文小說中的山洞，就是沈從文故鄉神話的一種。這種「故鄉」的召喚，王德威說，「可視為一有效的政治文化神話，不斷激蕩左右著我們的文學想象」，所以他曾

以「神話」一詞來審視沈從文及其它原鄉文學的傳統，「只有
在瞭解神話意義本身不可免的詮釋迴圈，以及神話運作不能稍
離的歷史環境後，才可避免『原鄉』的閱讀行動，墜入一廂
（鄉）情願的追逐中」。[18] 上面的山洞神話，便是沈從文營造許
多故鄉神話之一。

九、二度重返桃源：正直素樸人情美快要消失無餘

沈從文自從1922年告別湘西，去了北京，就一直沒有回
返家鄉。1934年的第一次回鄉，他由沅水坐船上行，轉到家
鄉鳳凰縣。[19] 去鄉十八年，一入辰河流域，他眼睛所見，無不
使他傷心，湘西「在變化中墮落」，「農村社會所保有那點正
直樸素人情美，幾乎快要消失無餘」，農村人民的人性良心已
被現代文明，這個尤的引誘威迫下開始泯滅了：

> 去鄉已經十八年，一入辰河流域，什麼都不同了。表面
> 上看來，事事物物自然都有了極大進步，試仔細注意注
> 意，便見出在變化中墮落趨勢。最明顯的事，即農村社
> 會所保有那點正直素樸人情美，幾乎快要消失無餘，代
> 替而來的卻是近二十年實際社會培養成功的一種唯實唯
> 利庸俗人生觀。敬鬼神畏天命的迷信固然已經被常識所
> 摧毀，然而做人時的義利取捨是非辨別也隨同泯沒了。
> 「現代」二字已到了湘西，可是具體的東西，不過是點
> 綴都市文明的奢侈品大量輸入。（〈長河·題記〉，《文

集》，9：2）

1937年沈從文再度回鄉[20]，更進一步證明湘西仍在繼續墮落，「因為四年前一點憂，無不陸續成為事實」：「當地農民性格靈魂被時代大力壓偏曲屈失去了原有的素樸所表現的式樣。」（《文集》，7：4及5）

湘西對沈從文來說，永遠是陶淵明〈桃花源記〉中的桃源仙境，一個洞天福地：

> 這裡是一群會尋快樂的正直善良鄉下人，有捕魚的，打獵的，有船上水手和編製竹纜工人。若我的估計不錯，那個坐在我身旁，伸出兩隻手向火，中指節有個放光頂針的，肯定還是一位鄉村裡的成衣人。這些人每到大端陽時節，都得下河去玩一整天的龍船。平常日子特別是隆冬嚴寒天氣，卻在這個地方，按照一種分定，很簡單的把日子過下去。每日看過往船隻搖櫓揚帆來去，看落日同水鳥。雖然也同樣有人事上的得失，到恩怨糾紛成一團時，就陸續發生慶賀或仇殺。然而從整個說來，這些人生活卻仿佛同「自然」已相融合，很從容的各在那裡盡其性命之理，與其他無生命物質一樣，惟在日月升降寒暑交替中放射，分解。而且在這種過程中，人是如何渺小的東西，這些人比起世界上任何哲人，也似乎還更知道的多一些。（〈湘行記〉，《文集》，9：283～284）

但是沈從文重返桃源所見到的，都是使他「覺得十分好笑」，

竹林裏潛伏著剪徑的土匪，街道上土樓煙館受到軍警保護，在客樓菜園平房裏與空船上，住下無數公私不分的妓女，她們的數目占城中人口很大。整個湘西地區在沈從文重返後的印象是：「湘西是個苗區，同時又是個匪區，婦人多會放蠱，男子特別歡喜殺人。」[21]

所以當我解讀〈月下小景〉、〈媚金‧豹子‧與那羊〉、〈三個男人和一個女人〉、〈醫生〉、〈七個野人與最後一個迎春節〉這些小說時，我在儺佑和少女、媚金與豹子、賣豆腐的青年與商會的女兒、七個野人身上看見沈從文二度回歸湘西的身影，而湘西便是那個山洞。因為農村人物的正直熱情，只「保留在年青人的血裏或夢裏」（《文集》，7：4），沈從文在這些小說中讓儺佑、豹子等年青女男再流一次血或再作一次夢，像賣豆腐的青年人與少女，甚至大膽的回到神話中去試一次死亡的約會。

前面我已提到王德威曾指出，沈從文的湘西就如陶潛的桃花源，只是表現白日夢的想像的風景。沈從文的湘西地形崎嶇蔽塞，民風兇險，要在這一塊窮山惡水間建立「世外桃源」，是他在現代中國小說中最大的突破與挑戰。所以我借王德威這段話來結束沈從文小說人物回歸山洞的悲劇神話：

> 由是觀之，沈從文的鄉土文學以一特殊地理空間起始，卻終須應及時間流變的痛苦，或非偶然。烏托邦的意義只有在與時俱移，不斷延挪後退的條件下，才得持續。由沈從文輩代表的原鄉衝動來看，現實的墜落、文明的僭俗、人心的澆薄，固有外在環境的佐證，也暗指作家與一特定寫實規範相生相剋的立場。桃花源果真坐落湘

西，也必早已分崩離析。只有在不斷地遙擬追憶那「已失」並「難再復得」的故土時，原鄉的敘述方得以綿綿無盡地展開。[22]

注　釋

[1] 本文所引用沈從文著作，皆根據《沈從文文集》共十二卷（香港：三聯書店，廣州：花城出版社，1985年），為節省篇幅，引文後簡稱為《文集》，並以9：332代表卷數與頁碼。

[2] 關於沈從文的生平與寫作生活，參考淩宇《沈從文傳》（北京：北京十月文藝出版社，1988年）或邵華強編《沈從文研究資料》（香港：三聯書店，1991年）上下卷中的沈從文年譜與書目，頁905～1046。

[3] 王潤華〈沈從文論魯迅：中國現代小說的新傳統〉，《魯迅仙台留學99周年紀念國際學術文化研討會論文集》（仙台：東北大學語言文化學院，1994年），頁218～228。

[4] 王潤華〈從艾略特「詩人批評家」看沈從文的文學批評〉（新加坡：新加坡國立大學中文系學術論文第90種，1993年），或見《漢學研究》第12卷第2期（1994年12月），頁317～332。

[5] 見《沈從文文集》，第5卷，頁44～54。

[6] 〈清鄉所見〉，見《從文自傳》，《沈從文文集》第9卷，頁158～161。

[7] 這篇小說的情節模糊不清，這是我作為一個讀者的反應。

[8] 關於其他學者對這篇小說的詮釋，參淩宇《從邊城走向世界》（北京：三聯書店，1985年），頁211～234；王繼志《沈從文論》（南京：江蘇教育出版社，1992年），頁208～238。

[9] 我有論文詮釋沈從文小說中的野花的象徵意義，見王潤華〈每種花都包含著回憶與聯想：沈從文小說中的野花解讀〉（新加坡：新加坡國立

大學中文系學術論文第106種，1995年），頁21。

10 〈醫生〉，收入《文集》，第4卷，頁156～162。

11 同註9。

12 我另有論文〈世紀末思潮在沈從文〈旅店〉中留下的痕跡〉，《中國現代文學理論季刊》第8期（1997年12月），頁610～623。

13 關於〈七個野人與最後一個迎春節〉的詮釋，參考凌宇《從邊城走向世界》，頁211～234；王繼志《沈從文論》，頁208～238；蔡測海〈野人與洞穴〉，《沈從文名作欣賞》（北京：中國和平出版社，1993年），頁92～95。

14 袁珂《中國古代神話》（香港：商務印書館，1956年），頁14～15；頁52～56；頁72～98。

15 關於神話與文學的理論，參 John Vickery, *Myth and Literature* (Lincoln:University of Nebraska Press, 1966)。

16 關於沈從文對苗族文化的闡釋，參考劉洪濤〈沈從文對苗族文化的多重闡釋與消解〉，《二十一世紀》第25期（1994年10月），頁76～82。

17 王德威〈原鄉神話的追逐者：沈從文、宋澤萊、莫言、李永平〉，見《想像中國的方法：歷史、小說、敘事》（北京：三聯書店，1998年），頁225～247；David Der-Wei Wang, *Fictional Realism in Twentieth-Century China: Mao Dun, Lao She, Shen Congwen* (New York: Columbia University Press, 1992), pp.247～289.

18 見〈原鄉神話的追逐者〉，同前註，頁225～226及245。

19 這次返鄉的散文作品是《湘行散記》，這是根據沈從文途中所寫給其夫人張兆和的信整理出來。目前這些信件（包括張兆和的）與《湘行散記》，還有沈從文沿途所作的風景素描都印在《湘行集》（長沙：嶽麓書社，1992年）。

[20] 這第二次返鄉的主要作品為散文〈湘西〉及小說〈長河〉。

[21] 參《湘行散記》中〈一個戴水獺皮帽子的朋友〉、〈桃源與沅州〉，與《湘西》中的〈引子〉，《沈從文文集》，第9卷，頁234～241；頁336～340。

[22] 〈原鄉神話的追逐者〉，同註17，頁229。

鄉下人放的二把火

—— 沈從文小說〈貴生〉解讀

一、鐮刀與火把：原始自然的生活

沈從文的短篇小說〈貴生〉創作於 1937 年 3 月，發表於朱光潛主編的《文學雜誌》第 1 卷第 1 期（1937 年 5 月 1 日），第一次收集在他的小說集《主婦集》，1939 年 12 月由上海商務印書館出版。[1]

小說中的人物貴生是一個年富力強的單身漢子，為沈從文小說中許多鄉下人之一。小說一開始，沈從文即以水中的小蝦子與貴生一起出現在原始自然的鄉野裏：

> 貴生在溪溝邊磨他那把鐮刀，鋒口磨得亮堂堂的。手試一試刀鋒後，又向水裏隨意砍了幾下。秋天來溪水清個透亮，活活的流，許多小蝦子腳攀著一根草，在水裏游蕩，有時又躬著個身子一彈，遠遠的彈去，好像很快樂。貴生看到這個也很快樂。（《文集》，6: 338）

貴生為了追求小蝦子在水中自由快樂由游蕩的生活，他堅

持住在離大城二十里外，離五老爺爺圍子裏二三里外的山林裏，也拒絕做長工，怕行動受到管束。他像大自然裏的動物，借五爺的土地，自己親手造房子住：

> 貴生住的地方離大城廿里，離張五老爺圍子兩里。五老爺是當地財主，近邊山坡田地大部分歸五老爺管業，所以做田種地的人都和五老爺有點關係。五老爺要貴生做長工，貴生以為做長工不是住圍子就得守山，行動受管束，大不願意。自己用鐮刀砍竹子，剝樹皮，搬石頭，在一個小土坡下，去溪水不遠處，借五老爺土地砌了一棟小房子，幫五老爺看守兩個種桐子的山坡，作為借地住家的交換。住下來他砍柴割草為生。春秋二季農事當忙時，有人要短工幫忙，他鄰近五里無處不去幫忙（食量抵兩個人，氣力也抵兩個人）。（《文集》，6:339）

雖然近幾年來，城裏的東西樣樣貴，生活大不如前，貴生只要磨利了鐮刀，點亮了火把，砍魚割草，便快樂如神仙：

> 貴生卻磨快了他的鐮刀，點上火把，半夜裡一個人在溪溝裡砍了十來條大鯉魚，全用鹽揉了，掛在灶頭用柴煙燻得乾乾的。現在磨刀，就準備割草，挑上城去換年貨。正像俗話說的：兩手一肩，快樂神仙。村子裡住的人，因幾年來城裡東西樣樣貴，生活已大不如從前，可是一個單身漢子，年富力強，遇事肯動手，平時又不胡來亂為，過日子總還容易。（《文集》，6:338～339）

　　鄉下遠近幾里的人都喜歡貴生，尤其離住處不遠的橋頭旁的雜貨鋪杜老板一家。杜老板自動暗示要將女兒嫁給貴生，一個又憨又強的好幫手，將來又可承繼賣雜貨的家業。

> 那雜貨鋪老板會突然發問：「貴生，你想不想成家？你要討老婆，我幫你忙。」
> 貴生瞅著面前向上的火焰說，「老板，你說真話假話，誰肯嫁我！」
> 「你要就有人。」
> 「我不信。」……
> 話把貴生引到路上來了，貴生心癢癢的，……。
> 半夜後，貴生晃著個火把走回家去，一面走一面想，賣雜貨的也在那裡裝套，捉女婿，不由得不咕咕笑將起來。一個存心裝套，一個甘心上套。（《文集》，6: 351～352）

　　貴生從點上火起，半夜在溪溝砍魚，到打著火把，帶著娶金鳳為老婆的諾言回家，這是他最快活的日子。

二、山野瓜果與城市嫖賭：鄉村與都市文化之衝突

　　貴生為了逗金鳳喜歡，一年四季從山上摘取野生瓜果送給她吃，栗子、榛子之外，三月送大莓、六月枇杷、八九月八月瓜。可是除了這些，他一無所有。因為單憑手腳勤快，在這個

時代並不可靠，他只好到城裏找舅舅商量。在城裏當廚子的舅舅將一生積蓄下來的二十塊錢送（借）給貴生，他花了五塊錢買布匹、粉條、豬頭、香燭紙張。三天後高高興興回鄉向杜老板提親，卻發現揮金如土、嗜賭如命的地主張五爺，在四老爺的慫恿下，已搶先一步向杜老板下了娶金鳳為妾的定親禮物，因為五爺近來賭錢總是輸，需要找一個「原湯貨」沖沖晦氣。[2]杜老板認貨不認人，嫁女如做買賣，馬上就把金鳳許配給五爺做妾了。貴生擁有的只是野生瓜果，或是裝套捕捉的黃鼠狼和野雞，五爺擁有附近所有的山林田地，是住在城裏的一個大地主，一夜之間他可以隨意輸掉二萬八，至少也五千塊錢，而貴生籌備婚禮，只花了五塊錢買禮物。貴生與杜老板都生活在張五爺勢力所及的土地上：貴生以幫五爺看桐樹園子作為借地築屋的交換條件，杜老板的雜貨店也是借張家土地開店落腳，經濟上都受了五爺的控制。貴生早就擔心金鳳會被「捨得花錢」的商人搶走，只是想不到竟被表面上斯文大方的五爺娶走。

三、貴生放的二把火：燒毀雜貨鋪與自己的 房子

在五爺與金鳳成親的當夜，嗚嗚咽咽的嗩吶聲音、爆竹聲響過後，火炬照亮了張老爺的園子，眾人接受過賞錢，開始歡樂喝酒時，貴生悄悄溜走了。就在五爺與金鳳洞房的午夜，有人放了二把火，將貴生的房子與杜老板的雜貨鋪燒成平地：

半夜裡，五爺正在雕花板床上細麻布帳子裡擁了新人做夢，忽然圍子裡所有的狗都狂叫起來。鴨毛伯伯起身一看，天角一片紅，遠處起了火。估計方向遠近，當在溪口邊上。一會兒有人急忙跑到圍子裡來報信，才知道橋頭雜貨鋪燒了，同時貴生房子也走了水。一把火兩處燒，十分蹊蹺，詳細情形一點不明白。（《文集》，6: 361）

　　眾人在灰燼中找不到杜老板和貴生燒焦的屍首，也不見他在火場附近出現：

鴨毛伯伯匆匆忙忙跑去看火，先到橋頭，火正壯旺，橋邊大青樹也著了火，人只能站在遠處看。杜老板和癩子是在火裡還是走開了，一時不能明白。於是又趕過貴生處去，到火場近邊時，見有好些人圍著看火，誰也不見貴生，人是燒死了還是走了，說不清楚。鴨毛用一根長竹子向火裡搗了一陣，鼻子盡嗅著，人在火裡不在火裡，還是弄不出所以然。人老成精，他心中明白這件事，火是怎麼起的，一定有個原因。轉圍子時，半路上正碰著五爺和那新姨。五爺說，「人燒壞了嗎？」（《文集》，6: 361）

　　火究竟是怎麼起的？只有五爺的老男僕鴨毛伯伯清楚，因為「人老成精」，他心中明白這件事：火是貴生放的。

四、復仇、覺醒、反抗的憤怒之火

貴生放的二把火，一把火燒毀自己親手用鐮刀砍竹子、剝樹皮、搬石頭，在五爺桐樹林斜坡上砌成的小房子，另一把火燒掉離住處不遠橋頭的雜貨鋪。過去評論〈貴生〉的學者，注意的焦點，都落在「一把火兩處燒」上頭。

凌宇在《從邊城走向世界》一書中，把貴生放的火，解讀作復仇的符號。杜老板不遵守諾言，使老實自重的貴生，感到被戲弄的痛苦。他說貴生缺乏理性的思考：

> 當貴生強烈地感到自己受到店鋪老板父女的戲弄時，那分自重促使他放起一把大火，將自己的房子與老板的店鋪燒成平地。……貴生雖然放火燒掉房子而逃走，但那只是一種原始復仇情緒的發洩，終算不得出於理性的思考。這是一種悲涼的人生。[3]

王繼志在《沈從文論》中，也以「覺醒」、「反抗」、「復仇」來詮釋貴生的那把火：

> 小說於結尾處寫到了貴生的覺醒：在五老爺與金鳳成親的當夜，為奴隸的貴生一把火點燃了自家和金鳳家的房屋，終於走上了入山為「匪」的道路。這固然表明貴生的覺醒並沒有由自發走上自覺，即沒有由被奴役的階級地位走上階級的反抗，而僅僅把一個社會制度釀成的悲

劇看成是個人的品德問題，因而只對「負義」的金鳳父女實施報復。但是，他比起那些雖處於做奴隸地位卻依然相信「一切都是命，半點不由人」的人們，比起那些看到火起，仍企圖撲滅烈火為自己救出一個被奴役的地位的人們，比起忘恩負義、「認貨不認人」的金鳳父女倆，到底還是前進了一大步。[4]

范智紅在〈時間差異與貴生的命運〉那篇賞析文章裏，也將這把火解讀成鄉下人野蠻靈魂在「反抗」無法抗拒的「命定」時爆發的怒火。[5]

貴生老實、憨直、自重，這種與生帶來的原始蒙昧、勤勞、善良與純樸，當他被雜貨店老板暗示招他做女婿時，他把它當著一種諾言，鴨毛伯伯便是證人，他告訴四爺：

> 問鴨毛「女人是誰」。鴨毛說：「是橋頭上賣雜貨浦市人的女兒。內老板去年熱天回娘家吃喜酒，在席面上害蛇鑽心病死掉了，就只剩下這個小毛頭，今年滿十六歲，名叫金鳳。其實真名字倒應當是『觀音』！賣雜貨的大約看中了貴生，又憨又強一個好幫手，將來會承繼他的家業。貴生倒還拿不定主意……。」（《文集》，6:349）

貴生自己也親口告訴舅舅說：「只要他開口，可拿定七八成。掌櫃的答應了，有一點錢就可以趁年底圓親……。」（《文集》，6: 353）

鄉下人與城市人的語言是不相通的。也就是因為這樣的誤

解生意人「認貨不認人」的杜老板的話的嚴肅性，貴生放火燒
的，不是娶金鳳的五爺的屋子，而是杜老板雜貨鋪。照一般人
推理，搶走金鳳的是五爺，貴生當夜離開圍子時，正是五爺擁
著金鳳上床睡覺的半夜，應該放火燒五爺的房子，他卻去別處
發洩憤怒，可見貴生還是很理性。他明白五爺是城市人，虛偽
善變，現代物質文明的化身。但為了利用鄉下人的勞力，表面
上極富人情味，常常送貴生衣服、糖鹽，也借地讓他建造房
子。當然放火燒五爺的房子，還會有燒死金鳳的危險。他覺得
違背承諾說話虛偽，才是對他最大的戲弄與污辱。由於沈從文
讓貴生放火燒掉雜貨鋪和自己的房子，更突出這篇小說主題不
只是反抗地主強權，而是要燒毀侵蝕鄉村樸素人性的物質文
明，讓鄉村人對城市文明的幻想開始破滅，讓貴生燒毀過去的
自己。

因此這二把火，燒出很複雜的意義。

五、從「互參文本」看〈貴生〉中多義性的
火

沈從文的創作雖然多數完成於二、三十年代，他的文學思
考與追求，不少地方很接近後現代結構的理論，我在〈沈從文
小說創作的理論架構〉一文中已有討論。[6] 他對很多傳統的文
學觀提出異議，譬如他不接受作品內容或意義全屬作者的意願
或想法之說，他否定作者在作品中是自主的，只有作者唯一的
聲音，也否定以作者為主的傳統閱讀或詮釋方法。下面這二段
文字說明沈從文推翻了以作者為中心的傳統閱讀或詮釋方法：

> 你應該從欣賞出發,看能得到是什麼。不宜從此外去找
> 原因。特別不宜把這些去問作者,作者在作品中已回答
> 了一切。
>
> 只有一個目的,就是企圖從試探中完成一個作品,我最
> 擔心的是批評家從我習作中尋「人生觀」或「世界
> 觀」。[7]

由此可見,沈從文當時已大力強調文本不是封閉完整的單一個體,其開放與多元性,為讀者提供了無窮盡的詮釋孔道,讀者經由不同的閱讀行為,能不斷擴大與變化文本的意義,因此沈從文反對尋找作品的「正確」或唯一的意義,相反的,他要學者不斷給作品提出新的意義,讓不同的閱讀,能產生層出不窮的新意義。

早在1941年,沈從文瞭解自己異於傳統的書寫行為,深受固有的文學閱讀經驗與文學觀影響的人,都覺得他的小說創作法莫名其妙:

> 我寫的小說,正因為與一般作品不大相同,人讀它時覺
> 得還新鮮,也似乎還能領會所要表現的思想內容。至於
> 聽到我說起小說寫作,卻又因為解釋的與一般說法不
> 同,與流行見解不合,弄得大家莫名其妙了。(《文
> 集》,12: 122)

在面對沈從文這種異於傳統的書寫行為的小說,我們不能以溝通或意義為導向的傳統符號來解構貴生放的二把火。傳統

上，符號被視作一封閉的統一體，一邊是符表（signifier），另一邊是符義（signified），這種封閉處阻礙與制止了意義的延伸，因此傳統所謂的文本（text）也是封閉性的，讀者把作品視為客觀意義的存在體，傳統的文學批評，企圖在作者傳記裏或社會裏尋找作品的終極意義。[8]著重尋找單反、固定、唯一的意義，最後每一作品都有一特定的意義，然後教師便很方便簡單的傳授給學生。這種文學批評，只找到字白意義，作品所引申或涵蓋的多重性與多義性便被忽略了。上面把〈貴生〉中的火詮釋成反抗、復仇之火便是尋找「正確」的唯一意義的結果，它會限定或局限作品的意義。因此它只是許多重要閱讀之一，不是唯一的詮釋法。

　　像沈從文這種作家，不再相信語言只是再現（representation）的工具，其文本則成為各種可能存在的意義之交會空間。如果以羅蘭巴特（Roland Barthes）理論來說，沈從文是作家（writer）不是作者（author），作者的作品是定型的，強調其特殊意義與功能，羅蘭巴特稱它為作品（work），作家書寫的成品稱為的文本（text），具有開放的特性，其本身意義，可不斷的被創造衍生。〈貴生〉是文本不是作品，所有文本都與其他文學或非文學的文本互相關連，不管有意或無意的，明顯或隱藏的，總會跟先前的文本產生關聯性。[9]把沈從文的〈貴生〉放在「互參文本」（intertextuality）之中，其意義便能更完整的解讀出來。泰瑞・伊果頓（Terry Eagleton）在其《文學理論導讀》（*Literary Theory: An Introduction*）中，這樣概括這個理論：

　　一切文學文本都是由其他文學文本羅織而成，但這種說

法不像傳統那樣，以為文本帶有「影響」的痕跡，而是
更激進的說法：每個字、片語、或片段都是先前或周遭
其他寫作的再造（reworking）。無所謂什麼文學的「原
創性」（originality），無所謂什麼「第一部」文學作品，
一切文學都是「互參文本」（Intertextual）。因此一篇特
定寫作並沒有什麼明確的定界，它不斷溢散到周遭的作
品，產生數百種不同視野，這些視野隨後逐漸縮小乃至
消失。作品不可能訴諸作者就突然封閉，變得確切，因
為「作者死亡」（death of the author）是現代批評如今信
心十足高唱的口號。

作者的傳記畢竟只是另一個文本，不需賦予任何特權，
這種文本也可以被解構。在文學中，在所有群聚著「意
義分歧」的多元性中，說話的是語言，不是作者本人。
這種文本翻騰不已的多樣性如果有個短暫聚合的地方，
那也不在作者，而在讀者。[10]

　　「互參文本」的閱讀，除了由〈貴生〉自身符號系統實踐
的文本，它也跳出本身的局限，與全世界的文學或非文學作品
發生聯繫。當我讀〈貴生〉，文本中貴生點上火把在溪水中捕
魚、在火炭中煨栗子和八月瓜，一直到放了二把火將雜貨店與
自己的房子燒毀，馬上引起中國、西方，甚至全世界火的意
象，不管是生活中或文本中的火，都會引起讀者的聯想，馬上
聯繫成一張網絡，產生新意。其他段落，沒有火的字眼，但卻
有火的含義的還有不少，譬如小說中一再敘述貴生砍柴割草，
賣給城裏人燃燒，他的舅舅在城裏當火伕，這些敘述都與火的
意象分不開。下面這二十三則是含有火的字眼的句子：

1. 各家田裡放水，人人用雞籠在田裡罩肥鯉魚，貴生卻磨快了他的鐮刀，點上火把，半夜裡一個人在溪溝裡砍了十來條大鯉魚，全用鹽揉了，掛在灶頭用柴燻得乾乾的。（《文集》，6: 338）。

2. 冬天鋪子裡土地上燒得是大樹根和油枯餅，火光熊熊——真可謂無往不宜。（《文集》，6: 340）

3. 貴生不想喝酒，……把栗子放在熱灰裡煨栗子吃……。（《文集》，6: 344）

4. 您老說明天就明天，我家裡燒了茶水……。（《文集》，6: 345）

5. 貴生……站在櫃前摸出煙管打火吸煙……。（《文集》，6: 346）

6. 其時，正有三個過路人，……取火吸煙……。（《文集》，6: 346）

7. 五爺取了一枚，放在熱灰裡煨了一會兒……。（《文集》，6: 348）

8. 雜貨鋪一到晚上，毛夥就地燒一個樹根，火光熊熊，用意像在向鄰近住戶招手，歡迎到橋頭來。（《文集》，6: 350）

9. 大家向火談天。（《文集》，6: 350）

10. 貴生到那裡，照例坐在火旁不大說話……。（《文集》，6: 351）

11. 鋪子裡他是唯一客人時，就默默的坐在火旁吸旱煙，聽杜老板在美孚燈下打算盤滾賬……。（《文集》，6: 351）

12. 貴生瞅著面前向上的火焰說：「老板，你說真話假話？誰肯嫁我！」（《文集》，6: 351）

13. 半夜後，貴生晃著個火把走回家去，一面走一面想，賣雜貨的也在那裡裝套，捉女婿，不由得不咕咕笑將起來。（《文集》，6: 352）

14. 貴生到晚上下了決心，去溪口橋頭找雜貨鋪老板談話，到那裡才知道杜老板不在家……到圍子裡去了，……他依然坐在那條矮凳上，用腳去撥那地炕的熱灰，取旱煙管吸煙。（《文集》，6: 355）

15. 在火邊用小剜刀剝桐子。（《文集》，6: 356）

16. 廚房裡有五六個長工坐在火旁矮板凳上喝酒，一面喝一面說笑。（《文集》，6: 357）

17. 把嗩吶從廚房吹起，一直吹到外邊大院子裡去。且聽人喊燃火把放炮動身……。（《文集》，6: 358）

18. 且聽到炮竹聲，就知道新人的轎子來了。……火炬都點燃了，人聲雜遝……。（《文集》，6: 360）

19. 三聲大炮放過後，嗩吶吹「天地交泰」拜天地祖宗，行見面禮，一會兒嗩吶吹完了，火把陸續熄了，鴨毛伯伯……一面告那些拿火把的人小心火燭……。（《文集》，6: 360）

20. 半夜裡，……天角一片紅，遠處起了火。……才知道橋頭雜貨鋪燒了，同時貴生房子也走了水。一把火兩處燒，十分蹊蹺……。（《文集》，6: 361）

21. 鴨毛伯伯匆匆忙忙跑去看火，先到橋頭，火正壯旺，橋邊大青樹也著了火，……杜老板和癩子是在火裡還是走開了，一時不能明白。（《文集》，6:

361）

22. 於是又趕過貴生處去，到火場近邊時，見有好些人
圍著看火，誰也不見貴生。人是燒死了還是走開
了，說不清楚。（《文集》，6: 361）

23. 鴨毛伯伯用一根長竹子向火裡搗了一陣，鼻子盡嗅
著，人在火裡不在火裡，還是弄不出所以然。人老
成精，他心中明白這件事，火究竟是怎樣起的，一
定有個原因。（《文集》，6: 361）

24. 幾人依然向起火處跑去。（《文集》，6: 361）

火在人類進化過程中，一直到今天高科技時代，人每天的
生活中，仍然缺少不了火，離開不了火。中國人在五行之中，
把火排在第二，火對中國人來說，是危險、速度、憤怒、兇猛
殘暴、欲望等等的象徵符號。[11]比較中西火神的神話，希臘與
中國神話中火的含義，也不謀而合，代表生命力、溫暖、熱、
光、知識、文明等等。火是宇宙最基本的五行之一，給人類帶
來文明，有時也會變成毀滅的力量，火可以重建也可以毀滅地
球。在東方的中國，三皇都是火神。神農（炎帝）教導人民使
用火來熔鑄用具和武器，教導人民耕種五穀，伏羲創造八卦的
符號，為象形文字之始祖，他是第一位以繩子結網並教人民用
網罟捕魚的人，也把火種帶給人民，教導他們燒烤肉類，燧人
氏鑽木取火。另外火神祝融與回祿，把火變成毀滅的力量。在
西方希臘神話中，中國的三皇二神的功能都為普羅米修士所代
表，他為人類帶來珍貴的火種，帶給人類知識，因此也帶來災
難。[12]

當〈貴生〉小說中的火與神話傳說中的火互相聯繫起來，

便構成一個網路。火的符號便不是一個封閉體，相反的，它能繁殖出多義性的文本，破除文本單義性，推翻具有唯一終極意義的文學思考。在這個國際網路上，我可以看見火的符號具有文明、憤怒、欲望、生命力等等象徵意義。

六、貴生砍魚割草與手中的火把：從取火者到原始農村文化

上面所舉例的二十四條引文中，貴生首先以一手拿著鐮刀，一手持著火把的形象出現。很明顯的，這時候的貴生是人類的取火者，他是人類原始文明的創始與堅持者。貴生的生活由這些片段的勞動姿勢所組成：打桐子、捕野獸、摘八月瓜、煨栗子、摘刺梨賣給藥材鋪。尤其貴生砍柴割草賣給別人燒火的日常勞動，經常重複出現在小說中，加強了貴生與伏羲、神農與燧人氏取火給人民，把醫藥、農耕知識等文明帶到人間的聯想。另外上面所列舉的，含有火的意象的句子中，像冬天燃燒樹根取火，坐在火旁聊天，夜晚高舉火把回家，在火炭中煨栗子和八月瓜等等，都是在表現原始自然的鄉下人的精神與生活。

不過就在這些農村質樸、純潔的生活與人情之中，城市文明侵蝕農村，無入不入，從物質生活習俗到精神生活，甚至愛情，都受其影響，生意人每天都進出這個農村，而且像杜老板與張五爺，甚至進駐鄉村，代表都市勢力已在農村扎根，鞏固下來。杜老板的太太「照浦市人中年婦女打扮」，她的言行也極都市與商業化，城裏來的東西樣樣貴，附近鄉下人都感受到

生活大不如前。貴生因此更常進城賣柴賣草，以把錢換上日用品。五爺常送他衣服、糖鹽，鄉下人都很羨慕。貴生每次進城，鄉人也投以羨慕的眼光。這些都暗示物質文明已在鄉下心中產生美麗幻想。金鳳雖小，也覺察領悟到「有錢就是大王」，會「糟蹋人」。

小說到了後半部，貴生進城次數更多，而且為了向城裏的舅舅借款，住了三天。杜老板不是進城就是去了圍子裏。張五爺就在這個時候，不但下鄉短住，還帶了四爺。這些都是表現城市文明，不但侵蝕農村，已經進而霸佔與毀壞鄉下人的生活秩序。

但貴生始終沒有放下鐮刀與火把，他堅持過著原始自然的生活。

七、燒毀自己的房子：燒掉自己的墮落與現代文明

可惜這種以火為中心的原始農村的生活情趣，被以金錢與買賣為中心的都市文明破壞了。貴生追求金鳳的愛情，除了「手腳又勤快」，便是靠採摘山上野生的瓜果送她。而像許多鄉下人一樣，貴生希望娶金鳳以後，幫他餵豬割草，補衣捏腳。可是貴生已看見做生意的，來自城裏的人天天在侵略他的原始世界。首先是「因幾年來城裏東西樣樣貴，生活已大不如以前」，接著金鳳的安全便受到商人金錢攻勢的威脅：

金鳳長大了，心竅子開了，毛羢隨時都可以變成金鳳的

> 人。此外在官路上來往賣豬羊鄉親的浦市人,上貴州省
> 販運黃牛收水銀的辰州客人,都能言會說,又捨得花
> 錢,在橋頭過身,有個見花不採?閃不知把女人拐走
> 了,那才真是「莫奈何」!(《文集》,6: 352)

　　他對來自都市文明的恐懼感,不久後便成為可怕的現實,當地的地主五爺以金錢在一夜間便收購金鳳成為小老婆。其實金鳳自己已領悟到「有錢就是大王,糟蹋人」的恐怖。

　　在小說中,貴生是一個孤兒,他沒有父母親,也沒有祖父母,唯一的親人舅舅已離鄉背井,流落都市。很顯然的,貴生的孤獨身世正是代表農村文化已被都市文化吞吃。在沈從文書寫城市商業文明包圍、侵蝕下,農村自然的生活逐漸毀滅的小說中,如《邊城》中的翠翠、《三三》中的三三、《蕭蕭》中的蕭蕭都是孤兒,翠翠只有爺爺、三三只剩下寡母、蕭蕭則只有一位伯父。他們沒有正式的姓名,沒有完整的家庭,因為他們象徵即將消失的,被都市文明毀滅的鄉村文化,目前他們已孤苦零丁,無依無靠了。

　　在《三三》小說中,沈從文通過象徵性的語言,解剖了鄉村中國與城市中國的第一次相遇,鄉下人三三的寡母對城市充滿美麗的幻想,想將女兒三三嫁給從城裏來養病的白臉書生。後來發現這個城市年輕人患了第三期癆病,而且突然間倒斃,整個村落的人開始對都市人的病態及荒謬性感到恐懼,因此對城市文明的美麗幻想產生了破滅。[13]貴生對杜老板及張五爺也同樣抱有美麗的幻想。他們兩人都是都市人,其思想道德,都代表現代都市的物質文明。

　　杜老板夫婦原是沅水中游浦市的生意人。原來飄鄉作生

意，挑貨物到各個村子去向鄉下人推售，後來才在橋頭安了家，做過鄉下人和路人的買賣。老板娘也具有都市人所代表的病態現象：愛打扮，善交際，一年前因回浦市吃喜酒，害蛇鑽心病突然死掉。杜老板夫婦從實際利益著想，喜歡貴生手腳勤快，曾一度想起把女兒嫁給他，因此使到貴生產生美麗的幻想。沈從文在散文中把浦市人看作最典型的唯利是圖的生意人。（《文集》，9: 373～378）張老爺雖在鄉下有大片土地，他是都市人。在小說中，他剛好下鄉視察桐樹，還帶了四爺同行。他迷戀的賭博活動都是在城裏發生的。他借地給貴生建房子，因為他幫忙看守兩個種桐子的山坡，加上五爺常送吃用的東西，貴生因此也感激五爺。貴生對五爺唯一的提防是拒絕做長工，不要住進圍子，以免行動受管束。

　　貴生在五爺娶金鳳為妾的晚上，不小心一腳踏在爛筍瓜上頭，滑了一下，罵自己「鬼打岔，眼睛不認貨」。這句話與其是罵杜老板及其女兒，倒不如解作痛責自己與都市人打交道，結果被都市人嚴重損傷他的尊嚴。其實小說一開始就已暗示，貴生，一位自然人，其居住的地方太接近大城市：「貴生住的地方離大城二十里，離張五爺圍子兩三里」。而且與都市人的接觸非常頻繁密切：替五爺看守桐樹，經常在住處不遠橋頭的雜貨鋪裏幫忙老板工作。因此貴生的鄉下人思想已受到物質文明的污染：

> 　　他也幫杜老板作點小事，也幫金鳳作點小事。落了雨，鋪子裡他是唯一客人時，就默默的坐在火旁吸旱煙，聽杜老板在美孚燈下打算盤滾賬，點數餘存的貨物。貴生心中的算盤珠也扒來扒去，且數點自己的家私。他知道

城裡的油價好，二十五斤油可換六斤棉花兩斤板鹽。他
今年有好幾擔桐子，真是一注小財富！年底魚呀肉呀全
有了，就只差個人。（《文集》，6: 351）

貴生可說墮落了，他的舅舅也淪落在城市，在那裏替一戶
有錢人家做廚子。他自己進城賣柴賣草的次數頻繁；最後他上
城向舅舅求救：借錢娶金鳳。沈從文細心安排這些小事件，用
來說明都市文化無孔不入的侵入鄉村，引起自然生活秩序的錯
亂，美麗的大地或傳奇的愛情價值受到嚴重的破壞。所以五爺
擁抱著金鳳上床的晚上，貴生放一把火燒掉自己的屋子。燒毀
建在五爺土地上的房子，等於切斷與城市文明的來往，同時也
把自己親手製造的污辱、過去的自我燒掉。貴生失去金鳳，除
了怪罪金錢婚姻，也由於他迷信杜老板所宣傳的金鳳剋夫的命
相神數，一直想拖延幾年才結婚，以避過金鳳八字可能帶來的
災難。燒掉自己一切過去與記憶，我想貴生不是去當土匪[14]，
而是重回還未被現代物質文明影響的原始鄉村裏去，就如〈丈
夫〉中的丈夫，夫權失而復得，便帶著在河邊市鎮當妓女的太
太回到原始的山裏過著自然的生活。[15]因此鴨毛伯伯用一根長
竹子向火炭裏找，也找不到他的屍骨。貴生是一隻火浴的鳳
凰，已在烈火的燃燒中再生，回歸自然去了。

普羅米修士最後燃燒在自己的火焰中[16]，貴生也是。

八、燒掉雜貨鋪：燒毀現代物質金錢文明

沈從文承認，他的鄉土小說，受過魯迅描寫被物質文明毀

滅的鄉村小說的啟發。他特別注意中國現代作家描寫農村在新的物質侵入中逐漸毀滅的作品。[17] 貴生放的那把燒毀杜老板雜貨鋪的火，便燒出這種意義來。沈從文在〈貴生〉這篇小說中，跟沈從文其他小說如《雨後》（1928）、《蕭蕭》、《夫婦》（1929）、《菜園》（1929）、《三三》（1931）等小說一樣，以鄉村中國的文學視野，審視在城市商業文明的包圍、侵襲下，農村緩慢發生的一切。這些小說敘事結構具有共同的特點：自然鄉下人往往與都市人在鄉村小鎮相遇，前者呈表現原始性的活力，後者呈現都市人沈落的靈魂。[18]

當貴生，一個鄉村中國的自然人發現都市人的病態及荒謬性，便憤怒的一把火把代表這種文明的雜貨店燒掉，這也表示他對城市美麗夢幻的破滅。在〈貴生〉中，小說中的地點雖然是鄉村，土地都為張老爺所擁有，食物用品都為杜老板所控制。杜老板夫婦來自浦市的生意人，他們經常「進城辦貨去」，所以多次貴生去鋪裏找他，他都在城裏。老板娘有一次回浦市吃喜酒，突然逝世。又一次證實城市人都是病態的，已經病入膏肓。張五爺來自城裏，偶而下鄉巡視，作短期停留，人顯得善良一些，因此娶金鳳沖沖晦氣，是四爺獻的鬼計。四爺在城裏做官，喜歡嫖女人，五爺愛賭，二人合起來，符合吃喝嫖賭的墮落的城市人的荒謬形象。四爺從城裏來鄉下玩玩，偶然間看見金鳳便引起淫邪念頭，又證實鄉間的災難是城裏人帶來的事實。金鳳十三歲隨父母來鄉下定居，現在年滿十六歲，她一半鄉下人，一半城市人，所以她喜歡貴生原始野性的活力，也不反抗或拒絕嫁給富裕有勢的張五爺做小妾。正因為如此，貴生的人性尊嚴受到打擊後，他放火燒掉雜貨鋪，而不是五爺的房子，雜貨鋪老板認貨不認人，更具有代表現代都市

的物質金錢文明。就是在這裏，杜老板嫁女兒的承諾，因金錢的引誘而改變，金錢愚弄了貴生，使他的尊嚴重重的受到傷害。

希臘神話中的普羅米修士的火曾經給人類帶來光明、希望，但最後也給人帶來意想不到的毀滅。[19]中國神話中的火神從伏羲、神農、燧人氏開始，取火者給人類帶來文明，但到了後期的火神祝融與回祿，火從對人有利，變成毀滅的力量。[20]貴生的火也是如此。

九、慾望之火：從性愛到金錢物質的慾望

〈貴生〉中出現的火，細心的分析與辨認，它有時是來自人類原始的、野蠻的慾望之火。點上火把，半夜裏在河裏砍魚，正如〈漁〉中所表現的，是人類原始野蠻本性的陰暗面。原始人喜歡為慾望而殘殺眾生。[21]貴生挑逗金鳳歡喜的一招，是採摘當地出名的樣子像海參的八月瓜送她，放在火炭裏煨熟，甜蜜可口。好色的四爺一看見，就說它簡直像男人的生殖器，所以「貴生因為預備送八月瓜給金鳳，耳聽到四爺口中說了那麼一句話，心裏不自在」。（《文集》，6: 348）小說中，四爺在城裏過著荒淫無恥的生活，到了鄉下，見到金鳳也淫念大起，所以五爺罵他：「城市裏大魚大肉吃厭了，注意野味，說人像狗，自己的鼻子才真像只哈八狗！」（《小說選》，頁361～362）隨四爺下鄉的僕人，聊天時也總以性慾為話題。與他們相比，貴生送八月瓜給金鳳在火炭中煨來吃，鄉下人含蓄呈現慾望的方式，就顯得純潔可愛。貴生的慾望當然並不限

於性愛，在受到商業文化影響下，貴生經常枯坐在雜貨店的火旁，杜老板忙著打算盤結賬，他也點數著他的「財產」，而且醒悟到他「就只差一個人」。回家路上，晃動的火把，使他不禁想起金鳳很快就屬於他的女人，因此感到快活無比。金鳳的轎子進入五爺的圍子時，火炬、蠟燭、油柴，把圍子照的通明，害得鴨毛伯伯也緊張起來，提心吊膽的告誡大家小心防止火災。這時的火，隨著火種的多樣性，其意義複雜起來。火這時候除了代表貴生的憤怒，也代表五爺的「在雕花板床上細麻布帳子裏擁了新人做夢」的慾望之火。貴生放火焚燒自己的房屋與雜貨鋪前，他發現還有十六塊錢緊緊紮在腰上，還有那些結婚禮品。如果愛情不是已墮落，需要金銀財物來爭取，貴生就不必進城求救，五爺也不能乘虛而入。所以最後貴生痛恨自己，把自己的過去放一把火燒毀。

小說中即使描寫過路的小商人，一到橋頭鋪子，就慾火中生：「取火吸煙，看什麼東西可吃，買了一碗酒……很多情似的，像金鳳瞟著個眼睛……。」（《文集》，6: 346～347）總之在小說中，人人都是受慾望操縱的動物，慾望之火在每個人心中燃燒著。

十、從水到火：原始文化的誕生與毀滅的神話

〈貴生〉這篇小說以水的意象開始，結束時火熊熊的在燃燒。小說首先書寫貴生在溪邊磨利鐮刀，然後向水裏砍了幾下，他就像水中游蕩的小蝦那樣快活。貴生建築在土坡的房

子,「去溪水不遠處」(《文集》,6: 339),所以他常在溪溝裏砍魚。這些文字象徵性的說明原始文明都是在水邊誕生和發展,火卻給人類帶來更文明進步的生活內容。貴生開始的時候;拒絕做長工,是害怕住進五爺的圍子裏,堅持在森林和水邊,過著原始自然的生活。

可是都市的物質與商人的生活價值觀,無形的侵蝕著這片鄉土。等到貴生發現其嚴重性時,已來不及阻止。當五爺迎娶金鳳那夜晚,圍子點燃各種火炬蠟燭,而鴨毛伯伯怕會發生火災,事前叫貴生挑了七擔水,把水缸注滿,含有準備救火之意,但是貴生自己都已在物質文明與金錢道德觀念下迷失,屬於鄉下人的鄉土已淪陷,都市人五爺佔有附近的土地:

> 五老爺是當地財主,近邊山坡田地大部分歸五爺管業,所以做田種地的人都與五老爺有點關係……。(《文集》,6: 339)

當貴生放火燒雜貨鋪時,火勢壯旺,「橋邊大青樹也著了火」。這三株大青樹,在小說的前面已出現過:

> ……橋頭鋪子不特成為鄉下人買東西地方,並且也成為鄉下人談天歇息地方了。夏天橋頭有三株大青樹,特別涼爽。冬天鋪子裡……火光熊熊……。(《文集》,6: 340)

現在這三株代表自然界的大青樹,也已經被商業文化污染,所以也遭到火神的燒毀。

　　貴生不但沒有能力撲滅從城裏帶來的物質慾望之火，他自己手中的原來象徵原始文明的火，發展成憤怒之火，從創造之火變成毀滅之火，把代表都市物質文明的雜貨鋪燒掉。這間雜貨鋪是都市物質文明侵略鄉村最早建立的堡壘，它建築在橋頭，暗示這鋪子是商業道德文化通向鄉村的橋樑，杜老板夫婦便是這種文化的化身。貴生發現美麗的承諾只是謊言，他的尊嚴受到嚴重破壞。更不能忍受的是他自己的墮落。他對都市文化具有崇高的敬意和理想，輕易的相信城裏人迷信的命相學，而且像發生在〈媚金、豹子與那羊〉小說中的悲劇，豹子「把愛情移到牛羊金銀名事上來」，使愛情的地位顯然是已經墮落（《文集》，2:396），因此豹子為了尋找一隻純白的羊爽了約，使在山洞中等待的媚金用刀刺胸自殺。[22] 如果貴生不是為了尋找金錢，購買結婚禮物，回來時，結果遲了一步，金鳳已被五爺「購買」了。貴生感到最羞恥的一刻，是金鳳坐在轎子裏被抬進五爺的屋子時，他腰上還緊緊紮著從舅舅那裏借來的十六塊錢。所以貴生又放一把火將自己的過去燒毀。

十一、「依然向火處跑去」：火的神話

　　〈貴生〉這篇小說結束時最後一行是：「幾人依然向起火處跑去」。這句話說明貴生住的鄉村，人人都跑去看火。我們現在閱讀這篇小說，依然需要向起火處跑去。我們不但要看貴生放的二把火，更要細細觀察小說中不計其數的火焰，我在上面就列舉了二十四個火點。這些火光照亮了貴生孤獨的原始生活。

這二十四個火點，聯繫中西傳說中火給人類帶來文明與毀滅的力量的神話。熊熊的火光，使到貴生產生既現實又富神話色彩，既有地方性又富世界性，所以〈貴生〉是一個世界性的火神話，貴生使人想起東西方火的種種傳說，雖然他放的火，從表面上看，是憤怒之火點燃的。

注 釋

[1] 1940年沈從文先生曾作文字上的修改，因此目前的版本主要有二種，即1937年的與1940年的，本文所引主要根據《沈從文文集》（廣州花城出版社、香港三聯書店聯合出版，1983年4月）第6卷原文，引文中簡稱《文集》；也有少數由於文字的改動，用1940年的版本，《沈從文小說選》（長沙：湖南文藝出版社，1981年）。

[2] 沈從文在〈媚金、豹子與那羊〉中，豹子為了尋找一隻純白的羊而遲到，使到媚金懷疑他變了心而在山洞中自殺。悲劇的發生，因為「把愛情移到牛羊金銀虛名虛事上來了」。小說見《沈從文文集》，第2卷，頁392～404。

[3] 凌宇《從邊城走向世界》（北京：三聯書店，1985年），頁224～225。

[4] 王繼志《沈從文論》（南京：江蘇教育出版社，1992年），頁246。吳立昌在《沈從文——建築人性神廟》（上海：復旦大學出版社，1991年），也認為貴生放的火是「出自階級本能的反抗」，頁28～29。

[5] 范智紅〈時間差異與貴生的命運〉，見趙園主編《沈從文名作欣賞》（北京：中國和平出版社，1993年），頁441～445。

[6] 王潤華〈沈從文小說創作的理論架構〉，《中國現代文學理論》第4期（1996年12月），頁557～590。

[7] 凌宇與沈從文的訪問談話，見凌宇〈沈從文談自己的創作〉，《中國現代文學研究叢刊》1980年第4期，頁317。

8 關於解析符號學的理論入門，中文方面可參考呂正惠編：《文學的後設思考》（臺北：正中書局，1991 年），其中孫小玉闡述羅蘭巴特 (Roland Barthes)，于治中分析克麗絲特娃（Julia Kristeva）的理論，英文簡要介紹，可看 M.H. Abrams, *A Glossary of Literary Terms*, 5th Edition (New York: Holt, Rinehart and Winston, 1988), pp.214～218. 至於羅蘭巴特、克麗絲特娃、德里達的原文，可參考下面文集中的有關部分：*Barthes Reader*, ed. by Susan Sontag (London: Jonathon Cape, 1982); *The Kristera Reader*, ed. Toril Moi (Oxford: Basil Blackwell, 1986), *A Derrida Reader*, ed. (New York: Columbia University Press, 1991)。

9 在中文資料中，孫小玉論羅蘭巴特的論文《解鈴？繫鈴？──羅蘭巴特》，收入呂正惠編：《文學的後設思考》，對這些問題分析簡要清楚。原文可看 Roland Barthes, "The Death of the Author", *Image, Music, Text*, tr. Stephen Heath (New York: Hill and Wang, 1973); Writing Zero, tr. Annettce Lavers and Colin and Wang, 1964), "The pleasure of the Text", *Reading Popular Narrative: A Source Book*, edited Bob Ashley. (London: Leicester University Press, 1997), *s/z*, tr. Richard Miller (New York: Hill and Wang, 1974)。

10 Terry Eagleton, *Literary Theory* (Minneapolis: University of Minnesota Press, 1983), pp. 138. 引文出自吳新發譯之中文本：《文學理論導讀》（臺北：書林出版公司，1993 年），頁174。關於作者死亡的理論，見 Roland Barthes, "The Death of the Author", 見 *Twentieth-Century Literary Theory: A Reader*, ed. K.M. Newton (New York: St. Martin's Press, 1988), pp.154～158.

11 C.A.S. Williams, *Outlines of Chinese Symbolism and Art Motives*, third edition (Rutland, Vt.: C.E. Tuttle Co. 1974), pp.179～183.

12 陳鵬翔〈中西文學裏的火神〉，《主題學研究論文集》（臺北：東大圖

書公司，1983 年），頁31 ～68 。關於中國神話中的火種，詳細記載，
參考袁珂《中國古代神話》（北京：中華書局，1981 年）。

[13] 我在〈沈從文的「都市文明」到林燿德的終端機文化〉一文有所討論，見鄭明娳主編：《當代臺灣都市文學論》（臺北：時報出版社，1995 年），頁11 ～38 。

[14] 王繼志說貴生「走上了入山為『匪』的道路」，見註4 ，頁246 。沈從文抱怨一般人對湘西有偏見，認為那是一個匪區，男人喜歡殺人放火，雖然昔人被貪官污吏逼到無可奈何時，容易入山為匪，但並非樂於為匪，見《文集》，9: 336及415 。

[15] 張盛泰〈傳統夫權失而復得的悲喜劇〉，《中國現代文學研究》1992 年第2 期，頁84 ～98 。

[16] 同註12 ，頁67 。

[17] 王潤華〈沈從文論魯迅：中國現代小說的新傳統〉，《魯迅仙台留學90 周年紀念國際學術文化研討會論文集》（仙台：東北大學語言文化部，1994 年），頁218 ～228 。

[18] 同註13 ，頁13 ～19 。

[19] 同註12 ，頁67 。

[20] 平常人們常說「遭回祿之災」或「遭祝融之禍」，指的是遭大火燒毀，參註12 ，頁40 ～43 。

[21] 參王潤華〈一條河流上擴大的抒情幻想：探索人類靈魂意識深處的小說：《漁》的解讀〉，《名作欣賞》1998 年第1 期（總第104 期），頁86 ～93 。

[22] 關於〈媚金、豹子與那羊〉的討論，參Jeffrey Kinkley, *The Odyssey of Shen Congwen* (Stanford: Stanford University Press, 1987), pp.155 ～158 ；王繼志，同註4 ，頁172 ～190 。

駱駝祥子沈淪之旅的三個驛站

——人和車廠、毛家灣大雜院、白房子

一、閱讀老舍小說時需要一張北平的地圖

舒乙在〈談老舍著作與北京城〉指出，老舍筆下的北京相當真實，山水名勝古跡胡同店鋪基本上用真名，大都經得起實地核對和驗證。老舍作品中用過兩百四十多個北京的真實地名，從分佈上看，大多集中在北京的西北角，像《駱駝祥子》就以西安門大街、南北長街、毛家灣、西山為主要地點。[1]

老舍小說的一個顯著特點，是常常描寫完整的行動路線。在《駱駝祥子》中，因為祥子是拉著的，所以寫的特別詳盡。根據舒乙的分析，共有七次的行動路線。其中第二次，是祥子牽著駱駝逃出磨石門，過海澱，進西直門，具體路線是：磨石口，經頂山，禮王墳，八大處，四平臺，杏石口，還有很多地方，最後到達西直門。為了好奇，舒乙曾經騎自行車沿著這條路線走過一次，結果發現老舍給祥子設計的這條路線，完全符合實際情況，經得起核對，祥子這樣走，才不會被捉回山裏。[2]

就因為讀老舍的小說時，北京地理佔有極重要的位置，日

本老舍學者中山時子教授，特地要她主持的東京中國生活文化研修所，重印了1928及1934年的北京街道地圖，在1999年紀念老舍誕辰一百周年國際學術研討會時，中山教授把它贈送給與會的學者。這些地圖，是我閱讀老舍小說時不可少的參考書。[3] 當我閱讀珍妮詹姆士（Jean James）的《駱駝祥子》（*Rickshaw*）英譯本時，我特別重視為此書而繪製的二幅祥子生活地理背景圖。這些地圖是最早引發我去思考祥子走向沈淪的三個地點的重要性。[4]

二、閱讀康拉德的《黑暗的心》也需要一張 剛果地圖

西方學者在研究康拉德（Joseph Conrad, 1857～1924）的小說《黑暗的心》（*Heart of Darkness*, 1899）時[5]，總要有一幅1890年代的非洲剛果地圖，因為康拉德在1890年當海員時，他的船曾沿著剛果河，溯流而上，到達剛果的內地。他還寫了航行日記。後來創作小說《黑暗的心》的時候，很多敘述文字與日記雷同。[6] 從下面的地圖[7]，我們可見真實的康拉德的剛果之旅的路線與地點：

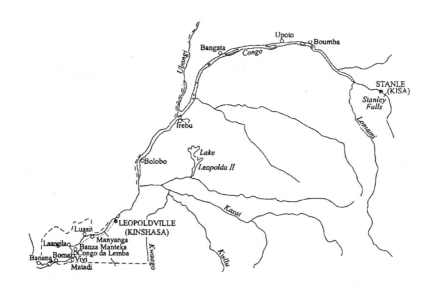

康拉德剛果之旅路線圖

　　他的真實的旅程是這樣的開始的：康拉德從當時的西方文化中心歐洲比利時首都布魯塞爾出發，乘船到了非洲西岸大西洋岸邊，他乘氣艇從剛果河溯流而上，第一站是馬達地（Matadi）。這地方當時已經成為歐洲各國侵略非洲的重要商業與軍事先頭部隊的堡壘。從這裏康拉德翻山越嶺步行二百五十多哩外的史坦利湖（Stanley Pool），附近的金夏沙（Kinshasa），那是第二個重要的貿易站。康拉德到達馬達地那天，他開始使用英文寫日記，可惜只有從馬達地到金夏沙的日記，從金夏沙到史坦利瀑布（Stanley Falls）則沒有記錄。[8] 根據康拉德的《自述》（*A Personal Record*）一書，他正如《黑暗的心》所描寫，的確曾深入剛果河的最上流，也就是剛果最內陸的貿易站史坦利湖。[9]

三、《黑暗的心》中西方白人墮落之旅的三個貿易站

康拉德在1889至1890年間的剛果之旅，到了1899年，便變成了小說《黑暗的心》，1899年2月至5月間在《黑木雜誌》上連載，只花了一個月就寫好，康拉德承認小說出自剛果之旅的經驗，只是將真實的事件稍微推遠一點（只是一點點）而已（it is experience pushed a little〔and only a little〕beyond the actual facts of the case）。很多人因此都認為康拉德在創作時，一定曾參考過他的日記，不過康拉德夫人否認，康拉德在創作《黑暗的心》時，完全忘記日記的存在。這只不過證明康拉德離開剛果近十年後，當他寫小說時，剛果河岸上的事件的記憶更清楚，感觸更深。[10]

美國學者古拉德（Albert Guerard）在一篇〈走向內心的旅程〉（The Journey Within）論文裏[11]，他說《黑暗的心》對讀者大眾來說，是一部暴露西方白人利用到非洲探險與開發為藉口，殘酷的去剝削黑人與霸佔非洲的土地資源。但是深入小說的內層，它是康拉德前往自我內心，人類黑暗心靈最深入的一次探險旅程。小說中的敘述者馬羅（Marlow）的旅程從代表人類文明中心點的英國倫敦泰晤士河口出發，到達非洲後，從剛果河口逆流而行，航行到非洲內陸的心臟地帶。當時非洲還未開發，被稱為黑暗大陸，而剛果在非洲的中心地帶，形狀如心臟又被稱為黑暗的心。小說中的旅程經過三個重要的貿易站，第一個叫第一貿易站（first company station），第二是中央貿易

站（the central station），最後是內陸貿易站（inner station）。

隨著每一站的前進，馬羅發現更多更可怕的野蠻事件，白人在非洲犯下太多的恐怖殘忍的獸行。當馬羅抵達馬大地，他第一次進入非洲土地上，開始與開拓黑暗大陸的白人一起工作時，瞭解到表面上白人都是理想主義者，要把西方文明帶到非洲，可是一到了非洲，他們的文化道德非常敗壞，與歐洲社會的白人完全不同。白人之間也勾心鬥角，互相殘害。馬羅看見法國士兵胡亂開槍射殺黑人，為白人勞動的黑人病死的不計其數。到了第二中央貿易站，等於進入原始森林深處，白人在孤寂原始的黑暗土地上，為了搶奪象牙及其他物產，從沒有道德的人變成魔鬼了。

深入大陸的內心盡頭，馬羅發現他的隊伍要拯救的克如智（Kurtz），已徹底墮落，為霸佔與搶奪象牙與其他物資，白人與黑人都受其殘殺，他甚至參與土人的宗教儀式，成為土人的領袖。最後克如智寧願死在荒蠻的叢林，拒絕回去文明的歐洲。最後他死在黑暗的心的河流上。

《黑暗的心》所描述的非洲黑暗大陸的內陸貿易站，意義很豐富。它代表從事剝削、霸佔、侵略、毀滅異族、外國土地與資源的殖民主義政府，當年親歷印度與東南亞的東印度公司就是英國殖民主義的偽裝；商站也代表現代西方的霸權主義。這更是進入人類心靈、尤其白人殖民主義者的心靈探險的旅程。如果更深入人的心靈，尤其充滿優越感的西方殖民者的內心，就能看見其內心是黑暗的、空洞的、充滿獸性與魔鬼的欲望。《黑暗的心》中的非洲沿剛果河探險之旅，西方殖民者追求的象牙，也象徵人類追求物質、金錢、財富、權力，最後心靈必然沈淪與墮落。[12]

四、《駱駝祥子》沈淪之旅的三個驛站：人和車廠、毛家灣大雜院、白房子

　　在老舍的《駱駝祥子》裏[13]，多數人看到的，是一種真實再現的城市貧民無法擺脫貧困的生活與悲慘的命運。[14]如果經過多次細心的閱讀，我們便可認識到《駱駝祥子》也有類似走向人類內心探險的旅程的結構。就像到非洲探險與開發物資與宣揚文明的白人，在歐洲的社會裏，原來有高度文明精神與法律道德文化，祥子從中國的農村出來，帶著樸實勤勞的精神，擁有高度的倫理道德標準。從窮困的鄉村來到北平這個大城市，為的就是追求買一部以為可以致富的洋車。他的洋車在象徵意義來說，就像《黑暗的心》的白人所追求的象牙。康拉德的克如智和老舍的祥子一樣，想要解救落後與貧窮，最後都被落後與貧窮毀滅了。

　　我在上面曾說過，在舒乙的細心閱讀下，看見《駱駝祥子》中有七條路線，這是解讀的重要發現。我認為要認識祥子在北平三起三落的一生悲劇，祥子走向沈淪旅途的三個人生驛站，也很重要。下面是老舍筆下祥子的北平地圖：[15]

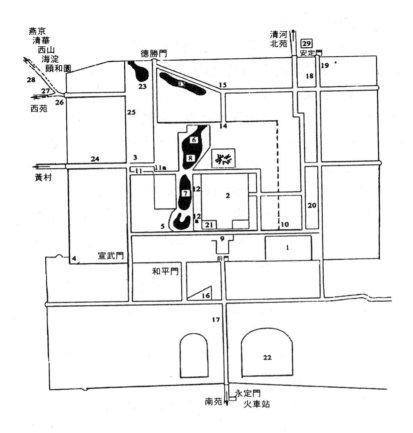

老舍筆下祥子的北平地圖

　　老舍的一個重要文學主張，是作品中的人物要生活在特有的背景，有具體的地點、社會、家庭、職業與時間。老舍小說中的北平，正如舒乙所說，地名，包括山水名勝古蹟、馬路街道、胡同店鋪，多是真實的地方，至今還可核對，而且很多，共有二百四十多個，主要在北京的西北角，換句話說，老舍小說人物主要生活在北京的西北角。《駱駝祥子》的北京也是以北京的西北為主：以西安門大街、南北長街、毛家灣、西山為

祥子的主要生活地點。[16]

　　祥子從鄉村來到北京，前後主要住過三個地方，那是人和車廠、毛家灣的大雜院、最後白房子妓院。隨著每一站，他的本質個性、道德、倫理、理想便往下沈淪，因為他愈來愈接近社會的黑暗底層。請看上圖西北角，車廠在編號11a的西門大街上，毛家灣在3與35之間，而白房子則在編號26的地方。西安門大街上的人和洋車廠作為第一站，象徵祥子開始走進都市骯髒的大染缸，這個世界與他出生長大的鄉村完全不同。車廠的老闆劉四以前設過賭場、買賣人口、放過閻王賬、搶過良家婦女、犯法坐牢，樣樣都做過。當祥子來到北平拉車，編住在這個黑暗社會的底層裏。劉四長得一付虎相，一張口就像一隻老虎。流落北平街頭的祥子，自然被他吃定了。他討厭祥子，因為他太勤勞，租了洋車從早到晚拼命的拉，很快把車拉壞，後來又怕他娶了女兒虎妞，搶奪他的財產。別的人也在懷疑祥子有不良的意圖。所以老實的祥子很快便掉進紛爭中。

　　虎妞與父親鬧翻後，走出人和車廠，在反抗父親的阻止下與祥子結婚後，兩人搬到毛家灣的一個大雜院裏，租了一個屋子住。與西門大街比較，那又是更低下的平民窟了。老舍別有用心的用了很多文字去描述這個人間地獄。這裏住著各種窮困人家：做小買賣的、僕人、拾荒、妓女。這是北平社會更低賤的人民，更陰暗的下層社區。人人饑寒交迫，十六、七歲的姑娘，沒有褲子穿，懷孕的婦女還得做苦工，老的死了沒錢買棺材。小福子還借虎妞的房子出賣肉體。祥子在這裏發現自己的精血被虎妞吸盡了，全身骯髒，他的氣力健康全喪失了，從理想到道德倫理都往下沈淪和腐爛。

　　老舍故意安排祥子走進西直門外樹木深處的白房子妓院，

那是他人生最後的一站。西直門外空曠，樹林、土地、房屋都
是灰濛濛一片，加上冬天的死靜，這地方正象徵祥子一落到地
獄裏去了。其實祥子去那裏，原來為的是要拯救小福子，希望
能從中救回沈淪的自己，這是他反抗墮落最後的努力。他意外
的與外貌像虎妞的白麵口袋聚會。這位妓女有兩個大奶如白麵
口袋，她自甘墮落，並認為做妓女是一種享受（《老舍文集》，
第3冊，頁214）。[17]

從那天開始，由於虎妞死了，加上發現小福子又上吊死
了，祥子便「墮入那無底的深坑。他吃，他喝，他嫖，他賭，
他懶，他狡猾，因為他沒有了心」（《老舍文集》，第3冊，頁
215）。到了白房子，祥子便抵達了人類心靈的深處了，這是中
國社會黑暗的底層，人類內心最黑暗的地方。老舍通過祥子最
後的人生驛站，帶我們去看的大妓院，亂葬崗、不只是象徵社
會現象與個人命運，更重要的是人類黑暗的心。

五、三個站是三張網：「被環境鎖住不得不墮落」

我在〈從康拉德的熱帶叢林到老舍的北平社會：論老舍小
說人物「被環境鎖住不得不墮落」的主題〉與〈《駱駝祥子》
中《黑暗的心》的結構〉二文中[18]，曾反覆論證，老舍對康拉
德的熱帶叢林小說特別迷戀，他的小說也受其影響，尤其《駱
駝祥子》。從1929年在倫敦寫《二馬》開始，老舍已被康拉德
的熱帶叢林小說的技巧魔力迷住了。[19]他承認：「康拉德在把
我送到南洋以前，我已經想從這位詩人偷學一些招數。」[20]由

於受了康拉德南洋小說的刺激與啟發，1929至1930年間老舍去了新加坡，而且寫了《小坡的生日》，以新加坡來表現在英國殖民主義統治下的南洋社會。[21] 對老舍來說，康拉德最具有魔力的主體結構，是人類往往「被環境鎖住而不得不墮落」的主體結構。他特別注意康拉德在小說中「把南洋寫成白人的毒物，征服不了自然便被自然吞噬」。康拉德小說中的熱帶叢林，被老舍用貧窮古老的北平城取代，結果我們看見祥子及其他人物，都「被環境鎖住不得不墮落」。[22]

憑著自己的體力、誠實與勤勞，經過三年艱辛的奔波，祥子終於買了一輛新車。但半年後，由於國家政治與社會動亂，連人帶車被匪兵擄去。他好不容易逃出虎口，帶回三匹駱駝，賣了三十元錢，不久又被孫偵探搶走。祥子討厭虎妞，可是禁不起性誘惑的陷阱和貪心，祥子與虎妞結婚，並用她的私房錢買了一輛舊車。不久虎妞難產死去，祥子只得賣車料理喪事。國家、社會、政治、情欲，種種大環境是使他的奮鬥一再失敗。祥子想征服充滿罪惡的環境，而反被環境征服。最後祥子由絕望走向墮落。《黑暗的心》的馬羅走進第三個站時，發現白人逃不了非洲黑森林原始的毒手，正如蠅逃不了蛛網。祥子的三個人生驛站也織成一張大蛛網，他是無法逃生的。

六、祥子三起三落的三個驛站包含的三大主題

老舍在〈我怎樣寫《駱駝祥子》〉說，這部小說主要由朋友關於一位車伕「三起三落」的簡要故事創作出來的。可見三

起三落，三個驛站，三大主題是互相緊密結合著的。在這部小說中，老舍奇妙的發揮了「三」字的魔力。他創造了很多與三字有關的事件，其他例子不少，如奮鬥了三年，他才買了自己的洋車，從匪兵魔掌中逃走，順手牽羊，帶回三匹駱駝，賣了三十元。

康拉德在《黑暗的心》及其他熱帶叢林小說中經常出現的主題，在《駱駝祥子》中都可找到。第一種是關於白人到了熱帶叢林，以其優越感、統治欲念作怪，常常捲入土著的人事紛爭。祥子因為同情或好心，不知不覺被捲入劉四、虎妞父女的家庭糾紛中，後來又掉進二強子與小福子父女的糾紛中。康拉德的白人到了落後的熱帶雨林，總是想做「仁慈的惡霸」（benevolent despot），見義勇為，理想主義，往往強迫自己背叛自己的道德良心。祥子愛逞強，企圖在新（壞）的環境裏保持舊（好）的習慣，結果招來很多災禍。康拉德的克如智與祥子一樣，想要解救落後貧窮的，最後卻被落後貧窮毀滅。第三種主題，叫做「麻木癱瘓的恐怖」（a dread of immobilization），康拉德的克如智簡直中了土人的妖邪，被迷惑的拒絕回返文明世界。祥子本來野心勃勃，充滿活力，但最後都全毀了，性欲與其他感情的折磨，再加上性病，使到他麻木癱瘓。[23]

西方白人進入剛果叢林深處，是要搶奪收集象牙，為了財富金錢，野心導致走火入魔，祥子進入大都市，為了洋車賺錢，祥子的拉車之旅程與馬羅行船旅程的目的相同，都是探討人類心靈世界的黑暗底層。古拉德說：「這是康拉德走向自我內心最漫長的旅程。」老舍也說，他要「由車夫的內心狀態觀察到地獄究竟是甚麼樣子」。[24]

注 釋

1 舒乙〈談老舍著作與北平城〉，《散記老舍》（北京：十月文藝出版社，1986年），頁81～97。

2 同前註，頁92～94。

3 同前註，有二張，分別是1928（中華印刷局）、1923（北京學古堂）。

4 Jean James, *Rickshaw Lo-t'o Hsiang Tzu*（Honolulu: University Press of Hawaii, 1979）, p. xiii.

5 Ross Murfin（ed）, *Heart of Darkness: Complete, Authoritative Text with Biographical and Historical Contexts, History and Essays from Five Contemporary Critical Perspectives*（Boston: Bedford Books of St. Martin's Press, 1996）。康拉德著、王潤華譯《黑暗的心》（臺北：志文出版社，1969年）。

6 Joseph Conrad, "The Congo Diary", *Joseph Conrad Heart of Darkness: An Authoritative Text Backgrounds and Sources Criticism*（New York: Norton & Company, 1971）, p.109～117。我在中譯本《黑暗的心》也將〈剛果日記〉譯成中文，見王潤華譯《黑暗的心》，頁31～53。

7 這張1890年剛果地圖出自Zdzislaw Najder, *Joseph Conrad: A Chronicle*（Cambridge: Cambridge University Press,1983）, p.125. 另一張請參考同前註，p. 85。

8 同前註，p.117～118。

9 同前註，pp.121～122；或見Joseph Conrad, *A Personal Record*（London: J.M. Dent & Sons, 1912）, pp.14。

10 同前註，pp. 124～139。

11 Albert Guerard, *Conrad :The Novelist*（Cambridge Mass: Harvard University Press, 1958）, pp. 1～59.

12 關於各家評論，見Bruce Darkness（ed）, *Conrad's Heart of Darkness and*

the Critics（Belmont, Calif: Wadsworth Publishing comp. 1960）；Ross Murfin（ed）, *Heart of Darkness: Complete. Authoritative Text with Biographical and Historical Contexts, Critical History and Essays from Five Contemporary Critical Perspectives*（Boston: Bedford Books of St. Martin's Press, 1996）.

13 本文所引老舍《駱駝祥子》及其作品原文，出自《老舍文集》（北京：人民文學出版社，1980～1991年），第16卷。

14 吳懷冰、曾廣燦編：《老舍研究資料》（北京：十月文藝出版社，1985年），下冊，頁984～999。

15 地圖出自Jean James, Rickshaw, p. xiii。

16 同註1，頁87。

17 這一段《老舍文集》刪掉很多，比較舊版本，見《駱駝祥子》（香港：南華書店，1960年），頁288。

18 王潤華：《老舍小說新論》（臺北：東大圖書公司，1995年），頁47～78；143～170。

19 王潤華〈從康拉德偷學來的「一些招數」：老舍《二馬》解讀〉，見《老舍小說新論》，頁79～110。

20 老舍〈一個近代最偉大的境界與人格的創造者：我最愛的作家康拉德〉，《老舍文集》，第15冊，頁301。

21 王潤華〈老舍在新加坡的生活和作品新探〉及〈老舍在《小坡的生日》中對今日新加坡的預言〉，見《老舍小說新論》，頁1～28；28～46。

22 老舍〈一個近代最偉大的境界與人格的創造者：我最愛的作家康拉德〉，《老舍文集》，第15卷，頁306。

23 Albert Guerard, "Introduction", *Heart of Darkness, Almayer's Folly, The Lagoon*（New York: Dell, 1960）, pp. 23.

24 〈我怎樣寫《駱駝祥子》〉，《老舍文集》，第15冊，頁206。

E 化中國語言文學系／所構想書

—— 兼論科學方法／資訊科技與漢學研究

一、資訊革命改變了我們的社會面貌、生活方式與思想價值：知識與新思維就是財富

　　資訊時代的到來，再加上全球化的知識經濟，不但改變了我們的社會的面貌、人類生活的方式，也改變了人類的思想概念、道德、價值觀、定義、法律與制度。這種種改變促使英文所說shifting paradigm，也就是思維的新典範的產生。迅速改變這個世界的就是這個paradigm shift。[1]而資訊科技就是帶來急速改變的思維的因素。謝清俊教授常常在其論文中指出這點：

> 根據美國的國家計算、資訊與通信的協調辦公室（National Coordination Office for Computing, Information and Communication）在1998年的報告指出：資訊科技正在使我們的社會轉型，它改變了我們溝通、處理資訊，以及學習的方式；它改變了商業和工作的本質；改變了我們的醫療和保健；改變了我們如何設計與製造產品、進行研究、以及與環境相處；它也正使美國的政府

轉型。這真是一針見血地描繪出目前社會全面急遽轉型的景觀。依這樣的說法，實在已難想像出什麼東西將不會改變。總而言之，資訊科技已經啟開了這史無前例的社會全面急速變遷的序幕。[2]

Ted Turner 在美國 Brown University 讀書時成績不好退學，但他的全球化的電纜電視（cable TV）CNN 電視臺的新思維新模式給電視帶來革命，讓電視節目跨越國界，也給他帶來財富，給世界創造了電視的新典範，他成功，因為他因應資訊新科技而做出新思考。這種全球化的新思維新知識就是財富。在資訊時代，資本、自然原料、甚至土地不見得是財富。今天投資驅動型（investment driven）經濟已經走到盡頭，我們須走向創新驅動型（innovation driven）經濟與知識驅動型經濟的領域。它需要新思維、新知識來推動。[3]

因應資訊社會的需要，我想一個學系，尤其中文系，應該思考改變的挑戰，建立中文系的新典範。

二、沒有圍牆、全球化、資訊化的大學

進入網路社會以後，世界級大學，為了因應轉型為資訊社會，創新驅動型的全球化經濟，大力拆除大學的圍牆，新加坡國立大學就宣佈人才不設圍牆，概念不設圍牆，思維不設圍牆，知識不設圍牆。中國的北京大學與南京大學，在近幾年也把圍牆拆除。知識一旦不設圍牆，知識的發現，知識的轉移，知識的應用，不但能善用資源，集思廣益，知識也成為實用性

很強的企業文化了。目前多數大學對內也不設圍牆，院與院之間，系與系之間的學科圍牆都已拆除，在知識整合的時代，每個人都需要較廣泛的知識。大學、教授都要與世界各大學互相合作與交流，學生也要到別的國內外其他大學選修課，與圍牆外的同學交流，吸收外國經驗，這是知識全球化必要的經驗。[4]

三、創意無限的數碼時代：思考中文系／所的新典範

經濟早已轉型，從投資經濟變成知識創新經濟，從機器生產與勞動力的社會逐漸轉型為知識社會，新知識經濟裏，知識是主要資源，極度依賴知識工作者，這些人既是勞動力工作者，也是知識工作者，這種知識科技專才，在未來數十年的社會裏，會成為社會，甚至政治的主導力量。[5]

生產重要知識機構的中文系，一直停留在傳統的典範裏，使到中文系訓練的人才，工作能力不能因應社會的需求，缺少市場價值．研究方法老舊，做不出創新的學術研究。要走出目前困境，我希望能讓資訊科技與中國語言文學／文化結合起來，跨學科的，多學科的結婚也許能產生新的綜效（synergies），新的工作能力，創新的知識。

我們現在應該思考有關設立資訊化中文系所時有相關的許許多多課題，建構一個系所的實際實施與計畫，包括系所的名稱，重構後的課程結構、訓練與研究重點、教學的方法與設備、師資等問題。還有中文系資訊科技化後能在學術上將有何

發展與突破？文化科技化，文化經濟化，文化產業，能帶來強大的商業經濟的利益嗎？

　　不管這些問題的答案如何，正如微軟（Microsoft）總裁 Steve Ballmer 於 2002 年 10 月 16 日在新加坡國立大學的講演指出，在數碼時代，創意是無限的（Innovation Unlimited in the Digital Decade），因為像微軟提供的資訊科技，「能使到全世界的人與公司能實現他們所有想做到的」。把資訊科技與中華語言文學／文化結合，我相信在純學術研究、實用性、經濟價值、人才市場都會大大開拓其新天地。[6]

四、漢學研究與資訊科技

　　謝清俊在〈對「資訊科技之於學術研究」的幾點看法〉對漢學研究與資訊科技提出很多真知灼見，他說：

> 目前，很多漢學學者都同意，資訊科技之於漢學是很重要的。一般所持的理由是：資訊科技可以幫助我們匯集、整理、以及檢索資料，所以有用。當然，這是純以目前已有的成就來說的，如果考慮到未來的發展，則情況未必如此，比方說：至少我們可以預測，資訊科技以後可能幫我們更多的忙，是我們現在看不到或沒想到的。要瞭解：「資訊科技可以幫我們多少忙？」或「如何幫法？」一個根本的方法就是：要真正明白前面敘述的「什麼是資訊？」、「數位電子資訊有那些基本的性質？」以及發揮你的想像力來想想看「在這些基本的性

質交互影響之下,資訊科技能為漢學研究做些什麼?」坦白說,目前這個問題還沒有較完整的答案;然而,至少前面已經幫大家理清了個頭緒,只要於此能發前人所未見,便是突破現況之良機,無論對錯。[7]

目前漢學學者能具備對資訊科技是很重要的,因為漢學學者就是資訊業者:

學者就是資訊業者的說法,是有根據的。依照聯合國公佈的職業分類,共有四大職種,即:農業、製造業、服務業、和資訊業……如果你能接受學者即資訊業者的說法,那麼首先你會明白,電腦化、數位化的工作其實就是漢學學者自己的事,不是電腦工程師找來的麻煩。換言之,電腦化、數位化的工作是漢學學者自己該承擔的事……其次,你會明白:為什麼先進國家中已有超過一半的就業人口都是資訊業;為什麼以後的經濟發展要靠資訊科技、要靠知識、要靠創意。[8]

謝清俊的結論值得重視與思考:

從資訊科技之於一般的學術研究發展的影響來觀察,我們認為:對漢學研究來說,資訊科技將協助我們建立一個虛擬的數位漢學研究世界,它將與傳統的漢學研究環境相輔相成。到那時,也許學者可以充份利用這兩個環境不同的特質,自由地選擇,往復在這兩個環境下做研究。目前,我們已經朝著這條路上邁開大步了,諸如已

開始建立了：數位圖書館、數位博物館、數位典藏、虛擬的網上研究群、虛擬的辦公室和實驗室、遠距教學、……凡此種種不都是在為打造一個虛擬的數位研究與教學的環境，與既有的環境相對映嗎？當然，以目前已有的成就而言，這個虛擬的數位漢學研究世界仍然是相當遙遠的；但是，至少我們在這個夢裏已可看到：應該逐漸建立起關於這個數位漢學研究世界的系統觀，諸如：與相關學科的聯繫與介面；除了資料的數位化之外，漢學研究工具和程式知識（procedure knowledge）的數位化亦極其重要；除了文字的數位元元化之外，器物的數位化也不可或缺……。[9]

聯合國重新定義新世紀文盲標準：第一是不識字的人；第二是不識別現代科技符號的人；第三是不能使用電腦等進行學習、交流和管理的人。所以謝教授的警告更值得我們警惕：

現在仍有許多學者自己不用電子郵件或網路，要收郵件或要查資料時就找年輕的助理幫忙。試想，這情形和以往不識字的人有什麼兩樣呢？[10]

五、在科學典範下的文學研究：科學思維與分析方法

其實現代的漢學，包括語言文學的研究，從一開始到現在，都受科學思維及其分析方法影響，現在只是又多了資訊科

技影響。

我現在從我個人比較熟悉的中國文學與文化的這個小領域，看看科學思維、分析方法、資訊科技如何在二十世紀以來，一直影響著我們，一直是我們研究的典範。

科學與其衍生的資訊科技，今天隨著全球化，主宰著全人類的生活，支配著我們的現代生活與思想，學術研究更加如此。余英時在一篇論述二十世紀科學典範下的人文研究的論文中指出，二十世紀的人文、社會科學在建立它們個別領域中的知識時，都一直奉自然科學為典範。這因為自然科學如物理所獲得的知識具有普遍性、準確性、穩定性，其方法也十分嚴格。所以人文研究一直在科學典範的引誘下，向科學靠近學習。[11]

當年胡適提出「以科學方法整理國故」，就是用西方的科學思考與分析方法來研究中國人文。王國維在《人間詞話》中說：

> 四言敝而有楚辭，楚辭敝而有五言，五言敝而有七言，古詩敝而有律絕，律絕敝而有詞。[12]

當胡適於1917年在《新青年》發表〈新文學改良芻議〉時，他還在美國，他說：

> 文學隨時代而變遷也。一時有一時之文學……因時進化，不能自止。逆天背時，違進化之跡，故不能工……以今世歷史進化的眼光觀之，則白話文學之為中國文學之正宗，又為將來文學必用之利器，可斷言也。[13]

就如王國維與胡適上述論中國古今文學的發展的分析來看，研究文學問題，都是以達爾文主義（Darwinism）的進化論（theory of evolution）作為分析文學演化的金科玉律。最早由賴爾（Charles Lyell）用進化論（evolutionary principles）來建立他的地質變化理論，後來達爾文（Charles Darwin）的生物學證實地球上的生命起源與演變完全符合這條進化論。施斌赦（Herbert Spencer）把這進化論用來說明人類的各種知識。[14]到了清末民初，進化論便廣泛被中國學者用來詮釋是古今文學的演化，成為金科玉律。目前多數現有的中國文學史，都是充滿生物生長規律的字眼，如萌芽、成長、成熟、茂盛、衰落、枯萎等字眼。[15]

人文社會科學奉自然科學為最高的典範。從十九世紀以來，西方文學家的文學研究以歷史語言學（Philology）為主軸，芝加哥大學在二十世紀初開始出版至今的 *Modern Philology*（1902）與 *Classical Philology*（1906）學術期刊，說明他們主張即使研究文學，要從廣闊的語言、社會、個人、歷史等等外在因素來瞭解文本。因為他們要把文學建立成與科學相同的學科。中國現代學術研究也走這條路。像中央研究院，從大陸到臺灣，以前也把文學放在史語所（Institute of Philology）來研究，這是明顯的受了科學思想模式的影響。以前philology一詞意義複雜，經常變化。它等同文學研究（literary scholarship, the study of literature），但它曾經指文學語言及所有人類知識的研究，它是一門文化科學。今天philology主要指歷史語言的研究。

在二十世紀的西方，大多數學者的文學研究更加奉科學知

識為最高的典範，這一思潮在五六十年代成為高潮。這時候尤其受了物理知識的影響，新批評（New Criticism）特別流行。新批評家認為歷史語言研究不夠科學化、專門化，因此把歷史背景、作者生平、社會情況等外在因素排除，認定文本是一獨立客觀體，新批評家以細讀與分析為工具，以普遍與不固定的價值標準來分解化驗文學作品。受了科學結構學的影響，新批評家認為，作品中有一固定的結構，打開作品，發現其特別的結構，便是文學研究者與批評家的任務。文學物件便是自然物件。這種研究方式與態度與科學家對研究自然萬物是一樣的。[16]

新批評權威在六〇年代中期開始消退，但是西方文學研究到目前為止還是不能完全擺脫奉科學知識為典範的研究方法。因為後現代解構新思潮大大左右了文學研究的主流，它雖然動搖了科學知識的客觀性，但解構主義引用很多的新理論，卻來自新物理學，比如解構者如德裡達認為「文本之外無他物」，文本意義不能確定，又把文本看作場（field），其中流動這力（force）與能（energy）。這些力與能互相所發揮的功能，在無目的活動中顯出其目的性。不但名詞來自物理學，其描述的文學現象也是物理現象。[17]

科學化給人文社會研究帶來很多的卓越的成績。像新批評自一九六〇年代，對中國古今文學的詮釋，貢獻與影響巨大，是有目共睹的。[18]而在語文領域中，接受科學方法與科技，使它變得最成功的就是語言學，從六〇年代開始，採用電腦科技，能處理龐大資料與資料，因此研究出很多普遍性、準確性的規律與問題。如運用地理資訊研究地理方言學，很有成績。[19]謝清俊教授說：

於此，傳統語言學與計算語言學的相倚相生是最早的例子。目前，計算語言學不僅提供了無數的新工具、新方法、新觀念來豐富語言學，其未來之前途更有合二者為一之氣勢。這並不是說計算語言學「打敗了」傳統語言學，而是顯示著資訊科技豐富了語言學的內涵，擴大了語言知識的範疇，當然也改變了許多傳統語言學的觀念和做研究的方法與環境。[20]

六、從科學思維到電腦資訊科技

科學及其衍生的資訊科技，越來越全面主宰人類的生活。同樣的，在文學研究方面，資訊科技更深入廣大的支配著文學研究，或者反過來說，更加廣泛深入的被應用到文學研究的領域裏去。在二十世紀，文學研究主要在思維概念與分析方法上借重科學，進入二十一世紀以後，很顯然的，除了科學思維與分析方法繼續影響文學研究，資訊科技將廣泛的被用來開拓文學許許多多的課題。在二十世紀初期，科技技術最常用在詞語的搜尋與檢索資料的搜尋。

謝清俊教授的論文〈對「資訊科技之於學術研究」的幾點看法〉、〈資訊科技與學術研究〉、〈試論資訊科技對學術研究的影響與衝擊〉等論文有很多絕好的觀察：

讓我們先綜觀資訊科技在各學術領域已帶來的變遷，再以一個人文的資訊理論來省視資訊科技對漢學研究的影

響。從歷史的長河來看，資訊科技是一直影響著人類文明走向的；諸如，由於文字之故「百官以治，萬民以察」。事實上，所有的人類文明，其知識的累積、運用、以及文明的進程，均依賴處理文字資訊的技術（這並不涉及電子媒介的應用），沒有一個文明例外。從我們的過去來看，由於有紙和印刷術發明、簡冊書本的製作、檔案與圖書的管理流傳和保存、文獻學與浩蕩如海的文獻發展……種種處理文字資訊的技術作基礎，乃致於形成了我們的社會、官僚與教育種種體制。是故，有文化人類學者把電子媒介應用之前的文明劃分為口語文明和文字文明兩大時期；這些立論的基礎，實鑑於資訊技術的運用。

電子媒介的運用遠早於電腦，從電報的發明便揭開了序幕，之後的電話、廣播、電視與錄音錄影等等，無不導致社會的變遷和學術環境的變革。然而這些影響均不及電腦和網際網路之大之深之廣。電腦對學術界的影響，早期的焦點是運算（數據）和資料（符號）的處理。此時，計算（Computing，包括數據和符號之處理）一詞是主要的名相，它包含了有數值方法以及資料處理（data processing）等。這些應用的影響固然不小，但其作用之範疇對學術界而言仍是局部的，工具性的；雖然這時已逐漸引起學者在研究程式、方法、以及觀念上的若干改變。

至1970年代電腦在學術界普遍運用之後，各學科所受的影響日益顯著。此時，電腦不僅明顯地「身居要職」（成為不可或缺的工具），改變了該學科中做研究的方法

和程式，並且改變了該學科基本資料的蒐集、彙集、運
用、與表達和詮釋。於是，對該學科之內容，亦使學者
不知不覺地產生了新的體認和看法。此時之主要名相，
是在該學科之前冠以計算的（Computational）一辭，以
標明該學科在利用電腦之後的新猷—亦即在該學科內所
生的新枝節。典型的例子有計算語言學（Computational
Linguistics）之於語言學、計算物理學之於物理，以及
計算化學、計算地理學……等等。

1980年以後，各學科在電腦中累積之資料日益深厚：
資料庫、知識庫之建構日益宏大，對知識與資料的檢索
和呈現更日益成熟，再加上1990年後網際網路的聯繫
與溝通、匯集和相輔相成，對學術界而言，產生了如下
兩種形式的重要變革。

資訊科技對學科影響的另一種方式，是側重在電腦模擬
的應用和各種資訊系統（資料庫、知識庫加上工具與程
式知識）的發展，從而建構了與該學科平行的虛擬數位
世界，與傳統的該學科相得益彰、相輔相成。[21]

　　大約在1968年前後[22]，威斯康辛大學的周策縱教授已開始
鼓勵學生採用電腦來研究文學。1970年左右他開始指導陳炳
藻的博士論文The authorship of the Dream of the Red Chamber: A
Computerized Statistical Study of Its Vocabulary[23]，用電腦統計法
分析《紅樓夢》前八十回與後四十回用字之差異，以判斷作者
的問題，他發現差異不大，不至於出於二人之筆。這論文一直
到了1980年才完成於通過，英文版 The Authorship of the Dream
of the Red Chamber: Based on a Computerized Statistical Study of Its

Vocabulary,1986年由香港三聯出版,中文版《電腦紅學:論紅樓夢作者》遲至1996年由香港三聯出版。由於網絡上可以將不同的文字、聲音、影像、圖畫等資料,轉換成數位資訊,傳送到全球讀者面前,因此《紅樓夢》與數位科技界後在研究與教學的成就,從周策縱開始,他的學生陳炳藻的The authorship of the Dream of the Red Chamber: A Computerized Statistical Study of Its Vocabulary(University of Wisconsin, 1980)[15],到羅鳳珠的《紅樓夢網路系統》與《紅樓夢網路教學研究資料中心》[24],給文學數位化帶來很大參考價值。

多媒體、網際網絡、資訊社會的出現,我們可以不同的文字、聲音、影像、圖畫建立資料庫,因此學術研究與教學的途徑與方法,可以多元化,像本次會議的討論課題,便是可以開發的新研究方法與途徑:

1. 地理資訊系統與作家遷徙及作品繫年
2. 創意空間與詞語詞網的描述
3. 詞語和語段計量語文學內涵的研究
4. 詞語搭配與個人風格

另外還有網絡文學、文學研究與批評網站、數位典藏資料中心,都是我們要建立的研究與設施。同時電影文學、及其他圖像文化研究與教學,就更能作重大突破。二十一世紀是圖像的時代,視覺方法論更能被認為比文字更能彰顯現代文化的特色。我們應正視與發展這些被漢學長期漠視的領域,尤其視像文化。

七、知識與資訊取代機器，成為社會生產力：中文系開發文化創意產業／文化經濟化人才

　　把傳統的中國語言文學系資訊化，期待上面可能帶來的研究與教學突破，只是一部分的目的，更重要的，是要培訓中文系的學生，除了在專門的領域上的中華語言、文學、文化有精深的知識外，發揚人文精神，更盼望語言文學／文化與資訊科技結合後能創造經濟商機。所謂結合，是指中文系的課程提供語言文化專門知識，資訊科技、數位典藏、軟體開發等跨學科的訓練，製造新的知識綜效（synergies）。

　　數位文化創意產業目前已證明尤其在華語世界可以創造無限的商機，資訊化的中文系所另一種生命力就隱藏在文化創意產業中，應該把握這種文化產業的優勢，目前海峽兩岸都具備這種條件，如臺灣文建會主導的有國家文化資料庫，國科會與中研院有數位典藏國家型科技計劃，如果加入商業運用價值思維，大有發展空間。[25]

　　另一方面，中國語言文化加上資訊科技的訓練，中文系的人才將可走出傳統狹窄的教書與文字處理市場。資訊科技人才，現在市場上已很多，但是既有語言文化專門知識，又有資訊科技的訓練的人才，市場上就很少了。這種文化科技人才，將是管理資訊社會的菁英。傳統的中文系所，一旦與資訊科技結合轉型，成為因應資訊社會的中文系所，我們在學術、教學、傳播、經濟、工作市場上，都會有所突破。

在創新知識型的經濟時代裏，知識與資訊取代了機器，成為今日社會生產力的主要來源。在臺灣，發展文化創意產業被列為國家發展重點計劃的核心項目，文化藝術核心產業，除了視覺、表演藝術，還包括語言文學及文化。文化就是個好生意[26]，但文化經濟的工作需要高等文化教育程度與專業知識，轉型後的中文系所所培育的，正能提供這方面的人才，由於文化經濟是一個自主的經濟場域，特能持續創造就業機會，對社會文化變遷也帶來貢獻。

過去傳統的中文系，提倡人文精神，文化不事生產，現在因應社會的需要，我們要加入文化經濟的行列，從事生產知識科技專才。正如我上面所說，在知識社會與新知識經濟裏，知識是主要資源，極度依賴知識工作者，這些人既是勞動力工作者，也是知識工作者，這種知識科技專才，在未來數十年的社會裏，會成為社會，甚至政治的主導力量。

八、以中文系引導科技，而不是科技應用引導中文系

1999 年《時代》雜誌挑選愛因斯坦為二十世紀風雲人物，同時1999 年年度風雲人物為電子商務的典範亞馬遜網絡書店，這反映我們社會文化對科技所驅動的改變是多麼著迷。柯林斯（Jim Collins）的《從A到A+》（*Good to Great*），研究全世界企業從優秀到卓越的奧秘，最卓越的十一家企業中，八成並沒有把科技列為轉型成功的五個關鍵之一，科技只是有所突破時，加速動能的工具。以卓越的Walgreens 來說，他們以刺

蝟原則引導科技，而不是科技應用引導刺蝟原則，因此
Walgreens 的資訊長是藥劑師出身，不是科技專才。[27]世界企業
的經驗可以拿來作為中文系轉型的參考。中文系在教學、研
究、培養人才等方面的發展，科技可以變成動力的加速器，但
我們需要知道與我們密切相關的是資訊科技，我們的資訊學
者，同樣的，應該是中文系研究領域的卓越學者，不是純科技
專才。

九、結論

我在上面引用謝清俊教授的論文指出，資訊科技在各學術
領域已帶來很多的變遷：電腦對學術界的影響，早期的焦點是
數據的運算和符號的處理，其作用之範疇對學術界而言仍是局
部的、工具性的。到了1970年代，電腦在各學科中的影響日
益顯著。此時，電腦不僅明顯地成為不可或缺的工具，更明顯
的改變了做研究和詮釋方法。此時在該學科之前冠以計算的
（Computational）一詞，以標明該學科在利用電腦之後的新
貌。典型的例子有計算語言學（Computational Linguistics）之
於語言學、電腦紅學（The authorship of the Dream of the Red
Chamber: A Computerized Statistical Study of Its Vocabulary）便是
做好的例子。1980年後，各學科在電腦中累積之資料日益深
厚，資料庫、知識庫之建構日益宏大，對知識與資料的檢索和
呈現更日益成熟。

1990年後網際網路的聯繫與溝通、匯集和相輔相成，對
學術界而言，產生了極重要變革。資訊科技引發了學科內容變

化與學科形式上的變化。林淇瀁的《書寫與拼圖》與須文蔚的《臺灣數位文學論》研究臺灣現代文學的傳播與網路文學，從數位文學批評、數位詩歌創作跨媒體小說、網路副刊、網路文學社群、數位科技文學教學，這是最明顯的目前資訊科技帶來最大的衝擊。[28] 從臺灣文學的所受到的衝擊，也可看得出這股資訊科技浪潮也一樣撲打著、改變著漢學所有研究領域的研究內容與形式。[29]

注 釋

[1] 關於資訊社會，見 Manuel Castells, *The Rise of Network Society*（Blackwell Publishers, 2000），中譯本見夏鑄九、王志巨集譯《網路社會之崛起》（臺北：唐山出版社，2000 年）。

[2] 謝清俊〈對「資訊科技之於學術研究」的看法〉，頁 1，引自網頁 http://www.sinica.edu.tw/~cdp/paper/pcatalog.htm。

[3] 這是哈佛大學教授 Joseph Nye 在新加坡國防與戰略研究院〈資訊革命與國際關係〉講演觀點，見《聯合早報》（新加坡，1999 年 1 月 8 日），又見 The Straits Times（Jan 8,1999），新聞版。

[4] 這是新加坡國立大學校長施春風在 2002 年 5 月 2 日的講演，先存於國大的 President speeches，見網站 https//:www.nus.edu.sg/president。

[5] 皮得‧杜拉克（Peter Drucker）著、劉真如譯《下一個資訊社會》（*Managing in Next Information Society*）（臺北：商周文化事業公司，2002 年），頁 243～244。

[6] 新加坡國立大學，President speeches，2002 年 10 月 16 日，http://www.nus.edu.sg/president。

[7] 同註 2，頁 9。

[8] 同前註，頁 9～10。

9 同前註，頁10。

10 聯合國文教機構2000年的文告。謝清俊的原文，見同前註，頁11。

11 余英時〈回顧二十世紀科學典範下的人文研究〉，臺灣《中國時報》，2003年1月9日。完整的原文見時報電子版：forums.chinatimes.com./tech/techforum/030119al.htm。

12 王國維《人間詞話》（臺北：臺灣中華書局，1972年），頁38。

13 《胡適文存》（上海：亞東書局，1921年），頁1～19。

14 John Addington Symonds, "On the Application of Evolutionary Principles to Art and Literature", *Speculative and Suggestive* (London: Chapman and Hall,1890), 42～83.

15 如劉大杰的《中國文學發達史》（臺北：臺灣中華書局，1965年），就用「是詩的衰落與散文的勃興」與「正統文學的衰微」作為論述文學的規則（頁40、293）。參考葛紅兵、溫潘亞《文學史形態學》（上海：上海大學出版社，2001年），有一節論述進化論文學史形態，頁46～52。

16 M.H. Abrams, "The Transformation of English Studies: 1030～1995", in American Academic Culture in Transformation: Fifty Years, Four Disciplines (Princeton: Princeton University Press, 1997), pp. 124～149；參考余英時的論述，見前註11。

17 同前註，Abrams, pp. 137～138。

18 關於新批評在臺灣，見柯慶明〈新批評與批較文學的盛行〉，《現代中國文學批評述論》（臺北：大安出版社，1987年），頁106～141，又參考呂正惠〈戰後臺灣小說批評的起點：新批評與文化批評〉，收入陳義芝編《臺灣現代小說史綜論》（臺北：聯經出版事業公司，1998年），頁102～662；在中國的情形，見枯荷聽雨聲〈新批評在中國的命運〉，《人民日報》（學術爭鳴版），2003年11月14日，http://

www.booker.com.cn/gb/paper18/class001800008/hwz15043.htm。

[19] 可以鄭錦全院士的著作為例,見香港城市大學的中文、翻譯、及語言學系鄭院士的著作:http://www.ling.sinica.edu.tw/。

[20] 引自謝教授的網站,見前註2。

[21] 引自謝教授的網站,見前註2。

[22] 周策縱在《紅樓夢案》(香港:香港中文大學出版社,2000年),頁15,有提到這點。

[23] University of Wisconsin, Ph D thesis (East Asian Languages and Literature,1980).

[24] 羅鳳珠的網絡見http://cls.hs.yzu.edu.tw。

[25] 劉維公〈文化經濟化,經濟文化化〉,《誠品好書》第29期(2003年2月),頁48～50。謝清俊《數位典藏樣品集》(臺北:數位典藏國家型科技計劃,2003年)提供臺灣所有計劃的簡介與資訊。

[26] 馮久玲《文化是個好經濟》(臺北:臉譜出版社,2002)。

[27] 柯林斯(Jim Collins)著、齊若蘭譯,《從A到A+》(Good to Great)(臺北:遠流出版社,2002年,頁154～193;頁235～244。

[28] 林淇瀁的《書寫與拼圖》(臺北:麥田出版社,2001年),須文蔚《臺灣數位文學論》(臺北:雙魚出版社,2003年)。

[29] 本文為元智大學中語系、清大人社院、資工所在2003年12月9～11日合辦的第一屆文學與資訊科技國際會議發表的論文。

第二輯

多元文化思考

重新解讀中國現代文學

——本土多元文化的思考

一、新馬現代漢學的起點與傳統：跨國界的中國文化視野

因為我自己出生於當時新馬不分的英國殖民地馬來亞（Malaya），我常常以本地作為現代漢學（Sinology）的起點而感到驕傲。英國漢學大師理雅各（James Legge）在1839年被倫敦的傳教會（London Missionary Society）派遣到馬六甲（Malacca）的華人傳教會工作，當時他才二十歲。一年後，理雅各出任馬六甲的英華書院（Anglo-Chinese College）校長，而這書院在1825年由馬禮遜（Robert Morrison）所創立。馬禮遜與理雅各兩人，都是到了馬六甲，其漢學研究興趣才開始，後來馬禮遜成為英國漢學最早的開拓大師，而理雅各成為英國牛津大學首任漢學教授。[1] 他的《四書》注釋與英文翻譯 The Chinese Classics 的巨大工作，也是在馬六甲的英華書院開始進行的。[2]

早在十五世紀，鄭和的艦隊已在馬六甲登陸，所以馬六甲象徵中國傳統文化向西前進的重要基地，而馬六甲在十六世紀

已成為葡萄牙的殖民地，更是西方霸權文化向東挺進的重要堡壘。[3]因此馬六甲成為世界上其中最早出現全球性大量移民與多元文化匯流的地方。馬禮遜與理雅各在東西文化交通要道上的中西文化交流經驗，使他們立志成為詮釋中國文化的漢學家。理雅各跨國界的文化視野，就給中國的《四書》帶來全新的詮釋與世界性的意義。所以馬六甲應該被肯定為現代漢學研究的一個極重要的起點。

這種突破傳統思考方式，去思考中國文化現象的多元性的漢學傳統，是新加坡與馬來西亞學者探討研究中國文化的重要傳統。[4]傳統漢學的強點是一門純粹的學術研究，專業性很強，研究深入細緻。過去的漢學家，尤其在西方，多數出身貴族或富裕之家庭，沒有經濟考慮，往往窮畢生精力去徹底研究一個小課題，而且是一些冷僻的、業已消失的文化歷史陳跡，和現實毫無相關。因此傳統的漢學研究在今天，也有其缺點，如研究者不求速效，不問國家大事，所研究的問題沒有現實性與實用法，其研究往往出於奇特冷僻的智性追求，其原動力是純粹趣味。[5]

二、超越中西文明爲典範的詮釋模式：包容各專業領域的區域研究與中國學

上述這種漢學傳統在西方還在延續發展，我個人的研究方法與精神，由於在新馬出生與長大，在1970年代在美國攻讀高級學位，特別受到其專業精神、研究深入詳盡的探討，不逃避冷僻的學問的傳統訓練影響。我在留學美國期間，美國學術

界自二次大戰以來，已開發出一條與西方傳統漢學很不同的研究路向，這種研究中國的新潮流叫中國學（Chinese Studies），它與前面的漢學傳統有許多不同之處，它很強調中國研究與現實有相關，思想性與實用性，強調研究當代中國問題。這種學問希望達致西方瞭解中國，另一方面也希望中國瞭解西方。[6]

中國研究是在區域研究（Area Studies）興起的帶動下從邊緣走向主流。區域研究的興起，是因為專業領域如社會學、政治學、文學的解釋模式基本上是以西方文明為典範而發展出來的，對其他文化所碰到的課題涵蓋與詮釋性不夠。對中國文化研究而言，傳統的中國解釋模式因為只用中國文明為典範而演繹出來的理論模式，如性別與文學問題，那是以前任何專業都不可能單獨顧及和詮釋。[7]在西方，特別是美國，從中國研究到中國文學，甚至縮小到更專業的領域中國現代文學或世界華文文學，都是在區域研究與專業研究衝激下的學術大思潮下產生的多元取向的學術思考與方法，它幫助學者把課題開拓與深化，創新理論與詮釋模式，溝通世界文化。

三、多學科、多方法、多元取向的中國現代文學研究

劉若愚在〈中國文學研究在西方的新發展、趨向與前景〉[8]一文中指出，在六十至七十年代的西方，尤其在美國，以中國文學作為研究專長的學者日愈增加，使到中國文學研究在1970年代中期已成為一門獨立的學科，不再是附屬於漢學的一部分。學者把自己的專長與研究範圍限於中國文學之內，因

此他們願意被看作中國文學專家，而不是漢學家。在劉若愚評析的許多中國文學研究著作中，有三分之一是中國現代文學研究的學術著作，他本人對現代文學毫無興趣，卻有這麼多這類著作出現在他的論文中，清楚的說明中國現代文學研究在西方的發展，幾乎已達到與古典文學研究並駕齊驅的境界，同時也說明它已從漢學脫離，成為一門獨立專門的學科。戈茨（Michael Gotz）的研究報告〈中國現代文學研究在西方的發展〉發表於1976年，比劉若愚的只晚了一年，他的結論指出，在過去二十年間，中國現代文學研究已不再是漢學的一部分，而是一門獨立的學科：

> 在過去二十年左右，西方學者對中國現代文學嚴肅認真的研究已大大的發展起來，可以名副其實到了稱為「學科」（field）的階段。中國現代文學研究已不再是附屬於漢學的一部分，它已經從語言、歷史、考古、文學研究及其他與中國有關的學術研究中脫離，自成一門獨立的學科。[9]

中國現代文學研究在西方為什麼發展的這麼迅速？戈茨的看法很有見地，因為在第一個發展階段中，許多不同學科的中國專家群，他們原來是研究歷史、社會學、政治學、西洋文學，突然由於環境與生活的需要，紛紛改行研究中國現代文學。在1960年代中成名的學者中，像許介昱，一開始就專攻中國現代文學，從1959年的博士論文《聞一多評傳》開始[10]，一直到1982年逝世時，始終為現代文學效命。可是他在西南聯大念的是外文系，後來在密芝根大學讀碩士，本行卻是英國

文學，因此要找一位從大學到博士的訓練，全是正統中文系出身的，恐怕難於找到。目前我只知道一位，他是柳存仁。他在北大和倫敦大學的學位，全是研究中國文學。雖然他最大的成就在古典領域裏，他對現代文學也有極大的貢獻。[11]

在美國第一代的中國現代文學學者中，他們幾乎都是從別的學科轉行過來的。像周策縱原是密芝根大學的政治系博士，李田意是耶魯大學歷史系博士，夏志清和柳無忌都是耶魯大學的英文系博士，其他學人像王際真、陳世驤、夏濟安、盧飛白、施友忠都是英文系出身。這些第一代學人，離開中國時，已有舊學造詣，中國現代文學在親身參與或耳聞目染中，也有基礎，當他們把其他學科的治學方法拿過來研究中國現代文學，則很容易開拓領域，發現新問題。由於從多學科的觀點與方法著手，周策縱的《五四運動史》才能成為研究現代中國社會、政治、文化、思想和文學的一本重要著作。[12]夏志清的《中國現代小說史》至今仍是研究比較文學和中國現代文學的權威著作[13]，主要原因是夏志清在研究中國小說之前，已對世界小說理論與著作有研究，這部書實現了海陶緯（James Hightower）的預言：

以往從事中國文學的人，多半是對異國文學缺乏深切認識的中國學者。現在我們需要受過特別訓練的學者，通曉最少一種為眾所知的其他文學的治學方法與技巧，由他們把這些治學方法與技巧應用於中國文學研究上。只有採用這樣的研究方法，中國文學才能得到正確的評價，西方讀者才會心悅誠服地承認中國文學應在世界文壇上占一個不容忽視的地位。[14]

　　這種趨勢一直發展到今天，雖然像戈茨所說，「學者們愈來愈更加傾向文學分析」[15]，還有不少原來非研究中國現代文學的人，進入這一研究區域，主要是受學科與學科間的科際研究（Interdisciplinary Studies）之學術風尚影響。這些學者將文學與人類生活上如哲學思想、宗教、歷史、政治、文化銜接起來，給我們帶來廣面性的方法，幫助我們從各種角度來認識文學，使文學研究不再是片斷和孤立的學問，甚至可以將研究中的真知灼見和結果，文學與非文學的學科互相運用。因此目前美國研究中國現代文學的學者中，仍舊很多這類學者。

　　由李歐梵編、1985 年出版的論文集《魯迅及其遺產》[16]所收集的文章都很專門，所有十一位作者中，竟有六位原來不是專攻純文學的學者：

1. 李歐梵：臺大外文系畢業，先到芝加哥讀國際關係，後來轉哈佛大學專攻中國近代思想史，得碩士及博士學位。
2. 林毓生：芝加哥大學歷史系博士。
3. 亨特（Theodore Huters）：史丹福大學政治系博士。
4. 何大衛（David Holm）：耶魯大學東南亞及蘇聯史博士。
5. 戈曼（Merle Goldman）：哈佛大學遠東史博士。
6. 愛博（Irene Eber）：克爾蒙學院亞洲研究（思想史）博士。

由此可見中國現代文學研究專家陣容在西方的複雜性。正

因為如此，學術研究課題與方法，就特別的獨特、深入和廣闊。反觀亞洲，不管在中國大陸、臺灣、日本，就很少打破傳統，以別的學科的治學方法與觀點來研究中國現代文學。在中國大陸與臺港，學西洋文學的不少從事中國現代文學研究，在日本，學日本或西洋文學的也研究中國現代文學，因此帶來很多新創見，不過他們所學到底還是屬於文學的範圍內，不像美國學者那樣突破學術研究領域的界限，使到文學研究不再是與別的學科孤立存在的學問。

　　跨越科系的早期學人，周策縱便是其中一位，他在進出文學、思想、歷史、政治之間，為五四運動找到較完整的定義，所以他的《五四運動史》成為各種科系學者的重要參考著作。李歐梵自己所走的學歷道路，從外文系到國際關係，再從近代思想史到中國現代文學與文化研究，正代表跨越科系的學術發展趨勢。他的著作《浪漫的一代》、《鐵屋子的聲音：魯迅研究》、《中西文學的徊想》、《徘徊在現代和後現代之間》、《現代性的追求》、《上海摩登》是文學、社會、文化和思想史，代表了多元文化跨領域的研究方向。[17]前面提過他主編的《魯迅及其遺產》更集合了一批學術背景與他相似的學者而寫的一部以多種途徑、多種觀點，探討魯迅的著作。

　　在運用西方的文學批評方法來探討中國現代文學的著作中，比較文學占了最重要的部分，比「文學分析」更多。而近二十年來，文化批評（研究）研究又更加蓬勃，目前已成為主流。[18]我覺得以比較文學和文化批評來探討現代文學，是歐美、港臺華人學者及日本學者最特別的貢獻。中國大陸在七十年代末期門戶開放後，馬上就注意到這方面的特殊成就。中國近年出版的研究現代文學論文，反映了以比較方法及文化批評

研究古典、現代文學成了非常熱門的話題。[19]

四、在全球化、本土化衝擊下的多元思考與分析方法

　　新加坡由於在地理上處於東西方的重要通道上，最早遭到西方文化的侵略與影響，成為最明顯的具有東西文化的新精神新文明的國家。從殖民時期英國極權統治到高科技資訊網路的新世紀，新加坡的文化處處都是呈現著這是一個全球化的典範。另一方面由於新加坡原來遭受長期殖民統治，1965年獨立後，我們才開始塑造國家認同，建構自己文化的本土性。所以新加坡目前正處在全球化與本土化猛烈衝擊的考驗。

　　在全球化與本土化衝擊下的文化現象，學術研究與方法更加複雜化。雖然有人會擔心全球化會把各種文化差異逐漸抹掉，全球化的極致，會導致本土特殊性的重視。本土化會阻礙現代化，造成狹隘的本土中心主義，其實本土的極致就是走向全球化。唯有本土化得到重視，才有資格與信心和全球化接軌，甚至並駕齊驅。

　　今天跨國界的流動多元文化現象，已不能只用傳統或一元的思考方式去分析，因為種種因素改變了人的經驗模式與時空座標。在全球化與本土化的衝擊下，我個人解讀現代文學的方法，從考證、注釋、新批評、比較文學到文化批評都一一的加以運用。

五、西方或中國文學爲典範發展出來的解釋 模式：誤讀《小坡的生日》

我要談的多元文化、多元批評、多元思考研究現代文學的方法與經驗，可用「全球性的視野，本土性的行動」來說明其特點，而我要引用的解讀的例子，是老舍在新加坡華僑中學教書期間所寫的一本小說《小坡的生日》。[20]老舍一向被鎖定爲北京味最重的區域作家，但是如果只從一元的角度，北京味的傳統理論架構來閱讀老舍，那他那些屬於世界華文文學中最早的後殖民文本與理論，如《小坡的生日》、《二馬》及批評康拉德小說中殖民帝國思想的文章，就被忽略了。[21]我因爲生活在新馬多元文化社會裏，才能以新馬殖民社會的多元文化經驗認識到《小坡的生日》及其他作品中的非北京非中國意義結構。老舍這些作品呈現了跨國的文化經驗與主題。

六、老舍在牛車水與華中校園尋找到的小坡

老舍曾二次訪問新加坡。第一次是在1924年的夏天乘船去英國倫敦，輪船途中在新加坡靠岸，老舍在紅燈碼頭及大坡一帶玩了一天。老舍第二次到新加坡，是在1929年的秋天，從英國回返中國途中。他先到歐洲大陸玩了三個月，因爲錢不夠，買了一張只到新加坡的船票。他一上岸，就到商務與中華書局找人幫忙介紹工作賺錢，最後大概由華中的董事黃曼士的

推薦，到華僑中學教中文，一直到1930年2月才回返上海。他在華中的虎豹樓住了五個月，被伊蚊叮了，身上有小紅點，他以為一定沒藥可救，後來醫生給他服吃金雞納霜，躺了三天便起死回生。[22]

老舍到新加坡，除了因為口袋的錢只夠買一張到新加坡的船票，原來也打算寫一部以南洋為背景的小說，表揚華人開發南洋的功績，因為在倫敦期間讀了康拉德（Joseph Conrad，1859～1924）寫南洋的小說而有所啟發。康拉德在小說中，白人都是主角，東方人是配角，而且征服不了南洋的大自然，結果都讓大自然吞噬了。老舍要寫的正與其相反，他要寫華人如何空手開拓南洋。可是教書的工作把他拴住，沒時間也沒錢去馬來西亞內地觀察，結果他只好退而求其次，以新加坡風景和小孩為題材，寫了《小坡的生日》。華中的董事黃曼士給老舍的《小坡的生日》提供寫作的材料：

> 可是，我寫不出。打算寫，得到各處去游歷。我沒錢，沒功夫。廣東話，福建話，馬來話，我都不會。不懂的事還很多很多。不敢動筆。黃曼士先生沒事就帶我去看各種事兒，為是供給我點材料。[23]

老舍要寫的「最小最小的那個南洋」，以新加坡當時多元種族的社會為基礎，而黃曼士及其家庭生活的影子，在小說中處處可見。為了創作土生土長的第二代華人的思想意識已本土化，小說中的父親有三個孩子，因為分別出生於大坡(牛車水)與小坡，老大叫大坡，老二叫小坡。另有妹妹叫仙坡。小孩的革命思想應該是來自華僑中學校園，因為華中自戰前以來，學

生不僅成績優異，而且積極參與社會活動。在反抗英殖民地與抗日時期，學生都在扮演著領導地位。就是在華中教書時，老舍在中學生身上，看見了革命的火花：

> 在新加坡，我是在一個中學裡教幾點鐘國文。我教的學生差不多都是十五六歲的小人兒們。他們所說的，和他們在作文時所寫的，使我驚異。他們在思想上的激進，和所要知道的問題，是我在國外的學校五年中所未遇到過的。……新加坡的中學生設若與倫敦大學的學生談一談，滿可以把大學生說得瞪了眼……。[24]

所以華中學生的革命思想促使老舍寫一部小說，把東方小孩子全拉在一起，象徵將來會立在同一條戰線上去爭戰。這就是《小坡的生日》的主題思想。[24]

讀《小坡的生日》，隨處都能找到華中的一些影子，如下面夢中各民族小孩要攻擊的老虎學校，就禁不住教人想起華中正門的地理位置：

> 老虎學校是在一個山環裡，門口懸著一塊大木匾，上面寫著校訓（是糟老頭子的筆跡，三多認識）：「不念就打！」他們跳上牆去往裡看：校門裡有一塊空地，好像是運動場，可是沒有足球門，籃球筐子什麼的，只有幾排比胳臂還粗的木樁子，上面還拴著幾條小虎。他們都落著淚，在樁子四圍亂轉。[25]

如果從武吉知馬走進華中校園，有一條半圓形的通路，靠

馬路這邊形成一個半圓，那邊是運動場，另外一邊的山坡上，有一排樹林處便是華中的主要建築物。所以老舍寫道：「學校是在一個山環裏」。

華中校訓原是「自強不息」四字，老舍將它改成「不念就打」，目的是用來諷刺當時新加坡一些教師所使用的不符合教育心理的教學法。譬如老舍就曾這樣批評某些華中老師：「他們對先生們不大有禮貌，可不是故意的，他們爽直，先生們若能和他們以誠相見，他們便很聽話，可惜有的先生愛要些小花樣！」[26]

七、本土多元文化的新解讀《小坡的生日》中新加坡花園城市，多元種族社會的寓（預）言

在《小坡的生日》裏，老舍創造了小坡，一個在新加坡土生土長的小孩子，代表第二代的華人思想業已本土化，已成為落地生根的新加坡人。小坡的父親是一個標準的早期華僑移民，有宗鄉偏見，可是出生於新加坡小坡一帶的小坡，摒棄宗鄉主義，不分廣東或福建，同時也團結其他種族的小孩來對付共同的敵人。老舍以這樣的故事製造了一種多元種族多元文化的社會寓言：當沙文主義的父母不在家時，小坡和妹妹仙坡決定打破籍貫、種族和語文之藩籬，邀請二個馬來小姑娘、三個印度小孩、兩個福建小孩、一個廣東胖子到屋子後面的花園遊戲。他們像一家人，講著共同的語言。小說後半部描寫小坡在夢中與其他小孩應付共同的敵人，大概就是暗示老舍所說民族

聯合起反對殖民主義的寓言吧。小說中花園的意象經常出現，這又是暗示新加坡是一個花園城市國家的寓言。老舍在小說中故意把白人忽略，因為這土地是亞洲各民族所開墾，原不屬於殖民主義者。

《小坡的生日》童話後面對多元種族、多元語文與文化的新加坡社會，尤其花園城市之寓言，就是老舍用來逆寫（write back）康拉德小說中的南洋。老舍通過創作一本小說，糾正白人筆下「他者的世界」。老舍在新加坡親身經驗到的被殖民者的痛苦經驗雖然只有半年，但是由於他在之前，已在英國住了五年，而大英帝國正是當時新加坡的殖民者，所以老舍很快的就有深入廣泛的對殖民主義者及被殖民者的瞭解。《小坡的生日》小說中的寓言多元種族多元文化時代之爭取與來臨，正是本土文化與帝國文化相衝突，強調本土文化與帝國不同的思考所發出之火花。[27]

八、本土多元文化的思考：對中西詮釋模式 的挑戰與回應

新加坡人的多元文化，本土知識可以對西方的觀點，中國的中原中心主義的詮釋模式加以挑戰與回應。過去夏志清說《小坡的生日》只是寫給兒童看的童話，胡金銓以北京味的小說的審思，覺得它不像童話，也不是成人讀物。西方白人學者也覺察不出這本小說的後殖民文學的特點。[28] 從多元文化與本土知識的解讀，我們便可帶來新突破，這本小說顛覆了以歐洲霸權文學為典範的文學主題與人物。

　　老舍讀了康拉德書寫的南洋小說，雖然深深被其高超的表現技巧所吸引，但其歐洲自我中心（Euro-centric）的敘述使他大為不安。康拉德的熱帶叢林小說，白人都是主角，東方人是配角，白人征服不了南洋的原始叢林，結果不是被原始環境鎖住不得不墮落，就是被原始的風俗所吞噬。老舍為了顛覆西方文化優越霸權的語言，反對殖民思想，他要書寫華人開拓南洋叢林的刻苦經驗，要描寫殖民受壓迫的各民族聯合在一起的南洋。結果他以新加坡的經驗，於1930年在新加坡的中學當華文老師期間，創作了《小坡的生日》，把新加坡多元種族、多元文化的社會取代了康拉德令白人墮落的落後的南洋土地。這本小說，我認為應列為早期重要的後殖民文學作品。而老舍對康拉德批評的文章，也是世界上後殖民論述很早的理論。

　　目前在西方，幾乎所有從後殖民文學理論來論述康拉德小說中的種族主義與文化優越感，都是從Achebe的《非洲意象》開始。[29]其實早在1934年開始，老舍已寫了一系列文章，如〈還想著它〉（1934）、〈我怎樣寫《小坡的生日》〉（1935）、〈一個近代最偉大的境界與人格的創造者我最愛的作家康拉德〉（1935）、〈寫與讀〉（1935）。[30]老舍以在倫敦與新加坡的生活經驗來閱讀康拉德的熱帶叢林小說，從《黑暗的心》到東南亞為背景的小說，他認為都有種族歧視與帝國主義思想意識。[31]可惜東西方研究後殖民理論的學者，對老舍的後殖民論述一無所知。其實老舍對康拉德熱帶叢林小說的後殖民論述，遠比Achebe或其他作家學者先提出，而且意義更重大。[32]

九、結論：在中西文學為典範的詮釋中，尋找另一種解釋的模式

新加坡的華人，基於地緣政治和歷史變遷的關係，我們和中國、香港、臺灣、澳門的華人相比較，擁有不同的政治立場及文化視野。新加坡人擁有多種語言、多種文化、多種種族的社會，而又是中西制度與文化融合的國家，因此可充當東西方的橋樑。不久前新加坡駐美國大使陳慶珠教授曾指出，新加坡人對區域問題的詮釋，因具有真知灼見，坦率的看法，逐漸受到世界的重視：

> 過去多年來，世人逐漸把新加坡看作是一個對區域問題有真知灼見的國家。我們是一個小國，不得不對本區域進行深入的研究，這關係到我們的生存。美國和多個強國都重視新加坡對區域問題的客觀看法。[33]

新加坡人作為海外華人社群的一個重要中心，可以在中華文化發展方面扮演積極的重要角色，我們過去對華族文化遺產所作出的貢獻是有目共睹。對中國現代文學上的詮釋，也可以從中西文學為典範的模式中，尋找出另一種解釋的模式，讓一些中國現代文學被忽略的重大問題與意義，重新解讀出來。老舍對世界後殖民文學論述與創作便是一個例子。

新加坡在移民時代，在脫離英國殖民地而獨立前後，中西強勢／中心文化，把殖民世界推壓到經驗的邊緣。中國的中原

心態（Sino-centric attitude）、歐洲的自我中心主義（Euro-centrism），使到一元中心主義（Mono-centrism）的各種思想意識，被本土人盲目的接受。可是進入後現代以後，當年被疏離的、被打壓的處在邊緣地帶的殖民世界的經驗與思想，現在突破被殖民的子民心態，把一切的經驗都看作非中心的（Uncentred），多元性的（Pluralistic），與多樣化的（Multifarious）。邊緣性（Marginality）現在成為一股創造力，一種新的文化視覺。走向非中心（Uncentred）與多元化（Pluralistic）成為世界性的思潮。邊緣性的（Marginal）與變種的（Variant）成了後殖民語言與社會的特色。邊緣性的話語（Discourses of Marginality）如種族、性別、政治、國家、社會，常常可以帶來一種新的詮釋模式。[34]

注 釋

[1] David Hawkes "Classical, Modern and Humane", *Essays in Chinese Literature*, eds John Minford and Siu-kit Wong（Hong Kong: Chinese University Press, 1989），pp.4〜6。

[2] *The Chinese Classics*（London: Trubner, 1861〜72）。翻譯工作在香港1861年完成。

[3] 邱新民《東南亞文化交通史》（新加坡：新加坡亞洲學會與文學書屋，1984年），頁349〜365（鄭和與馬六甲）；頁366〜384（葡人殖民馬六甲）。

[4] 關於新馬漢學的早期研究，參考程光裕〈新加坡與馬來西亞的漢學研究〉，見《世界各國漢學研究論文集》第2輯（臺北：國防研究院及中華大典編印會，1967年），頁71〜108。

[5] 杜維明〈漢學、中國學與儒學〉，見《十年機緣待儒學》（香港：牛津

大學出版社，1999年），頁1～33。

[6] 同前註，頁1～12。關於中國學在美國大學的發展研究方法，參考Paul Sih（ed.），*An Evaluation of Chinese Studies*（New York: St. John's University, 1978）。

[7] 同前註。

[8] James Liu, "The Study of Chinese Literature in the West: Recent Developments, Current Trends, Future Prospects", *The Journal of Asian Studies*, Vol. XXXV, No.1（Nov. 1975）, pp. 21～30。我在1991年曾論述〈中國現代文學研究的新方向〉，見《漢學研究之回顧與前瞻》（北京：中華書局，1995年），頁343～356，但目前已正蓬勃的從文化批評來研究中國現代文學，當時還未論及。

[9] Michael Gotz, "The Development of Modern Chinese Studies in the West", *Modern China*, Vol. 2, No. 3（July 1976）, pp. 397～416。另外參考葛浩文（Howard Goldblatt），〈中國現代文學研究的新方向〉，見《漫談中國新文學》（香港：香港文學研究社，1980年），頁109～119。

[10] "The Intellectual Biography of a Modern Chinese Poet: Wen I-to"（Stanford University, 1959），經過修改出版成書：*Wen I-to*（New York: Twayne, 1980）。

[11] 柳存仁的現代文學著作包括與茅國權合作英譯巴金的《寒夜》*Cold Nights*（Seattle: University of Washington Press, 1979），"Social and Moral Significance in Modern Chinese Fiction", *Solidarity*, 3（Nov. 1968）, pp. 28～43等等。

[12] 博士論文原題為 "The May Fourth Movement and Its Influence Upon China's Socio-Political Development"（University of Michigan, 1955），經過修改，出版成書：Chow Tse-tsung, *The May Fourth Movement*（Cambridge: Harvard University Press, 1960）。

[13] C.T.Hsia, *A History of Modern Chinese Fiction*（New Haven: Yale University Press, 1961）。

[14] 海陶瑋著、宋淇譯〈中國文學在世界文學中的地位〉，見《英美學人論中國古典文學》（香港：中文大學出版社，1973年），頁253～265。

[15] 同註9，頁397。

[16] Leo Lee（ed.），*Lu Xun and His Legacy*（Berkeley: University of California Press, 1985）.

[17] Leo Lee, *The Romantic Generation of Modern Chinese Writers*（Cambridge, Mass: Harvard University Press, 1973），*Voices From the Iron House: A Study of Lu Xun*（Bloomington: Indiana University Press, 1987），《中西文學的徊想》（香港：三聯書店，1986年）；《徘徊在現代和後現代之間》（臺北：正中書局，1996年）；《現代性的追求：李歐梵文化評論精選集》（臺北：麥田出版社，1996年）；*Shanghai Modern: The Flowering of a New Urban Culture in China, 1930～1945*（Cambridge, Mass: Harvard University Press, 1999）。

[18] 有關文化研究的發展趨向，參考李歐梵〈文化史跟「文化研究」〉，《徘徊在現代和後現代之間》，同註17，頁182～186；及王德威《小說中國》（臺北：麥田出版社，1993年）一書中「批評的新視野」一輯中的三篇論文，尤其〈想像中國的方法〉及〈現代中國小說研究在西方〉，頁345～407。

[19] 北京大學出版社出版的一系列《北京大學比較文學研究叢書》就反映了中國學者已從比較文學走向文化批評研究。

[20] 我研究根據的版本是《小坡的生日》（上海：晨光出版社，無出版日期）。這本小說完成於1930年，1931年1月至4月在《小說月報》第22卷第1號至第4號連載。生活書店1934年7月初版。這本小說目前收入《老舍文集》（北京：人民文學出版社，1989年2月），第2冊，

頁1～146。

21 我在〈老舍在《小坡的生日》中對今日新加坡的預言〉，見《老舍小說新論》（臺北：東大圖書公司，1995年），頁29～46，曾分析中西學人的誤讀。

22 除了上文，我另有〈老舍在新加坡的生活和作品新探〉，見《老舍小說新論》，頁1～28，對老舍在新加坡的生活做了一些考證。在1928年至1930年間，黃曼士是華中第八屆董事之一，見《新加坡南洋華僑中學金禧紀念特刊》（新加坡：華僑中學，1969年），頁16。

23 老舍〈還想著它〉，《老舍文集》，第14冊，頁30。

24 《我怎樣寫〈小坡的生日〉》，《老舍文集》，第15冊，頁182。

25 同註20，頁208。

26 〈還想著它〉，同註23，頁144。

27 參考本人的論文〈從後殖民文學理論解讀老舍對康拉德熱帶叢林小說的批評與迷戀〉，《老舍與二十世紀》（天津：天津人民出版社，2000年），頁171～186。

28 見前註21。

29 China Achebe, "An Image of Africa", *Massachusetts Review* 18（1977），pp. 782～794.

30 這兩篇文章依序是：《老舍文集》，第15冊，頁298～307；頁541～547。

31 這些小說可以*Heart of Darkness, Almayer's Folly, The Lagoon*為代表。

32 有關老舍與後殖民文學的討論，見註27。

33 見陳慶珠接受新加坡《聯合早報》的訪談，2000年2月10日。

34 Bill Ashcroft and Others, *The Empire Writes Back*（London: Routledge, 1989），pp. 12～13; 104～105; Bill Ashcroft and Others（eds），*The Post-colonial Studies Reader*（London: Routledge, 1995），pp. 132～133.

老舍的後殖民文學理論與文本《小坡的生日》

一、老舍對康拉德熱帶叢林小說的後殖民論述

　　歐洲殖民與帝國主義通過多種多樣的手段與形式，在不同的年代與地方發展與擴大。有時明目張膽、有計劃、有陰謀的四處侵略與豪奪的去擴張與占領。但帝國主義勢力，尤其文化霸權的影響，有時也會潛移默化地、偶然性地生產。[1]後殖民文學（post-colonial literatures）是在帝國主義文化與本土文化互相影響、碰擊、排斥之下產生的結果。所以後殖民文學或後殖民文學理論（post-colonial literary theory）中「後殖民」的定義，與獨立後（post-independence）或殖民主義之後（after colonialism）不同，它是指殖民主義從開始統治那一刻到獨立之後的今日的殖民主義與帝國霸權。[2]後殖民文學與理論的產生歷史已很長久，只是要等到後殖民主義興起，才引起學者的興趣與注意，因為只有後現代主義解構以西方為中心的優勢文化論之後，才注意到它的存在。[3]

　　所以後殖民文學與後殖民理論與其名詞出現之前，其作品

與理論老早已存在。近幾十年頗受重視的後殖民文學理論論述中，非洲尼及利亞（Nigeria）小說家 Chinua Achebe 的〈非洲意象〉（An Image of Africa）的理論便是其一。他在 1975 年在美國波士頓的馬省大學（University of Massachusetts）的一次講演中，以〈非洲意象〉為題，譴責英國小說家康拉德（Joseph Conrak, 1857～1924）為種族主義者。他說康拉德的中篇小說《黑暗的心》（*Heart of Darkness*, 1902）就足以證明「康拉德是一位血腥的種族主義者」（Joseph Conrad was a bloody racist），而《黑暗的心》就是一種種族主義的作品（racist work）。Achebe 認為《黑暗的心》所呈現非洲的意象正是白人歧視被殖民者及殖民地的「他者的世界」（the other world）。儘管這本小說從芝加哥到孟買到約翰斯堡的英文文學課程都列為必讀，但他要求將《黑暗的心》從所有課程中刪除。[4]

目前在西方，幾乎所有從後殖民文學理論來論述康拉得小說中的種族主義與文化優越感，都是從 Achebe 的〈非洲意象〉開始。[5] 其實早在 1934 年開始，老舍已寫了一系列文章，如〈還想著它〉（1934）、〈我怎樣寫《小坡的生日》〉（1935）、〈一個近代最偉大的境界與人格的創造者——我最愛的作家——康拉得〉（1935）、〈寫與讀〉（1935）。[6] 老舍以在倫敦與新加坡的生活經驗來閱讀康拉德的熱帶叢林小說[7]，從《黑暗的心》到以東南亞為背景的小說，他認為都有種族歧視與帝國主義思想意識。[8] 可惜東西方研究後殖民理論的學者，對老舍的後殖民論述一無所知。其實老舍對康拉德熱帶叢林小說的後殖民論述，遠比 Achebe 或其他作家學者先提出，而且意義更重大。[9]

老舍讀了康拉德書寫南洋的小說，雖然深深被其高超的表

現技巧所吸引,但其歐洲自我中心(Eurocentric)的敘述使他大為不安。康拉德的熱帶叢林說,白人都是主角,東方人是配角,白人征服不了南洋的原始叢林,結果不是被原始環境鎖住不得不墮落,就是被原始的風俗所吞噬。老舍為了顛覆西方文化優越霸權的語言,反對殖民思想,他要書寫華人開拓南洋叢林的刻苦經驗,要描寫殖民受壓迫的各民族聯合在一起的南洋。結果他以新加坡的經驗,於1930年在新加坡的中學當華文老師期間,創作了《小坡的生日》,以新加坡多元種族、多元文化的社會取代了康拉德令白人墮落的落後的南洋土地。[10]這本小說,我認為應列為早期重要的後殖民文學作品。

我以前曾經探討過老舍在新加坡的生活經驗,以新加坡為背景的小說《小坡的生日》以及康拉德對老舍小說的影響。[11]本文從後殖民文學理論來解讀老舍對康拉德熱帶叢林小說的評述及其所受影響,相信能解剖出非常新而重大的意義。它可以了解世界華文作家對後殖民文學及其理論的開拓與貢獻。由於老舍的後殖民論述與新馬的經驗有關,老舍雖然只短暫住在新加坡,這也算是新馬後殖民文學與論述發展史上重要的一個注釋。

二、「因著他的影響我才想到南洋」

老舍自己曾在二篇文章〈還想著它〉(1934)及〈我怎樣寫《小坡的生日》〉(1935)中寫過他到新加坡教書與寫作的前後。他曾先後二度訪問新加坡。第一次是在1924年的夏天,他由上海乘輪船去英國教書途中,曾上岸玩了一天。當時是去

倫敦大學的東方學院（後改稱亞非學院）擔任漢語講師。

老舍第二次到新加坡，是在1929年的秋天，據我推斷，大約在十月抵達，因為他六月辭去倫敦大學東方學院教職，從英國赴歐洲大陸玩了三個月，最後從德國的馬賽港乘船來新加坡。這一次他在新加坡的南洋華僑中學（簡稱華僑中學）教書，一直到1903年的二月底才回去上海。據我的推斷，他一共住五個月。[12] 他在〈我怎樣寫《小坡的生日》〉中說「在新加坡住了半年」，大致上是準確的。[13]

老舍在〈還想著它〉（1934）中說，他到新加坡的原因，首先是因為錢不夠，因此只買了到新加坡的船票：

> ……這幾個錢僅夠買三等票到新加坡的。那也無法，到新加坡再講吧。反正新加坡比馬賽離家近些，就是這個主意。（《老舍文集》，14:25）

在〈我怎樣寫《小坡的生日》〉一文中，他說除了錢不夠，另一個原因是想去南洋看看，尋找描寫南洋小說的材料：

> 離開歐洲，兩件事決定了我的去處：第一，錢只夠到新加坡的；第二，我久想看看南洋。於是我就坐了三等艙到新加坡下船。為什麼我想看看南洋呢？因為想找寫小說的材料，像康拉德的小說中那些材料。（《老舍文集》，15:178）

在〈還想著它〉老舍也承認「本來我想寫部以南洋為背景的小說」。（《老舍文集》，14:30）

老舍在倫敦期間讀了康拉德的小說，非常著迷，因此很想去南洋看看各色各樣的人，所以老舍承認「因著他的影響，我才想到南洋去」，他在〈一個近代最偉大的境界與人格的創造者〉一文中說：

> 對於別人的著作，我也是隨讀隨忘；但忘記的程度是不同的，我記得康拉得的人物與境地比別的作家的都多一些，都比較的清楚一些。他不但使我閉上眼就看見那在風暴裏的船，與南洋各色各樣的人，而且因著他的影響我才想到南洋去。他的筆上魔術使我渴想聞到那鹹的海，與從海島上浮來的花香；使我渴想親眼看到他所寫的一切。別人的小說沒能使我這樣。……我的夢想是一種傳染，由康拉得得來的。（《老舍文集》，15:301）

三、「康拉得在把我送到南洋以前，我已經想從這位詩人偷學一些招數」：《二馬》的後殖民文學結構

老舍在1923年在南開中學教書時，曾在《南開季刊》上發表過一篇〈小鈴兒〉的小說。[14] 老舍對這篇處女作不甚重視，不認為這是他走小說家的開始。在〈我的創作經驗〉（1934）中，他說「設若我始終在國內，我不會成了個小說家」。[15] 老舍在倫敦的第二年（1925）完成了第一部長篇《老張的哲學》，他自己把它肯定為創作的起點。[16] 過了一年（1926），又寫了《趙子曰》。他自己對兩部小說都沒有好評，

他在〈我的創作經驗〉裏說：

> 《趙子曰》是第二部，結構上稍比《老張》強了些，可
> 是文字的討厭與敘述的誇張還是那樣。這兩部書的主旨
> 是揭發事實，實在與《黑幕大觀》相去不遠。其中的理
> 論也不過是些常識，時時發出臭味！（《老舍文集》，
> 15:292）

　　當時老舍承認所讀外國作品不多，主要向英國寫實小說家
狄更斯（Charles Dickens, 1812～1870）學習，他形容《老張的
哲學》的基本寫小說方法，就像買了照像機，把記憶中的東西
寫實地拍下來。[17]

　　1929 年的春天，也就是老舍在倫敦的第五年，他完成第
三部長篇《二馬》，老舍對它感到相當滿意。在〈我的創作經
驗〉中，他說：

> 《二馬》是在英國的末一年寫的。因為已讀過許多小說
> 了，所以這本書的結構與描寫都長進了一些。文字上也
> 有了進步：不再借助於文言，而想完全用白話寫。它的
> 缺點是：第一，沒有寫完便結束了，因為在離開英國以
> 前必須交卷；本來是要寫到二十萬字的。第二，立意太
> 淺：寫它的動機是在比較中英兩國國民性的不同；這至
> 多不過是種報告，能夠有趣，可很難偉大。再說呢，書
> 中的人差不多都是中等階級的，也嫌狹窄一點。（《老
> 舍文集》，15:292）

　　老舍這時候已讀過許多西方作品。在這些作家中，康拉德
對老舍最有魔力，他的小說把老舍深深而且長期性的迷惑著。
老舍很坦誠的承認在英國時，就已經開始學習康拉德的寫小說
技巧，康拉德小說的倒敘（flashback）手法影響了《二馬》的
小說表現技巧。在〈一個近代最偉大的境界與人格的創造者
──我最愛的作家──康拉得〉有這樣的一段文字：

　　可是康拉得在把我送到南洋以前，我已經想從這位詩人
　偷學一些招數。在我寫《二馬》以前，我讀了他幾篇小
　說。他的結構方法迷惑住了我。我也想試用他的方法。
　這在《二馬》裏留下一點──只是那麼一點──痕跡。
　我把故事的尾巴擺在第一頁，而後倒退著敘說。我只學
　了這麼一點；在倒退著敘述的部分裏，我沒敢再試用那
　忽前忽後的辦法。到現在，我看出他的方法並不是頂聰
　明的，也不再想學他。可是在《二馬》裏所試學的那一
　點，並非沒有益處。康拉得使我明白了怎樣先看到最後
　的一頁，而後再動筆寫最前的一頁。在他自己的作品
　裏，我們看到：每一個小小的細節都似乎是在事前準備
　好，所以他的敘述法雖然顯著破碎，可是他不至陷在自
　己所設的迷陣裏。我雖然不願說這是個有效的方法，可
　是也不能不承認這種預備的工夫足以使作者對故事的全
　體能準確的把握住，不至於把力量全用在開首，而後半
　落了空。自然，我沒能完全把這個方法放在紙上，可是
　我總不肯忘記它，因而也就老忘不了康拉得。（《老舍
　文集》，15:301～302）

　　我曾在〈從康拉德學來的「一些招數」：老舍《二馬》解讀〉中，指出康拉德對《二馬》的影響並不止「這麼一點」，也並非「不再學他」，因為康拉德對老舍以後小說，特別是《駱駝祥子》也有藝術結構上深廣的影響。[18]由於我在別處已討論過，這裏就不多說了。

　　如果從後殖民文學來讀《二馬》，也就更明白老舍所說只學了康拉德一點東西的內涵：主要指藝術結構，至於東方主義的論述與主題思想，老舍很是顯然反殖民帝國主義的。他在《二馬》中就企圖顛覆了康拉德的小說，把中國人與英國人放在同樣重要的角色上去「比較中英兩國國民性的不同」。小說中描寫父子二人（二馬指父親馬則仁與兒子馬威）抵達倫敦去繼承前者哥哥的古董店的生意。牧師伊文思夫婦為二馬找房子而四處奔跑，他心裏大罵：「他媽的！為兩個破中國人。」伊文思安排二馬來倫敦，為的是證明給教會看，他當年到中國傳教是有影響力的，二馬就是受他影響而信教的。可是伊牧師半夜睡不著的時候，也禱告上帝快把中國變成英國的屬國，要不然也升不了天堂。[19]

　　在《二馬》中，馬威固然對舊中國失望，到了倫敦，西方最理想的英國，也就是中國一直所要追求的現代化的象徵，馬威仍然不能接受。英國女孩瑪力美麗大方，具有西方吸引人的優點與美麗，馬威跟她交往密切，幾乎到了戀愛結婚階段，但由於她對中國人有偏見，最後還是拒絕了馬威的愛。瑪力代表西方優越的文化思想、種族歧視，始終不能接受中國。

　　《二馬》的開頭與結尾，描寫馬威在倫敦的中心地帶海德公園玉石牌樓與演講者之角一帶徘徊了一個下午，「有時候向左，有時候向右」，漫無目的在漫步中觀看。扛著紅旗的工

人，高喊打倒資本主義的口號，「把天下所有壞事加在資本家的身上，連昨兒晚上沒睡好覺，也是資本家鬧的」。另一批守舊黨站在英國國旗下，拼命喊：「打倒社會主義」，他們「把天下所有的罪惡都擱在工人的肩膀上，連今天早晨下雨，和早飯的時候煮了一個臭雞蛋，全是工人搗亂的結果」。此外還有救世軍、天主教講道的，講印度獨立，講快消滅中國的。

1930年的英國，正是太陽永不落下的強盛時代，可是馬威看見了日落時分的海德公園。這是代表他對西方民主的、資本主義的國家社會走向沒落的看法，更何況他對西方人種族偏見與道德，包括宗教，都不能接受。因此《二馬》不管寫霧中的倫敦，或寫植物園，二馬眼中的景物多是灰色的。

馬威的愛被瑪力拒絕後，帶著失戀的苦楚獨自逛倫敦郊外的植物園。他偶而抬頭，驚見老松梢上有中國寶塔。他「呆呆的站了半天，他的心思完全被塔尖引到東方去了」。後來走進小竹園，看見移植自日本、中國及東方各國的竹子，於是馬威產生這樣的感想：

> 帝國主義……不專是奪了人家的地方，滅了人家的國家，也真的把人家的東西都拿來，加一番研究。動物，植物，地理，言語，風俗，他們全研究，這是帝國主義厲害的地方……。（《老舍文集》，1:584）

老舍故意安排馬威在新年早上，獨自逛植物園，是由於洋妞瑪力拒絕他的愛而傷心失戀，這又暗寓著西方資本主義國家叫人又愛又恨的意義。年輕的中國，走向現代化的中國拼命追求西化，可是最後發現西方文化並沒想像中那樣完美，更何況

西方人始終難於改變對中國及其人民的偏見。他們愛搶奪中國或東方的東西，但不愛東方人。

從這個角度去讀《二馬》，我們就明白老舍所說康拉德在把他送到南洋以前，所偷學到的招數，並不止於藝術表現技巧，更重要的，他反過來，把東方人放在殖民者的國土上，一起去呈現殖民者與被殖民者的種種現象。

在康拉德的熱帶叢林小說，像《黑暗的心》、〈淺湖〉（The Lagoon）、〈前進的哨站〉（An Out Post of Progress）及〈群島流浪者〉（An Outcast of the Islands）及〈阿爾邁耶的愚蠢〉（Almayer's Folly）等小說，白人在原始熱帶叢中、在土族生活中，容易引起精神、道德、意志上的墮落。[20]老舍在《二馬》中，卻讓我們看見白人在他自己的國土中，也一樣有道德敗壞之思想行為。這是老舍對康拉德小說中的東方主義敘事的一種還擊。

如果說，後殖民文學俇由於帝國主義文化與本土文化互相碰擊、排斥之下產生的，那麼老舍的《二馬》就是世界華文文學最早期的一部分殖民文學作品。[21]

四、老舍後殖民文學的論述與實踐：從反康拉得的文化優越感到《小坡的生日》的本土意識

老舍對康拉德小說中帝國主義思想的評論，〈我怎樣寫《小坡的生日》〉中這一段最為重要：

離開歐洲，兩件事決定了我的去處：第一，錢只夠到新
加坡的；第二，我久想看看南洋。於是我就坐了三等艙
到新加坡下船。為什麼我想看看南洋呢？因為想找寫小
說的材料，像康拉得的小說中那些材料。不管康拉得有
什麼民族高下的偏見沒有，他的著作中的主角多是白
人；東方人是些配角，有時候只在那兒作點綴，以便增
多一些顏色──景物的斑斕還不夠，他還要各色的臉與
服裝，作成個「花花世界」。我也想寫這樣的小說，可
是以中國人為主角，康拉得有時候把南洋寫成白人的毒
物──征服不了自然便被自然吞噬……。（《老舍文
集》，15:178）

首先老舍肯定康拉德的作品具有民族高下的偏見。《二馬》
的內容主題，便是一個最好的註解。為了顛覆康拉德小說中以
白人為主角，東方人為配角，《二馬》把中國人與英國人放在
至少同等重要的地位。1929年10月抵達新加坡到1930年2月
底回返上海期間，老舍決定再寫一部小說，以南洋為背景，但
他要寫的恰恰與康拉德的小說相反，他要通過中國人的眼睛，
來表現亞洲人的南洋：

我要寫的恰與此相反，事實在那兒擺著呢：南洋的開發
設若沒有中國人行麼？中國人能忍受最大的苦處，中國
人能抵抗一切疾痛：毒蟒猛虎所盤踞的荒林被中國人鏟
平，不毛之地被中國人種滿了菜蔬。中國人不怕死，因
為他曉得怎樣應付環境，怎樣活著。中國人不悲觀，因
為他懂得忍耐而不惜力氣。他坐著多麼破的船也敢衝風

破浪往海外去，赤著腳，空著拳，只憑那口氣與那點天
賦的聰明，若能再有點好運，他便能在幾年之間成個財
主。自然，他也有好多毛病與缺欠，可是南洋之所以為
南洋，顯然的大部分是中國人的成績。……無論怎樣
吧，我想寫南洋，寫中國人的偉大；即使僅能寫成個羅
曼司，南洋的顏色也正是艷麗無匹的。（《老舍文集》，
15:178～179）

在〈還想著它〉，老舍強調中國人開發南洋，但西洋人卻
立在其他亞洲人民之上。這不但是南洋在殖民政府統治之下的
現實，也是康拉德以南洋為背景的小說的內容。老舍在下面這
段話裏，表現出強烈的民族意識：

本來我想寫部以南洋為背景的小說。我要表揚中國人開
發南洋的功績：樹是我們我的，田是我們墾的，房是我
們蓋的，路是我們修的，礦是我們開的。都是我們作
的。毒蛇猛獸，荒林惡瘴，我們都不怕。我們赤手空拳
打出一座南洋來。我要寫這個。我們偉大。是的，現在
西洋人立在我們頭上。可是，事業還仗著我們。我們在
西人之下，其他民族之上。假如南洋是個糖燒餅，我們
是那個糖餡。我們可上可下。自要努力使勁，我們只有
往上，不會退下。沒有了我們，便沒有了南洋；這是事
實，自自然然的事實。馬來人什麼也不幹，只會懶。印
度人也幹不過我們。西洋人住上三四年就得回家休息，
不然便支持不住。幹活是我們，作買賣是我們，行醫當
律師也是我們。住十年，百年，一千年，都可以，什麼

樣的天氣我們也受得住，什麼樣的苦我們也能吃，什麼
樣的工作我們有能力去幹。說手有手，說腦子有腦子。
我要寫這麼一本小說。這不是英雄崇拜，而是民族崇
拜。（《老舍文集》，14:30）

在殖民社會裏，民族主義（Nationalism）是抵抗帝國控制
其中最重要的基地之一，它能使後殖民社會或人去創造自我的
意象，從而把自己從帝國主義壓迫之下解救出來。[22]老舍住在
新加坡之後，親身感受到被殖民者的痛苦，所以才會拿出「民
族崇拜」這種語言來使用。老舍在華僑中學教書，學生都很激
進，雖是中學，卻是反殖民主義的重要學府。〈我怎樣寫《小
坡的生日》〉一文中有下面二段文字：

我教的學生差不多都是十五六歲的小人兒們。他們所說
的，和他們在作文時所寫的，使我驚異。他們在思想上
的激進，和所要知道的問題，是我在國外的學校五年中
所未遇到過的。不過，他們是很浮淺；但是他們的言語
行動都使我不敢笑他們，而開始覺到新的思想是在東
方，不是在西方。……在今日而想明白什麼叫革命，只
有到東方來，因為東方民族是受著人類所有的一切壓
迫；從哪兒想，他都應當革命。這就無怪乎英國中等階
級的女兒根本不想天下大事，而新加坡中等階級的兒女
除了天下大事什麼也不想了。……我一遇見他們，就沒
法不中止寫「大概如此」了。一到新加坡，我的思想猛
的前進了好幾丈，不能再寫愛情小說了！這個，也就使
我決定趕快回國來看看了。（《老舍文集》，15:182～

183）

　　《小坡的生日》是1929年10月至1930年在新加坡的作品。全書六萬字，在新加坡寫了四萬，後二萬字是1930年2月底回去上海在鄭振鐸家完成。老舍自稱由於沒有時間到馬來半島各處考察，教書的生活把他拴在新加坡，因此放棄撰寫南洋華僑的大書之計劃，只寫「最小最小的那個南洋」。這本小說雖然「以小孩子為主人翁，不能算作童話」，因為裏面有「不屬於兒童世界的思想」。他所謂不屬兒童的思想，是指「聯合世上弱小民族共同奮鬥」的反殖民主義主題：

> 以小孩為主人翁，不能算作童話。可是這本書的後半又全是描寫小孩的夢境，讓貓狗們也會說話，仿佛又是個童話。……前半雖然是描寫小孩，可是把許多不必要的實景加進去；後半雖是夢境，但也時時對南洋的事情作小小的諷刺。總而言之，這是幻想與寫實夾雜在一處，而成了個四不像了。……不屬於兒童世界的思想是什麼呢？是聯合世界上弱小民族共同奮鬥。此書中有中國小孩，馬來小孩，印度小孩，而沒有一個白色民族的小孩。在事實上，真的，在新加坡住了半年，始終沒見過一回白人的小孩與東方小孩在一塊玩耍。這給我很大的刺激，所以我願把東方小孩全拉到一處玩，將來也許立在同一戰線上去爭戰！（《老舍文集》，15:180～181）

　　在《小坡的生日》裏，老舍創作了小坡，一個在新加坡土生土長的小孩子，代表第二代的華人思想已本土化，已成為落

地生根的新加坡人。小坡的父親是一個標準的早期華僑移民，有宗鄉偏見，可是出生於新加坡小坡一帶的小坡，摒棄宗鄉主義，不分廣東或福建，同時也團結其他種族的小孩來對付共同的敵人。老舍以這樣的故事製造了一種多元種族多元文化的社會寓言：當沙文主義的父母不在家時，小坡和妹妹仙坡決定打破籍貫，種族和語文之藩籬，邀請一個馬來小姑娘，三個印度小孩，兩個福建小孩，一個廣東胖子到屋子後面的花園遊戲。他們像一家人，講著共同的語言。小說後半部描寫小坡在夢中與其他小孩應付共同的敵人，大概就是暗示老舍所說民族聯合起反對殖民主義的寓言吧。小說中花園的意象經常出現，這又是暗示新加坡是一個花園城市國家的寓言。老舍在小說中故意把白人忽略，因為這土地是亞洲各民族所開墾，原不屬於殖民主義者。[23]

　　《小坡的生日》童話後面對多元種族，多種語文與文化的新加坡社會，尤其花園城市之寓言，就是老舍用來逆寫（write back）康拉德小說中的南洋。老舍通過創作一本小說，糾正白人筆下「他者的世界」。老舍在新加坡親身經驗到的被殖民者的痛苦經驗雖然只有半年，但是由於他在之前，已在英國住了五年，而大英帝國正是當時新加坡的殖民地，所以老舍很快的就有深入廣泛的對殖民主義者及被殖民者的了解。《小坡的生日》小說中寓言多元種族多元文化時代之爭取與來臨，正是本土文化與帝國文化相衝突，強調本土文化與帝國之不同的思考所發出之火花。[24]

五、「現在我已不再被康拉得的方法迷惑著」

因著康拉德的影響，老舍被他送去南洋，到了新加坡，老舍理解到最使他佩服和沉迷的康拉德的南洋群島的小說，是他寫不來的，因為「我並不想去冒險，海也不是我的愛」，康拉德是海洋文學之王，「他不准我模仿」。老舍又說「我最心愛的作品，未必是我能仿造的」。1935 年老舍寫〈一個近代最偉大的境界與人格的創造者〉的時候，他承認「現在我已不再被康拉得的方法迷惑著」：

> 現在我已不再被康拉得的方法迷惑著。他的方法有一時的誘惑力，正如它使人有時候覺得迷亂。它的方法不過能幫助他給他的作品一些特別的味道，或者在描寫心理時能增加一些恍惚迷離的現象，此外並沒有多少好處，而且有時候是費力不討好的。康拉得的偉大不寄在他那點方法上。（《老舍文集》，15:302）

同時老舍也宣布康拉德「他並沒有什麼偉大的思想」，他的偉大是製造虛幻的情調、悲觀的氣氛：

> Nothing，常常成為康拉得的故事的結局。不管人有多麼大的志願與生力，不管行為好壞，一旦走入這個魔咒的勢力圈中，便很難逃出。在這種故事中，康拉得是由個航員而變為哲學家。……「你們勝過不了所在的地

方。」他並沒有什麼偉大的思想，也沒想去教訓人；他
寫的是一種情調，這情調的主音是虛幻。他的人物不盡
是被環境鎖住而不得不墮落的，他們有的很純潔很高
尚；可是即使這樣，他們的勝利還是海闊天空的勝利，
nothing。（《老舍文集》，15:306）

　　為什麼他說康拉德沒有什麼偉大的思想呢？老舍固然是指
小說不並依靠偉大的思想才會成為不朽之作，但這裏大概也有
暗藏著不能接受康拉得小說中白人的東方主義觀點。[25]下面這
一段所說的「白人冒險精神與責任心」很明顯的是指到海外殖
民與搶奪當地人的財富，走進「夢幻」，顯然是指到了東方，
白人的道德法治精神，為了滿足殖民搶奪的要求，整個崩潰與
淪落：

　　由這兩種人──成功的與失敗的──的描寫中，我們看
　　到康拉得的兩方面：一方面是白人的冒險精神與責任
　　心，一方面是東方與西方相遇的由志願而轉入夢幻。
　　（《老舍文集》，15:306）

　　《逆寫帝國：後殖民文學的理論與實踐》一書嘗試給後殖
民文學與理論尋找定義。其作者指出，關心本土文化與思想意
識、顛覆西方文學的主題思想、以歐洲為中心的文化霸權相抗
衡的理論、民族主義意識是主要的後殖民複查的獨有特點。[26]
這些意念，強烈的或隱伏的出現在老舍對康拉德的批評及其小
說《二馬》、《小坡的生日》文本之中。早在1930年代，老舍
就因在大英帝國的中心倫敦住了五年，然後又到過英國殖民地

新加坡半年，便產生了其後殖民文學的論述與作品。老舍的這種前衛文學理論與創作，實在令人驚嘆佩服。

注 釋

[1] 參考Bill Ashcroft, Grareth Griffiths and Helen Tiffin (eds), *The Post Colonial Studies Reader* (London: Routledge 1995), p.1 。

[2] 同前註，頁117～141 。

[3] Bill Ashcroft, et al. (eds) *The Empire Writes Back: Theory and Practice in Post-Colonial Literatures* (London: Routledge, 1989), pp.1～2; *The Post Colonial Studies Reader*, p.119～141.

[4] Chinua Achebe, "An Image of Africa", *Massachusetts Review* 18 (1977): 782～94.

[5] 在後現代的批評中，目前不管從讀者反應批評（Reader Response Criticism）或文化批評（Cultural Criticism）論康拉德的殖民思想批評，都以Chinua Achebe的論點作為出發點。見 *Joseph Conrad Heart of Darkness*, Ross Murfin (ed.); Second Edition (Boston: Bedford Books of St. Martin's Press, 1996), pp.131～147; pp.258～298 。

[6] 這些文章依序見《老舍文集》（北京：人民文學出版社，1993年），14:25～32; 15:178～183; 15:298～307; 15:541～547 。本文以後的引文，為了省略起見，在引文後註明卷數與頁數。

[7] 關於老舍在倫敦（1924～1929），參考李振傑《老舍在倫敦》（北京：國際文化出版社，1992年）；關於老舍在新加坡，見王潤華〈老舍在新加坡的生活和作品新探〉及〈老舍在《小坡的生日》中對今日新加坡的預言〉，見《老舍小說新論》（臺北：東大圖書公司，1995年），頁1～28；頁29～46 。

[8] 這些小說可以 *Heart of Darkness, Almayer's Folly, The Lagoon* (Newe York: Dell

Publishing Co. 1960) 內所收的三篇小說為代表。

9 有關後殖民文學的中文論述目前已有不少,但都是近十年才出現,如
  張京媛編《後殖民理論與文化認同》(臺北:麥田出版公司,1995
  年);英文論述有關康拉德的殖民觀點,參考前註5一書中的論文。

10 我在〈從康拉德的熱帶叢林到老舍的北平社會〉、〈從康拉德偷學來
   的「一些招數」:老舍《二馬》解讀〉、〈《駱駝祥子》中《黑暗的心》
   的結構〉都有討論到老舍對康拉德的批評,見《老舍小說新論》,頁
   47~48;頁79~110;頁143~170。

11 關於《小坡的生日》,我曾在〈老舍在《小坡的生日》中對今日新加坡
   的預言〉有所討論,見《老舍小說新論》,頁29~48。

12 我在〈老舍在新加坡的生活和作品新探〉曾探討過他在新加坡的活
   動,見《老舍小說新論》,頁1~28。

13 同註6,15:181。

14 《老舍文集》,9:257~263。

15 〈我的創作經驗〉,《老舍文集》,15:291。

16 〈我怎樣寫短篇小說〉,《老舍文集》,15:194。

17 〈我怎樣寫《老張的哲學》〉,《老舍文集》,15:165~166。

18 見註10。

19 《二馬》見《老舍文集》,第1卷,頁397~646。

20 如《黑暗的心》的克如智(Kurtz)在剛果內地為了搶奪象牙而剝削土
   人,連白人也成為他的敵人;〈阿爾邁耶的愚蠢〉的林格(Tom
   Lingard)、〈淺湖〉中的無名白人;〈群島流浪者〉的威廉斯
   (Willems)都捲進陰謀鬥爭中,成為道德敗壞之白人。

21 關於從後殖民理論論華文文學作品的一些例子,見張京媛編《後殖民
   理論與文化認同》;王潤華〈橡膠園內被歷史遺棄的人民記憶:反殖
   民主義的民族寓言解讀〉,《南洋學報》第52卷(1998年8月),頁

137～145。本人另有〈魚尾獅與橡膠樹：新加坡後殖民文學解讀〉，加州大學（UCSB）1998年世界華文學專題討論會論文，1998年8月19～30日。

22 *The Post-Colonial Studies Reader*, pp.151～152.

23 參考王潤華〈老舍在《小坡的生日》中對今日新加坡的預言〉，《老舍小說新論》，同前註7，頁29～46。

24 *The Empire Writes Back*，見前註3，頁2。

25 本文所用東方主義一詞，主要指Edward Said 在其*Orientalism* (New York: Pantheon, 1978)一書中所用的涵義，包括西方在政治、社會、文學作品中對東方所持的文化優越感的偏見，它是一種西方統治、重新建構和支配東方的話語。它代表西方文化霸權之存在。中文之評述見張京媛〈彼與此〉，《後殖民理論與文化認同》，同前註9，頁33～50，及廖炳惠〈文學理論與社會實踐：愛德華・薩伊德於美國批評的脈絡〉，《文學的後設思考》（臺北：正中書局，1991年），頁130～155。

26 *The Emprie Writes Back*，見前註3，頁1～12；頁15～20。

白先勇《臺北人》中
後殖民文學結構

一、侵略與移民：兩種殖民地兩種後殖民文學

　　歐洲及其他殖民主義與帝國主義通過多種多樣的手段與形式，在不同的年代與地方發展與擴大。有時明目張膽、有計劃、有陰謀的四處侵略與豪奪的去擴張與佔領。但帝國與殖民主義勢力，尤其文化霸權的影響，有時也會潛移默化地、偶然性地產生。後殖民文學（post-colonial literatures）是在帝國主義文化與本土文化互相影響、碰擊、排斥之下產生的結果，所以後殖民文學或後殖民文學理論（post-colonial literary theory）中的「後殖民」的定義，與獨立後（post-independence）或殖民主義之後（after colonialism）不同，它是指殖民主義從開始統治那一刻到獨立之後的今日殖民主義與帝國霸權。後殖民文學與理論的產生歷史已很長久，只是要等到後現代主義興起，才引起學者的興趣與注意，因為只有後現代主義結構以西方為中心的優勢文化論之後，才注意到它的存在。[1]

　　今天世界上有四分之三的人口曾受過殖民主義統治，其生

活、思想、文化都受到改造與壓扁。這種殖民主義的影響，深入的進入文學作品中，便產生所謂後殖民文學。曾受英國及其他歐洲殖民帝國主義統治的國家，如印度、孟加拉、巴基斯坦、斯里蘭卡、馬來西亞、新加坡、非洲及南美洲各國的文學都是後殖民文學。這些國家從殖民統治時代開始，一直到國家獨立以後的今天，雖然帝國統治已遠去，經濟、政治、文化上的殖民主義，仍然繼續存在，話語被控制著，歷史、文化與民族思想意識已被淡化，當他們審視自己本土文化時，往往還不自覺的被殖民主義思想套住。因此「後殖民」一詞便用來涵蓋一切受帝國文化侵蝕的文化。²

當我們討論後殖民文學，注意力都落在以前被異族入侵的被侵略的殖民地（the invaded colonies），上面提到的印度、非洲等國家，較少思考同種族、同文化、同語言的移民者的殖民地（settler colonies），像美國、加拿大、紐西蘭、與澳大利亞。這些土地上的土人開始被歐洲的移民征服或消滅，然後佔為己有。這些歐洲的白人先把自己的語言與文化移置過去，然後建立一個殖民地，最後再宣佈成為一個獨立國，像美國這一個國家，由於她目前發展成超強帝國，又從事新殖民主義的勾當，其後殖民文化與文學的本質往往被忽略了。美國文學不但應該被與後殖民文學認同，在過去二個世紀以來，美國文學跟以歐洲為霸權中心的文學之間的關係演變，成為世界各地後殖民文學的典範模式（paradigmatic for post-colonial literatures）。³

美國是世界上發展成一種國家文學的第一個後殖民社會。她的美國文學既用英文書寫，但又表現出與英國文學大有不同的特點。這種以美國經驗（American experience）所嘗試創造出的一種新文學，很多地方都被看作以後後殖民文學的楷模，尤

其在英文文學中多種不同國家文學的概念的創設與承認,帶來極大的影響。由於美國文學的受到承認,日後加拿大、澳洲、印度、尼日利亞的英文文學,才被人接受,承認它是另一種以英文創作的國家文學,而不是英國文學的支流或旁枝。[4]

二、移民殖民地的後殖民文學:本土性的建構

在移民殖民地,如美國、加拿大、澳洲、紐西蘭,雖然殖民者與作家移民都是白人,而且前者後來又成為被作家認同的國家與政府,他們首要使命就是要創作出與英國文學或歐洲其他文學傳統截然不同,既有獨立性又有自己特殊性的文學傳統。這種努力,我們稱為建構本土性(constructing indigeneity)。歐洲白人移民作家,在建設本土性的同時,有要擺脫繼承歐洲遺產的意念。他們與印度或其他作家情況很不一樣。當外國殖民統治者離去後,主要使命是要重新尋找或重建他們的文化,前者則要去創造這種本土性,去發現他們應該如此的那種本土性。在美國、加拿大、澳洲、紐西蘭,人與土地的關係是全新的,從英國移植的英文與土地也是全新的,不過白人及其語言已承載許多歐洲人的文化經驗。他們為了創造雙重的傳統:進口與本土(the imported and the indigenous)的傳統,這些白人作家需要不斷採用棄用(abrogation)與挪用(appropriation)的寫作策略。在澳洲的本土文化/文學被比喻成一棵扎根本土的樹木,在來自世界各國的多磷酸鹽(phosphates)肥料中生長茁壯起來。他們關心的是這棵樹,而不是肥料,這棵

樹只能適應生長在這片新土上，因為它不是英國文學的枝
樹。[5]

　　華人學者較少注意的第二種移民者殖民地產生的後殖民文
學，引導我去思考1949年以後，臺灣因為國民黨撤退到臺灣
作為反攻大陸基地期間產生的文學，尤其從大陸追隨國民黨
（或中華民國政府）的軍隊來臺灣的大陸人的作品。如果從美
國、加拿大、澳洲與紐西蘭的後殖民文學的特點來閱讀1949
年以來的臺灣文學，我們可以得到一些令人意想之外的見解，
而且忍不住把1949年以來臺灣文學中很多作品，看作移民殖
民地的後殖民文學。本文就嘗試以白先勇的《臺北人》中〈花
橋榮記〉為主，其他小說為輔，作為這種後殖民文學的文本，
作一次簡單的病症性的閱讀（Symptomatic readings）。[6]

三、臺灣解嚴以前：移民殖民地與後殖民文學

　　在1990年代（或解嚴以來），「發現臺灣」已成為熱門話
題。尋根溯史的工作，引起學者對臺灣的被殖民經驗，重新思
考，結果推翻臺灣被殖民的時代鎖定在日據時代的看法。由於
國民政府遷臺初期，鎮壓式的政治壓迫，種種策略壟斷媒體，
打壓臺灣的本土語言與文化，目前不少臺灣學者也把國民政府
遷臺初期與被殖民認同。[7]在探討臺灣後殖民時代，臺灣文學
典律的瓦解與重建時，邱貴芬指出：

　　　臺灣的被殖民經驗不僅影響臺灣文學作品的創作情形，

更在作品消費和評斷上扮演不可忽視的角色。不少學者在提及臺灣的被殖民經驗時，總將這段經驗鎖定於日據時代（馬森）。但是，如果我們瀏覽臺灣過去的歲月，我們發現臺灣自鄭氏父子時代，歷經天津條約的開港時期、日據時代，到國民政府遷臺初期，一直持續扮演被殖民的角色。數百年中臺灣的執政者多以此地為經濟資源之地，鮮少作久留之計（《天下》，林鐘雄）。此處，「被殖民」經驗已不限於兩國相爭所產生的政治效應。在後現代用法裏，被殖民者乃是被迫居於依賴、邊緣地位的群體，被處於優勢的政治團體統治，並被視為較統治者略遜一籌的次等人種（Said 一九八九，頁二〇七）。以此為定義，臺灣的被殖民經驗不僅限於日據時代，更需上下延伸，長達數百年。[8]

簡要的說，民國政府統治臺灣與日本殖民政府也很相似：

日據時代，一九三七年日本總督府下令廢止漢文，強力壓縮臺灣作家的思想寫作空間即是一例。而國民政府遷臺初期的種種策略無異複製了臺灣日據時代的被殖民夢魘。「綏靖工作」大量關閉臺灣報社，以外省作家主掌報刊雜誌編輯（彭，頁四四～四六）。媒體壟斷和國語本位政策的推行不僅主宰臺灣文學往後數十年間的發展，更決定了臺灣文學典律的運作。在外省編輯主掌文學管道和國語本位的文學生態裏，臺灣本地作家揉合鄉土俗語、日文、漢文的文學語言往往被斥為摻有日本殖民遺毒的不正確中文（彭，頁五四～五八）。本省作家

往往遭受退稿經驗，作品既無管道問世，自然更難得流傳。如是，臺灣文學的創作與消費均受深富政治意義的語言政策影響。[9]

所以臺灣學者已認識到，1949 年國民政府遷臺以後的幾十年的臺灣，可當作一個殖民地。更正確的說，是一個移民殖民地（the Settler Colony）模式，而不是異族文化入侵的殖民地（the invaded colony）。因此當我們用移民殖民地的後殖民文學特質來解讀《臺北人》中的作品，比用入侵的殖民地的後殖民文學比照來得貼切。

由於外省編輯，尤其出身軍隊的文人主掌文學管道，當時外省與本土年輕作家的後殖民寫作的文本策略，就是重新給語言定位（Re-placing language）。語言的最大功能就是作為權力的表現媒體，當時年輕作家刻意要把大陸新文學運動的國語文學的國語進行調整改裝，使到它能表達和承載新的文化經驗。白先勇及其同代人的作品，很明顯的是在拒絕和抵制的破除權威性（Abrogation）與修改與調整的挪用（appropriation）的衝突中產生的。在破除大陸正統國語的規範性與正確性，他們的語言吸收了不少臺灣經驗與臺灣語言。[10]

對澳洲、紐西蘭作家，改變及挪用英文（english language），是要建立與英國文學不同的論述。根據霸權文化中心的英國文學典律（canon），只有某些主題與經驗的才能寫進文學中，因此限制了殖民地的新經驗。結果許多隨國民政府遷臺的長輩作家，如姜貴的《旋風》、陳紀瀅《荻村傳》、潘壘的《紅河三部曲》、王藍的《藍與黑》、彭歌的《落月》，被逼去寫與臺灣新經驗毫無相關的作品。[11]

　　白先勇及其同代青年作家，為了抗拒中國國語本位的文學論，抵制中國本位的文學觀，另一方面又要為後殖民文本重新定位，即創作臺灣文學論述，他們只好努力去控制寫作的程序，因此在1960年創辦了《現代文學》，因為那些國民黨委任的副刊雜誌主編，當時還不能認同這種後殖民的文本，他們代表中國五四以來的文化霸權，還緊緊控制住文學形式、題材、價值、品味與文風。今天當我們回顧臺灣文學的發展，《現代文學》創造了世界上還是屬於中國人的世界中具有獨特傳統的，受人承認的第二種中文文學。[12]臺灣文學就等於當年以美國經驗創造的另一種與她的宗祖國英國的文學不同的英文文學。美國成為第一個英國人移民殖民地發展成功的國家文學，不過今天由於政治還未解決，我們還不能稱它為中國人世界中的第二種中文國家文學。[13]

四、大陸男人欺凌臺灣女人：後殖民文學的顛覆主題

　　不論在移民殖民地或侵略殖民地，在殖民統治時期，或帝國權力時期，文學作品都是殖民者的語言來論述，作者都是與殖民權力認同的文學／文化精英分子。所以最早的作品，通常都是殖民者的代言人。在澳洲固然如此，在1949年民國政府遷臺的前面二十年，重要的作家更加是這樣，如陳紀瀅、墨人到朱西寧與司馬中原便是代表了民國政府文藝政策的產品，而那些反共懷鄉戰鬥文學更是當時統治權力的化身。[14]這種作品後殖民文學最早期的作品，不論出現在移民殖民地如澳洲、紐

西蘭，還是入侵殖民地，如印度。通常都不能形成本土文化的
基礎，也不能與殖民地原有的文化融合形成一體。這種作品的
一大特點就是特別迷戀權力中心的典律，作品非常強調家園
（Home），輕視本土（native），重視世界文化中心的大都會
（metropolitan），貶低鄉野（provincial）或殖民地的一切（colo-
nial）。只要我們翻閱一下上面提到的隨國民政府來臺灣的像陳
西瀅那一代作家的作品，都是書寫對失去故土的鄉愁，或是以
大陸為背景的事物。[15]

後殖民論述進入第二階段時，文學作品由本土人民
（natives）或外省人（outcasts）創作，他們已獲得「統治者的
通行證」（under imperial licence），因為他們都受過統治者的正
統教育，生活在主流文化生活中，而且也使用統治者正統的文
化語言。[16]白先勇就是這樣一個屬於後殖民文學第二代的作
家。他十五歲隨民國政府遷移臺灣，先後就讀全臺灣第一流的
學校：臺北建國中學與臺灣大學。他與同學在1960年創辦的
《現代文學》，曾得到白崇禧將軍及其將領高官朋友的捐助經
費。白先勇與其他創辦人，都是臺北一流的大專院校出身的精
英知青。這些都說明白先勇是擁有國民黨特許證（License）的
作家，不是地下作家。《現代文學》的作家，雖然如前所論，
立志要修改與調整從中國大陸帶來國語與文學觀念，要用修正
後的文化語言來承載臺灣經驗，他們作品中的顛覆性語言與主
題，還是沒有充分發揮與開發，因為殖民地的文學機制，還是
由臺灣統治者（或帝國主義者）直接控制的。

《臺北人》中以〈花橋榮記〉為例[17]，其顛覆主題雖然沒
有全面性開發，作者所探討的國民黨所代表的大陸人企圖侵犯
臺灣土地及其人民，及其所遭到的反擊，給後殖民文學的寫作

策略，提供一個典範性的文本。其主題，正符合後殖民文學中常以男女關係來比喻殖民政權及其統治者與殖民地及人民緊張的政治衝突狀況。

〈花橋榮記〉中大陸人都是因為國民黨軍隊被中共打得慘敗後，慌慌張張撤退到臺灣。有出息的男人，像春夢婆那老板娘的丈夫，是一個營長，蘇北那一仗，把他打得下落不明，她曾夢見他滿身血淋，才肯定他死了。她的姪女秀華的丈夫阿衛，也是一個年青有為的排長，在大陸上也沒消息。這些男人的戰死或失蹤代表國民黨或中華民國的精英分子已在國共內戰中喪亡殆盡，政權威力也差不多全面崩潰。[18]至於撤退到臺灣的男人，不是老弱殘兵，就是窮困老病的公務員或老百姓。〈思舊賦〉裏的恩嫂老僕從臺南來臺北探望李長官，他多病多憂，兒子又精神失常，〈梁父吟〉中七十多歲的翁樸園追悼病逝的辛亥革命老同志王孟養，〈國葬〉中在臺南退休的秦義方追悼李浩然將軍的逝世，《臺北人》中實在太多這種人物的書寫。[19]在《花橋榮記》中，像李半城，當年在廣西柳州做木材生產，城裏的房子，他佔了一半，到臺北後，窮困潦倒，依靠在臺中的開雜貨店的兒子半年一張支票過日子，最後上吊自殺身亡，欠下包飯的錢還沒有還。秦癲子在大陸廣西榮縣曾擔任縣長，娶過兩個小老婆，到臺灣後，在市政府當公務員，因調戲女職員給開除了，後來又在臺北花橋榮記的飯店裏對顧客毛手毛腳，有一天又在菜市場亂摸一個賣菜婆的奶，被賣菜婆拿起扁擔打破了頭。盧先生原是桂林官紳大戶人家之子弟，到臺北後在長春國校當教師，癡戀著桂林訂過親的羅小姐，誓死不娶臺灣的女人。後來被詐騙終身的儲蓄，一反常態，姘上洗衣婆阿春，光天化日，也跟這位臺灣婆赤精大條的大喊大叫在作

愛。發現阿春偷人，打了她兩個耳光，當小學生放學吵鬧，盧先生又一巴掌把一位小女生打倒跌坐在地上，還失去理性的亂喊亂罵：「我要打死她。」這些來自大陸的大男人，不管是摸奶、調戲、姘居性交，還是打罵，這些女的都是臺灣婦女。這正符合後殖民文學中常出現一種政治隱喻：帝國主義或殖民者是男，被殖民者或殖民地是女，往往通過性侵犯來暗喻殖民者污辱、剝削、侵佔殖民地及其人民與文化。

這些人物，從破產的商人地主、公務人員到國校老師，他們正代表了國民黨被中共打敗後，前來統治臺灣的外省人。精英在內戰中已喪亡殆盡，剩下的不是老頭子，老得「手扯雞爪瘋」，吃飯時手打顫，常常打破飯碗，就是發花癡或患了神經病，他們不但沒有帶來財富，反而要依賴在臺灣長大的人的經濟援助。李半城的兒子在臺中開雜貨鋪，每半年匯一張支票來養活他。秦癲子心裏永遠把自己當作過去的縣太爺，作威作福，亂摸女人。盧先生追求心靈之美的夢破滅後，就找一個大奶婆發洩性慾，這些人及其行為，都暗喻著國民黨帶來臺灣的大陸人，許多不但是人渣敗類，還蹂躪了臺灣的土地及其人民。盧先生身為一個國校老師，最後神經失常，滿嘴冒著泡沫，在大路上大喊：「我要打死她！我要打死她！」而這個她就是臺灣，年青的臺灣。

五、臺灣女人的顛覆性：被抹黑的本土文化的生命力

在後殖民文學初期，常出現的另一種顛覆性的主題，就是表現被抹黑的本土文化（denigrated native cultures）的生命力。在馬華小說中，有一篇浪花的《生活的鎖鏈》（1930）敘述在馬來亞（現稱馬來西亞）內陸黑暗的橡膠園裏，淒風苦雨中（比喻殖民時代的殘酷生活環境），一位英國人管工趁一位工人的女兒上門借錢為母親治病時，將她姦污。這位少女是一位混血，白人將她強姦，表示姦污了馬來亞土地上的多元種族人民。這少女是一位混血女孩，因貧困而上門找白人求救，暗喻西方人對亞洲及其經濟文化的蔑視。這是東南亞被英國殖民主義及資本主義奴役與剝削的政治寓言。被強姦的少女懷孕生下的雜種兒子，長大後領導工人運動，與資本家鬥爭。這又暗喻被抹黑本土文化的生命力。[20] 南非作家路易斯·尼科西（Lewis Nkosi）的長篇小說《配種鳥》（*Mating Birds*, 1986）[21]，描寫一位黑人在引誘之下，膽敢進入黑人禁區，企圖與白人女子作愛，結果以強暴罪被判死刑。這個故事反過來暗喻本土文化在反抗外來的侵略文化：黑人走進禁區，原是黑人的土地，怎麼是禁區？與白人女子作愛，是黑人權力的成長一種象徵。[22]

如果我們細讀〈花橋榮記〉，你會注意到敘述者是一位大陸女人，白先勇通過她，把大陸人的民族優越感，以中國為文化中心的高傲心態，完全表現出來。首先她痛罵臺灣自然環境之惡劣：

> 講句老實話，不是我衛護我們桂林人，我們桂林那個地
> 方山明水秀，出的人物也到底不同些，……一站出來，
> 男男女女，誰個不沾著幾分山水的靈氣？……你們莫錯
> 看了我這個春夢婆，當年在桂林，我還是水東門外有名
> 的美人呢！……我們哪裡，到處青的山，綠的水，人的
> 眼睛也看亮了，皮膚也洗得細白了。幾時見過臺北這種
> 地方？今年颱風，明年地震，……。[23]

她更蔑視臺北人的貧窮困苦：

> 來我們店裏吃飯的，多半是些寅吃卯糧的小公務員——
> 市政府的職員嘍、學校裏的教書先生嘍、區公所的辦事
> 嘍——個個的荷包都是乾癟癟的，點來點去，不過是些
> 家常菜，想多榨他們幾滴油水……。[24]

她對臺灣本省人，一鼻子瞧不起，來自桂林的自己是大美
人，姪女也「淨淨扮扮，端端正正的」。至於本土人，所用的
稱呼就夠抹黑。那個賣菜婆，兇悍野蠻。對阿春的形象，就如
白人筆下的非洲黑人婦女，那種鄙視的語言，很有傷害力，白
先勇如果不改變中國大陸規模的國語，實在無法承載這種殖民
者對被殖民者的污辱的文化語言：

> 那個女人，人還沒見，一雙奶子先便擂到你臉上來了，
> 也不過二十零點，一張屁股老早發得圓鼓隆咚。搓起衣
> 裳來，肉彈彈的一身。兩隻冬瓜奶，七上八下，鼓槌一

般，見了男人，又歪嘴，又斜眼。我頂記得，那次在菜場裏，一個賣菜的小夥子，不知怎麼犯著了她，她一雙大奶先欺到人家身上，擂得那個小夥子直往後打了幾個銀銀倉倉，辟辟叭叭，幾泡口水，吐得人家一頭一臉，破起嗓門便罵：幹你老母雞歪！那副潑辣勁，那一種浪樣兒。[25]

還有：

阿春替盧先生送衣服，一來便鑽進他房裏，我就知道，這個臺灣婆不妥得很。有一天下午，我走過盧先生窗戶底，聽見又是哼又是叫，還當出了甚麼事呢。我墊起腳往窗廉縫裏一瞧，呸——「顧太太趕忙朝地下死勁吐了一泡口水」，光天化日，兩個人在房裏也那麼赤精大條的，那個死婆娘騎在盧先生身上，蓬頭散髮活像頭母獅子！撞見這種東西，老闆娘，您家說說，晦氣不晦氣？[26]

阿春野蠻原始的性能力，把一個大陸文化人壓在上面，壓得服服貼貼，盧先生反過來累得像老牛馬，天天為阿春燒飯洗衣。阿春在盧先生的房裏偷人，偷那個擦皮鞋的馬仔有特別的意義，他們都是臺灣本地人，說明弱小民族本地人最終會聯合起來抵抗外省人。當盧先生回來捉姦，雖打了阿春兩個耳光，他卻先被馬仔踢倒地上，阿春兇狠的差點把他打死：

天下也有那樣兇狠的女人？您家見過嗎？三腳兩跳她便

> 騎到了盧先生身上，連撕帶扯，一口過去，把盧先生一
> 定死在那個婆娘的手裏！[27]

這是本土人在聯合抵抗反對殖民者的寓言。國民黨政府在臺灣的統治權，如果不是跑去美國尋求外援，恐怕也難於維持其鎮壓式的政權。所以盧先生跑到街上求救命，要不然也會馬上被阿春打死。

〈花橋榮記〉中的例子，不是孤立的現象。〈那片白一般紅的杜鵑花〉中的王雄，是湖南人，在大陸當過軍人，到了臺灣退伍，到富人家當男僕。他也迷戀著留在大陸的小妹仔，後來竟把主人家的女兒麗兒當著年青時戀人來愛，王雄這個湖南人討厭主人的另一位臺灣女丫頭喜妹。她雖然長得肥壯性感，肉顫顫的，很有風情，王雄對她毫無興趣，一直病態的暗戀著外省人（主人）的小女孩。後來王雄失去麗兒的興趣（因為長大了），王雄有一天向喜妹施暴，把她乳房身體都咬傷，最後跳海自殺身亡。在〈孤戀花〉中，嫖客柯老雄性虐待舞女娟娟，結果被娟娟用熨斗敲破頭顱而死。喜妹與娟娟都是本省人，出身卑下，受盡鄙視，但最後壯健粗大的二個人都反而死在她們手中。

六、強調家園、輕視本土

移民殖民地的後殖民文學作家另一種共同的主題是放逐、尋找家園的新定義、身心與新土的衝突。既然地方與遷移（place and displacement）關注是這種文學的特色，初期外省作

家，即使像白先勇那樣的第二代作家特別善於探討外省人與本土認同時的內心衝突。白先勇筆下的第一代的大陸人，就如第一代的作家，強調自己的家園（Home），輕視本土，重視祖國文化大都會，貶低鄉野或殖民地的一切。

我在前文已指出，〈花橋榮記〉的敘述者，是來自桂林的女人，她非常鄙視臺北，甚至整個臺灣的自然與文化環境，更加藐視本土人的原始生命力。〈那片血一般紅的杜鵑花〉中的臺灣下女喜妹是個極肥壯的女人，全身肉顫顫的，很有風情。〈花橋榮記〉的阿春臺灣婆，纔二十多歲，屁股老早發得圓鼓隆咚，肉彈彈的，打架時，兇狠極了。除了拿出桂林山明水秀，人物靈氣清秀，來與臺北落後窮困，人種野蠻兇悍來強調老闆娘的中國桂林家園而輕視臺灣，她自己也用在桂林與臺北經營的花橋榮記小食店作為比較。同樣一間小食店，在桂林可風光多了。桂林行營的軍爺們，大公館的鄉紳高官，都是進出她的小食店的常客，而在臺北。食客都是寅吃卯糧的公務員，個個窮酸得可憐。春夢婆不單輕視本土的一切，因為出身桂林，她也貶低鄉野，不管臺灣還是大陸。她就瞧不起來自廣西桂林以外的地方的人：

> 講句老實話，不是我衛護我們桂林人，我們桂林那個地方山明水秀，出的人物也到底不同些。容縣、武寧，那些角落頭跑出來的，一個個齜牙咧嘴。滿口夾七夾八的土話，我看總帶著些苗子種。那裡拚得上我們桂林人？一站出來，男男女女，誰個不沾著幾分山水的靈氣？[28]

在她心目中，桂林的一切都是完美的：

> 包飯的客人裏頭，只有盧先生一個人是我們桂林小同
> 鄉，你一看不必問，就知道了。人家知禮識數，是個很
> 規矩的讀書人，在長春國校已經當了多年的國文先生
> 了。他剛到我們店來搭飯，我記得也不過是三十五、六
> 的光景，一逕斯斯文文的……。[29]

〈金大班最後的一夜〉中的金兆麗，出身上海白樂門舞
廳，對臺北當時最有名的夜巴黎舞廳，非常瞧不起，她曾大罵
經理：「說起來不好聽，白樂門裏拿間廁所只怕比夜巴黎的舞
池還寬敞些呢。」[30]

雖然大陸人瞧不起臺北，但在臺北的大陸人也慶幸自己住
在臺北，而不是臺南、臺中，因為那不是中華民國的首都，就
如回憶起大陸時，南京永遠比其他城市優越崇高。〈花橋榮記〉
中，李半城在臺北固然落魄窮困，他的兒子更倒霉，只能在臺
中開雜貨鋪。《臺北人》其他小說中，不幸的人都住在臺北以
外，〈國葬〉中的秦義方年紀衰老，又得哮喘病，被長官命令
退休，到臺南養病。〈思舊賦〉中的恩嫂老僕人退休後，被逼
搬去臺南等著老死。〈遊園驚夢〉中的錢夫人潦倒後也住在臺
南。敘事者的語氣都很明顯的對那些臺北以外的地方輕視。

七、與大陸未婚妻親之破滅：反攻大陸失敗 的政治預言

小說結束時，盧先生沉溺於性慾之中，開始腐敗與墮落。

既不養雞也不再拉唱桂戲，更不思戀在大陸的美麗未婚妻了。當我讀到這裏，馬上發現這篇小說又開發出康拉德（Joseph Conrad, 1857～1924）《黑暗的心》（*Heart of Darkness*, 1899）[31]那類殖民地小說常出現的一種主題：白人侵佔原始落後的熱帶叢林，建立殖民地，可是征服不了蠻強的大自然，反而被它腐蝕與吞噬。白人像《黑暗的心》的克如智（Kurtz），一個原來野心勃勃，充滿理想的人，後來毀於對物質（象牙）非份的追求（過於殘酷剝削土人）與沉溺性慾之中。克如智為了對叢林搶奪象牙的霸權，捲入黑人的宗教與色慾的糾紛之中，導致道德敗壞思想行為出現，最後拒絕回歸文明世界，願意墮落死亡在黑暗大陸（即黑暗之心）深處。[32]

盧先生對羅小姐崇高的心靈戀愛，不惜以金條來實現與大陸未婚妻的團聚，暗喻國民黨與民國政府對大陸錦繡山河的懷念（羅小姐家原在桂林經營錦緞絲綢，使人想起錦繡山河）。民國政府撤退到臺灣初期，一心一意反攻大陸，恢復舊山河，不惜犧牲多少金錢以增加軍備。後來遭受美國人阻攔（使人想起盧先生受表哥欺騙），理想終於幻滅，便開始沉溺於物質的享受。盧先生死亡的原因是心死：「心臟麻痺」，國民黨或民國政府最後也是因為心死才放棄反攻大陸。加上後來與本省人的政治鬥爭（等於康拉德的白人捲入土人的糾爭與宗教性慾的漩渦），現在國民黨或國民政府甚至不願回返大陸（不願統一），這又使人想起克如智，要與黑人婦女永遠留落在森林深處。白先勇的〈花橋榮記〉發表於1970年的《現代文學》，他竟寫出了九十年代的國民黨政治預言。[33]

最有趣的地方，《臺北人》不少將軍陸續老病與死亡。〈思舊賦〉的李長官已剩下最後一口氣，〈梁父吟〉的王孟養

（辛亥革命的元老）突然逝世了，而最後一篇小說〈國葬〉的
李浩然一級陸軍上將的逝世，更是代表國民黨及中華民國的時
代或想恢復舊山河夢幻的結束，所以篇名取名〈國葬〉。這些
人物都是代表統治整個中國大陸的國民黨政權到了臺灣後的衰
亡象徵。

八、走進殖民地與人類心靈的黑暗世界

　　康拉德的《黑暗的心》是一部描寫西方白人，來自世界文
明的中心（也是權力中心及殖民主義中心），打著到非洲探險
與開發蠻荒落後的旗幟，其實是去侵佔土地，搶奪土人的物
產，建立長期的殖民地。敘事者馬羅（Marlow）也是一位白
人，他所回憶的有關克如智走向黑暗大陸的旅程，不只是暴露
殖民主義的殘酷侵略戰爭與剝削，也是前往人類心靈探險的旅
程。殖民地黑暗恐怖也就是隱藏在人類心靈的象徵。[34]花橋榮
記老板娘的回憶，不但暗喻代表大陸人的國民黨或國民政府前
來臺灣殖民的經驗，也是深入探討人類內在心靈深處黑暗罪惡
的世界。

注 釋

[1] Bill Ashcroft, et al（eds）*The Empire Writes Back: Theory and Practice in Post-
Colonial Literatures*（London:Routledge, 1989），pp.1～2；117～118及
119～141，此書中譯本見劉自荃譯：《逆寫帝國：後殖民文學的理論
與實踐》（臺北：駱駝出版社，1998年）；有關後殖民文學其他概念與

定義，可參考Bill Ashcroft,et al（eds），*The Post-Colonial Studies Reader*（London: Routledge, 1995）。

[2] 同前註，頁1～2。

[3] 同前註1，頁133～136。

[4] 同前註1，頁16、133～136。

[5] 同前註1，頁133～136，及第2及第3章，頁38～115。

[6] 如果不是因為篇幅的關係，根據《臺北人》（臺北：晨鐘出版社，1971年），將其他各篇故事詳細解讀，更有說服力。〈花橋榮記〉發表於1970年出版的《現代文學》第42期。關於《臺北人》的閱讀，目前已出版的專著非常多，包括歐陽子《王謝堂前的燕子》（臺北：爾雅出版社，1976年）；袁良駿《白先勇論》（臺北：爾雅出版社，1991年）；王晉民《白先勇傳》（香港：華漢出版社，1992年）；劉俊《悲憫情懷：白先勇評傳》（臺北：爾雅出版社，1995年）；林幸謙《生命情結的反思》（臺北：麥田出版社，1994年），及其他單篇專論。

[7] 邱貴芬〈「發現臺灣」：建構臺灣後殖民論述〉，見張京媛編《後殖民理論與文化認同》（臺北：麥田出版社，1995年），頁169～191。

[8] 同前註，頁172～173。

[9] 同前註，頁173。

[10] 有關這方面的理論，見註1，頁38～115。

[11] 請參考瘂弦等編《四十年來中國文學》（臺北：聯合文學出版社，1997年），關於臺灣文學部分，頁11～27；67～254。

[12] 關於《現代文學》創辦的目的與經過，及回顧，參考白先勇等人的文章，《現文因緣》（臺北：現代出版社，1991年）。

[13] 馬華文學與新華文學早已被承認為中國以外的華文文學。它們也是屬於後殖民文學，我曾從後殖民文學的特點論述馬華與新華文學：王潤華〈橡膠園內被歷史遺棄的人民記憶：反殖民主義的民族寓言解

讀〉，見《馬華文學的新解讀》（吉隆坡：馬來西亞留台校友總會，1999年），頁107～114；王潤華〈魚尾獅與橡膠樹：新加坡後殖民文學解讀〉，1998年美國加州大學聖塔芭芭拉校園舉行的《1998年世界華文文學專題討論會》（Workshop on World Literatures in Chinese, University of California, Santa Barbara, August 29～30,1998, 20pp.）。

14 參考齊邦媛《四十年來的臺灣文學》，同《四十年來中國文學》，見前註11，頁11～27。

15 同註1，頁5及9。

16 同前註1，頁5。

17 〈花橋榮記〉見《臺北人》，頁133～149。嚴格的說，本文是我本人嘗試採用後殖民文本病症式閱讀《臺北人》各篇小說的第一部分。

18 〈一把青〉中郭軫英氣勃勃，也在國共戰爭中出事身亡。這種人物經常在其他小說中重現。

19 如果以《臺北人》中全部十五篇小說中的人物來引證，會更完整說明這一點。

20 我曾論析這篇小說，見〈橡膠園內被歷史遺棄的人民記憶：反殖民主義的民族寓言解讀〉，《馬華文學的新解讀》，頁107～114。這篇小說收集於方修編《馬華新文學大系》（新加坡：星洲世界書店，1970～1972年），第2冊，頁281～299。

21 這部長篇小說見Lewis Nkosi, *Mating Birds*（New York: St Martin's, 1986）。

22 關於這種解讀參考前註1，頁83～87。

23 《臺北人》，同前註17，頁135～136。

24 同前註，頁134。

25 同前註，頁144。

26 同前註，頁144。

[27] 同前註，頁146。

[28] 同前註，頁137～138。

[29] 同前註，頁136。

[30] 《臺北人》，同前註17，頁59。

[31] Joseph conrad, *Heart of Darkness*（New York: Dell Publishing, 1960）.

[32] 關於這種主題的討論，見Albert Guerard "Introduction"，Heart of Darkness，同註30，頁1～23。

[33] 歐陽子在《王謝堂前的燕子》中認為〈國葬〉中的死亡，具有年輕人老死、貴族之家沒落、國家衰亡、燦爛文化終將失色的悲悼意義。

[34] Albert Guerard "The Journey Within"，*Conrad's Heart of Darkness and the Critics.*（California: Wadsworth Publishing, 1960）, pp.111～120.

從反殖民到殖民者

—— 魯迅與新馬後殖民文學

一、從魯迅榮獲百年小說冠軍談起：世界性的魯迅神話

今年（1999）6月，在二十世紀只剩下最後二百天的時候，《亞洲周刊》編輯部與十四位來自全球各地的華人學者作家，聯合評選出《二十世紀中文小說一百強》。魯迅的《吶喊》奪得自清末百年來，在全球華文作家中最重要的一百部小說的冠軍。魯迅的第二部小說集《彷徨》也登上第十二名的位置。生於1881年，卒於1936年，逝世六十三年後的魯迅，評選人都毫無爭議的推崇魯迅，給他的小說投下高票，一再肯定魯迅的重要性。[1]

魯迅為何是世紀冠軍？當我們正要跨進二十一世紀時，這是值得令人思考的世界華文文學的共同性問題。百年來的華文文學經典作品，正如《二十世紀中文小說一百強》排行榜的作品所顯示，以三、四十年代寫實的作品為主導力量。所以魯迅、沈從文、老舍、錢鍾書、茅盾、巴金、蕭紅七人的代表作高居前十名榜首。百年來的小說，儘管隨文學潮流、美學經驗

變化無窮,從中國大陸、香港、臺灣到東南亞及歐美各地區,
不論作者住在第一世界還是第三世界,獨立自主還是殖民地的
國家地區,處處還是展現清末譴責逐漸形成,魯迅及其同代人
所推展的現代文學作品的人文啟蒙精神,知識分子感時憂國的
情懷與歷史使命感、國族的寓意主題。[2]

　　魯迅是中國採用西式文體寫小說的第一人,幾乎可以說中
國現代小說在魯迅手中開始,在魯迅手種成熟。魯迅最早受到
自由主義派的作家學者如胡適、陳西瑩的肯定。在1929年他
開始向左派靠攏之前,左派批評家對他大力攻擊。可是在他最
後的六年裏,成為左派文藝界的文化偶像。1936年逝世後,
在毛澤東及中國共產黨機器的吹捧下,產生了魯迅神話。毛澤
東在1940年寫的〈新民主主義論〉,用盡了一切偉大的詞彙,
塑造了他的偉大形象,於是魯迅神話便開始從中國大陸流傳到
世界各地有中華文化的地方:[3]

> 在「五四」以後,中國產生了完全嶄新的文化生力軍,
> 這就是中國共產黨人所領導的共產主義的文化思想,即
> 共產主義的宇宙和社會革命論。……而魯迅,就是這個
> 文化新軍的最偉大和最英勇的旗手。魯迅是中國文化革
> 命的主將,他不但是偉大的文學家,而且是偉大的思想
> 家和偉大的革命家。魯迅的骨頭是最硬的,他沒有絲毫
> 的奴顏和媚骨,這是殖民地半殖民地人民最可寶貴的性
> 格。魯迅是在文化戰線上,代表全民族的大多數,向著
> 敵人衝鋒陷陣的最正確、最勇敢、最堅決、最忠實、最
> 熱忱的空前的民族英雄。魯迅的方向,就是中華民族新
> 文化的方向。[4]

　　毛澤東不但總結左右派文化界所肯定的魯迅，還加以神化，因此魯迅的偉大之處很多：㈠魯迅是共產主義的文化思想的偉大和最英勇的旗手；㈡魯迅是中國文化革命的主將；㈢魯迅是偉大的文學家；㈣魯迅是偉大的思想家和偉大的革命家；㈤魯迅是最具有反殖民主義的性格與勇氣。

　　毛澤東和中國共產黨機器所製造的魯迅神話，在走進廿一世紀的今天，其效用已很過時，甚至產生厭倦與反感，但魯迅的神化，至今還是歷久不衰，一百強中的魯迅，說明全球華人集體閱讀與寫作經驗，文化美學意識，還是受著魯迅神話的支配，因為魯迅神話已形成中國文化霸權或優勢文化的一個重要部分。

　　本文嘗試以新加坡與馬來亞（Malaya）（1957年獨立後改稱馬來西亞Malaysia），在第二次世界大戰前後的魯迅經驗，來解讀魯迅神話在新馬。由於新馬是英國殖民，曾受日本占領及統治三年零八個月，在戰後，又遭受以華人為主的馬來語共產黨與英國殖民政府爭奪主權的戰爭，新馬當年的華人移民，因為要反殖民主義，反帝國主義侵略，力圖以民族主義為基礎來抵抗殖民文化，結果中國文化所建立的威力，最後對落地生根的華人來說，也變成一種殖民的霸權文化。因此新馬後殖民文學的文化霸權，成為解讀這問題極重要的一把鎖匙。

二、領導左翼聯盟之後：魯迅打著左派與革命的旗幟登陸新馬

　　魯迅在二十年代的新馬文壇，雖然已是知名作家，但他的知名度與地位並沒有特別重要，新馬逐漸抬頭的左派作家，反而嫌他思想不夠前衛。[5]因為從1923前後到1928年，無產階級與革命文學日益成長，至1928年太陽社創辦的《太陽》月刊，創造社的《創造月刊》，陸續創刊，共同推動無產階級革命文學。這時候，郭沫若就比魯迅有號召力，因為他們宣告第一個十年的文學革命已結束，現在已進入第二個十年的革命文學。後期的創造社與太陽社攻擊魯迅、茅盾、郁達夫，向五四時期已成名的作家開刀。[6]他們否定五四新文學傳統之論，也引起了新馬左傾作家的迴響。譬如在1930年，《星洲日報》副刊上就有一位署名陵的作者對魯迅不夠前進而失望：

> 我覺得十餘年來，中國的文壇上，還只見幾個很熟悉的人，把持著首席。魯迅、郁達夫一類的老作家，還沒有失去了青年們信仰的重心。這簡直是十年來中國的文藝，絕對沒有能向前一步的鐵證。本來，像他們那樣過重鄉土風味的作家，接承十九世紀左拉自然主義餘緒的肉感派的東西，那裡能捲起文藝狂風……。[7]

　　另一位悠悠的作者也附和指責魯迅落後：

> 事實上很是明顯，魯迅不是普羅文藝的作家，他與普羅
> 文藝是站在敵對地位的。是的，魯迅過去的作品很有一
> 點底價值，但過去畢竟成了過去，過去的文藝只有適合
> 過去的社會，當然不適合於現在的社會了。現在所需要
> 的是普羅文藝，魯迅既不是普羅文藝的作家，我們只當
> 他是博物院的陳列品。[8]

　　正如章翰（韓山元）所說：「把魯迅當作一位文藝導師與
左翼文藝的領導人的人，在1930年以前，畢竟是少之又少。」
[9]新馬對中國文壇的反應，迅速敏感。1927至1930年間，新馬
的無產階級革命文學已取得主流的趨勢，其影響是來自創造社
與太陽社的無產階級革命文學理論。上面提到的作者就是當時
極力推動這運動的重要分子，由於無產階級及革命等字眼，不
為英國殖民政府所容忍，因此採用「新興文學」[10]，而他們言
論完全是《太陽》社和創造社的批評的迴響，錢杏村就認為魯
迅的阿Q時代已死去，沒有現代意味。[11]另一位《星洲日報》
副刊上發表的滔滔的文章，說得更直接，他們要的文學是《文
化評判》刊登的作品：

> 《阿Q正傳》可是表現著辛亥革命時期代表無抵抗的人
> 生。《沈淪》、《塔》等類作品顯示出五四以後的浪漫
> 主義的色彩。在《文化批評》等刊物上發表的或和它類
> 似的作品，是五四以後的，或者較確切點說，是「轉變」
> 以後的東西……。[12]

　　苗秀，一位在戰前已是很活躍的文學青年說：

中國新文學的每個階段的文藝思潮，中國文壇曆年來提出的種種口號，都對馬華文藝發揮著巨大的指導作用，都由馬華文藝寫作人毫無保留地全部接受下來。例如1928年後中國創造社及太陽社所提倡的「普羅文學運動」，首先就獲得許傑主編的吉隆坡益群報文藝副刊《枯島》響應，接著鄭文通主編的南洋商報版位發刊的《曼陀羅》，新加坡叻報副刊《椰林》等刊物也紛紛響應，在馬華文壇掀起一陣相當激烈的新興文學熱潮，一時間普羅文學作品的寫作，蔚為風氣。⋯⋯[13]

在1929年9月前後，中國共產黨指示創造社、太陽社停止攻擊魯迅，讓他們同魯迅以及其他革命的同路人聯合起來，成立統一的革命文學組織，對抗國民黨的文化攻勢，特別對革命文學、無產階級文學的扼殺。這樣歷時二年的論爭便停止。1930年3月2日在上海成立中國左翼作家聯盟，沈端先、馮乃超、錢杏村、田漢、鄭伯奇、洪靈菲七人為常務委員。在大會上，魯迅發表〈對於左翼作家聯盟的意見〉的重要說話。魯迅在後來幾年的領導地位[14]，很快便在新馬產生新的形象：他不只是新文學運動第一個十年的重要作家，更重要的是，他是反資產階級、左派的、屬於無產階級的革命文學的作家。

魯迅在新馬1930年以後的聲望，主要不是依靠對他的文學的閱讀所產生的文學影響，而是歸功於移居新馬的受左派影響的中國作家與文化人所替他做的非文學性宣傳。中國作家在1927年北伐失敗，國民黨清黨期間，許多知識分子南渡新馬。1937年中國抗戰爆發到1942年新馬淪陷日軍手中，又造

成不少作家與文化人前來避難或宣傳抗日。第三個時期是1945年日本投降之後，中國國內發生國共內亂的時候。[15]如果只以在南來之前，就已成名的中國作家，這三個時期的南下作家就有不少：

> 洪靈菲、老舍、艾蕪、吳天（葉尼）、許傑（1927～1937）、郁達夫、胡愈之、高雲覽、沈茲九、楊騷、王任叔（巴人）、金山、王紀元、汪金丁、陳殘雲、王瑩、馬寧（1937～1941）、杜運燮、岳野、夏衍（1945～1948）。[16]

但是如果把「中國作家」一詞包含不只是著名的作家，還包括文化人、或南來以後才成名，甚至成為本地作家，則多不勝數了，所以趙戎及其他學者也把丘家珍、陳如舊、白寒、丘康（張天白）、林參天、絮絮、米軍、李汝琳、王哥空、李潤湖、上官豸（韋暈）都看作中國南來作家。[17]

在這些南下的中國作家中，尤其一些左派文藝青年如張天白（丘康），往往成為把魯迅神話移植新馬的大功臣。[18]他甚至高喊「魯迅先生是中國文壇文學之父」的口號。[19]這些來自中國的作家及文化人宣揚魯迅的文章，有些收錄在《馬華新文學大系》的第一、二（理論批評）及十集（出版史料）。[20]

三、紀念魯迅逝世活動：魯迅神話在新馬的
　　誕生

　　魯迅在1936年10月19日在上海逝世。《南洋商報》當天
收到從上海拍來的電報，第二天便在第二版發布一則新聞，標
題是〈魯迅病重逝世，享壽五十六歲，因寫作過度所致〉。新
聞內容也很簡短平實：

> （上海電）以《阿Q正傳》而名馳中外之中國名作家魯
> 迅（周樹人），已於昨晨在上海醫院病逝，享壽五十六
> 歲，他曾患肺病多月，迨至本月十七日因寫作過度，病
> 況加劇一蹶不起也。[21]

　　《星洲日報》也在10月20日在第一版上報導魯迅的逝世，
標題是〈我國名作家魯迅在滬逝世，因在上星期著述過勞，以
痼疾加劇遂告不治〉。因內容是上海拍來的電報，內容平實簡
要：

> （上海）名作家周樹人（別署魯迅）已於昨拾九日上午
> 在滬寓逝世。遺下一母一妻及一子，周氏乃因在上星期
> 內著述過勞，致痼疾加劇辛告不治。[22]

　　我想新馬文化界對來自上海的電訊，一定非常不滿意，因
此新馬本地報紙在三天左右，快速的作出了強烈的反應，各報

不斷發表推崇魯迅的文章,而且都推出《魯迅紀念專號》,被認為是新馬文化界追悼一位作家最隆重、最莊嚴的一次,也是空前絕後的一次。1932年10月19日舉行的魯迅逝世一周年紀念,居然有二十五個團體參加。章翰在〈魯迅逝世在馬華文藝界的反應〉及〈馬華文化界兩次盛大的魯迅紀念活動〉二文中詳細分析了這些追悼魯迅逝世的文章。[23]當時新馬文化人對魯迅的推崇,特別強調魯迅的戰鬥精神,民族英雄形象,年青人的導師、抗日救亡的英雄。從下面常出現的頌詞,可了解當時左派文化人所要塑造的魯迅英雄形象及其目的:

1. 一員英勇的戰士,一位優良的導師。(劉郎)
2. 這位為著祖國爭取自由,為著世界爭取和平的巨人,……他曾衝破四周的黑暗勢力;他為中國文化開闢了光明的道路;他領導了現階段的抗日救亡的文化陣線……在抗敵救亡的文化陣線裡指揮作戰……。(曙明)
3. 魯迅先生是一個偉大的戰士……。(陳培青)
4. 偉大的人群的導師。(辛辛)
5. 新時代戰士的奮鬥精神……肩擔著人生正確的任務。——以魯迅先生為榜樣。(紫鳳)
6. 魯迅先生可以說是真正的民族文藝家,普羅文藝英雄了。(二克)
7. 魯迅不但是中國新文學之父,而且是一個使我們可敬畏的「嚴父」。(陳祖山)
8. 我們要紀念我們英勇的導師。(俠魂)

從戰士、巨人、導師、嚴父,甚至「新文學之父」,都是政治化以後盲目的吹捧,其目的不外是製造一個萬人崇拜的神像。

1927年,因為中國大陸國民黨清黨,新馬左派文化人走奔南洋,而新馬的國民黨也清黨。這些新馬左翼分子在中國共產黨派來的代表的協助下,成立了以新加坡為大本營的南洋共產黨。1930年南洋共產黨解散,成立以新馬為基地的馬來亞共產黨。到了1936年,馬共活躍起來,到處煽動工潮,更滲透或控制主要報紙媒體、文化機構,已開始敢向英國政府挑戰。[24]共產黨在新馬殖民社會裏,為了塑造一個代表左翼人士的崇拜偶像,他們採用中國的模式,拿出一個文學家來作為膜拜的對象。這樣這個英雄才能被英國殖民主義政府接受。所以魯迅是一個很理想的偶像,他變成一把旗幟、一個徽章、一個神話、一種宗教儀式,成為左派或共產黨的宣傳工具。

魯迅在1936逝世時,正是馬來亞共產黨開始顯示與擴大其群眾力量的時候,而新馬年青人,多數只有小學或初中教育程度,所以魯迅神話便在少數南來中國文化人的移植下,流傳在新馬華人心中。

四、戰後的魯迅:反帝國主義反殖民主義的 戰鬥精神

1945年日本軍隊投降,英國軍隊又重新占領新馬,恢複其殖民統治權。在1941至1945年日軍侵略新馬前後曾一度與英軍攜手聯合抗日的馬共,從1946年開始,公開提出打倒英

殖民政府，建立一個「馬來亞民主共和國」。不過英軍政府
(British Military Administration) 初期，採取言論、出版與結社
自由的政策，因此造成戰後馬共言論報章蓬勃發展。[25]日軍占
領時期完全消失的魯迅，又重新出現，而且為了推展新的政治
社會運動，左派言論特別強調與發揮魯迅徹底的反帝國主義、
反殖民主義的精神。所以當時左派名報人張楚琨的言論很具代
表性：

> 學習魯迅並不僅是學習魯迅先生的行文措詞造句，主要
> 的是學習魯迅先生那種潑辣的英勇的戰鬥精神。[26]

　　幾乎所有在戰後推崇魯迅的文章，都重複表揚魯迅的戰鬥
精神。譬如高揚（流冰）也說：「我們現在需要的正是魯迅先
生一樣的戰鬥精神。」[27]因為在戰後，馬來亞共產黨除了以魯
迅來左右群眾的思想行為，更進一步用他來煽動群眾，以實際
行動來與英國殖民主義與資本主義戰鬥。最明顯的轉變，便是
在1941年之前及1945年戰後的魯迅紀念活動，不再留停在報
章雜誌的文字上，而把魯迅帶上街頭。在1947年10月，新加
坡紀念魯迅十一周年逝世的紀念活動，除了出版紀念特刊，更
重要的是舉行擁有巨大群眾的紀念會及文藝晚會。主辦單位更
不限於文藝及文化團體，連海員聯合會、職工總會、婦女聯合
會參與大搞特搞這類原來只是紀念文學家魯迅逝世紀念會，而
且他已逝世十幾年了。來自中國的左派作家胡愈之、汪金丁都
受邀說話，這也說明魯迅神話是由這些僑居的中國親共文人所
移植到新馬的。請看這篇報導：

　　一九四七年十月十九日，星洲各界代表在小坡佘街的海
員聯合會舉行了隆重而熱烈的魯迅逝世十一周年紀念大
會。出席的人有幾百名，大會主席是當時著名作家金
丁。在大會上講話的有著名政論家胡愈之、文化工作者
張楚琨與吳昆華、職工總會代表謝儀、婦女聯合會代表
伍亞雪及戰劇界人士楊嘉、教育界人士薛永黍等。胡愈
之的講話強調：「魯迅不僅是中國翻身的導師，而在整
個亞洲亦然，他永遠代表被壓迫人民說話，對民族問題
（的主張）是一切平等，教人不要做奴隸。」職工總會
的代表指出：魯迅也教育了勞苦工人，他呼籲大家以實
際的行動紀念魯迅。婦聯代表強調必須面對馬來亞的現
實。（根據一九四七年十月二十日《星洲日報》的報導）[28]

　　這一天晚上七時，在大世界遊藝場舉行的「紀念魯迅文藝
晚會」，表演的節目有十五個之多，歌、舞、話劇都有。二十
一日同樣的時間與地點，又有同樣的晚會。這是馬華文化藝術
界搞的第一次紀念魯迅的盛大演出。

　　像這類動員廣大群眾的魯迅紀念會，在1937年就辦過一
次，共有二十五個文化／學校／工人團體參加。[29]這些活動成
功的把魯迅崇拜轉變成以新馬為重心的戰鬥精神，要利用魯迅
的神話來實現本地的左派，甚至共產黨的政治目標：推翻英殖
民地，建立馬來共和國服務。

五、魯迅從反殖民英雄變成殖民霸權文化

今天世界上有四分之三的人口曾受過殖民主義統治,其生活、思想、文化都受到改造與壓扁。這種殖民主義的影響,深入文學作品,便產生所謂後殖民文學。英國軍官萊佛士(Stamford Raffles)在1819年1月25日在新加坡河口登陸後,新馬便淪為英國殖民地。馬來亞在1958年獨立,新加坡拖延到1965年才擺脫殖民統治。新馬就像其他曾受英國統治的國家如印度、巴基斯坦,從殖民時期一直到今天,雖然帝國統治已遠去,經濟、政治、文化上的殖民主義,仍然繼續存在,話語被控制著,歷史、文化與民族思想已被淡化,當他們審思本土文化時,往往還不自覺的被殖民主義思想套住。「後殖民」一詞被用來涵蓋一切受帝國霸權文化侵蝕的文化。新馬的文學便是典型的後殖民文學。[30]

當我們討論後殖民文學時,註意力都落在以前被異族入侵的被侵略的殖民地(the invaded colonies),如印度,較少思考同族、同文化、同語言的移民者殖民地(settler colonies),像美國、澳大利亞、紐西蘭的白人便是另一種殖民地。美國、澳大利亞、紐西蘭的白人作家也在英國霸權文化與本土文化衝突中建構其本土性(indigeneity),創造既有獨立性又有自己特殊性的另一種文學傳統。[31]在這些殖民地中,英國的經典著作被大力推崇,結果被當成文學理念、品味、價值的最高標準。這些從英國文學得出的文學概念被殖民者當作放之四海而皆準的模式與典範,統治著殖民地的文化產品。這種文化霸權(cultural hegemony）通過它所設立的經典作家及其作品的典範，從殖民時期到今天，繼續影響著本土文學。魯迅便是這樣的一種霸權文化。[32]

新馬的華文文學，作為一種後殖民文學，它具有入侵殖民地與移民殖民地的兩種後殖民文學的特性。在新馬，雖然政治、社會結構都是英國殖民文化的強迫性留下的遺產或孽種，但是在文學上，同樣是華人，卻由於受到英國文化霸權與中國文化霸權之不同模式與典範的統治與控制，卻產生二種截然不同的後殖民文學與文化。一種像侵略殖民地如印度的以英文書寫的後殖民文學，另一種像澳大利亞、紐西蘭的移民殖民地的以華文書寫的後殖民文學。[33]

魯迅在新馬，由於被過度推崇，最後也被尊為放之四海皆準的中國文學的最高典範，一直影響著新馬的文學產品。從上述的論析中，我們認識到左派文化人，通過文學、文化、政治、社會、群眾運動，魯迅已被塑造成左派文化人、年青人與群眾的導師、反封建、反殖民、反帝國、資本主義的偉大英雄，而負責發揚魯迅的偉大性的人，都是來自中國的左派文人，像胡愈之、汪金丁、吳天、許傑、巴人、杜運燮，及其他著名作家，都大力建構魯迅的神化形象。但還有更多的文化人，名氣不大，他們更全心更力去發揮魯迅的影響力。我前面提過的張天白就是最好的例子。他在三十年代南下新馬，歷任中學教師與報副刊編輯。戰後回返中國。在第二次世界大戰之前，他除了自己推崇魯迅備至，寫出很多魯迅風的雜文，更以行動來捍衛與宣傳魯迅精神[34]，他放肆的吹捧魯迅為「偉大的民族英雄」與「魯迅先生是中國文壇文學之父」。[35]

從戰前到戰後，隔一、二十年，新馬都曾出現捍衛與宣傳

魯迅偉大形象的作家或文化人。張天白代表三、四十年代的發言人，到了五、六十年代，方修（1921～）便是最虔誠勇猛的魯迅的推崇者。他論述新馬華文文學的著作很多[36]，其論斷問題，多從魯迅的思想出發，但他在1955至1956年間寫的魯迅式的雜感文集《避席集》，最能表現他對魯迅精神的推崇與魯迅神話的捍衛。他除了論述文學問題總要依據魯迅的言論，如闡述雜文的定義，他也因為別人懷疑或不能接受稱頌魯迅為「青年導師」或「新中國的聖人」而想盡辦法為魯迅辯護，最後不惜引用毛澤東《新民主主義論》的吹捧魯迅的話作為論證魯迅就是「具有最高的道德品質的人」。[37]這種宗教性的崇高信仰，正說明魯迅為什麼在跨入二十一世紀前的二百天，魯迅還當選一百強之首。

因為魯迅是「具有最高的道德品質」的「聖人」，所以他能產生一種道德宗教式的精神力量，每個人要按照他的教導辦事，照魯迅的話來分析問題，加強宗教的論證。章翰（韓山元）說：

> ……把魯迅當作導師，在寫作時不時引用魯迅的話以加強自己的論據，或以魯迅的話作為分析問題的指針。
> 馬華文藝作者在寫作時引用魯迅的話的現象也相當普遍，這不是為了趨時，而是表示大家要按魯迅先生的教導辦事。[38]

韓山元出生於馬來亞，在魯迅的文化霸權之影響下長大，而且成為一個作家，我認為他代表新馬最後一個最虔誠的魯迅信徒，或是最後一代之中最崇拜魯迅的信徒。如果方修代表

五、六十年代新馬推崇與發揚魯迅精神的代言人，韓山元則代
表七十年代，因為他的兩本代表作《魯迅與馬華新文藝》與
《文藝學習與文藝評論》[39]，最能說明魯迅霸權文化之力量：
魯迅是所有新馬各門各類文藝工作者（從文學到視覺及表演藝
術）、知識分子、工農兵學習的「光輝典範」，更是各種鬥爭
（如反殖民、反封建、反資本帝國主義、爭取民主自由）的
「銳利思想武器」，因此「向魯迅學習」，「不僅是文藝工作者
的口號，而且也是整個民眾運動的口號」。[40]韓山元下面這些
話是他本人心靈歷程中的肺腑之言：

> 魯迅是對馬華文藝影響最大、最深、最廣的中國現代文
> 學家。作為一位偉大的革命家、思想家，魯迅對於馬華
> 文藝的影響，不僅是文藝創作，而且也遍及文藝路線、
> 文藝工作者的世界觀的改造等各個方面。不僅是馬華文
> 學工作者深受魯迅的影響，就是馬華的美術、戲劇、音
> 樂工作者，長期以來也深受魯迅的影響。不僅是在文學
> 藝術領域，就是在星馬社會運動的各條戰線，魯迅的影
> 響也是巨大和深遠的。……魯迅一直是本地文藝工作
> 者、知識份子學習的光輝典範。我們找不到第二個中國
> 作家，在馬來亞享有像魯迅那樣崇高的威信。
> 魯迅的著作，充滿了反帝反殖反封建精神，……對於進
> 行反殖反封建的馬來亞人民是極大的鼓舞和啟發，是馬
> 來亞人民爭取民主與自由的銳利思想武器。[41]

韓山元（章翰）的《文藝學習與文藝評論》，共收二十
篇，從第一篇〈認真學習語言〉開始，中間有〈改造自己，改

造世界〉、〈向魯迅學寫作〉，到最後一篇，全是他自己所說
「按魯迅先生的教導辦事」。無論是學語言、為人做事、思想，
或探討如何搞表演藝術活動，都需向魯迅學習。從韓山元的這
個例子，令人心服口服的說明殖民的霸權文化，即使在殖民主
義遠去後，其文化霸權所發揮的影響力，還是強大無比。韓山
元本地出生，其家族早已落地生根，但中國的優勢文化，還是
抵制住本土文化之成長。[42]

六、魯迅的經典傳統：文學品味與價值的試金石

我在上面說過，在移民殖民地如澳洲、紐西蘭，英國及歐
洲的經典作家及作品，依然成為文學品味與價值的試金石，繼
續有威力的支配著大部分後殖民世界的文學文化生產。這種文
學或文化霸權所以能維持，主要是殖民文學觀念的建立，只有
符合英國或歐洲中心的評價標準（Eurocentric standards of
judgement）的作家與作品，才能被承認其重要性，要不然就
不被接受。[43]魯迅作為一個經典作家，就被人建立起這樣的一
種文學霸權。魯迅本來被人從中國殖植過來，是要學他反殖
民、反舊文化，徹底革命，可是最終為了拿出民族主義與中國
中心思想來與歐洲文化中心抗衡，卻把魯迅變成另一種殖民文
化，尤其在文學思想、形式、題材與風格上。

新馬戰後的著名作家兼評論家趙戎（1920～1998），雖然
新加坡出生，他的文學觀完全受中國新文學的經典所支配，他
也不是最前線的魯迅神話的**發揚**與捍衛者，但他在中國中心優

勢文化影響下，也一樣的處處以魯迅為導師，無時無刻不忘記
引用魯迅為典範，引用他的話來加強自己的論據或作為引證。
他的《論馬華作家與作品》就很清楚看到魯迅及中國新文學前
期的經典如何支配著他。在《苗秀論》（1953）中，在論述
〈苗秀底藝術和藝術風格〉一節，趙戎馬上說：

> 比如魯迅、茅盾、老舍、巴金……等等，他們底藝術風
> 格是各不相同的……。[44]

在討論〈苗秀底人生觀和創作態度〉，他一開始，就引用
魯迅為例：

> 魯迅、茅盾們的小說，……他們所以偉大，其作品所以
> 不朽，都決定於作者的人生觀……。

趙戎論析苗秀的中篇小說《小城之戀》時，把小說中幹抗
日鋤奸的文化青年歸類為會寫「魯迅風」雜文的文化青年，因
為他在革命中愛上一女子，因此否定苗秀的描寫，認為這是大
缺點：

> 而且，一個會寫「魯迅風」雜文的文化青年，當他底工
> 作緊張的時候，總不致把愛當作第一義的吧！作者底的
> 意思是寫戀愛悲劇，但可以不必這般寫的……。

我在上述已提起方修及其《避席集》，雖是向魯迅學習的
心得之作，這本書使方修成為五、六十年代魯迅精神的發揚與

推崇的首要發言人。在他大量的論述新華文學的著作中，魯迅是非論及不可的，在《中國文學對馬華文學的影響》（1970）一文中，魯迅及其他作家是「學習或模仿的對象」：

> 學習中國個別作家的風格──中國著名的作家，如魯迅、郭沫若、巴金、艾青、臧克家、田間等人，他們的作品風格都成為馬華作家學習或模仿的對象。[45]

在《馬華文學的主流──現實主義的發展》（1975），方修認識只有魯迅的作品是舊現實主義中最高一級的徹底的評判的現實主義，只有魯迅的作品達到這個高度。[46]

馬來西亞的資深作家方北方（1919～），即使在1980年代論述馬華文學時，如在《馬華文學及其他》論文集中，處處都以魯迅的現實主義創作手法、魯迅的人格精神，魯迅的作品，為最高的典範與模式。[47]

七、受困於模仿與學習的後殖民文本

當五四新文學為中心的文學觀成為殖民文化的主導思潮，只有被來自中國中心的文學觀所認同的生活經驗或文學技巧形式，才能被人接受，因此不少新馬寫作人，從戰前到戰後，一直到今天，受困於模仿與學習某些五四新文學的經典作品。來自中心的真確性（authenticity）拒絕本土作家去尋找新題材、新形成，因此不少人被迫去寫遠離新馬殖民地的生活經驗。譬如當魯迅的雜文被推崇，成為一種主導性寫作潮流，寫抒情感

傷的散文，被看成一種墮落，即使在新馬，也要罵林語堂的幽默與汪精衛，下面這一段有關魯迅雜文的影響力便告訴我們中國中心文學觀的霸權文化控制了文學生產：

> 雜文，這種魯迅所一手創造的文藝匕首，已被我們的一般作者所普遍掌握；早期的雜文作者如一工、孫藝文、古月、林仙嶠、景三、黎升等，他們的作品都或多或少地接受了魯迅雜文的影響；而稍後出現的丘康、陳南、流冰、田堅、吳達、之丘、山兄、蕭克等人的雜文，更是深入地繼承了魯迅雜文底精神，而獲得了高度成就的。不但是純粹的雜文，即一般較有現實內容，較有思想骨力而又生動活潑的政論散文，也是多少采取了魯迅雜文底批判精神和評判方式的。在《馬華新文學大系》的《理論批評二集》和《劇運特輯》中，有許多短小精悍的理論批評文章基本上都可以說是魯迅式底雜文，因為魯迅雜文底內容本來就是無限廣闊，而在形式上又是多樣化的。在《馬華新文學大系》的《散文集》中，則更有不少雜文的基本內容是和魯迅雜文一脈相承的。那些被魯迅所批判過，否定過的「阿Q性」學者、文人、幫閒藝術家等等，往往在一般雜文作者的筆下得到了廣泛反映。例如：古月的《關於徐志摩的死》一文，是批判新月派文人的；丘康的《關於批判幽默作風的說明》，是駁斥林語堂之流的墮落文藝觀的；丘康的《說話和做人》及陳南的《黨派關系》，是對汪精衛筆的開火；田堅的《用不著太息》，是揭發「阿Q性」在新時代中的遺毒的；而丘康的《論中國傾向作家的領導》，

則是批判田漢等行幫份子的。諸如此類，都可以和魯迅作品互相印證。至於專論魯迅，或引用魯迅的話的文章，則以丘康、陳南、吳達、饒楚瑜、辛芥夫等人的作品為多。[48]

作者還很驕傲的為魯迅的霸權指出：

總之，在馬華新文學史上，只有真正接受魯迅底教導，真正追隨魯迅的文藝工作者，才能堅持走堅實底文藝道路，負起新時代所賦予的歷史任務。[49]

上述戰前的新馬作家受困於模仿與學習魯迅的情形，到了戰後，很明顯的，尤其土生的一代新馬作家開始把左派的、霸權文化代表的魯迅文學觀進行調整與修改，使它能表達和承載新的新馬殖民地的生活經驗。正如下述的雲裡風、黃孟文、曾也魯（吐虹）的作品所顯示，企圖在拒絕和抵制下破除權威性（Abrogation），在修改與調整的挪用（appropriation）中，破除神化的魯迅的規範性與正確性。他們重新為中文與文本定位。[50]

最近古遠清發表〈魯迅精神在五十年代的馬華文壇〉，是他讀了《雲裡風文集》中十篇散文的評論。[51]他發現幾乎每一篇，「都能感受到魯迅精神的閃光」。他還說：「不能說沒有模仿著魯迅散文詩《野草》的痕跡，但他不願用因襲代替創作，總是用自己的生活實踐去獲取新的感悟。」雲裡風的《狂奔》情節與人物設置使人聯想起魯迅的《過客》、《文明人與瘋子》的文明人應借鑒過魯迅《聰明人和傻子和奴才》中的聰

明人，《未央草》靈感來自魯迅的《影的告別》，《夢與現實》
以「我夢見我在」開始，很像魯迅《死火》以「我夢見自己」
開始，不過根據古遠清的分析，雖然夢境、韌性的戰鬥精神，
對黑暗社會的意、詩情和哲理相似，他還是可以感到一些作者
改造與移置的痕跡：「雲裡風註意改造，移植魯迅的作品，這
一藝術經驗值得我們重視。」當然，作為一位中國學者，古遠
清很高興看見中國文化的霸權在五十年代還繼續發現著：「可
看出魯迅精神在五十年代馬華文壇如何發揚光大。」[53]

其實從1950年到今天，魯迅的作品所建立的經典典範還
是具有生命力，新馬的作家，多多少少都曾經向他學習過。吐
虹的〈「美是大」阿Q正傳〉，作於1957年[54]，模仿《阿Q正
傳》，諷刺曾擔任南洋大學校長的林語堂（小說中叫凌雨唐）。
孟毅（黃孟文）的〈再見惠蘭的時候〉作於1968年，它跟魯
迅的《故鄉》有許多相似的地方。[55]林萬菁在1985年寫的〈阿
Q後傳〉，又是一篇讀了《阿Q正傳》的再創作。[56]

在移民殖民地如澳洲、紐西蘭，白人移民作家首要使命便
是要建構本土性。他們與侵略殖民地的印度作家不一樣。後者
在英國殖民統治離去後，主要使命是重新尋找或重建本土上原
有的文化，白人作家則要去創造這種本土性。他們為了創造雙
重的傳統：進口與本土（the imported and the indigeuous）的傳
統，這些白人作家需要不斷採取破除權威與挪用（appropria-
tion）的寫作策略。[57]新馬華文作家他們在許多地方其處境與
澳洲的白人作家相似，他們需要建立雙重的文學傳統。[58]

在上述作家之中，孟毅最成功的修正從中國殖植過來的中
文與文本，因為它已承載住中國的文化經驗，必須經過調整與
修正，破除其規範性與正確性，才能表達與承載新馬殖民地新

的生活經驗與思想感情。〈再見惠蘭的時候〉在瓦解中國的經典（或魯迅經典）與重建新馬經典，成為新馬後殖民文學演變的典範模式。

這篇以馬來亞經驗所嘗試創造的一種新文本，根據麗鹿（王嶽山）的論文《〈再見惠蘭的時候〉與魯迅〈故鄉〉》[59]，具有主題共通性（悲傷兒時鄉下玩伴的貧困遭遇）、情節的模式（回到離別很久的故鄉，小朋友落魄，故鄉落後貧窮）、故事人物相似（我、母親、鄉土與我、母親、惠蘭對比）及四種表現手法（第一人稱敘述法、倒敘手法、對比手法與反諷技巧）。孟毅雖然受到魯迅的《故鄉》的啟示與影響，作者把舊中國荒蕪落後的魯迅式的農村全部瓦解，放棄他的中國情節，重建英國殖民地的馬來亞一個橡膠園農村及其移民，從題材、語言到感情都是馬來亞橡膠園，礦場地區的特殊經驗。小說中所呈現的因為英軍與馬共爭奪馬來亞統治權所引發的游擊戰而引發當地居民複雜的生活與思想情況，特別對當年英軍宣布的緊急狀態下集中營（新村）的無奈，都通過新馬殖民地的產品表現出來。那些鋅板屋、移殖區、甲巴拉、邦達布、水客、田雞、香蕉、讀紅毛書本身就承載著新馬人的新文化與感情。這邊緣性產生的後殖民文本，終於把本土性的新華華文文學傳建構起來。

八、「個個是魯迅」與「死抱了魯迅不放」　　到學術研究

魯迅如何走進新馬後殖民文學中，及其接受與影響，還有

其意義，是一個錯綜複雜的問題。魯迅以其經典作品引起新馬華人的註意後，又以左翼文人的領袖形象被移居新馬的文化人用來宣揚與推展左派文學思潮。除了左派文人，共產黨、抗日救國的愛國華僑都盡了最大的努力去塑造魯迅的神話。有的為了左派思想，有的為了抗拒，有的為了愛中國。魯迅最後竟變成代表中國文化或中國，沒有人可以拒絕魯迅，因為魯迅代表了中國在新馬的勢力。1939 年郁達夫在新馬的時候，已完全看見魯迅將變成神，新馬人人膜拜的神。從文學觀點看，他擔心「個個是魯迅」，人人「死抱了魯迅不放」。他說這話主要是「對死抱了魯迅不放，只在抄襲他的作風的一般人說的話」。可是郁達夫這幾句話，引起左派文人的全面圍攻，郁達夫甚至以《晨星》主編特權，停止爭論文章發表。攻擊他的人如耶魯（黃望青，曾駐日本大使）、張楚琨在當年不只左傾，也是共黨的發言人。反對魯迅就等於反對「戰鬥」，反對抗戰，反對反殖民主義，最後等於反對中國文化。[60]高揚就激昂的說死抱住魯迅、抄襲他的作風都無所謂，「因為最低限度，學習一個戰士，在目前對於抗戰是有益」。[61]

把魯迅冷靜認真的當作文學經典著作來研究，目前方興未艾，也需要洋洋幾萬言才能論述其要。它的開始也很早。鄭子瑜早在 1949 年就寫過《〈秋夜〉精讀指導》，1952 年的專著《魯迅詩話》及年青時的手稿，最近才出版的《阿Q正傳鄭箋》[62]，後兩部專著已有陳子善及林非等人的專論。[63]鄭子瑜代表新馬以修辭的方法來研究魯迅。目前的林萬菁便是集大成者，他著有《論魯迅修辭：從技巧到規律》，另外也發表許多論文如《試釋魯迅「絕望之為虛妄，正與希望相同」》、《〈阿Q正傳〉三種英譯的比較》。[64]王潤華則開拓從文學藝術與比

較文學的角度與方法去研究魯迅的小說，主要專著有《魯迅小說新論》，及其他專篇論文如〈從周樹人仙台學醫經驗解讀魯迅的小說〉、〈回到仙台醫專，重新解剖一個中國醫生的死亡〉等論文。[65]

　　從目前的局勢看，魯迅已從街頭走向大專學府，作為冷靜學術思考的對象，我自己就指導很多研究魯迅的學術論文，如《魯迅對中國古典小說的評價》、《魯迅小說人物的「狂」與「死」及其社會意義》、《魯迅小說散文中「世紀末」文藝思想與風格研究》、《魯迅舊體詩研究》等。

注 釋

[1] 《百年的〈吶喊〉，〈傳奇〉的世紀》及其他報導，《亞洲周刊》，1999年6月14日～6月20日，頁32～45。

[2] 參考章海陵〈魯迅為何是世紀冠軍〉及〈沈重時代中的緊迫感〉，見《亞洲周刊》，同前註，頁35；頁38～39。

[3] 見夏志清《中國現代小說史》（臺北：傳記文學出版社，1979年），頁63～64；原著見C. T. Hsia, *A History of Modern Chinese Fiction* (New Heaven, conn.: Yale University Press)，頁28～29。

[4] 毛澤東《毛澤東選集》（北京：人民文學出版社，1952年），第2卷，頁668～669。

[5] 參考章翰（韓山元）《魯迅與馬華新文學》（新加坡：風華出版社，1977年），頁4～5。

[6] 見錢理群、溫儒敏、吳福輝《中國現代文學三十年（修訂本）》（北京：北京大學出版社，1998年），頁191～196。

[7] 陵〈文藝的方向〉，《星洲日報·野苑》（副刊），1930年3月19日，又

見方修編《馬華新文學大系》（新加坡：世界書局，1971～1972年），
第1冊，頁69～70。

[8] 悠悠〈關於文藝的方向〉，《星洲日報·野苑》，1930年5月14日，又
見方修編《馬華新文學大系》，同註7，頁71～74。

[9] 同前註5，頁4～5。

[10] 魯迅也用這名詞，如《現代新興文學的諸問題·小引》，《魯迅全集》
（北京：人民文學出版社，1981年），第10卷，頁292。

[11] 同前註6，頁194。

[12] 同前註7，頁80～81。

[13] 苗秀〈導論〉，見《新馬華文文學大系》，（新加坡：教育出版社，
1971～1975年），第1集（理論），頁7。

[14] 同前註6，頁194。關於魯迅與左聯的真正關係，參考夏濟安的論文：
Hsia Tsi-an, "Lu Hsun and the Dissolution of the League of Leftist
Writers", *The Gate of Darkness* (Seattle: University of Washington Press,
1968), pp.101～145。

[15] 參考林萬菁《中國作家在新加坡及其影響（1927～1948）》（新加坡：
萬里書局，1994年修訂本），頁1～22。

[16] 關於這些作家在新加坡及其影響，參考前註15林萬菁的著作。

[17] 趙戎《現階段的馬華文學運動》，見同註13，頁89～104；苗秀《馬
華文學史話》（新加坡：青年書局，1963年），頁408～109；方修
〈中國文學對馬華文學的影響〉，《新馬文學史論集》（香港：三聯書
店，1986年），頁38～43。

[18] 章翰（韓山元）的論文〈張天白論魯迅〉認為張天白（常用馬達、丘
康、太陽等筆名）在三十年代，為文崇揚魯迅最多，見同前註5，頁
50～56。張天白論魯迅的文章，分別收集在方修主編《張天白作品選》
（新加坡：上海書局，1979年），有二篇附錄在《魯迅與馬華新文

學〉，同前註5；張天白其他文章可見《新馬新文學大系》，第一及二
集。

19 丘康《七七抗戰後的馬華文壇》，同前註5，頁11；又見《馬華新文學
大系》，第1集，頁505。

20 同前註7。

21 章翰《魯迅逝世在馬華文藝界的反應》，同前註5，頁17～35。魯迅
病逝寓所，不是醫院，這是誤傳。

22 同前註，頁20。

23 同前註5，頁11～35；頁44～49。

24 崔貴強〈國共內戰衝擊下的華人社會〉及〈戰後初期馬共的國家認同
（1945～1948）〉，見《新馬華人國家認同的轉向（1945～1959）》（新
加坡：南洋學會，1990年），頁98～152；頁206～222。

25 崔貴強〈戰後初期馬共的國家認同（1945～1948）〉，同前註，頁210
～212。

26 張楚琨〈讀了郁達夫的幾個問題‧附言〉，見《馬華新文學大系》，第
2集，頁449～451。

27 高揚（流冰）〈我們對你卻仍覺失望〉，《馬華新文學大系》，第2集，
頁460～463。

28 〈馬華文化界兩次盛大的魯迅紀念活動〉，同前註5，頁47～49。

29 同前註，頁44～47。章翰曾借我一個小本子《偉大的文學家‧思想
家》，沒作者，只印上表演藝術出版社，1969年10月19日出版，共20
頁。這是提供給各種左派藝術團體、學校、工會中的學習小組學習的
手冊。在城市、鄉村或森林中的馬共遊擊隊，都以這方式學習魯迅思
想。我在馬來亞讀中學時，也曾參加學習小組讀這類全是歌頌魯迅偉
大的小冊子。

30 Bill Ashcroft,et al, *The Empire Writes Back: Theory and Practice in Post-*

Colonical Literatures（London: Routledge, 1989），pp.1～11，中譯本見劉自荃譯《逆寫帝國：後殖民文學的理論與實踐》（臺北：駱駝出版社，1998年），頁1～7。

[31] 同前註，英文本，頁133～136；中文本，頁144～156。

[32] 同前註，英文本，頁6～7；中文本，頁7～8。

[33] 同前註，英文本，頁133～139；中文本，頁144～157。我曾討論新加坡作家受了兩種不同文化霸權影響下產生的二種不同的後殖民文學文本，見王潤華〈魚尾獅與橡膠樹：新加坡後殖民文學解讀〉，1998年在美國加州大學（UCSB）舉行世華文學的研討會論文，共20頁。

[34] 張天白論魯迅的文章，目前收錄於《張天白作品選》、《魯迅與馬華新文藝》及《馬華新文學大系》等書中。

[35] 見《馬華新文學大系》，第1集，頁505～506。

[36] 歐清池《方修及其作品研究》（新加坡國立大學博士論文，1997年），頁649。書後有方修著作編輯書目。

[37] 參考方修《避席集》（新加坡：文藝出版社，1960年）中〈亦談雜文〉、〈魯迅和青年〉、〈魯迅為什麼被稱為聖人？〉，頁37～44；頁67～71；頁77～81。

[38] 同前註5，頁6及11。

[39] 章翰《文藝學習與文藝評論》（新加坡：萬里文化企業公司，1973年）。

[40] 同前註5，頁1～2。

[41] 同前註，頁1。

[42] 我曾從不同角度討論過這問題，有關馬華文學之獨立，見王潤華〈從中國文學傳統到本土文學傳統〉論文，收入《從新馬文學到世界華文文學》（新加坡：潮洲八邑會館，1994年），頁3～33；有關報紙副刊曾是中國作家之殖民地與本土新馬華文作家的獨立鬥爭戰場，見〈從

戰後新馬華文報紙副刊看華文文學之發展〉，《世界中文報紙副刊學
綜論》（臺北：文建會，1997年），頁494～505。

[43] 同前註30，英文本，頁6～7；中文本，頁7～8。

[44] 趙戎《論馬華作家與作品》（新加坡：青年書局，1967年），頁3、9
及17。

[45] 方修《新馬文學史論集》，頁41。

[46] 同前註，頁355。

[47] 方北方《馬華文學及其他》（香港：三聯書店，1987年），頁5。

[48] 高潮〈魯迅與馬華新文學〉，《憶農廬雜文》（香港：中流出版社，
1973年），頁67～69。

[49] 同前註，頁69。

[50] 同前註30，英文本，頁38～115；中文本，頁41～125。

[51] 古遠清〈魯迅精神在五十年代的馬華文壇〉，《新華文學》第46期
（新加坡，1999年6月），頁98～102。

[52] 同前註，頁98。

[53] 同前註，頁102。

[54] 收集在作者第一本短篇小說集，吐虹《第一次飛》（新加坡：海燕文
化社，1958年），頁29～48。

[55] 收入作者第一本短篇小說集《再見惠蘭的時候》（新加坡：新社文
藝，1969年），頁1～12。

[56] 林萬菁〈阿Q後傳〉，《香港文學》第6期（1985年6月），頁38～
39。

[57] 同前註30，英文本，頁38～115；中文本，頁41～125。

[58] 周策縱與我曾在1988年的第二屆華文文學大同世界國際會議上，發表
雙重傳統（native and Chinese traditions）及多元中心論，參考王潤華編
《東南亞華文文學》（新加坡：哥德學院與新加坡作協，1989年），頁

359～662；王潤華《從新華文到世界華文文學》中第3卷《世界華文文學的大同世界：新方向新傳統考察》，同前註22，頁243～276。

59 這篇論文原是我在南洋大學中文系所授《比較文學》班上的學術報告，見《南洋商報》副刊《學林》，1981年1月15日及16日。

60 這些文章收集於《馬華新文學大系》第2集，同前註7，頁444～471。

61 同前註，頁461。

62 《〈秋夜〉精讀指導》收集於《鄭子瑜選集》（新加坡：世界書局，1960年），頁65～75；《魯迅詩話》（香港：大公書局，1852年）。

63 見宗廷虎編《鄭子瑜的學術研究和學術工作》（上海：復旦大學出版社，1993年），頁61～66；頁67～71。

64 林萬菁《論魯迅修辭：從技巧到規律》（新加坡：萬里書局，1986年）；其餘二篇論文都是由新加坡國立大學中文系所出版，前後為1983年，26頁；1985年，29頁。

65 王潤華《魯迅小說新論》（臺北：東大圖書公司，1992年；上海：學林出版社，1993年）；〈從周樹人仙台學醫經驗解讀魯迅的小說〉（新加坡國立大學單篇論文，1996年），22頁；〈回到仙台醫專，重新解剖一個中國醫生的死亡〉，《魯迅研究月刊》1995年第1期，頁56～58。

66 前三本為新加坡國立大學中文系榮譽班論文，1988年、1990年及1995年，後一本碩士論文，1996年。

第二輯

文學現場與資料考古

中國現代文學研究在日本

　　日本在中國現代文學研究方面的學術地位，近幾十年來，愈來愈受到世界各國學者的重視。即使在中國大陸，日本學者在這方面的成就，也受到特別的承認。譬如北京大學出版的《國外魯迅研究論集，1960～1981》，選擇的論文中，日本學者的論文占了五篇，美國學者四篇，海外華籍學人三篇，選自捷克的有兩篇，其他國家如蘇聯、荷蘭、澳洲、加拿大各有一篇。書中附錄了近二十年歐、美、亞、澳各大洲的〈近二十年國外魯迅研究論著要目〉，用日文寫的專書或論文共二百種，英文的三十七種，俄文的四十八種。[1]這份目錄可說明日本研究中國現代文學在世界學術界之重要。實際上歐美各國大學的學者很早就重視日本人的中國現代文學研究之學術地位，因此攻讀高級學位的學生，如果研究中國現代文學，一般上都要修讀兩年的日文。歐美學者認為，研究中國現代文學，而不參考日本有關方面的研究成果，那是不完整的研究。

　　因此親自到日本了解日本學者研究中國現代文學的情形，一直是我的一大心願。今年（1985）5月31日至6月28日間，在日本學術振興會的贊助下，我如願以償的前往日本各大學作交流訪問。我的訪問目的，主要是要了解日本各大學對中國現代文學在教學與研究上的情形。在出發前，我曾寫信給東京大學東洋文化研究所所長尾上兼英教授，向他請教我應該訪問什

麼大學，應該跟哪些日本研究中國現代文學的專家交流。他馬上回信表示衷心歡迎我訪問該所，並稱在東京研究中國現代文學的學者很多，還開列了以下一張名單：

東京大學：丸山升教授、伊藤敬一教授
東京都立大學：松井博光教授、飯倉照平教授
東京女子大學：伊藤虎丸教授
早稻田大學：杉本達夫教授
京都大學：竹內實教授
大阪外國語大學：相浦杲教授
神戶大學：山田敬三副教授
關西大學：北岡正子教授
大阪市立大學：片山智行教授
九州大學：秋吉久紀夫教授　等等[2]

尾上兼英是東京地區日本研究中國現代文學的重要領袖之一，他開給我的名單無意中說明一個事實：日本中國現代文學研究已不局限於東京大學，它已被許多著名的學者傳播到東京各大學及其他地區。譬如，竹內好（1908～1977）先後在慶應大學及東京都立大學任教，小野忍（1906～1983）在東大退休後，1967年轉任和光大學，竹內實於1968年離開東京大學後，曾在東京都立大學任教，一直到1973年才轉入京都大學。松枝茂夫曾在東京都立大學、北九州大學、早稻田大學任教。武田泰淳（1912～1976）把中國現代文學研究風氣帶到北海道大學，因此北海道現在搞中國現代文學的人實在不少。[3] 增田涉（1903～1977）先後到過大阪市立大學、關西大

學及京都大學（兼職）傳播中國現代文學的種子，這跟目前關西地區大學成為東京以外，第二個最重要的中國現代文學研究中心不無關係。

所以今天要了解日本的中國現代文學研究，必須沿著研究發展的路線走一趟，才比較容易明白。因此我決定先到東京，而且又以東京大學為中心，然後去橫濱市立大學及北海道大學，接著到關西地區如京都大學、大阪外語大學，再去北九州大學，最後再回到東京。

東京地區中國現代文學研究

我到東京之後，先拜見了尾上兼英及丸山升教授[4]，他們不但是東京大學最有成就之中國現代文學專家，而且也是東京地區最有影響力的領導人。尾上兼英教授為了讓我更快的掌握日本的中國現代文學的實際情況，他於1985年6月13日假東洋文化研究所舉行一場座談會。下面是當天應邀出席的學者名單[5]：

1、尾上兼英（1927）東京大學

2、伊藤敬一（1927）東京大學

3、伊藤虎丸（1927）東京女子大學

4、蘆田孝昭（1928）早稻田大學

5、立間祥介（1928）慶應大學

6、松井博光（1930）東京都立大學

7、丸山升（1931）東京大學

8、井口晃（1934）中央大學

9、飯倉昭平（1934）東京都立大學

10、木山英雄（1934）一橋大學

11、釜屋修（1936）和光大學

12、前田利昭（1941）中央大學

13、小島久代（　　　）學習院大學

14、蘆田肇（1942）國學院大學

15、佐治俊彥（1945）和光大學

16、近藤龍哉（1946）埼玉大學

17、尾崎文昭（1947）明治大學

18、江上幸子（　　　）東京大學

19、白水紀子（　　　）和光大學

20、代田智明（1952）茨城大學

21、下山鐵男（1952）和光大學

22、加藤三由紀（　　　）御茶水女子大學

23、平石淑子（　　　）

24、刈間文俊（1952）駒澤大學

25、溝口雄三（1933）東京大學

26、小鹽惠美子（　　　）御茶水女子大學

27、佐藤普美子（　　　）大東文化大學

28、杉本達夫（1937）早稻田大學[5]

可惜那天東京下著狂風暴雨，許多位先生都未能出席，要不然真是集東京地區研究中國現代文學之菁英於一堂，而且是兩代同堂，因為日本東京地區代表第二及第三代的研究中國現代文學者大都在此了。

中國現代文學作品，自從在二十年代末期傳入日本，就廣為讀者所愛閱讀和研究。像日本中國學專家青木正兒，早在1920年出版的《支那學》第三期，就發表過〈以胡適為中心的洶湧澎湃的文學革命〉的文章，他已預言「魯迅是有著遠大前程的作家」。[6] 到了二十年代末期，魯迅作品開始被譯成日文，到了三十年代及四十年代出現了所謂日本中國現代文學研究第一代的許多學者。像青木正兒、正宗白鳥、長與善郎、佐藤春夫、竹內好、山上正義、尾崎秀實、鹿地亘、中野重治、增田涉、小田嶽夫、井上紅梅、松枝茂夫、武田泰淳、倉石武四郎、小野忍、波多野太郎、太田辰夫、小川環樹等等，在翻譯與研究上都很有貢獻。在現代作家中，以有關魯迅、老舍、茅盾的翻譯與研究為數最多，同時也最有系統和深度。[7]

早在1934年，東京大學的學生組織了日本第一個專門研究中國現代文學研究會。1935年該會創辦《中國文學月刊》（後改名《中國文學》）。這個研究會的重要成員如竹內好、岡崎俊夫、武田泰淳、松枝茂夫、增田涉及小野忍等都成為日本第一代研究中國現代文學學者中，最有成就和影響力。而其中又以竹內好的成就與影響力最高。他所研究魯迅及其他有關問題的專書，在那時代，不但最有深度，而且最有系統。可說已達到了研究中國現代文學的最高水平。[8] 竹內好研究中國現代文學作品，尤其是魯迅的作品，除了學術意義本身，他特別強調以魯迅或其他中國作家的作品作為鏡子，批判日本現代化的道路。研究中國文學作品，可以認識中國，認識中國從鴉片戰爭以來所走過的現代化的道路，進而引起日本人自我反省，發現日本的問題，批判日本現實社會中的種種問題。由於竹內好等人發現魯迅是一位偉大的啟蒙者，主張通過拒斥、抵抗、保

留方式，獨立自主的精神向西方學習，而日本人一般缺少獨立自主的精神，把西方的一切都當成權威，奴隸主義地吸收進來，結果實現了一個假的現代化。竹內好這種研究中國現代作家與作品的精神與主張，一直深深影響到今天日本第二代，甚至第三代的中國現代文學學者。明白這點，才能了解為什麼過去日本學者主要都集中在研究魯迅及其他少數作家的作品。[9]

日本研究中國現代文學的第二代學者是在五十及六十年代間崛起的，當時東京大學、東京都立大學、關西地區如京都大學都出現了不少研究中國現代文學的學生。1953年東京大學學習的學生組織了一個魯迅研究會，同時出版了雜誌《魯迅研究》，東京都立大學的學生，出版了《北斗》雜誌，發表研究中國現代文學的成果。這一批青年研究者同時出現有關東與關西的有竹內實、今村與志雄、尾上兼英、高田淳、新島淳良、丸山升、津田孝、木山英雄、松本昭、佐藤保、竹田晃、青山宏、檜山久雄、伊藤虎丸、松井博光、飯倉照平、尾崎秀樹、吉田富夫、伊藤正文、相浦杲、中川俊、山田敬三、北岡正子、杉本達夫、稻葉昭二、伊藤敬一等等。現在這些第二代的學者年紀都在五十左右，都站在中國文學研究的第一線上（第一代的學者像武田泰淳、竹內好、增田涉、小野忍在七十年代末期相繼逝世了）。

在上述座談會的出席名單中，第一位至第十一位，加上第廿八位，共十二位，如果再加上尾上兼英教授提議我去訪問東京以外的中野美代子、丸尾常喜、竹內實、相浦杲、山田敬三、北岡正子、片山智行及秋吉久紀夫，則形成了研究中國現代文學第二代相當完整的代表陣容。名單中第十二位至廿七位是研究中國現代文學的第三代學者，他們的年齡大都在三十至

四十多之間，正是年輕一代的代表。這一代所研究的範圍很廣闊，課題也多樣化，譬如小島久代研究沈從文；蘆田肇研究中日文學關係；佐治俊彥研究1920 到1930 年代左翼文學；近藤龍哉搞三十年代的文學，特別是胡風；尾崎文昭研究周作人；江上幸子研究丁玲；下出鐵男研究蕭軍；佐藤普美子研究二十年代的新詩；刈間文俊研究當代文學與電影。

在東京地區研究中國現代文學第二代的學者中，雖然他們多數都在魯迅研究中表現出很優秀的成績，繼承第一代的研究傳統，像丸山升的《魯迅——他的文學與革命》與《魯迅與革命文學》被認為是竹內好以後最重要的成就，受到日本國內外之重視，其他像尾上兼英、伊藤虎丸、飯倉照平、木山英雄等人對魯迅研究都有很高的成就，但像伊藤敬一研究老舍，伊藤虎丸研究郁達夫，松井博光研究茅盾，蘆田孝昭研究巴金、老舍，飯倉照平研究周作人，釜屋修研究趙樹理，他們興趣的課題已增加了，已經把研究領域拓展開了。[10]

近年來東京地區研究中國現代文學的最大推動力，以丸山升、伊藤虎丸、木山英雄、尾上兼英等所組成的中國三十年代文學研究會（1969 年成立）最有表現。他們研究的成績，最具體的表現在《東洋文化》的三期特輯上。[11] 目前東洋文化研究所又有由尾上兼英教授擔任主任的1930 年代左翼文藝運動研究班。東京地區有其他不少推動研究中國現代文學的組織社團，像新青年讀書會，經常舉辦座談會，並出版《貓頭鷹》，主要發表研究中國現代文學思潮與文學論文。[12] 又有邊鼓社，目前以編集出版日本研究中國現代文學文獻目錄為主要任務，至今已出現了《現代‧當代中國文學研究文獻目錄》一、二集及《夏衍與丁玲》。[13] 此外還有魯迅之會，並出版《魯迅之會

會報》[14]，1984年3月老舍研究會在柴垣芳太郎、伊藤敬一等人發起之下成立了。

關西地區：日本研究中國現代文學之第二重鎮

離開東京後，我便沿著尾上兼英教授在信中所列的大學路線繼續前進。先去拜訪了橫濱市立大學的鈴木正夫及北海道大學的丸尾常喜[15]，他們兩位與東京派的中國現代文學學者關係密切，可是兩人都出身自關西地區的大阪市立大學。北海道以前有武田泰淳在開墾中國現代文學研究，後來像尾上兼英也曾在那裏任教，因此丸尾常喜也是東京的三十年代文學研究重要的一份子。北海道大學校園曾經出版過一份專門發表研究中國現代文學論文的雜誌——《熱風》。

到了京都大學，該校中文系主任清水茂教授安排我拜訪京都大學人文科學研究所的竹內實教授。他是第二代日本研究中國現代文學專家中年紀稍大的長輩，他的專著如《現代中國的文學》、《魯迅的遠景》和《魯迅周邊》，都是日本國內外深受重視及推崇的研究成果。[16]目前他集合了日本各地的重要學人重新譯注並出版《魯迅全集》，同時又編寫一部自1840年至今日的《中國現代文學年表》，這兩項巨大的研究計劃，將在兩年內完成。竹內實在日本研究中國現代文學圈中是一位舉足輕重的重要人物，他在1949年畢業於京都大學，曾任中國研究所研究員、東京都立大學教授，1973年起擔任京都大學人文科學研究所教授，對關西地區急速發展為另一個中國現代文學

研究中心，頗具極大的影響作用。

　　清水茂教授另外再安排我拜訪大阪外語大學。在那裏我會見了相浦杲、中川俊教授和是永駿副教授。相浦杲教授是日本研究中國現代文學第二代學者，他在關西地區具有很大領導力，他著有《現代的中國文學》，曾翻譯王蒙的《蝴蝶》[17]，還有許多研究茅盾、三十年代和當代文學的論文。中川俊所研究的中國作家是丁玲、趙樹理和蕭紅等等。[18]第三代日本研究中國文學成就最大的為是永駿，他的著作豐富，近年來論著茅盾作品很多。[19]關西地區屬於第二代、研究成績卓越的，如尾上兼英所指出，尚有神戶大學的山田敬三副教授（研究魯迅及當代文學）、北岡正子教授（研究丁玲及魯迅等）、片山智行教授（研究魯迅及中國現代文學問題）、秋吉久紀夫教授（著有《華北根據地的文學運動的形成和發展》、《近代中國文學運動的研究》及《江西蘇區文學運動資料集》）。[20]

　　關西地區研究中國現代中國文學的第二代學者固然多，屬於第二代研究者更多。只要翻開該區出版有關研究中國現代文學的雜誌便可知道。關西目前這類期刊，遠勝東京地區。在京都，除了一些學報如《東方學報》（京都大學人文科學研究所出版）及《中國文學報》（京都大學中國文學會出版）這一類學報外，最重要的是京都大學研究中國現代文學的學者們組織的颷風之會所出版的《颷風》[21]，而關西地區的中國現代文學研究會，頗具影響力的是中國文藝研究會（會址設在大阪經濟大學現代中國文學中國語言研究室，領導人為相浦杲教授），目前擁有會員兩百多人，在1970年創刊的《野草》，至今已經出版了三十五期（1985年），每期都以一特輯的形式出版，以下即是前三十期的專輯題目：

創刊號　魯迅特集

第 2 號　清末小説特集

第 3 號　現代中國文學

第 4 號　中國の古典文學と現代

第 5 號　魯迅特集(2)

第 6 號　五四時代の文學

第 7 號　中國文學と日本の教育

第 8 號　三〇年代文學

第 9 號　魯迅特集(3)

第10號　解放區の文藝

第11號　日本の現代文學と中國

第12號　作家論

第13號　魯迅特集(4)

第14.15號　三〇年代文學(2)

第16號　仙台における魯迅の記録

第17號　日中文學交流の一斷面

第18號　近現代中國文學

第19號　魯迅特集(5)

第20號　近現代中國文學

第21號　魯迅特集(6)

　　　　　四人組批判後の中國文學

第22號　近現代中國文學

第23號　文學の現在

第24號　讀書の日日

第25號　文學の現在(2)

第26號　特集　資料

第27號　創刊十周年紀念號

第28號　人と書物を旅する

第29號　魯迅特集(8)

第30號　茅盾特集

　　該刊所發表的論文研究領域很廣闊，從五四運動到今日大陸文學，每個專輯是收集全日本各地區研究中國現代文學當代學者（第二及第三代）的精華。中國文藝研究會另有出版《中國文藝研究會會報》，1985年2月已出版了第五十期，每期約有五十頁，內容包括論文及會訊。在大阪市，已故關西大學教授增田涉的一些學生所組織的咿啞之會，主要領導人是中島利郎，該會以發表研究中國現代文學為主所出版的學報《咿啞》，目前共出版了二十期（1985年），在學術界占有相當的份量。再者，該會另有出版《咿啞匯報》。神戶大學中文學會在山田敬三副教授的領導下，在1982年2月創刊《未名》雜誌，也是以發表中國現代文學研究論文為主。同時，1982年也成立了一個臺灣文學研究會，於同年6月，該會出版了《台灣文學研究會會報》創刊號，現在已出版了四期（1984），主要發表臺灣現代文學的介紹和研究論文，一年兩期，這是日本研究臺灣文學唯一的團體，也是唯一的刊物。在大阪，1984年太田進等人組織茅盾研究會，而且出版了《茅盾研究會會報》，該會報在1984年7月及11月出版了第一及第二期。

日本各大學的中國現代文學課程內容

在日本，目前大多數的大學都設有現代漢語與中國現代文學之課程。即使在研究院，中國現代文學課程也占了極重要的比例。在東京的大學，像東京大學、早稻田大學、東京都立大學、東洋大學、和光大學、御茶水女子大學，東京女子大學等都有中國現代文學課程，其他地區，特別是關西地區的京都大學、大阪外語大學、神戶大學、關西大學、大阪市立大學、北九州大學、九州大學等各大學的大學部和研究所都設有相當專門的中國現代文學課程。我訪問各大學的時候，都特別請教各教授所開設課程的內容，以下就是一些實際的例子：

東京大學

1. 1930年代文學研究（丸山升教授，以魯迅為主）
2. 中國近代、現代文學研究（丸山升教授，以左聯為主）
3. 魯迅第二卷《彷徨》、《野草》、《朝花夕拾》、《故事新編》（丸山升教授，特別演習）
4. 現代作家研究（伊藤敬一教授，以老舍為主）
5. 現代作家研究（丸山升教授，以朱自清為主）
6. 周作人研究（木山英雄教授）

早稻田大學

1. 中國現代文學研究（杉本達夫教授，演習課，以選讀自傳性文章為主）

2. 老舍與抗戰時期文藝運動資料（杉本達夫教授）

3. 中國小說史（蘆田孝昭教授，以現代小說史為主）

京都大學

1. 中國現代文學の諸相（竹內實教授，以魯迅為主）

2. 現代戲劇選讀

3. 中國語作文（以老舍《正紅旗下》為主）

大阪外語大學

1. 中國現代文學史（是永駿副教授，以文學論爭為主題）

2. 中國現代文學演習（是永駿副教授，以茅盾作品為主）

3. 中國文學研究：日中比較文學研究（相浦杲、宿玉堂教授，以研究魯迅、郭沫若、郁達夫與日本文壇之關係為主題）

4. 中國文學演習：中國當代文學研究（是永駿副教授，選讀中國大陸文學刊物上的作品）

東洋大學

1. 中國現代文學史概說（中下正治教授）

2. 中國現代文學演習（金岡照光教授，選讀老舍作品為主）

北海道大學

1. 中國文學演習（丸尾常喜副教授，1979～1985年先後講過：柳青《創業史》、曹禺《家》，1920年代文學，魯迅《阿Q正傳》、《社戲》、老舍《鼓書藝人》、艾蕪

《南行記》及魯迅《徬徨》）
2. 中國文學演習（藤本幸三副教授，先後講過1930年代
戲劇、中國現代鄉土文學、當代中國文學作品選讀）

　　從上列五間大學的課程來看，日本大學中國現代文學的授課內容很專門，很少通論性的基本課，通常教授都是以自己最專長的研究作為教學的主題。像丸尾常喜，曾經以一學年的時間講授魯迅的一篇小說《社戲》，像丸山升和竹內實兩人分別在東京大學和京都大學開了一門名稱相同的中國現代文學的種種問題，他們主要講授目前自己最有權威性的魯迅研究。是永駿專門研究茅盾，在古谷久美子編的《日本出版茅盾研究參考資料目錄》中，他研究茅盾的論文就有十三篇[22]，所以他在大阪外語大學教授的中國文學演習，就以分析茅盾作品為主。日本各大學的這種授課與自己專門研究密切的關係，致使教學者的研究不但不因教學中斷，反而推動他們的研究，促使研究論文源源不斷產生。像早稻田大學的杉本達夫教授由於開的課是講授老舍，近年來他發表有關老舍的研究論文就特別多。[23]同樣的，大阪外語大學的是永駿講授的是茅盾，故這些年來發表有關茅盾的論文也特別多。大阪外語大學的相浦杲教授講授現代中日文學關係，尤其關於魯迅、郁達夫和郭沫若等人所受日本文學之影響，因此近年來他從比較文學的角度研究中國現代文學，而發表了一些十分受重視的研究論文，譬如〈從比較文學之角度看魯迅散文詩・野草〉及〈魯迅與廚川白村〉[24]，便是這種制度下的產品。

　　上列五間大學的教學內容雖然代表性不大，但它反映出，近年來教學者已勇於打破傳統，除了幾位作家如魯迅、老舍、茅盾受到特別重視外，其他作家與作品，特別是當代作家已被

接納進大學講堂，像大阪外語大學，開一門課是專讀目前出版
的中國文藝雜誌中的文學作品。

今日日本中國現代文學研究之新方向

近年來由於研究人員結構的變化，促使中國現代文學研究
的面貌也發生了變化。下面是目前所呈現的一些特點：

一、從魯迅到臺灣文學

日本第一代研究中國文學學者的研究課題都很狹小，探討
的領域全國學人專心一致的集中在少數幾個中國作家身上。日
本論說資料保存會出版的《中國關係論文資料索引》（1964～
1978）中「現代文學」部分，共收錄了通論與作家作品專論論
文二百多篇，其中專論魯迅的就有七十左右，第二多者為茅
盾，有十五篇，老舍九篇，郁達夫七篇，其他作家的專論，最
多者都只有三、四篇，如丁玲、趙樹理、周作人、郭沫若等
人。再看中國社會科學院文學研究動態組所編的《日本中國現
代文學研究主要文獻索引》之二（1970～1981），共收錄專論
作家與作品之論文或專著目錄共約二百四十條，其中魯迅約一
百條，茅盾有二十四條，郁達夫十三條，老舍八條。這兩種目
錄可反映日本過去的研究領域之一般情形。從最近這幾年，由
於第三代的研究學者人數驟然增加，而且漸露頭角，像上述關
西地區很多專發表中國現代作家之研究成果之期刊的出現，便
是最明顯之變化，已經出版了三十五期的《野草》，二十期的
《咿啞》之內容，是最好的證據。《日本所出版現代‧當代中

國文學研究》第一集（1977～1980）及第二集（1981～1982）的目錄也很明顯的反映年輕的學者競爭地研究不同作家和不同的問題，雖然舊傳統還延續下來，目前最多人研究的作家與作品，集中在魯迅、茅盾、老舍，尤其近年來研究茅盾與老舍的論文非常多，甚至遠超過研究魯迅的數目，至於文學問題，東京地區最近集中在1930年代文學，而關西地區開拓了中國當代文學和臺灣文學的研究，第二代的著名學者如相浦杲也領導重視當代作家。

二、從「鏡子」到學術

第一代的日本學者研究中國現代文學作家與作品，出發點特別強調竹內好的「鏡子」理論，就是借著研究中國作家作為一面鏡子，作為自我反省的參考，批判日本的現代化的道路。從這一認識出發，實在不容易找到有如此偉大的中國作家，因此過去研究的對角主要以有限的幾位作家及其他有關問題為主。現在年輕一代，多數不習慣從政治角度、革命角度來研究，對他們來說，中國作家魯迅或任何一位作家，是世界上許多在文學創作上有成就的一個，此外別無意義。他們研究這些作家，不外是為學位，為學術地位與興趣。所以他們今天多數是純從文學主義，純學術觀點來做研究。由於這樣，年輕一代學者爭先恐後的爭取研究過去被忽略的作家。譬如東京的學者最新的研究成果，發表在1983年3月出版的《東洋文化》上，研究的作家有沈從文（尾崎文昭、小島久代）、郭沫若（伊藤虎丸），丁玲（宮島敦子）、蕭軍（下出鐵男）及葉紹鈞（新村徹）。[25]

三、多種角度，深入問題的研究方法

　　眾多的新人，從不同的角度來研究各種文學問題，各個作家與作品，這是擺脫或突破傳統的政治與文學的框框的結果。第二代權威性的學者如丸山昇，就強調讓事實說話的方法，如擺脫中國大陸的牽制，以日本人的立場來研究問題。這種實證科學方法，另一方面特別強調重視一手資料，發掘資料，不發無根據的空論。[26]像北岡正子〈摩羅詩力說材料來源考證〉研究，便是一個考證細密的好例子。[27]

四、中日現代文學比較研究

　　早在1974年，山田敬三就以〈以比較文學的方法研究中國現代文學〉為題[28]，提出以比較文學的方法來研究現代中國和日本文學。這種研究方法，近年來受到很大的重視，研究現代中國作家與日本文學之關係的論文，越來越多，對了解許多中國現代文學問題，有極大的貢獻。檜山久雄《魯迅與漱石》、伊藤虎丸的《魯迅和日本人》和《魯迅和終末論》等專書，是以比較手法來研究現代中日文學的權威性著作。[29]相浦杲教授目前在大阪外語大學講解《日中比較文學研究》一課，正是努力推動這方面研究的具體表現。他的近作〈以比較的角度來分析魯迅散文詩「野草」〉和〈魯迅與廚川白村〉是精細的力作，是最典型的所謂比較研究的論文。伊藤虎丸與松永正義合著的論文〈明治三十年代文學與魯迅〉也是如此有份量的研究。[30]

五、中國現代文學研究在日本大學圍牆內外

　　我這次訪問日本，所了解的只限於大學圍牆之內的中國現代文學研究，大學外面因為學術興趣而研究的獨立學術人員完全沒有機會接觸，我們知道像國際著名的竹內好，日本學術界今認為最有成就的第一代中國現代文學學者，一直生活在大學研究機構之外。竹內實也是在1970年代末才受聘於大學。從目前研究的條件來說，將會有更多優秀的第三代學者在大學之外繼續做研究。過去研究的成果，主要靠大學的「紀要」及學術專刊如東京大學的《東洋文化》、《中哲文學會報》，京都大學的《東方學報》、早稻田大學的《中國文學研究》及中國研究所的《中國研究月報》等等，這些學術刊物，雖然愈來愈多發表研究中國現代文學的論文，但如果作者不是跟有關大學有職務上的聯繫，發表機會不大。自從大學外的中國文學研究團體如中國文藝研究會的刊物《野草》，飆風社的《飆風》，新青年讀書會的《貓頭鷹》刊物的出版，並在日本國內外一直受到重視，大學圍牆內的學者更易將研究成果發表。

　　在戰後，日本中國現代文學研究已從國立大學走到市立或都立大學，甚至私立大學，然後也在大學圍牆外生了根。

六、新馬華文文學研究

　　我訪問過東京東洋大學今富正巳教授、橫濱市立大學鈴木正夫副教授、北九州大學的山本哲也教授，以及下關市立大學的小木裕文副教授，他們都寫過不少有關新馬華文文學的研究論文，發表在有關中國現代文學雜誌如《野草》和《中國文藝研究會會報》、《中國語》等刊物上。除了他們，愛知學院大

學的櫻井明治曾翻譯過不少新加坡華文及英文文學作品成為日文[31]，另外筑波大學的陳俊勳和每日新聞的福永平和曾翻譯《新加坡華文小說選1945～1965》（上）及苗秀的《殘夜行》。[32]

結論

　　第二次世界大戰後，日本多數大學都有教授中國語的課程。幾十年來，培養了不少在中國語言和中國現代文學都有研究基礎的學生。加上中國大陸與日本建交以來，兩國關係日愈密切，日本搞中國現代文學的研究生或學者常有機會到中國學習，不但學會流利的中國話，而且實地考察研究，與中國作家發生密切關係。近年來中國國內舉行像1982年在濟南山東大學舉行的老舍學術討論會，1984年在北京舉行的全國茅盾研究學術討論會，日本學者都有受邀參加。這種聯繫會促使日本中國現代文學研究更蓬勃地發展。

　　大學中國語言課程之普遍設立，是產生中國現代文學研究學者最好基礎，而且目前大學教授中國語，主要是教白話文，自然以白話文學作品為教材，這也是容易引起學生研究興趣之一大因素。怪不得東京大學的丸山升教授說，目前他們的研究生，有一半以中國現代文學為研究對象。其中大學也大致如此。

　　日本各大學及研究機構的中文藏書都給中國現代文學研究者帶來很方便和有利條件。由於日本沒有政治上的問題，中國及臺灣及其他地區各個時期出版的中文研究資料，從書籍到期刊，各大學圖書館都相當齊全，像東京大學東洋文化研究所收

藏有關中國現代文學之資料，很足夠作一般的研究用。日本的中文書店，像東京的中華書店、內山書店、東方書店，京都的朋友書店、大阪的橫田書店、福岡的中國書店，對中國大陸出版的書籍報刊，非常齊全，港臺的書籍也不少。據最近幾年常去中國大陸的日本學者及日本的中國留學生說，在日本最大規模的中國書店出售有關中國現代文學的書刊，常常比在中國的書店更多，雖然價錢非常高昂。我個人的經驗，東京的東方書店、中華書店和內山書店出售的書，比香港三聯書店或中華書局更完整。

目前日本出版有關中國書籍（日文）或出售中文書籍的大書店，都有出版定期刊物，以供專家發表有深度的研究論文或報導、書評性的文章。其中常發表有關中國現代文學者，有岩波書店的《文學》、筑摩書房的《竹內好全集月刊》、學習研究社的《老舍小說全集月報》、東方書店的《東方》月刊等便是把中國現代文學推廣的代表性雜誌。

從以上的種種條件看來，日本已成為中國以外，最適合從事中國現代文學研究的國家。

注 釋

[1] 樂黛雲編《國外魯迅研究論集，1960～1981》（北京：北京大學出版社，1981年）。

[2] 見尾上兼英致本人1985年4月23日信。尾上兼英教授，現任東京大學東洋文化研究所所長，為魯迅、中國三十年代左翼文學及說唱文學專家，主要著作有《幽明錄‧游仙窟》及《三十年代中國文藝雜誌》。有關本文內談到之日本學者之生平著作，可參考嚴紹璗《日本的中國學家》（北京：中國社會科學出版社，1980年）。

3 北海道大學雖然遠離東京，而在以農業為主的札幌，文學部教員有副
　教授丸尾常喜（近年現代文學，魯迅），副教授須藤洋一（葉聖陶、魯
　迅等）；在言語文化部有藤本幸三（許地山、茅盾）、野澤俊敬副教授
　（瞿秋白、丁玲等）、中野美代子教授（老舍、茅盾等）。

4 丸山升教授和尾上兼英是以前魯迅研究會及現在的三十年代中國文學
　研究會的重要領導人。丸山升教授被中國肯定為第二代學者中研究魯
　迅成就最大者，重要著作有《魯迅與革命文學》（東京：紀伊國屋書
　店，1972 年）及《魯迅：他的文學與革命》（東京：平凡社，1965
　年）。

5 尾上兼英教授說，依日本人之習慣，女性姓名後下列出生年份，杉本
　達夫教授因事前未肯定出席，故原來沒列入名單中。尾上教授說照順
　序，應列入第12號。

6 青木正兒〈以胡適為中心的洶湧澎湃的文學革命〉，見《支那學》1920
　年第3 期；劉柏青〈戰後日本本魯迅研究在國外專輯〉，見《魯迅研究》
　1984 年第6 期，頁58～60。

7 關於魯迅研究在日本的成就，參考劉獻彪、林治廣編《魯迅與中日文
　化交流》（長沙：湖南人民出版社，1981 年），頁40～73，頁341～
　357，以及劉柏青〈戰後日本魯迅研究概觀〉（見註6）；關於茅盾研
　究，見古谷久美編〈日本所出版茅盾研究參考資料目錄〉，《咿啞》第
　18、19 號合刊（大阪，1984 年），頁94～106；關於老舍的研究，見
　日下恒夫、倉橋幸彥編《日本出版老舍研究文獻目錄》（京都：朋友書
　店，1984 年）。

8 竹內好重要著作有《魯迅》（東京：日本評論社，1944 年）；《魯迅》
　（東京：世界評論社，1948 年，1953 年全書加以補充刪改，改名《魯
　迅入門》）；《魯迅雜記》（東京：世界評論社，1949 年）。目前東京筑
　摩書房已出版《竹內好全集》，最後的第十七集已在1982 年出版。有關

他的生平著作，見嚴紹璗《日本的中國學家》，頁636～637。

9 參考劉柏青〈戰後日本魯迅研究概觀〉，見《魯迅研究》1984年第6期，頁64～44。

10 稍微翻閱一下《中國關係論說資料索引》（第1號至20號，1964～1978年）（東京：論說資料保存會，1982年）中有關中國現代文藝論文目錄，頁217～224，更可明白這種發展趨勢。

11 這些論文特輯分別刊於下列三期：第一輯，《東洋文化》，1972年第52期，作者有：小野忍、佐治俊彥、蘆田肇、丸山升、木村靜江、前田利昭、城谷武男及北岡正子；第二輯，《東洋文化》，1976年第56期，作者有丸山升、前田利昭、丸尾常喜、佐治俊彥、三寶政美及北岡正子；第三輯，《東洋文化》第65期（1985年3月），作者有：尾上兼英、陳正踶、佐治俊彥、小谷一郎、尾崎文昭、伊藤虎丸、宮島敦子、小島久代、下出鐵男及新村徹。

12 譬如《貓頭鷹》1984第3期為巴金研究特輯。

13 這兩本目錄收錄單篇論文與專著，第一集包括1977～1980年出版者，第二集1981～1982年，如果能繼續出版，將是最完整的有關日本中國現代文學研究之目錄。《夏衍與丁玲》出版於1982年，收有阿部幸夫與高畠穰的論文。

14 我見到最新一期為《魯迅之會會報》，1984年第8期。

15 鈴木正夫與伊藤虎丸及稻葉昭二編《郁達夫資料》（東京大學東洋文化研究所，1969年），補篇上及下先後在1973及1974年出版。丸尾常喜東大中文系畢業，大阪市立大學碩士，著有《魯迅》（東京：集英社，1985年），為《魯迅全集》第二卷《彷徨》之翻譯者。

16 《現代中國的文學》（東京：研究社，1972年），《魯迅遠景》（東京：田畑書店，1978年），《魯迅周邊》（東京：田畑書店，1981年）。關於竹內實較詳細生平及著作，見嚴紹璗《日本的中國學家》，

頁640～641。

17 《現代的中國文學》（東京，日本放送出版協會，1972年）；王蒙《蝴蝶》（日文）（東京：みすお書房，1981年）。

18 中川俊的論文目錄，請參考《中國關係論說資料索引（1964～1978）》（東京：論說資料保存會，1982年），頁217～222。

19 是久駿所發表研究茅盾之論文，見古谷久美子編《日本所出版茅盾研究參考資料目錄》，見《咿啞》1984年第18及19期，頁94～106。

20 關於他們的研究著作，參考中國社會科學院文學研究所編《文學研究動態》1982年14及18期，頁7～12，頁1～9（《日本中國現代文學研究主要文獻索引》1970～1981年），同時又見《中國關係論說資料索引（1964～1978）》，頁217～224。

21 《飆風》至1985年，共出版了十八期。

22 見《咿啞》1984年第18、19期，頁94～106。

23 見日下恒夫與倉橋幸彥編《日本出版老舍研究文獻目錄》（京都：朋友書店，1984年）。

24 第一篇發表於《國際關係論的綜合研究》（大阪，1982年），頁1～48：第二篇發表於《野草》1981年第29期，頁5～51。

25 見《東洋文化：特集1930年代中國文學研究之三》，1985年第65期。

26 參考劉柏青〈戰後日本魯迅研究概觀〉，見《魯迅研究》1984年第6期，頁58～77。

27 北岡正子的〈摩羅詩力說材料來源考〉從1972年開始在第7號《野草》連載，至30號（1982年）尚未完。

28 〈以比較文學的方法研究中國現代文學〉，見《文學論輯》（九州大學，1974年第21期，頁1～12。

29 檜山久雄《魯迅與漱石》（東京：第三文明社，1977年）；伊藤虎丸《魯迅和日本人》（東京：朝日新聞，1983年），《魯迅和終末論：現

代現實主義的形成》（東京：龍溪書舍，1975年）。

30 原文載《日本文學》1980第6期，中文譯文見《河北大學學報》1982年第2期，頁82～93。

31 櫻井明治的譯作，多數發表在1975至1978年間出版的《亞洲展望》雜誌上。

32 《新加坡華文小說選，1945～65》出版於1983年，《殘夜行》1985年，兩書均由東京井村文化事業社出版。

回到仙台醫專，重新解剖
一個中國醫生的死亡

—— 周樹人變成魯迅，棄醫從文的新見解

一、九十年後，我走進魯迅的課室，還聽見 槍斃中國人的掌聲

魯迅在 1904 年 9 月 13 日早上 8 點，第一次步入仙台醫學專門學校的第六課室。由於他是當時仙台醫專最早也是唯一的中國留學生，在老師講課之前，教務處特別安排一位書記田總助次郎陪同魯迅進入教室，並且向同學介紹：「這是從中國來的學生！」

大講堂的課室，長條木板座位從左到右共分成三段，魯迅的座位在前面第三排的中間第一個（面向講台），由於日本當時的上課座位是固定的（上每一門課都如此），現在這個座位的桌上貼上紀念魯迅的說明文字。

九十年之後，1994 年的 9 月 6 日早上 10 點，我和其他十四位日本與外國研究魯迅的學者一起走進仙台醫專的第六課室。魯迅仙台留學九十周年紀念國際學術文化研究會的工委會主席阿部兼也教授，也模仿當年的情形，向日本學術文化界一一介

紹我們。譬如輪到我的時候，他說：「這是來自新加坡的王潤華教授」，然後邀請我上台在古老的黑板上題字留念。我隨手寫了幾個字：「當南洋還在殖民地時代，魯迅已是我們的導師」，下題新加坡王潤華。魯迅在五、六十年代的新加坡與馬來西亞，由於左派思想的流行，被華人文化知識界奉為思想導師，我因此在中學時代即對魯迅特別「崇拜」，這是我研究魯迅的根源。俄羅斯的漢學家索羅金題的字是「祝中俄文化關係更大發展」，中國的孫中田教授題詞是：「懷念魯迅，向魯迅學習。」牛津大學的劉陶陶教授只簽上自己的姓名。

當眾人步出講堂時，我還是靜靜一個人坐在魯迅當年讀醫科時每天坐的座位上。我突然似乎看見講台白色銀幕上，出現在中國東北土地上，日本戰敗俄國的幻燈片：日軍正要槍斃（一說砍頭）給俄國做偵探的中國人。幻燈片上圍觀的中國人表情麻木，他們與台下的日本同學都拍掌歡呼，這種喝彩聲特別刺耳，才使我清醒過來，發現其他的人都已走出這棟老舊的木板課室。

二、仙台醫學院魯迅雕像充滿疑惑與徬徨的神情

據說目前仙台東北大學（醫學院所屬）很缺建築空間，目前保留住二棟魯迅上過課的房子，完全出於紀念這位中國作家與思想家，因此壓力很大，被拆除的危機隨時會出現。當我走出第六課室，追隨人聲，發現其他人正向當年仙台醫學專門學校遺址上魯迅的人頭塑像走去。魯迅寂寞地在一棵松樹下，向

第六課室瞭望，眼睛充滿疑惑，臉色凝重。難道他還在尋找與
思考，當年為什麼念了一年半，中途棄醫從文的原因嗎？

　　魯迅雕像的旁邊就是東北大學紀念資料館，正展覽著魯迅
當年在仙台醫學院的上課時間表（包括任課教師與課室）、成
績單、點名冊，及其他學籍記錄。閱讀了這些文件，我才明白
館外魯迅雕像的神情為什麼充滿疑惑：因為他一年級所修讀的
七科中，竟有三科的成績被算錯，同學在第一學年結束後，誣
告他因藤野先生在修改他的解剖學筆記上做暗號，故意洩露考
題，考試才及格。現在看了成績單才知道，魯迅一年級幾乎所
有功課都及格，只有藤野及敷波合教的解剖學考不好，只有
59.3分，可見流言完全出於猜忌與誣蔑，怪不得當時學生會的
幹事檢查魯迅的解剖學講義，找不到藤野教授的記號。

三、監獄旁的魯迅舊居佐藤屋：與犯人共吃 同一鍋煮的飯菜

　　從東北大學醫學院西南邊一個側門出去，走一小段路，便
是仙台市片平丁路52號，魯迅初到仙台醫專第一間寄宿的樓
房，目前稱為「佐藤屋」，當時他租了樓上右邊的一間房子。
房東佐藤喜東治還把一樓的房屋租給包辦囚人伙食的人，因為
宮城監獄就在旁邊。魯迅在〈藤野先生〉一文中說那裏蚊子
多，睡覺時要用被蓋住身體與頭部，只留鼻孔呼吸。不久學校
的先生覺得地點不相宜，二來這客店也包監獄犯人的伙食，勸
說幾次，魯迅才肯搬到別處去住。不再與犯人共吃同一鍋煮的
食物。

這次國際研討會的籌備委員，多是魯迅學者，意識到魯迅初到仙台時住在監獄邊緣，與囚犯共吃同一鍋的飯菜，不免使仙台人尷尬難堪，因此就特別招待我們住宿在仙台青葉區的東急國際觀光飯店裏。由於魯迅在仙台期間，曾和日本同學遊覽了松島海邊度假名勝，研討會雖然時間緊湊，費盡苦心地把最後一場論文研討搬去松島海邊的世紀大飯店舉行，這樣我們便能享受魯迅遊覽的松島經驗。為了使我們感受周樹人在仙台醫專如何轉化成救人靈魂的魯迅，除了第一天的上午參觀仙台與魯迅讀書生活有關的地方場所，其餘研討會，都回到東北大學醫學院的賓館艮陵會館內的會堂舉行。每次休息時，我走出會場，遠眺對面現在的醫學院及以前仙台醫學專門學校，便覺得這次研討會意義之深長。

魯迅的仙台醫專入學許可是1904年9月1日發出，哪一天抵達仙台，沒確實記錄。我們外國學者抵達仙台是9月5日，大概就是魯迅抵達的日期，因為開學典禮在9月12日舉行。

四、重新解剖一個醫生的死因：中國危機感使周樹人變成魯迅

這一次的仙台魯迅國際研討會，共有論文十四篇，我個人覺得其中最有趣的，最大的收穫是重新解剖周樹人在仙台的經驗，尋找出使他變成魯迅的原因。早在1978年，仙台東北大學的教職員與當地文化界，出版詳細的《魯訊在仙台的記錄》，但是只是瑣碎的資料收集，沒有作過坦誠與真實的「驗屍報告」。這跟日本當時政府保守的態度有關係吧。自從日本

公開承認侵略亞洲各國並道歉以後，學術文化界也就日愈開明，尤其在判斷中日敏感的關係問題上。這一次魯迅仙台留學九十周年國際研討會其中一項目的，根據我個人觀察，就是要作最後的「驗屍報告」，因為某些結論，在幾年前也許對個人服從群體的日本魯迅學者，雖然心裏明白，但還是不敢說出來。

所以宣讀論文之前，我們一起參觀魯迅仙台讀書與生活的地方，公開他的學校記錄與課堂筆記。接著回到醫學院艮陵會館開始論文研討。阿部兼也教授指出，魯迅自己，拿幻燈片事件作為棄醫從文的理由是帶有疑問的，其後面可能隱藏著其他奧秘。他說魯迅在仙台時代，這個城市主要是日軍重要基地，侵略中國土地與俄國作戰的日軍，多從仙台派出，當時人民熱烈響應徵兵制。每次軍隊打勝仗回來，人民和學生都大事慶祝。對中國學生來說，這個「軍隊與學校」的城市使得生活非常沈悶，軍國主義氣息濃厚，因此強化了魯迅對中國危機感的認識。看見日本人上下支持軍隊去侵略中國，隨意誣蔑外國學生考試作弊，促使魯迅對人性反省與批判。

阿部兼也是仙台的老居民，他坦誠指出，當時仙台是一個軍隊城市，侵略中國的軍士，多由這裏出發，而住在監獄邊緣的魯迅，被人誣告考試作弊，懷疑他有能力考試及格的事件，再加上幻燈片上替俄國做偵探的中國人被槍斃時，班上日本同學大聲呼萬歲，自然加強魯迅對中國危機感的認識！今天外國人在仙台，四處是青葉，好一個花園城市，萬萬想不到過去原來是一個軍隊城市！

五、少計算考試成績而不糾正，魯迅對醫專和教官是怎麼看的？

　　另一項驚人的發現，由渡邊襄先生提出。他仔細再核算魯迅在仙台醫專一年級的學年評分表，居然有二個錯誤：生理學應是65分（60＋70÷2＝65），不是63.3，七科總平均應是65.8分（458.6÷7＝65.8），不是65.5。另外在學年成績表上，魯迅的論理學分數是83，應換算成乙等，但卻變成丙級。這麼簡單的數學，怎麼竟錯了三處？身為仙台居民的渡邊襄也不禁要問：「少計了考試成績也不給予糾正，魯迅對醫專和教官到底是怎麼看的呢？」他的結論是「此事至少對魯迅來說是件極為不快的事」，而且「這也是使他喪失學習欲望的原因之一」。

　　魯迅第一年在全班142名學生中，竟排名68名，全班有30人因總平均成績不及格而不能升級。成績公布後，日本同學派代表檢查他的解剖學筆記，懷疑藤野在替他修改時做了記號，結果找不到證據。當時同學還不知道魯迅各科成績，現在我們看見，竟嚇了一跳，解剖學是七科中唯一不及格的，魯迅只得59.3分。可見寫匿名信及檢查筆記是出於不相信中國人的能力的誣蔑和猜忌。

　　這些打擊發生在一個軍隊城市裏是很自然的。這些軍隊又是侵略中國領土的主力，而仙台的普通居民與學生都全心支持這些軍國主義的士兵。因此魯迅所受的刺激該是很強烈的。他說：「中國是弱國，所以中國人當然是低能兒，分數在六十分

以上，便不是自己的能力了：也無怪他們疑惑。」

所以第二學年念了一半，就退學了。大會結束前，贈送給與會者七種魯迅在仙台醫專的學習記錄與證件的複製，作為紀念品，從申請入學函件到班上的缺課名單（魯迅無故缺課一次）都有，但偏偏沒有他的成績單，大概因為有三個錯誤，大學當局不好意思讓更多人知道如此丟臉的事吧！

六、藤野「過於熱心」修改解剖學筆記，引起魯迅的反感與消極的影響

過去由於魯迅在〈藤野先生〉中，表示對他一年級解剖老師的尊敬，因為在軍國主義與種族歧視的環境中，藤野是唯一例外，自動提出要幫忙魯迅修改解剖學筆記，因為怕他沒能力做筆記，因此遭來同學之猜忌，甚至造謠說藤野在他筆記中做了暗號，故意泄露考題。從這篇文字開始，中日學者便大做文章，把他們二人的關係加以神話化。最後藤野不但是魯迅在醫專的守護神，魯迅現代學術思想之形成之導師，甚至成為中日關係友好的象徵性人物。

可是至今沒有人詳細檢查過藤野修改過的魯迅解剖學筆記（魯迅說失落了，後來1951年才找到，現存北京魯迅博物館）。現任仙台附近的福井縣立大學看護短期大學泉彪之助醫學教授，在1993及1994兩次詳閱這本筆記，這次在研究會中把他的調查報告《藤野教授與魯迅的醫學筆記》發表了。他不但匯報了真實的內容，而且坦白大膽的發表他的看法。泉彪之助先生說，藤野的修改加筆處，有時幾乎滿滿一頁，他說：

「從藤野的修改加筆之中，或許會產生魯迅的醫學筆記錯誤很多的感覺。」其實對一個醫科一年級，日語只學了二年的學生來說，「筆記的內容似乎還是很正確的」，許許多多的地方，都沒有改動的必要。〈藤野先生〉文中所說：「你將這條血管移了一點位置了」。這句話，泉先生說是魯迅表示有所不滿而說的。藤野很多批語，泉先生與他的醫學教授同事討論，都覺得矯枉過正，甚至不正確的。

所以泉先生十分驚訝的：「在調查魯迅的筆記以前，我從未認為藤野嚴九郎用紅筆修改的魯迅的筆記一定會對魯迅產生什麼消極的影響，然而，看了藤野所修改的魯迅筆記後，我不禁想到修改加筆之處常常過多，是否偶爾也會引起魯迅的反感呢？」解剖學是醫學的基礎，也是第一年唯一屬於醫學的科目，魯迅竟不及格（59.3分），偏偏又是藤野的課（其實與敷波合教），對魯迅的信心是一大打擊！泉彪之助責藤野「過於熱心修改」，那是含蓄客氣的話，我總覺得他有大日本主義的心態，要不然怎麼許多像「這裏的錯誤很多」的批語，泉先生及其醫生同事都說「不正確」？

七、以周樹人仙台經驗，解讀魯迅的創作

上述的仙台經驗，不但是導致周樹人變成魯迅棄醫從文的原因，而且也構成以後魯迅文學創作中，特別他的小說的重要藝術與思想結構。仙台經驗不斷以千變萬化的形式出現在他的作品中。有一篇論文《歷史位置的抉擇與魯迅的心態》（孫中田）就有這樣的看法。周樹人在幻燈片中所看見麻木的、病態

的、蒙昧的看客群眾。愚弱的被日本砍頭示眾的人，日後重覆出現在魯迅的〈藥〉、〈阿Q正傳〉等作品中，如果把周樹人的仙台許多事件，用來解讀魯迅的小說，我們將洞悉其中驚人的聯繫性。譬如由於幻燈事件中愚昧的中國人被砍頭示眾之刺激，在他的小說中麻木的看客與可憐的愚弱國民就不斷在小說中出現。周樹人在習醫時解剖過二十多具屍體，解剖使他知道礦工的肺被炭污染得墨黑，殘缺的嬰兒被花柳病所貽害。日後他在小說中，都在進行解剖中國人與社會，斷定其病症與死因。

從周樹人仙台學醫經驗
解讀魯迅的小說

重新解剖周樹人仙台經驗的國際會議

　　1994 年 9 月 6 日至 9 日，日本仙台東北大學的語言與文化學院以小田基與阿部兼也二教授為首，主辦了魯迅留學仙台 90 周年紀念國際學術與文化研討會。會場設立在東北大學醫學院（前身即仙台醫專）的艮陵會館。[1]這次的國際會議的討探內容，對我個人來說，最有意義與啟發性的，是重新解剖周樹人在仙台的經驗，尋找出魯迅在 1904 年 9 月至 1906 年 3 月在仙台習醫期間，各種環境與生活對棄醫從文的影響。[2]

　　日本的魯迅學者，一向重視魯迅在仙台的學習與生活，因為周樹人在 1906 年走出仙台醫專回返東京以後，就變成日後從事文藝拯救人類心靈的魯迅了。最能代表在這方面的研究，是 1978 出版的《魯迅在仙台的記錄》，那是仙台東北大學教職員與當地文化界，又結合了全日本學者的一部資料報告。可是在整理出這些瑣碎又詳盡的資料後，並沒有人根據它作過真實坦誠的「驗屍報告」。[3]這大概跟以前日本政府保守的政策與日本人不承認錯誤的心態有關係吧。自從前幾年日本政府公開承

認侵略亞洲各國並道歉後，日本中國現代文學研究者也跟著日愈開放，尤其在有關於中日敏感的問題上。這一次魯迅留學仙台九十周年紀念國際研討會，其最重要目的，是要根據多年收集的資料與分析，作出最後的「驗屍報告」，因為某些結論，在幾年前也許對個人服從群體的日本魯迅學者，雖然心裏明白，但還是不敢說出來。這一次在會議上，日本學者宣布了許多驚人的結論，講了以前不可能講的真心話。

由於會議的重點放在周樹人在仙台習醫的生活與思想，主辦當局別出心裁的設計第一天上午，前往參觀魯迅在仙台留下的遺跡與資料展覽。[4]

九十年後我們坐在魯迅的座位上，還聽見槍斃中國人的槍聲

魯迅在1904年9月13日（星期二）早上八點第一次步入仙台醫專的教室。由於他是當時仙台醫專最早也是唯一的中國留學生，教務處特別安排一位書記總助次郎陪同魯迅進入教室，並且向同學介紹：「這是從中國來的學生！」[5]

大講堂的長條木板座位從左到右，共分成三排，魯迅的座位據說在中間的第三排的最右邊（面向台下）的座位。由於當時學生座位每天固定的，現在大學把這個座位貼上紀念魯迅的說明文字。為了紀念魯迅，目前東北大學特意保留了醫專魯迅時代的二棟課室：目前用作學生醫療室及被稱為第六教室的尚未改變原貌的建築。

九十年後的九月，也是星期二早上，我和其他十四位外國

及日本研究魯迅的學者，一起走進魯迅習醫時最常用的第六教室。[6]魯迅留學仙台九十周年紀念國際研討會主席阿部兼也教授，也模仿當年的情形，向日本學術文化界一一介紹我們。譬如輪到我的時候，他說：「這是來自新加坡的王潤華教授。」然後邀請我上台在古老的黑板上題字留念。我隨手寫上：「當南洋還在殖民地時代，魯迅已是我們的導師。」魯迅在五、六十年代的新加坡與馬來西亞，由於中國左派思想之流行，被華人文化知識界奉為思想導師。這是促使我研究魯迅的起因。

當眾人步出講堂時，我還是靜靜一個人坐在魯迅當年讀醫科的每天坐的位子上。不禁想起當年周樹人就是在上細菌學的課時，日本政府為了配合在中國東北進行著的日俄戰爭的宣傳，灌輸軍國主義思想，經常在上課時放映日本戰勝俄國的幻燈片。有一次幻燈片上出現在中國東北土地上，日俄戰爭時，日軍正要將一個給俄國做偵探的中國人砍頭示眾，圍觀的中國人表情麻木，每次日本同學都拍掌歡呼，高唱萬歲。魯迅後來在1922年寫的《吶喊·自序》說，受了這強烈的刺激，他決定棄醫從文：

> 覺得醫學並非一件緊要事，凡是愚弱的國民，即使體格如何健全，如何茁壯，也只能做毫無意義的示眾的材料和看客，病死多少是不必以為不幸的。所以我們的第一要著，是在改變他們的精神，而善於改變精神的是，我那時以為當然要推文藝。[7]

長期以來，尤其中國學者，都深信不疑，以這原因作為周樹人棄醫從文，變成作家魯迅的唯一重要原因。[8]目前日本學者，

經過詳細收集與分析魯迅在仙台與東京留學（1902～1909）的經驗資料後，基本上否認「幻燈事件」在魯迅棄醫從文的思想轉變中的重要意義。這次研討會第一篇論文，阿部兼也的〈魯迅和藤野先生──關於近代的學術精神〉就提出質疑：

> 然而，對這一理由人們多少是可以有疑問的。試想手無寸鐵的中國民眾面對狂暴的日軍的野蠻行徑，除了忍氣吞聲，又能作些什麼呢？再則，所謂精神高於肉體的說法，似乎是一種能夠使人接受的理由，細細想來，輕視肉體的結果並不必然帶來對精神的重視……。
>
> 現在的問題是：魯迅何以會提出這些本身常有疑問的理由呢？在這背後，是否隱藏著什麼奧秘呢？[9]

這次魯迅留學仙台九十周年研討會的一大貢獻，就是把魯迅棄醫從文背後隱藏著的奧秘解開，因為在走向廿一世紀的整合世界時，區域性的組合，已大大超越了民族國家的範圍。世界各地的人類社會，在車同軌，書同文（用相同的電腦程序），地球村的局面已形成，共同文化已出現，所以日本學者在打破許多禁忌後，開始重新詮釋許多學術問題。

偏見與歧視：考試作弊與算錯成績

當我還沈迷在幻想中，日本同學對槍斃中國人的歡呼聲把我驚醒過來，發現其他的人已走出這棟老舊的木板教室，前往不遠處觀看一尊魯迅的塑像，地點正是當年仙台醫學專門學校

的遺址中心點。在「仙台醫學專門學校跡」：紀念碑旁的魯迅雕像，寂寞的立在一棵松樹下，向第六教室瞭望，滿臉困惑。他似乎還在思考當年中途退學的原因。

魯迅雕像的旁邊，就是東北大學紀念資料館，裏面展覽著魯迅在醫專的上課時間表、成績單、點名冊及其他學籍記錄。細讀了這些文件，聽了後來渡邊襄宣讀的論文〈有關仙台時代魯迅資料研究的研究〉，才明白魯迅迷惑不解的神情。渡邊襄小心檢查現存當年周樹人的成績記錄表，一年級的「學年評點表」中，居然有二個錯誤：生理學應是65分（60＋70÷2＝65），不是63.3分。七科成績總平均應是65.8分（458.6÷7＝65.8），不是65.5分。另外在「第一年學年試驗成績表」上倫理學等級為丙，這是錯誤的，應是乙等，因為在「評點表」上倫理學得83分。[10]

這麼簡單的數學，怎麼竟犯了三個錯誤？身為仙台市居民及魯迅仙台留學記錄調查委員會的重要委員渡邊襄不禁感嘆：

> 但我認為，此事至少對魯迅來說是件極為不快的事。儘管在試題泄漏一事上遭到了同學們的偏見和中傷，但及格完全是依靠魯迅自身實力的。少計了考試成績也不給予糾正，魯迅對醫專和教官到底怎麼看的呢？[11]

渡邊襄的結論是：「這也是使他喪失學習欲望的原因之一吧？」[12]

當研討會結束時，主辦當局贈送每一位與會者七種複製當年仙台醫專有關魯迅的學籍原件資料記錄，包括申請入學函件及缺席記錄，可是偏偏沒有成績記錄。大概因為有三項錯誤，

大學當局不好意思讓很多人知道如此丟臉的事吧！

　　魯迅第一年在全班一百四十二名同學中，排名六十八，全班有三十人因總平均成績不及格而留班。正如魯迅在〈藤野先生〉一文中所說，成績公布後，日本同學派代表檢查魯迅的解剖學的筆記，接著寄來一封匿名信，誣告藤野教授在替他修改筆記時做了暗號。可是日本同學找不到證據。當時同學也還不知道魯迅各科所得的成績呢，現在我們看見，竟嚇了一跳，藤野所教的解剖學是七科中唯一不及格的，魯迅只得59.3分。可見檢查筆記與匿名信純是因為當時大日本主義者不相信中國人的能力的污蔑與猜忌。魯迅在〈藤野先生〉中感嘆道：

> 中國是弱國，所以中國人當然是低能兒，分數在六十分以上，便不是自己的能力了，也無怪他們疑惑。[13]

　　這些強烈刺激周樹人成為魯迅的事件，發生在仙台，是很自然的事。阿部兼也的論文〈魯迅與藤野〉中，特別強調當時仙台是一個軍國主義思想很強烈的城市，他稱它為「軍隊與學校的城市」，整個城裏，官吏、教員、軍隊占絕大多數的人口，而學校與政府部門，與軍隊沒有分別，所以上課時，也經常放映鼓吹侵略戰爭的幻燈片，全民熱烈響應徵兵制，市民與學生常為日軍的侵略而舉行祝賀會。魯迅離開中國到日本，目的是追求自由與新思想，但是卻在仙台落入軍國主義統治的沈悶的城市裏。死記硬背的學習生活，加上受歧視的環境與軍國主義思想橫行，所以阿部說出仙台的軍國主義社會環境「強化他對中國的危機感的認識」。在中國，人民與清朝政府有不共戴天之仇，而在日本，上下團結一致，而且還到外國去侵略搶

奪。在國內則輕蔑中國人的能力。這種種社會背景，通過誣告試題洩漏，檢查筆記與幻燈事件，刺激周樹人對人性之反省與批判。[14]

據說魯迅在仙台第二學年開始解剖實習時，解剖了二十多具屍體，他發現礦工的肺如墨一般黑，那是被工作環境的黑炭所污染，而胎中嬰孩殘缺不全，是受了父母花柳病毒之害。由此他更明白如何解剖病態的人與社會之癥結。[15]

藤野「過於熱心」修改解剖學筆記，引起魯迅的反感與消極的影響

過去由於魯迅在《吶喊‧自序》（1922）及〈藤野先生〉（1926）中，表示對他一年級解剖老師的尊敬，因為在軍國主義與種族歧視的環境中，藤野是唯一例外，自動提出要幫忙魯迅修改解剖學筆記。由於擔心他沒能力做筆記，因此遭來同學之猜忌，甚至造謠說藤野在他筆記中做了暗號，故意泄露考題。從這二篇文章開始，中日學者便大做文章，把他們二人的關係加以神話化。最後藤野不但是魯迅在醫專的守護神，魯迅現代學術思想形成之導師，甚至成為中日關係友好的象徵性人物。[16]

可是至今沒有人詳細檢查過藤野修改過的魯迅解剖學筆記。魯迅在〈藤野先生〉中說它失落了，他不會想到在1951年在紹興親戚家被尋獲，現存於北京魯迅博物館。現任仙台附近的福井縣立大學看護短期大學泉彪之助醫學教授，在1993及1994兩次詳閱這本筆記，這次在研討會中把他的調查報告

〈藤野教授與魯迅的醫學筆記〉[17]發表了。他不但匯報了真實的內容，而且坦白大膽的發表他的看法。泉彪之助先生說，藤野的修改加筆處，有時幾乎滿滿一頁，他說：「從藤野的修改加筆之中，或許會產生魯迅的醫學筆記錯誤很多的感覺。」其實對一個醫科一年級，日語只學了二年的學生來說，「筆記的內容似乎還是很正確的」，許許多多地方，都沒有改動的必要。〈藤野先生〉文中所說「你將這條血管移了一點位置了」這句話，泉先生說是魯迅表示有所不滿而說的。藤野很多批語，泉先生與他的醫學教授同事討論，都覺得矯枉過正，甚至不正確的。[18]

所以泉先生十分驚訝的：「在調查魯迅的筆記以前，我從未認為藤野嚴九郎用紅筆修改的魯迅的筆記一定會對魯迅產生什麼消極的影響，然而，看了藤野所修改的魯迅筆記後，我不禁想到修改加筆之處常常過多，是否偶爾也會引起魯迅的反感呢？」(《論文集》，頁168) 解剖學是醫學的基礎，也是第一年唯一屬於醫學的科目，魯迅竟不及格（59.3分），偏偏又是藤野的課（其實與敷波合教），對魯迅的信心是一大打擊！泉彪之助責藤野「過於熱心修改」，那是含蓄客氣的話，我總覺得他有大日本主義的心態，要不然怎麼許多像「這裏的錯誤很多」的批語，泉先生及其醫生同事都說「不正確」？

以周樹人仙台經驗，解讀魯訊的創作

上述的仙台經驗，不但是導致周樹人變成魯迅棄醫從文的原因，而且也構成以後魯迅文學創作中，特別他的小說的重要

藝術與思想結構。仙台經驗不斷以千變萬化的形式出現在他的作品中。孫中田的論文〈歷史位置的抉擇與魯迅的心態〉[19]就有這樣的看法與啟示。周樹人在幻燈片中所看見麻木的、病態的、蒙昧的看客群眾，愚弱的被日本砍頭示眾的人，日後重覆出現在魯迅的〈藥〉、〈阿Q正傳〉等作品中。[20]如果把周樹人的仙台許多事件，用來解讀魯迅的小說，我們將洞悉其中驚人的聯繫性。譬如由於幻燈事件中愚昧的中國人被砍頭示眾之刺激，在他的小說中麻木的看客與可憐的愚弱國民就不斷在小說中出現。周樹人在習醫時解剖過二十多具屍體，解剖使他知道礦工的肺被炭污染得墨黑，殘缺的嬰兒被花柳病所賊害。日後他在小說中，都在進行解剖中國人與社會，斷定其病症與死因。[21]

過去前往仙台訪問的中外魯迅學者，都被這個號稱森林之都、青葉之城的自然秀麗所迷惑，即使現在仙台還是一個青翠美麗又現代化的理想城市，沒有做過深入的研究，連日本人也不能了解魯迅在當年仙台經驗之複雜性，絕不是單一的幻燈事件所能涵蓋，更難於解釋其奧秘。

所以重新了解了使學醫的周樹人變成從事文藝創作的魯迅的原因，我們再運用仙台這一連串事件來解讀其小說，也許能找到新的意義。

從紹興、仙台到魯鎮：從地方性到普遍的意義之創造

在魯迅心中，仙台是「一個鄉間」，是「一個市鎮，並不

大」。[22] 許多地方使人想起滿清軍隊統治下的紹興，或是日後他所創作小說中的魯鎮。仙台是軍國主義統治之小城鎮，學習生活使他感到與舊中國如紹興舊學堂沒兩樣，因為「只求記憶，不須思索，修習未久，腦力頓鍆」。他擔心「四年後，恐如木偶人」。才到仙台一個月，他已很不喜歡那裏的生活環境，「爾來索居仙台，又復匝月，形不吊影，彌覺無聊」[23]，原因就是因為我上面所闡述的仙台是一個軍國主義思想化的地方。雖然物以稀為貴，日本對他還客氣，但由於受軍國主義裏之污染，日本同學自視優越，像歐洲十九世紀的雅利安人，自視「高貴人種」，都是種族主義者：

> 惟日本同學來訪者頗不寡，此阿利安人亦懶與酬對……
> 敢決言其思想行為不居我震旦青年之上……。[24]

魯迅抵達仙台，先在學校旁片平丁五十四號的田中旅店住了幾天，即搬到隔壁的片平丁五十二號的「佐藤屋」公寓住宿。這棟二層木房子目前還在，座落在當時宮城監獄旁邊，魯迅的生活與囚犯相似，因為一樓的一部分房屋是經營監獄犯人的伙食的：

> 我先是住在監獄旁邊一個客店裡的，初冬已經頗冷，蚊子卻還多，後來用被蓋了全身，用衣服包了頭臉，只留兩個鼻孔出氣，……但一位先生卻以為這客店也包辦囚人的飯食，我住在那裡不相宜。[25]

再加上槍斃中國人事件，侵略中國的日本軍隊的勝利，仇

視與歧視來自弱國的中國人，誣告考試作弊等原因，使我從仙台回來，深深覺悟到周樹人在這地方變成魯迅，因為他不但解剖了人體，也剖析了社會，因而引起他對人性與社會的反思與批判。仙台環境之惡劣，群眾之盲目與無情，便是日後魯迅小說中的舊中國與人類惡劣社會的縮影。怪不得我們讀魯迅小說，既是有地方性，也有世界人類的普遍意義。它是由紹興與仙台合而為一創造出來的世界。

如果沒有仙台的經驗之參與，單憑紹興的舊生活，魯迅小說中的紹興，大概與許多同代作家一樣。其意義只停留在批判舊中國意義上，會缺少世界性，全人類性的意義。魯迅在日本仍然對中國日思夜想，剛到仙台一個月，他就「曼思故國」：

> 樹人到仙台後，離中國主人翁頗遙，所恨尚有怪事奇聞由新聞紙以解我目。曼思故國，來日方長，載悲黑奴前車如是，彌益感喟……。[26]

魯迅在仙台時，同學注意到他經常在午飯時間，到學校附近牛奶點心店「晚翠軒」邊吃午餐邊看報極留意中國東北進行中的日俄國戰爭及清使館的政治活動。[27]當魯迅回到中國以後，仙台的事件還時時影響著他的思想情感：

> 此後回到中國來，我看見那些閒看槍斃犯人的人們，他們何嘗不酒醉似的喝采，——嗚呼，無法可想，但在那時那地，我的意見卻變化了。[28]

在仙台時，種族主義思想促使日本同學懷疑他考試作弊，

寫匿名信罵他，第一句是「你改悔罷」。據魯迅自己解釋，這是《聖經·新約》裏的句子，當時日俄正為爭霸中國土地而戰，托爾斯泰（Leo Tolstol, 1828～1910）寫信譴責俄國與日本皇帝，開首便是這一句。可是魯迅回中國後在1918年寫第一篇白話小說〈狂人日記〉時，又用上了，這次是用來罵聖人的人：

> 你們可以改了，從真心改起！要曉得將來容不得吃人的人，活在世上。

這裏「吃人的人」不止是中國的舊封建，「世上」也不限於中國的土地。[29]

從藤野解剖事件到魯迅小說創作中的鬼魂論

魯迅在仙台醫專的第二年修讀的解剖學，已開始實習解剖屍體。雖然，第二年只念了一個學期，據說他已解剖過二十多具屍體。解剖實習才上了一個星期，他的老師藤野感到有點意外，高興地對他說：

> 我因為聽說中國人是很敬重鬼的，所以很擔心，怕你不肯解剖屍體。現在總算放心了，沒有這回事。[30]

仙台醫專有沒有鬼的談話，在魯迅日後許多作品中，包括小說、散文、雜文，一直不斷還回響著。譬如〈祝福〉中祥林嫂

問小說中的「我」：「一個人死了之後，究竟有沒有魂靈的？」
[31]丸尾常喜為了魯迅作品中「鬼」的意義，寫了一本專書《魯
迅「人」「鬼」之葛藤》，做了徹底的探討。靈魂依附人體活在
世上，人一旦死後到了陰間，靈魂便變成鬼。丸尾的結論說，
鬼象徵著中國人的國民性或民族的劣根性。所以五四時代打倒
傳統被稱為打鬼，阿Q含有阿鬼之意，槍斃阿Q就是槍斃民族
劣根性。[32]

魯迅一再強調寫小說和其他作品，是要畫出「國民的魂靈
來」，雖然他知道這魂靈不太容易捉住：「我雖然竭力想摸索
人們的魂靈，但時時總自憾有些隔膜。」[33]他的小說，我曾經
從它主要遊記結構來論析，並認為探索中國社會之病態與中國
國民之魂靈，是其最大的貢獻。[34]

由於魯迅讀過醫科，他甚至擁有解剖人體來斷定其症結與
死因之實際經驗，這種醫學經驗，大大影響了他的文藝理論的
文字。譬如他說寫作目的是要「將舊社會的病根暴露出來，催
人留心，設法加以療法」。[35]另一個文章他又說：「我的取
材，多採取病態社會的不幸的人們中，意思是在揭出病苦，引
起療救的注意。」[36]「病根」、「療治」、「病態」、「療救」
不但屬於醫學術語也是一個醫生治病的方法與過程。關於這一
點，下面再詳論。

日本有些學者目前肯定藤野與魯迅的「解剖事件」是象徵
魯迅從傳統走向現代學術一大變化。從此他不但不相信鬼或靈
魂，而且以打鬼作為終身的職責。

從「幻燈事件」中演變出來的示眾材料與看客

　　周樹人在仙台醫專的「幻燈事件」，前後在三篇文章中提起，〈藤野先生〉中說是槍斃，其餘二篇〈吶喊・自序〉及〈俄文譯本・阿Q正傳序〉說是砍首。這個在仙台醫專幻燈上看見的中國愚弱國民被殺頭的事件，有些學者已注意到其重要性：日後成為魯迅作品中的一個重要母題。[37]魯迅在〈吶喊・自序〉中所見的身體強壯，神情麻木的中國人被日軍砍頭示眾，在〈吶喊〉與〈彷徨〉中，經常成為小說中的重要人物。那些作為砍首示眾的愚弱國民，包括〈藥〉中的夏瑜，他雖然是一個革命志士，但社會上的人，包括告發他的自己的叔叔夏三爺，都是愚昧、麻木、自私、無情的人。他死後還被愚弱的國民華老栓拿去治療兒子華小栓的癆病。〈阿Q正傳〉中的阿Q固然是勤樸的勞動者，他愚昧、麻木、不覺醒，他的奴性和排外，想造反又遲疑和怯懦，終於被趙太爺誣告為搶劫犯，慘死在革命政府的槍彈下，革命本該解放阿Q，阿Q本是革命之主力，卻被革命槍殺，主要就是「愚弱」，喜歡陶醉在精神勝利之中。〈示眾〉的背景在北京，中國的文化之都，北洋軍閥統治下的首都，那位被一位面黃肌瘦的巡警用繩索牽去殺頭的男子沒有姓名，他身體高大，所犯罪狀也不清楚，就莫名其妙被送去砍首。他沒姓名，因為他代表了一般中國人。

　　〈吶喊〉和〈彷徨〉的小說中有很多人物的死亡。[38]除了夏瑜被砍頭，阿Q被槍決，在首善之區的西城被砍首的高個子

男人外，祥林嫂倒斃街頭，孔乙己挨打後傷殘致死，陳士成科舉考試失敗後發狂投湖自盡，魏連殳帶著憤恨和冷嘲吐血而終，子君懷著無限的哀怨離開人間。小栓癆病，被人血饅頭醫死了，寶兒因病夭折，順姑病亡，阿毛被狼吃掉。表面上這些人是因為無情的人殘酷迫害，疾病侵蝕或野獸襲擊，實際上他們都是被人與人之間冷酷天情與隔膜的社會所殺，是另一種砍頭槍斃的人。他們原來都是體格強壯的人，可惜都是愚弱的國民。

至於體格健全的看客，魯迅的小說中，則幾乎每篇都有。在〈示眾〉，作者似乎在指出，在北洋軍閥統治下的首都北京，所有市民都是看客，不管男女老少，一有殺頭示眾的事件，便圍了好幾圈，車伕、坐客、學生，抱著孩子的婦女，禿頭的男人，都喜看殺頭的熱鬧。〈藥〉裏那些鑑賞殺頭場面的庸眾「頸項都伸長，彷彿許多鴨，被無形的手捏住了的，向上提著」。〈阿Q正傳〉中阿Q不但是被殺頭示眾者，他也是冷漠麻木的看客，喜愛與其他閒人看殺革命黨人，而且幸災樂禍。阿Q被槍斃後，未莊的輿論都說阿Q壞，而城裏人卻不滿足，「以為槍斃並無殺頭這般好看……遊了那麼久的街，竟沒有唱一句戲」。〈孔乙己〉中咸亨酒店的掌櫃、小伙計、酒客，他們對孔乙己的不幸，百般嘲笑、侮辱、欺凌，以他的傷殘為樂事，這是另一種看客。〈祝福〉中魯家的短工、柳媽以及其他鄰人，他們自私、冷漠、把祥林嫂的傷疤傳為笑料，〈明天〉中咸亨酒店的常客如紅鼻子老拱，藍皮阿五、王九媽都是麻木不仁，落井下石的看客。還有〈長明燈〉裏的三角臉、方頭、灰五嬸等人，也是來自幻燈的看客原型人物，他們都是麻木、自私、愚昧的愚弱國民。

由於幻燈事件對周樹人轉化成魯迅的重要性過分強調，而且幻燈片中殺頭與看客形成一種神話原型，以後千變萬化的出現在魯迅的小說其他作品中，因此引起一些學者如李歐梵與王德威等人的懷疑，後者說它可能出於杜撰，「本身是一件文學虛構」，並斷言「恐怕要成為文學史上的一樁無頭公案」。[39]其實日本學者已經證實這是真實的事件。魯迅自己說過，當時是在上細菌學課上觀看幻燈片。1965年，日本學者果然在仙台東北大學醫學院所屬的仙台醫專舊建築中一個細菌教室裏，發現十五枚幻燈片，不過沒有魯迅所說的殺頭那一枚，這一組幻燈片原有二十枚，其中編號第二、四、五、十二及十六已遺失，大概殺頭那張就在裏頭。根據1905年1月6日仙台的《河北新報》的廣告，被發現的幻燈片為東京鶴淵幻燈鋪所印製，還印製好幾集有關日俄戰爭的幻燈片，根據當時報紙及刊物，魯迅所說砍頭的鏡頭，確是常常出現。[40]另外魯迅當年同班的同學也說曾觀看過魯迅所說的殺人鏡頭。[41]

從醫學上的解剖屍體到小說中的剖析中國人的靈魂：尋找病根，加以治療

我在前面說過，由於魯迅讀醫科時，有解剖人體的經驗，據說他前後解剖了二十多具屍體，發現礦工的死亡後，肺像墨一樣黑，為炭灰所污染，而胎死腹中的胎兒，四肢殘缺不全，為父母花柳病之毒所害。這種醫學經驗，大大影響了他的小說創作理論及其文學觀。

在《吶喊·自序》中，他承認自己前往日本仙台工醫專學

醫，是要「救治像我父親似的被誤的病人的疾苦」。當他在
「幻燈事件」後了解到「凡是愚弱的國民，不管體格如何壯
健，只能當示眾的材料和看客，病死多少是不必以為不幸
的」。他日後談到創作小說的動機與文學功能，總是以醫生看
病與治療的角度來立論。在《我怎麼做起小說來》，他又說：
「我仍抱著十多年前的啟蒙主義」，以為必須是「為人生」，而
且「要改良這人生……所以我的取材，多採取病態社會的不幸
的人們中」，意思是在揭出痛苦，引起療救的注意。在《自選
集‧自序》他說：「將舊社會的病根暴露出來，催人留心，設
法加以療治的希望。」在俄文譯本《阿Q正傳‧序》中，他
「竭力想摸索人們的魂靈」，「要畫出這樣沈默的國民的魂靈
來」，「能夠寫出一個現代的我們國人的魂靈來」。[42] 由此可見
他的文學觀是建立在醫學的功能論上面。

　　我曾分析過魯迅那些具有遊記結構的小說。這些小說不管
是「故鄉之旅」、「城鎮之旅」還是「街道之旅」，其旅程都是
具有高度象徵性：都是探索病態社會與黑暗魂靈之旅。小說中
的「我」，所回去的不管是魯鎮、平橋村還是S城，都是舊中
國的一般農村的縮影，回去故鄉或其他城鎮，代表魯迅要重新
認識中國農村，整個舊社會與中國人的病根。在〈故鄉〉、
〈祝福〉的旅程裏，作者讓我們看見農村破落、農民愚昧、墮
落的景象，也就解剖了舊社會的病態與國民的魂靈。〈在酒樓
上〉和〈孤獨者〉的旅途中所遇的呂緯甫與魏連殳，二位曾一
度熱心革命的知識分子，先後向舊勢力投降。作者把中國知識
分子的內心黑暗挖掘出來，讓我們看看，讓我們明白，當時的
革命也救不了中國。如阿Q嚮往造反，卻被地主趙太爺誣告為
搶劫犯，慘死在革命黨的槍斃下。〈藥〉所呈現的，不徹底的

辛亥革命，對於封建的中國也是一帖失效的藥，就如華老栓買來革命者的血，希望救治兒子的癆病而無效。[43]

解讀魯迅小說時，一般學者不管有沒有覺察到魯迅的醫學救人式的小說理論，他們都清楚的發覺魯迅是在解剖舊社會或愚弱的國民，例如，當我隨手翻開《魯迅創作藝術談》這本論文集，就可隨手摘錄到以下的句子：

一、從對呂緯甫頹唐精神的嚴峻的剖析中，使人們看到自身的弱點。

二、他的小說……著重揭發他們身上的弱點，並剖析造成這些弱點的社會歷史根源。

三、魯迅的筆，宛如一把鋒銳犀利的靈魂解剖刀……。

四、對知識分子的靈魂深處，則著重於進行細致精確的剖析，把人物的心靈的複雜細微活動過程，很有層次地發掘出來，解剖給人看。[44]

所以周樹人在1904年到仙台學醫，練習解剖人體，尋求死因，希望以後回到中國救治體弱病死的中國人。1906年，當他相信這些「麻木」的中國人病死多少，不必以為不幸時，他棄醫從文，離開仙台去了東京。從此周樹人雖不從醫，他還是沒有放棄解剖刀，更沒有停止解剖人，唯一不同是他以筆代刀來解剖中國人。這就是為什麼每讀魯迅的小說，都會感覺到他是在解剖人。

解剖麻木的中國人：魯迅小說的母題與民族寓言

　　魯迅每次回顧創作之路時，都從習醫開始，尤其喜歡以解剖屍體尋找病根與在課上看見幻燈片裏的中國愚弱國民作為出發點，因為這不但說明他的「改造民族靈魂」的文學觀，而且說明他的小說作品中的母題：強壯體格但精神麻木的作為示眾與看客的中國人之悲哀。[45]美國後現代主義理論大師詹明信（Fredric Jameson）讀了魯迅的小說，也說他雖然棄醫從文，他還是保留作為診斷學家（diagnostician）與治病醫生（physician）的工作使命。詹明信也認識到魯迅小說的結構是以第三世界文學作品中常見的民族寓言（national allegory）來呈現。儘管小說是敘述個人的遭遇與命運，他與這個民族國家的政治文化息息相關。[46]

　　中國現代文學第一代的作家包括魯迅在內，深受嚴復在1896年所譯赫胥黎（Thomas Huxley, 1825～1895）的《天演論》（*Evolution and Ethics*, 1894）[47]中物競天擇說的影響。適者生存，強者勝、弱者敗的進化論思想，促使他們思考愚弱的中華民族被淘汰的危險，因此把他們從生活中感受到的民族危機感提高到最高度。「日本維新是大半發端於西方醫學」的認識促使周樹人去日本仙台醫專讀醫科，在那裏他學會如何診斷病因，可是當他了解到「改變精神」比身體健康重要，便棄醫從文，從事醫治靈魂的文學工作。因此以周樹人的仙台學醫經驗來解讀魯迅的小說及其文學觀，便能理解他解剖與醫治人類靈

魂的理論與作品。

注 釋

1 大會所有宣讀的論文，已印成文集《魯迅仙台留學九十周年紀念國際
  學術文化研討會論文集》（仙台：東北大學語言文化學院，1994年）。
  共有243頁，並附續集及續續集二冊。全部論文均有中日或英日文，即
  原文與翻譯對照。為省略起見，本文以後引文末只註明《論文集》及
  頁數。

2 有關這方面最重要者有以下幾篇：阿部兼也〈魯迅和藤野先生——關
  於現代的學術精神〉，見註1，頁1～21，泉彪之助〈藤野教授與魯迅
  的醫學筆記〉，頁154～173；渡邊襄《有關仙台時代魯迅資料研究的
  研究》，見註1《續集》，頁12～23。

3 魯迅在仙台記錄調查委員會編《魯迅在仙台記錄》（東京：平凡社，
  1978年）。另外魯迅誕生110周年仙台紀念節組織委員會編《魯迅與日
  本》（仙台：委員會自印，1991年），提供了新的資料，尤其是渡邊襄
  《魯迅與仙台》（頁20～37），阿部兼也〈棄醫學從文學〉（頁38～48）
  及手代木有兒的圖片集〈魯迅的生涯〉（頁50～123）。

4 本人另有短文記載其事：《回到仙台醫專，重新解剖一個中國醫生的
  死亡——周樹人變成魯迅，棄醫從文的新見解》，見臺北《聯合報》副
  刊，1994年10月，又見《魯迅研究月刊》第153期（1995年1月20
  日），頁56～58。

5 同註3，〈魯迅在仙台記錄〉，頁89～90。

6 他們是孫中田、吳俊（中國）、李炳漢、申一澈（韓），劉陶陶（英）、
  高恩德（匈牙利）、索羅金（俄）、泉彪之助、阿部兼也、丸尾常喜，
  及渡邊襄（日本）等人。

7 《吶喊·自序》，見《魯迅全集》（北京：人民文學出版社，1981年），

第1冊，頁416～417。

8 譬如魯迅博物館魯迅研究室主編的《魯迅年譜》（北京：人民文學出版社，1981年），第1卷，還是很強調這點，頁167。

9 同註1，《論文集》頁13。

10 渡邊襄的分析意見，見註1《續集》，頁18；各種成績單影印圖片可見於同註3，〈魯迅在仙台記錄〉，圖片資料三，頁104及137。

11 同註1《續集》，頁18。

12 同前註。

13 同註7，第2冊，頁306。

14 同註1，《論文集》，頁13～20。

15 許壽裳〈亡友魯迅印象記〉，《作家談魯迅》（香港：文學出版社，1966年），頁16。

16 幾乎絕大多數中國與日本出版魯迅的傳記資料，都給人這樣的印象，見註8，頁122～177，及劉獻彪與林治廣編《魯迅與中日文化交流》（長沙：湖南人民出版社，1981年），《魯迅在仙台記錄》等書有關部分。

17 同註1，《論文集》，頁154～173。

18 同註1，《論文集》，頁168～169。泉彪之助分析的筆記，重要部分的相片印在《魯迅與日本》中，手代木有兒編的「魯迅生涯圖錄」中，頁56～67。

19 見註1，《論文集》，頁52～69。

20 除了這次研討會孫中田的論文，在這之前，王德威〈從頭談起〉見《小說中國》（臺北：麥田出版社，1990年），頁15～29，就曾從幻燈事件闡述魯迅小說中的砍頭意象的意義；又見Leo Lee（李歐梵）*Voices From the Iron House: A Study of Lu Xun* (Bloomington: Indiana University Press, 1987), pp.17～18。

[21] 我在〈探索病態社會與黑暗之魂靈之旅：魯迅小說中遊記結構研究〉中，對魯迅小說的這種努力有所探討，見王潤華《魯迅小說新論》（臺北：東大圖書公司，1992年），頁67～88；或大陸版，上海：學林出版社，1993年，頁46～60。

[22] 前者見《吶喊·自序》，後者見《藤野先生》，同註7，第1冊，頁416及第2冊，頁302。

[23] 1904年致蔣抑卮信，見註7，卷11，頁32～322。

[24] 同註23。

[25] 同註7，《藤野先生》，第2冊，頁303。

[26] 同註23，頁321。

[27] 同註3，〈魯迅在仙台記錄〉，頁198～199。

[28] 同註25，頁306。

[29] 同註7，第1冊，頁431。

[30] 同註25，頁305。

[31] 同註7，第2冊，頁7。

[32] 丸尾常喜《魯迅「人」「鬼」之葛藤》（東京：岩波書店，1993年）。

[33] 《俄文譯本〈阿Q正傳〉序文》，同註7，第7冊，頁81。

[34] 同註21。

[35] 《自選集·自序》，見註7，第4冊，頁455。

[36] 《我怎麼做起小說來》，同註7，第4冊，頁512。

[37] 同註20。

[38] 參本人所著〈五四小說人物的「狂」和「死」與反對傳統主題〉，見註21，頁27～50。

[39] 同註20。

[40] 渡邊襄《魯迅與仙台》，見註3，頁31～35。圖片見頁95，圖77。

[41] 《魯迅仙台的記錄》，同註3，頁109～110，頁143～148，頁157及

192～193。

[42] 魯迅回顧創作種種經驗與問題之文章，均收入《魯迅論創作》（上海：上海文藝出版社，1983年）。以上所引各篇，見第1輯，頁3～50。

[43] 同註21。

[44] 南開大學中文系魯迅研究室編《魯迅創作藝術談》（天津：天津人民出版社，1982年），頁17、112、144、151。作者個別為田本相、劉正強及劉家鳴。

[45] 錢理群等《中國現代文學三十年》（上海：上海文藝出版社，1987年），頁1～8。

[46] Fredric Jameson, "World Literature in the Era of Multinational Capitalism", in Clayton Koelb and Virgil Lokke (eds), *The Current in Criticism* (West Lafayette: Purdue University Press, 1987), pp.139～158.

[47] 嚴幾道述、赫胥黎著《天演論》（上海：富文書局，1901年）。

第四輯

古今文學詮釋模式

一輪明月照古今

——貫通中國古今文學的詮釋模式

一、曾照古今文學恒長不變的明月：多元文化的詮釋模式

李白的七言古詩〈把酒問月〉，其中四句，表層意義平凡，但令我引起創新驚人的聯想。他說人的生命短暫，明月永恆，所以只有今天夜空的明月照見過古人與今人，今人都沒見過古時月，但要是古人今人像一條長流不斷的河，他們所見的明月是相同的：

> 今人不見古時月，今月曾經照古人。
> 古人今人若流水，共看明月皆如此。[1]

如果李白允許的話，我要把詩中的「照」解讀為包含了明白、瞭解、透視等意義。我在此想借用李白恆長不變的明月比喻國際學術天空上的，研究中國文學與世界華文文學的詮釋模式。這種不斷開發出來的多元化的詮釋模式可以深入有效的解讀古今的文學。這種種詮釋模式不能因為中國的古人沒有見

到，又因出現在中國域外，而受到懷疑。這些詮釋模式匯合了世界古今的多元文化思考，多種文明典型範例演釋出來的理論模式，其涵蓋面廣闊，詮釋性強大。所以古人今人創造的文學之河流，曾經擁有共同的明月，而明月也照過它。李白的詩以這兩句結束：

> 唯願當歌對酒時，月光常照金樽裡。

對古今文人來說，酒就是文學，文學就是酒。所以李白希望明月常照著酒，也就是說，明月最瞭解我們的作品，照過古今的明月，可比作多元文化的詮釋。

二、現代漢學的新傳統：跨國界的中國文化視野

我出生於當時新加坡與馬來西亞還未獨立的英國殖民地馬來亞（Malaya）。早在十五世紀，鄭和的西洋艦隊在馬來亞的馬六甲登陸之前，那裏已有大量中國移民。所以馬六甲象徵中國傳統文化向西前進的重要基地，而馬六甲在十六及十七世紀先後成為葡萄牙、荷蘭與英國的殖民地，更是西方霸權文化向東挺進的重要堡壘。因此馬六甲成為世界上其中最早出現全球性大量移民與多元文化匯流的地方。[2]

由於我自己出生於當時新加坡與馬來西亞還未分家的英國殖民地馬來亞（Malaya），我常常以本地作為現代漢學（Sinology）的其中一個起點而感到驕傲。英國漢學大師理雅各

（James Legge）在1839年被倫敦的傳教會（London Missionary Society）派遣到馬六甲（Malacca）的華人傳教會工作，當時他才二十歲。一年後，理雅各出任馬六甲的英華書院（Anglo-Chinese College）校長，而這書院在1825年由馬禮遜（Robert Morrison）所創立。馬禮遜與理雅各兩人，都是到了馬六甲，其漢學研究興趣才開始，後來馬禮遜成為英國漢學的最早的開拓大師，而理雅各成為英國牛津大學首任漢學教授。[3]他的《四書》注釋與英文翻譯 *The Chinese Classics* 的巨大工作，也是在馬六甲的英華書院開始進行的。[4]

　　馬禮遜與理雅各在東西文化交通要道上的中西文化交流經驗，使他們立志成為詮釋中國文化的漢學家。理雅各跨國界的文化視野，就給中國的四書帶來全新的詮釋與世界性的意義。所以馬六甲應該被肯定為現代漢學研究的一個極重要的起點。

　　這種突破傳統思考方式，去思考中國文化現象的多元性的漢學傳統，是新加坡與馬來西亞學者探討研究中國文化的重要傳統。[5]傳統漢學的強點是一門純粹的學術研究，專業性很強，研究深入細緻。周法高在《漢學論集》（1964）中就指出，普通學科的根柢要打好，要通曉多種語言，例如研究中國文學的人對西洋文學方面要選讀幾科才行。海陶瑋（James Hightower）也認為研究中國文學的人應通曉其他文學的治學方法。[6]他們很有遠見，說這些話時，比較文學還未興起。過去的漢學家，尤其在西方，多數出身貴族或富裕之家庭，沒有經濟考慮，往往窮畢生精力去徹底研究一個小課題，而且是一些冷僻的，業已消失的文化歷史陳跡，和現實毫無相關。因此傳統的漢學研究在今天，也有其缺點，如研究者不求速效，不問國家大事，所研究的問題沒有現實性與實用法，其研究往往

出於奇特冷僻的智性追求，其原動力是純粹趣味。[7]

　　傳統漢學比較忽略純文學，尤其現代文學。但是把漢學治學的方法用來研究文學，其突破與創新是難於想像的。周策縱的五四、紅學與文論研究便是最好的例子。由於他對古今中外文史哲都通曉，從考證校注到西方漢學研究方法都使用，像對《紅樓夢》版本，有其有關高鶚續書的論斷，見解精闢信服。[8]

三、超越中西文明爲典範的詮釋模式：包容各專業領域的區域研究與中國學

　　上述這種漢學傳統在西方還在延續發展，我個人的研究方法與精神，由於在新馬出生與長大，在1967～1972年代在美國攻讀高級學位，特別受到其專業精神、研究深入詳盡的探討，不逃避冷僻的學問的傳統訓練影響。我在留學美國期間，美國學術界自二次大戰以來，已開發出一條與西方傳統漢學很不同的研究路向，這種研究中國的新潮流叫中國學（Chinese Studies），它與前面的漢學傳統有許多不同之處，它很強調中國研究與現實有相關，思想性與實用性，強調研究當代中國問題。這種學問希望達致西方瞭解中國，另一方面也希望中國瞭解西方，對西方有所反應。[9]

　　中國研究是區域研究（Area Studies）興起的帶動下從邊緣走向主流。區域研究的興起，是因為專業領域如社會學、政治學、文學的解釋模式基本上是以西方文明為典範而發展出來的，對其他文化所碰到的課題涵蓋與詮釋性不夠。對中國文化研究而言，傳統的中國解釋模式因為只用中國文明為典範而演

釋出來的理論模式，如性別與文學問題，那是以前任何專業都不可單獨顧及和詮釋。[10]在西方，特別美國，從中國研究到中國文學，甚至縮小到更專業的領域中國現代文學或世界華文文學，都是在區域研究與專業研究衝激下的學術大思潮下產生的多元取向的學術思考與方法，它幫助學者把課題開拓與深化，創新理論與詮釋模式，溝通世界文化。

四、多學科、多方法：往返於古典與現代研究領域的學者

劉若愚在〈中國文學研究在西方的新發展、趨向與前景〉[11]一文中指出，在六十至七十年代的西方，尤其在美國，以中國文學作為研究專長的學者日愈增加，使到中國文學研究在1970年代中期已成為一門獨立的學科，不再是附屬於漢學的一部分。學者把自己的專長與研究範圍限於中國文學之內，因此他們願意被看作中國文學專家，而不是漢學家。劉若愚的報告清楚的說明中國現代文學研究在西方的發展，到了1970年代，幾乎已達到與古典文學研究並駕齊驅的境界，同時也說明很多學者都進出往返於中國古今文學之間。戈茨（Michael Gotz）的研究報告〈中國現代文學研究在西方的發展〉發表於1976年，比劉若愚的只晚了一年，他的結論指出，在過去二十年間，中國現代文學研究已不再是漢學的一部分，而是一門獨立的學科：

> 在過去二十年左右，西方學者對中國現代文學嚴肅認真

的研究已大大的發展起來，可以名副其實到了稱為「學科」（field）的階段。中國現代文學研究已不再是附屬於漢學的一部分，它已經從語言、歷史、考古、文學研究及其他與中國有關的學術研究中脫離，自成一門獨立的學科。[12]

中國現代文學研究在西方為什麼發展得這麼迅速？戈茨的看法很有見地，因為在第一個發展階段中，許多不同學科的中國專家群，他們原來是研究古典文學、歷史、社會學、政治學、西洋文學，突然由於環境與生活的需要，紛紛改行研究中國現代文學。在1960年代中成名的學者中，像許介昱，一開始就專攻中國現代文學，從1959年的博士論文《聞一多評傳》開始[13]，一直到1982年逝世時，始終為現代文學效命。可是他在西南聯大念的是外文系，後來在密芝根大學讀碩士，本行卻是英國文學，因此要找一位從大學到博士的訓練，全是正統中文系出身的，恐怕難於找到。目前我只知道一位，他是柳存仁。他在北大和倫敦大學的學位，全是研究中國文學。雖然他最大的成就在古典領域裏，他由古典進入現代文學也有極大的貢獻。[14]這是貫通古今的優勢。

在美國第一代的中國文學學者中，他們幾乎是從別的學科轉行過來的，而且經常往返於中國古典現代文學之間。像周策縱原是密芝根大學的政治系博士，李田意是耶魯大學歷史系博士，夏志清和柳無忌都是耶魯大學的英文系博士，其他學人像王際真、陳世驤、夏濟安、盧飛白、施友忠都是英文系出身。這些第一代學人，離開中國時，已有舊學造詣，中國現代文學在親身參與或耳聞目染中，也有基礎，當他們把其他學科的治

學方法拿過來研究中國現代與古代文學，又將研究古今文學的方法與經驗互相使用，則很容易開拓領域，發現新問題。由於從跨學科的觀點與方法著手，周策縱的《五四運動史》才能成為研究現代中國社會、政治、文化、思想和文學的一本重要著作。[15]從現代重返古典，他對中國古典文學又有所突破。《紅樓夢案》、《論王國維人間詞話》、《古巫醫與六詩考：中國浪漫文學考源》及很多論文中，周策縱證明很多方法與經驗可貫通古今。他的文化批評與文化考古式的論證與分釋建立了與一種新典範模式。[16]夏志清的《中國現代小說史》至今仍是研究比較文學和中國現代文學 的權威著作[17]，主要原因是夏志清在研究中國小說之前，已對世界小說理論與著作有研究，這部書實現了海陶瑋（James Hightower）的預言：

> 以往從事中國文學的人，多半是對異國文學缺乏深切認識的中國學者。現在我們需要受過特別訓練的學者，通曉最少一種為眾所知的其他文學的治學方法與技巧，由他們把這些治學方法與技巧應用於中國文學研究上。只有採用這樣的研究方法，中國文學才能得到正確的評價，西方讀者才會心悅誠服地承認中國文學應在世界文壇上占一個不容忽視的地位。[18]

夏志清寫完現代文學史，再回頭研究古典文學，他對古典文學的見解就很創新，《中國古典小說》、以及收在《愛情·社會·小說》及《人的文學》中的論文，其文學分析（literary analysis）比較視野，很顯然是來自西方與現代文學研究之理論批評方法。[19]

這種趨勢一直發展到今天,不少原來非研究中國現代文學的人,進入這一研究區域,主要是受學科與學科間的科際研究(Interdisciplinary Studies)之學術風尚影響。這些學者將文學與人類生活上如哲學思想、宗教、歷史、政治、文化銜接起來,給我們帶來廣面性的方法,幫助我們從各種角度來認識古今文學,使文學研究不再是片斷和孤立的學問,甚至可以將研究中的真知灼見和結果,文學與非文學的學科互相運用。

跨越學科的早期學人,周策縱便是其中一位,他在進出古今文學、思想、歷史、政治之間,為五四運動找到較完整的定義,所以他的《五四運動史》成為各種科系學者的重要參考著作,他的古典研究如紅學考證,已成為學術界的典範。李歐梵自己所走的學歷道路,從外文系到國際關係,再從近代思想史到中國現代文學與文化研究,正代表跨越科系的學術發展趨勢。他的著作《浪漫的一代》、《鐵屋子的聲音:魯迅研究》、《中西文學的徊想》、《徘徊在現代和後現代之間》、《現代性的追求》、《上海摩登》,是文學、社會、文化和思想史,代表了多元文化跨領域的研究方向。[20] 他主編的《魯迅及其遺產》更集合了一批學術背景與他相似的學者而寫的一部多種途徑、多種觀點,探討魯迅的著作。[21] 目前李歐梵正以研究現代的經驗與方法來探討晚清的文化研究。

在運用西方的文學批評方法來探討中國現代文學的著作中,比較文學占了最重要的部分,比「文學分析」更多。而近二十年來,文化批評(研究)研究又更加蓬勃,目前已成為主流。[22] 李歐梵在〈文化研究理論與中國現代文學〉一文中論述了最新的發展狀況,他指出,周蕾(Rey Chow)是美國最走紅的學者,其代表作為《婦女與中國現代性》(1991)[23],而

李歐梵的《摩登上海》（1999）是目前最新的文化研究力作。
我覺得以比較文學和文化批評來探討中國文學，尤其現代文
學，是歐美、港臺華人學者及日本學者最特別的貢獻。中國大
陸在七十年代末期門戶開放後，馬上就注意到這方面的特殊成
就。中國近年出版的研究現代文學論文，反映了以比較方法及
文化批評研究古典、現代文學成了非常熱門的研究方法。[24]

五、人文、社會科學的新思維模式

　　新思想、新研究方法、批評方法與視野、新理論，現在常
用思維模式（paradigm） 來通稱、目前在工商界及學術界，這
是一個很時髦的名詞。英文paradigm 指思想的方式（patterns
of thinking），它影響人對世界的看法，因而改變了現實。[25]王
賡武在一篇〈思維模式轉變與亞洲觀點對研究與教學的影響〉
論文中指出，目前出現許多思維模式的轉變（paradigm
shifts）。[26]在西方思維模式的轉變，通常由於學術思潮所造
成，或是對社會變化所引起的反應。在亞洲過去五十年來，特
別是那些新興國家，思維模式轉變，往往由於大環境，尤其政
治經濟的發展所造成。

　　目前影響亞洲各國學術界的思維模式，根據王賡武的說
法，可分成二大類型。一種主要在西方產生，這是知識驅動型
（knowledge driven），另一種是環境變遷所造成，那是第三世界
的思維產品。王賡武把目前比較顯著的，對亞洲人文與社會科
學學者在研究與教學有影響力者，列出十種新思維模式。其中
屬於環境轉變型（situational shifts）者，有四種：㈠從殖民轉

變成反殖民思維模式；㈡從古典／傳統轉變成現代／西方思維模式；㈢自由開放社會科學思維模式轉變成馬克思思維模式，然後又轉變會回去；㈣從重視文化詮釋轉變成排除文化的詮釋，然後又重新重視文化的詮釋。主要由西方入口的經濟型思維模式有六種：㈤後現代；㈥性別研究；㈦東方主義；㈧歷史終點論；㈨及㈩沒有邊界的世界論。

以上這十種新思維模式，雖然會有所爭議，甚至說某些不能採納為思維模式，但至少好幾種思維模式對人文與社會科學各學科，有廣泛的影響力，包括中國文學。目前中國國內學者所推廣與運用的文學理論與批評方法，如《中國文學新思維》與《邁向比較文學新階段》二書論述的各種文學分析方法，還有文化批評、多元文化等等，都是由上述這些新思維模式的轉變所帶來的文學新思考新方法。[27] 這些新思維模式，再經過本土人的觀點的調整與修正，它肯定對中國文學可帶來新的意義與生命。

六、在全球化、本土化衝擊下我的古今文學多元思考與分析方法

新加坡由於在地理上處於東西方的重要通道上，最早遭到西方文化的侵略與東方文化影響，成為最明顯的具有東西文化的新精神新文明的國家。從殖民時期英國極權統治到高科技資訊網路的新世紀，新加坡的文化處處都是呈現著這是一個全球化的典範。另一方面由於新加坡原來遭受長期殖民統治，1965 年獨立後，我們才開始塑造國家認同，建構自己文化的

本土性。所以新加坡目前正處在全球化與本土化猛烈衝擊的考驗。

今天跨國界的流動多元文化現象，已不能只用傳統或一元的思考方式去分析，因為種種因素改變了人的經驗模式與時空座標。在全球化與本土化的衝擊下，由於出生多元文化的社會，又在上述學術思潮中受訓，我個人的解讀現代文學的方法，從考證、注釋、新批評、比較文學到文化批評都一一的加以運用。西方或中國文學為典範出來的解釋模式我都因需要而採用。1970 年代初期我在美國讀研究所時，區域研究正是高峰期，它強調現實性與實用性，因此我的碩士論文研究郁達夫在新加坡與印尼的放逐與死亡，我以東南亞本土知識與社會經驗來詮釋一位中國作家在南洋的流亡與死亡，可以突破中國中心論對郁達夫的認識：在異鄉尋找理想中國，在開拓南洋華僑的感召下，他改變了自己。在蘇門答臘改名為趙廉，開酒廠，是郁達夫重新加入社會的一種宗教儀式。[28] 我的導師周策縱教授要我做研究，來往於古典與現代文學之間，才會有所創新與貫通，我的博士論文因此選了古典論題。那時比較文學重視去發現或復活被忽略的好作家，西方學者像對李賀、李商隱的研究使他們成為世界文學的名作家。我選了晚唐的司空圖及其詩論。[29] 我的區域研究、現代文學、本土知識使我研究司空圖時，重視地方志及一些雜書，也採用了西方文學的風格論與《鏡子與燈光》中的理論架構來分析司空圖的詩論。現代文學研究的方法與經驗使我重建司空圖生平思想及其詩論，發現新的意義。[30]

我讀高級學位時對現代與古典文學的訓練與研究，使我三十年來不斷來往於古今的領域裏。我研究王維的詩，從年輕之

作〈桃源行〉開始，他一共寫了七首有關桃源行的詩作，它啟發我以此為例，論述現代文學中的卷首詩（prefatory poem）與烏托邦（utopia）的問題，寫成〈桃源勿遽返，再訪恐君迷：王維八次桃源行試探〉。[31] 我研究現代華文詩，尤其朦朧詩，常用馬拉美（Stephane Mallarme, 1842～1898）「詩永遠停留在謎語裏」，與梵樂希（Paul Valery, 1871～1945）「詩人應該為我們製造謎語」的詩學理論。它促使我的紅學研究因此叛經離道，突然發現曹雪芹早已有此詩學，因此寫了〈論《紅樓夢》中謎語詩的現代詩結構〉。[32] 曹雪芹在《紅樓夢》共有七次描寫放風箏，每讀這些文字都叫我意識到現代詩的象徵結構，這種現代與古典的交流，我寫了〈論大觀園暮春放風箏的象徵〉。[33]

　　區域研究驅使我研究中國現代文學時，焦點放在異域中的作家。老舍一向被鎖定為北京味最重的區域作家，但是如果只從一元的角度、北京味的傳統理論架構來閱讀老舍，那他那些屬於世界華文文學中最早的後殖民文本與理論，如〈小坡的生日〉、〈二馬〉及批評康拉德小說中殖民帝國思想的文章，就被忽略了。[34] 我因為生活在新馬多元文化社會裏，才能以新馬殖民社會，多元文化經驗認識到《小坡的生日》及其他作品中的非北京非中國意義結構。老舍這些作品呈現了跨國的文化經驗與主題。[35]

　　老舍1929年秋天到新加坡，除了因為口袋的錢只夠買一張到新加坡的船票，原來也打算寫一部以南洋為背景的小說，表揚華人開發南洋的功績，因為在倫敦期間讀了康拉德（Joseph Conrad, 1859～1924）寫南洋的小說而有所啟發。康拉德在小說中，白人都是主角，東方人是配角，而且征服不了南

洋的大自然，結果都讓大自然吞噬了。老舍要寫的正與其相
反，他要寫華人如何空手開拓南洋。可是教書的工作把他拴
住，沒時間也沒錢去馬來西亞內地觀察，結果他只好退而求其
次，以新加坡風景和小孩為題材，寫了《小坡的生日》。[36] 創
造了小坡，一個在新加坡土生土長的小孩子，代表第二代的華
人思想業已本土化，已成為落地生根的新加坡人。小坡的父親
是一個標準的早期的華僑移民，有宗鄉偏見，可是出生於新加
坡小坡一帶的小坡，摒棄宗鄉主義，不分廣東或福建，《小坡
的生日》童話後面對多元種族，多元語文與文化的新加坡社
會，尤其花園城市之寓言，就是老舍用來逆寫（write back）康
拉德小說中的南洋。老舍通過創作一本小說，糾正白人筆下
「他者的世界」。老舍在新加坡親身經驗到被殖民者的痛苦經驗
雖然只有半年，但是由於他在之前，已在英國住了五年，而大
英帝國正是當時新加坡的殖民地，所以老舍很快的就有深入廣
泛的對殖民主義者及被殖民者的瞭解。《小坡的生日》小說中
的寓言多元種族多元文化時代之爭取與來臨，正是本土文化與
帝國文化相衝突，強調本土文化與帝國之不同的思考所發出之
火花。[37]

　　研究了老舍小說中的對西方霸權與中國守舊、閉關自守的
反思，很有啟發性的引我重讀李漁（1611～1680？）的《十
二樓》。其中〈夏宜樓〉的望遠鏡與老舍〈眼鏡〉的眼鏡，都
是象徵中國人固步自封，痛惜沒有把視野擴大，走出中國領
土。如此閱讀，則可以把清代現代小說母題傳統連接起來。[38]
王瑤曾說過：「對現代文學的歷史考察，目光只圍於三十年代
的範圍會有很大的局現性，需要把研究視野作時間上的延
伸。」[39] 俄國學者謝曼諾夫研究清代小說的心得，使他在《魯

迅和他的前驅》一書中更有深度的為魯迅小說解讀更準確的給魯迅定位。[40]

七、本土多元文化的思考：對中西詮釋模式的挑戰與回應

本土多元文化的思考，幫助我對中西詮釋模式加以挑戰與回應，進而在中西文學為典範的詮釋中，尋找另外更廣闊的解釋模式。新加坡人的多元文化，本土知識可以對西方的觀點，中國的中原中心主義的詮釋模式加以挑戰與回應。過去夏志清說《小坡的生日》只是寫給兒童看的童話，胡金銓以北京味的小說的審思，覺得它不像童話，也不是成人讀物。西方白人學者與中國人也覺察不出這本小說的後殖民文學的特點。從多元文化與本土知識的解讀，我們便可帶來新突破，這本小說顛覆了以歐洲霸權文學為典範的文學主題與人物。

新加坡人作為海外華人社群的一個重要中心，可以在中華文化發展方面扮演積極的重要角色，我們過去對華族文化遺產所作出的貢獻是有目共睹。對中國古典與現代文學上的詮釋，也可以從中西文學為典範的模式中，尋找出另一種解釋的模式，讓一些中國文學被忽略的重大問題與意義，重新解讀出來。老舍對世界後殖民文學論述與創作便是一個例子。

新加坡在移民時代，在脫離英國殖民地而獨立前後，中西強勢／中心文化，把殖民世界推壓到經驗的邊緣。中國的中原心態（Sino-centric attitude）、歐洲的自我中心主義（Euro-centrism），使到一元中心主義（Mono-centrism）的各種思想意

識，被本土人廣泛的接受。可是進入後現代以後，當年被疏離
的、被打壓的處在邊緣地帶的殖民世界的經驗與思想，現在突
破被殖民的子民心態，把一切的經驗都看作非中心的
（Uncentred）、多元性的（Pluralistic），與多樣化的
（Multifarious）。邊緣性（Marginality）現在成為一股創造力，
一種新的文化視覺。走向非中心（Uncentred）與多元化
（Pluralistic）成為世界性的思潮。邊緣性的（Marginal）與變種
的（Variant）成了後殖民語言與社會的特色。邊緣性的話語
（Discourses of Marginality）如種族、性別、政治、國家、社
會，常常可以帶來一種新的詮釋模式。[41]

　　由於經濟全球化，科技一體化，資訊網路的發展，已把世
界聯成一片，因而世界文化發展的狀況將不是各自發展，而是
互相影響，然後行成多元共存的局面。在全球意識觀照下的文
化多元發展的新局面，就更容易出現超越中西思維模式的理論
與方法。這種詮釋模式放之四海而皆準，不但能貫通中國古今
文學，而且能滿意的解讀世界文學。李白寫〈把酒問月〉時，
他是以全球意識思維的，普通人無法像詩仙那樣超越人間，
「人攀明月不可得」，而他卻飛上月宮，看見「白兔搗藥秋復
春，嫦娥孤棲與誰鄰」，因此李白從全球意識看，他才明白明
月不但照全球還照古今。因此我用曾照全球古今的明月來比喻
最理想的詮釋模式：「今人不見古時月，今月曾經照古人。古
人今人若流水，共看明月皆如此。」

注　釋

[1] 李白〈把酒問月〉，《全唐詩》（臺北：宏業書局，1982年），178卷，
　上冊，頁1827。

2 邱新民《東南亞文化交通史》（新加坡：新加坡亞洲學會與文學書屋，1984年），頁349～365（鄭和與馬六甲）；頁366～384（葡人殖民馬六甲）。

3 Drvid Hawkes "Classical, Modern and Humane", *Essays in Chinese Literature,* eds John Minford and Siu-kit Wong（Hong Kong: Chinese University Press, 1989）, pp.4～6.

4 *The Chinese Classics*（London: Trubner, 1861～72）。翻譯工作在香港1861年完成。

5 關於新馬漢學的早期研究，參考程光裕〈新加坡與馬來西亞的漢學研究〉，見《世界各國漢學研究論文集》（臺北：國防研究院及中華大典編印會，1967年），第2輯，頁71～108。

6 周法高《漢學論集》（臺北：正中書局，1965年），頁8～16；James Hightower, "Chinese Literature in the Context of World Literature", *Comparative Literature.* Vol. V（1955）, pp. 117～124，中譯見《英美學人論中國古典文學》（香港：香港中文大學出版社，1973年），頁253～265。

7 杜維明〈漢學、中國學與儒學〉，見《十年機緣待儒學》（香港：牛津大學出版社，1999年），頁1～33。

8 周策縱的代表作有 *The May Fourth Movement*（Cambridge: Harvard University Press, 1960; Stanford: Stanford University Press, 1967）；《紅樓夢案》（香港：中文大學出版社，2000年）；《古巫醫與六詩考：中國浪漫文學探源》（臺北：聯經出版公司，1986年）。

9 同註7，頁1～12。關於中國學在美國大學的發展研究方法，參考Paul Sih（ed.）, *An Evaluation of Chinese Studies*（New York: St. John's University, 1978）。

10 同註7。

[11] James Liu, "The Study of Chinese Literature in the West: Recent Developments, Current Trends, Future Prospects", *The Journal of Asian Studies*, Vol. XXXV, No.1 （Nov. 1975）, pp. 21～30。我在1991年曾論述〈中國現代文學研究的新方向〉，見《漢學研究之回顧與前瞻》（北京：中華書局，1995年），頁343～356，但目前已正蓬勃的從文化批評來研究中國現代文學，當時還未論及。

[12] Michael Gotz, "The Development of Modern Chinese Studies in the West", *Modern China*, Vol. 2, No. 3 （July 1976）, pp.397～416。另外參考葛浩文（Howard Goldblatt）〈中國現代文學研究的新方向〉，見《漫談中國新文學》（香港：香港文學研究社，1980年），頁109～119。

[13] "The Intellectual Biography of a Modern Chinese Poet: Wen I-to"（Stanford University, 1959），經過修改出版成書： *Wen I-to*（New York: Twayne, 1980）。

[14] 柳存仁的現代文學著作包括與茅國權合作英譯巴金的《寒夜》*Cold Nights*（Seattle: University of Washington Press, 1979）, "Social and Moral Significance in Modern Chinese Fiction", *Solidarity*, 3 （Nov. 1968）, pp.28～43等等。

[15] 博士論文原題為 "The May Fourth Movement and Its Influence Upon China's Socio-Political Development"（University of Michigan, 1955），經過修改，出版成書： Chow Tse-tsung, *The May Fourth Movement*（Cambridge: Harvard University Press, 1960）。

[16] 《論王國維人間詞》（臺北：時報文化公司，1981年），其他見前註8。

[17] C. T. Hsia, *A History of Modern Chinese Fiction*（New Haven: Yale University Press, 1961）.

[18] 海陶瑋著、宋淇譯〈中國文學在世界文學中的地位〉，見《英美學人

論中國古典文學》（香港：中文大學出版社，1973年），頁253～265。

[19] C.T.Hsia, *The Classic Chinese Novel* (New Yoke: Columbia University Press, 1968)；《人的文學》（臺北：純文學出版社，1977年）；《愛情·社會·小說》（臺北：純文學出版社，1970年）。

[20] Leo Lee, *The Romantic Generation of Modern Chinese Writers* (Cambridge, Mass: Harvard University Press, 1973)，*Voices From the Iron House: A Study of Lu Xun* (Bloomington: Indiana University Press, 1987)，《中西文學的徊想》（香港：三聯書店，1986年）；《徘徊在現代和後現代之間》（臺北：正中書局，1996年）；《現代性的追求：李歐梵文化評論精選集》（臺北：麥田出版社，1996年）；*Shanghai Modern: The Flowering of a New Urban Culture in China*, 1930～1945 (Cambridge, Mass: Harvard University Press, 1999)。

[21] Leo Lee （ed.），*Lu Xun and His Legacy* (Berkeley: University of California Press, 1985)。

[22] 有關文化研究的發展趨向，參考李歐梵《文化史跟「文化研究」》，《徘徊在現代和後現代之間》，（同前註17），頁182～186；及王德威《小說中國》（臺北：麥田出版社，1993年）一書中《批評的新視野》一輯中的三篇論文，尤其〈想像中國的方法〉及〈現代中國小說研究在西方〉，頁345～407。

[23] 李歐梵〈文化研究理論與中國現代文學〉為新加坡國立大學中文系的一篇講稿，未發表；周蕾Chow Rey, *Women and Chinese Modernity: The Politics of Reading between West and East* (Minneapolis: University of Minnesota Press, 1991；《婦女與中國現代性：東西方之間閱讀記》（臺北：麥田出版社，1995年）。

[24] 北京大學出版社出版的一系列《北京大學比較文學研究叢書》就反映

了中國學者已從比較文學走向文化批評研究。

25 Joel Barker, *Future Edge: Discovering of New Paradigm of Success*（New York: W. Morrow, 1992）。

26 Wang Gungwu, "Shifting Paradigms and Asian Perspectives: Implications for Research and Teaching", *Reflections on Alternative Discourses from Southeast Asia*, ed. Syed Alatas（Singapore: Centre for Advanced Studies, 1998）.

27 朱棟霖主編《中國文學新思維》（南京：江蘇教育出版社，1996年）提倡精神分析、女性主義、接受美學、原型批評等批評理論與方法。曹順慶主編《邁向比較文學新階段》（成都：四川人民出版社，2000年），代表中國比較文學跨入第三時期，以論述多元文化，同樣的北大大《比較文學叢書》與《北大學術講演叢書》也是如此，最新一本是克萊斯‧瑞恩《異中求同：人的自我完善》（北京：北京大學出版社，2001年），也是以多元文化的書。

28 我的碩士論文A Study of Yu Tafu's Life in Singapore and Malaya, 1939～1942, MA thesis, University of Wisconsin, 1969。後自改寫成中文，見王潤華編《郁達夫卷》（臺北：遠景出版社，1984年），頁3～71。

29 Wong Yoon Wah, Ssu-K'ung T'u: The Man and his Theory of Poetry. Ph.D. thesis, University of Wisconsin, Madison, 1972。經過改寫出版成二本書：*Ssu-K'ung T'u: A Poet-Critic of the T'ang*（Hong Kong: Chinese University Press, 1976；《司空圖新論》（臺北：東大圖書公司，1989年）。

30 關於把司空圖詩論以艾伯塞斯（M.H. Abrams）的 *The Mirror and the Lamp*（London: Oxford University Press, 1953）的詩學來析部分，見《司空圖新論》，頁213～225。

31 見《第二屆國際唐代學術會議論文集》（臺北：文津出版社，1993年），上冊，頁299～315；又見《唐代文學研究》（桂林：廣西師範大

學出版社，1994），第5輯，頁139～151。

32 見《大陸雜誌》第90卷第2期（1995年2月），頁69～75。

33 見《大陸雜誌》第89卷第3期（1994年9月），頁36～43。

34 我在〈老舍在《小坡的生日》中對今日新加坡的預言〉，見《老舍小說新論》（臺北：東大圖書公司，1995年），頁29～46，曾分析中西學人的誤讀。

35 王潤華《老舍小說新論》，頁1～46；頁79～210。

36 我研究根據的版本是《小坡的生日》（上海：晨光出版社，無出版日期）。這本小說完成於1930年，1931年1月至4月在《小說月報》第22卷第1號至第4號連載；生活書店1934年7月初版。這本小說目前收集於《老舍文集》（北京：人民文學出版社，1993年），第2冊，頁1～146。

37 參考本人的論文〈從後殖民文學理論解讀老舍對康拉德熱帶叢林小說的批評與迷戀〉，《老舍與二十世紀》（天津：天津人民出版社，2000年），頁171～186；又見《華文後殖民文學》（上海：學林出版社，2001年）。

38 Bill Ashcroft and Others, *The Empire Writes Back* (London: Routledge, 1989), pp.12～13; 104～105; Bill Ashcroft and Others (eds), *The Post-colonial Studies Reader* (London: Routledge, 1995), pp.132～133.

39 王瑤〈關於現代文學研究工作對回顧和現狀〉，《王瑤文集》（太原：北嶽文藝出版社，1995年），第5卷，頁145。

40 謝曼諾夫著、李明濱譯《魯迅和他的前驅》（長沙：湖南文藝出版社，1987年）。

41 Bill Ashcroft and Others, *The Empire Writes Back* (London: Routledge, 1989), pp.12～13; 104～105; Bill Ashcroft and Others (eds), *The Post-colonial Studies Reader* (London: Routledge, 1995), pp. 132～133.

中國現代文學「現代性」中
的儒家人文傳統

一、前言

　　本文所用「感時憂國」（Obsession with China）一詞，主要是指中國現代文學，尤其在1917至1949年期間創作的大多數作品表現出的一種強烈的社會意識。這些作品偏重寫實主義手法，對中國舊傳統文化、舊社會的倫理制度加以破壞性的批判攻擊。這樣的作家及作品成為文學主流。[1]至於儒家的人文傳統，簡單而言，是泛指作家所受儒家經世致用思想的影響。強調個人社會責任的精神之體現，一直是傳統儒家社會中，文人學者的最高理想。這些作家也受文以載道的文學功用論的影響，強調文學必須肩負起道德、教化的責任，甚至挽救國家社會沈淪。[2]不過本文所指的傳統，主要是指清末維新派人物梁啟超等人想通過文學改革來達到改革社會、啟蒙人生的思潮。這種態度與精神為五四的許多作家所繼承下來。

　　近幾十年來學術界對中國現代作家的思想與文學潮流研究的新成果，幫助我們論證1917年新文學革命後，中國現代作家雖然力求向西方文學認同與學習，同時與中國傳統文學對

立，甚至決裂，但實際上，他們由於從事文學工作前，已深受儒家傳統人文教育，所以仍然擺脫不了清末儒家文人的功用文學觀之影響。對這種複雜性的認識，意義極其重要，因為它可以幫忙我們去重新解讀中國現代文學作品，使我們發現魯迅及其他人的作品中，除了批判舊傳統否定舊社會中許多壞的倫理道德與制度，但是以魯迅為例，也表現和肯定了中國許多舊傳統，如仁孝、舊念、親情、勤勞、忠誠等。從這個角度重新論釋中國作品，會增加我們瞭解中國現代文學的複雜性及其深度。

二、從改造社會的熱忱到儒家文以載道的經
世思想

我在〈中國現代文學研究的新方向〉[3]一文中指出，以文學分析（Literary analysis）來研究中國現代文學，夏志清的《中國現代小說史》（1961年）[4]是代表這種研究方向與方法的早期典範之作。夏志清廣泛應用比較文學、新批評及李維斯（Leavis）的理論，從東西方文學作品之比較、文本之細讀及文學與人生的關係 等角度來重新評論中國現代小說。夏志清在書中指出，多數現代中國作家都很積極地追求向西方現代文學學習，表面上很受西方與日本文化文學的影響，但是他們都繼承了中國人自古以來人道文化，要實現儒家克己復禮、仁政愛民的理想。因此他們寫文章的當前之急務，是啟蒙自己愚昧的同胞：

早期作家，都坦白承認他們選擇文藝為事業的理由，無
非是為了要向國人的愚昧、怯懦和冷淡宣戰。他們認為
文學在這方面是比科學和政治更有效的武器。這些作家
對藝術的看法各有不同，但在愛國的大原則下，他們的
信念是相同的。[5]

　　以文學分析與比較文學的方法細讀了中國一九一七年至一
九五七年間的小說後，夏志清驚訝地指出，儘管這些五四作家
在口號上要在西方文化中，尋找更能適合現代人需要的，足以
取代儒家倫理觀的思想與舊文化，他們的文學作品卻非常載
道：

這種急欲改革中國社會的熱忱，對文學的素質難免有壞
的影響；現代中國文學早期浪漫主義作品之所以顯得那
麼淺薄，與此不無關係。到最後，這種改造社會的熱忱
必然變為愛國的載道思想。我們可以說，即使沒有共產
黨理論的影響，中國的新文學作家，也不一定會對探討
人類心靈問題感到興趣。[6]

　　現代作家對外國文學作品認識的機會極多，但他們對外國
文學所感興趣的，以思想為主，藝術其次，也就是如此，當時
（1926年）梁實秋就注意到，很藐視的批評當時的現代文學為
「到處彌漫著抒情主義和人道主義」。[7]他們把西方探測心靈的
浪漫主義改變成非常現世的除舊布新的破壞力量，西方的人道
主義更促使他們關心社會疾苦，同時不忘記自憐自歎，這與儒
家的人文思想混為一體。本來新文學運動就是因為反對舊文學

太過文以載道，才要求革新，現在現代文學又要載道，對藝術就不遑顧及了。所以夏志清在《中國現代小說》的結論中肯定，多數中國現代作家的作品，又掉入舊文學的泥沼裏，太過擁抱膚淺的現實，作品缺乏心理深度，主要原因，就是他們的文學又採用儒家文以載道的功利文學觀，後來甚至把文學當作改革社會與政治工具。儒家的知識分子都是理性主義者，而從西方學到的實證主義也更使中國作家心靈理性化、粗俗化。過去，儒家同佛道同行，即是理學家，處世都流露一種宗教感，並非完全依賴理性，而現代激進的中國現代作家，也就更加變本加厲的以思想為主，藝術成就為次。提倡文學革命重要領袖的胡適就是一位奉信理性的儒家思想信徒，以清儒方法治學，加上杜威的實驗主義思想。[8] 而周作人晚年也自稱是真儒家。[9]

　　周作人早在1932年的《中國新文學的源流》已暗示，新文學事實上也成為儒家的載道文學：

> 在《北斗》雜誌上載有魯迅一句話：「由革命文學到遵命文學」，意思是，以前是談革命文學，以後怕要成為遵命文學了。這句話說得頗對，我認為凡是載道文學，都得算作遵命文學。……今次的文學運動，和明末的一次，其根本方向是相同的。其差異點無非因為中間隔了幾百年的時光，以前公安派的思想是儒家思想、道家思想加外來的佛教思想三者的混合物，而現在的思想則在於此三者之外，更加多一種新近輸入的科學思想罷。[10]

　　這個論點完全與上述夏志清的結論吻合。周作人在《中國新文學源流》的最後部分，又再強調新文學為了對人生社會有

好處，應該走回儒家載道文學的道路：

> 我的意見是以為中國的文學一向沒有一定的目標和方
> 向，有如一條河，只以為「志」太無聊，則文學即轉入
> 「載道」的路，如再有人以為「載道」太無聊，則即再
> 轉入於「言志」的路子，以後也仍然要有變化，雖則未
> 必再變得如唐宋八家或桐城派相同，或許是必得對於人
> 生和社會有好處的才行，而這樣則又是「載道」了。[11]

三、感時憂國的寫實傳統：自晚清以來，一直是中國文學主流

　　單單以儒家的載道文學不足說明中國現代文學所繼承儒家
的憂國憂民的人道主義文化的精神。[12] 所以夏志清又寫了一篇
〈現代中國文學感時憂國的精神〉的論文，詳細發揮他的感時
憂國（Obsession with China）的重要觀念。夏指出，新文學特
點是其愛國精神：

> 那就是作品所表現的道義上的使命感，那種感時憂國的
> 精神，正是國難方殷，人心萎靡，無法自振，是故當時
> 的重要作家——無論是小說家、劇作家、詩人或散文家
> ——都洋溢著愛國的熱忱。[13]

　　接著他解釋，現代文學這個主流思想，不是自西方，反而

是出自儒家古久的人文傳統及國家大災難：

> 中國人向來以人道文化的繼承者自居，遵循儒家克己復
> 禮，仁政愛民的教訓，實現佛家恩被萬物的思想。……
> 但自十九世紀中葉以來，長期的喪權辱國，國人有感於
> 中國的積弱無能，遂帶來歷史上中華民族的新覺醒。[14]

　　影響現代作家很深的清末民初作家，他們從譏諷儒家的政
治理想，國家喪權辱國，因為佞臣當道，未能力行儒家仁政愛
民的政治思想所致。李汝珍（約1963～1830）、劉鶚（1857～
1909），都以睿智仁愛的儒者立場，指責暴虐無能的貪官污
吏，他們的思想仍然是儒家。[15]到了中國現代作家時，不再相
信中國傳統文化的完美無缺，理論上提出全盤性反對傳統思
想，像魯迅，在潛意識的，隱示的層面裏卻依然接受許多優良
的傳統，包括儒家許多的理論與儒家傳統思想的政治觀。[16]
　　感時憂國的現代文學傳統，一直到今日的臺灣，還是蔓延
不斷，所以劉紹銘把研究從五四到臺灣文學的一本論文集稱為
《涕淚交零的現代中國文學》，即時在臺灣，現代主義當道時，
多數作家還是很寫實，很載道，很有儒家的為天下之憂而憂的
精神：

> 感時憂國的寫實傳統，自晚清以還，一直是我國小說的
> 主流。一九四九年以後，這個傳統在大陸因為受了政治
> 干擾的關係，寫實的定義也變了樣。可是在臺灣，即使
> 是現代主義最時髦的時候，多數作家的寫作方向，還是
> 萬變不離其宗的寫實路子……。這種「涕淚交零」的感

受，在早期臺灣中表現得最貼切的，首推鍾理和的作品。[17]

　　劉紹銘說白先勇，臺灣現代主義文學的前衛作家，他的《臺北人》是中國現代文學的「異數」，他感時憂國的方式，雖與眾不同，讀他的作品，也叫人「涕淚交零」。[18]白先勇自己悲天憫人的情懷也是很儒家和道家的，他在〈驀然回首〉中懷念一位老師便流露出來：「在她的身上，我體認到儒家安貧樂道，誨人不倦，知其不可而為之的執著精神。」[19]白先勇的小說是西方現代主義影響下其中最好的作品，但他的心仍然是儒道佛的混合，要不然就寫不出成功的中文小說。

四、比較中西文學的現代性：文學內涵大異其趣

　　在五四文學運動八十年以後的今天，冷靜地比較中國現代文學與西方現代文學，兩者之間的現代性（Modernity）很不相同。除了少數像沈從文那樣的作家[21]，中國多數現代作家的作品，由於愛國情懷，抱負著道德重擔，故在作品中處處宣揚進步和現代化，因為現代西方文明與科學正是中國革命家日夜所追求；而西方現代文學作品對西方文明成就棄如敝屣，著重描寫個人的空虛，探討原始天性，挖掘現代世界的病態。中國現代作家很少敢跨越中國的土地，描寫人類的病態，他們始終只關心中國社會與人民的困境。這種狹窄的愛國主義、種族主義，與西方現代作家專心超越自己與國家民族，共同探索現代

文明的病源那種世界性的精神當然迥然不同。[22]

　　李歐梵比較過中西浪漫主義之不同[23]，研究過中西現代性之差異，他說：

> 在中西文學潮流的研究和比較中，最耐人尋思的問題是，中國和歐洲幾乎同時發生史無前例的文學革命，但雙方由革命所產生的藝術作品，卻大異其趣。就文學的影響觀點而言，儘管中國的現代作家這一方面，曾熱切地向西方文學求助；可是，由一九一七年的文學革命，和一九一九到一九二三年的五四運動，所產生的中國新文學，卻與歐洲「現代主義」前衛人士激進潮流絕不相同。雖然他們意欲和湧自西方的新潮流並駕齊驅。中國五四運動後十年所印證的，主要仍是歐洲十九世紀文學遺產的廣泛縮影。要到一九三○年代，中國作家和批評家中，才有一群同好醉心西方現代主義的詩作；而且直到一九六○年代，在《現代文學》雜誌一群年輕編輯者積極倡導下，現代主義的小說才在臺灣廣受注目。[24]

　　十九世紀末至二十世紀的西方文學前衛作家，是一群厭倦了空洞的浪漫主義與人文主義生活的人，反功利、反人文、貶低人性，完全對外面世界失去興趣。中國現代作家剛好相反，他們從來沒有個人與群體之間的裂縫，抱著人文主義與自由主義的理想去追求西方文明。[25]

　　我在上面提過，表面上中國現代文學也曾引進西方的浪漫主義，但與西方比較，其形式和思想，極為幼稚和淺薄，夏志清說：

> 在這個文學運動中，沒有像山姆・柯爾立基那樣的人來
> 指出想像力之重要；沒有華茨華斯來向我們證實無所不
> 在的神的存在；沒有威廉・布雷克去探測人類心靈為善
> 與為惡的無比能力。早期中國現代文學的浪漫作品是非
> 常現世的……。[26]

　　現在一些學者更進一步精細地比較中國現代文學的寫實與
十九世紀歐洲的寫實小說之後，其結論指出兩者大異其趣：

> 和十九世紀歐洲的寫實、浪漫主義，實際上大異其趣。
> 例如巴爾扎克的寫實小說，受到科學研究的影響，敘事
> 語態是客觀的、冷靜的，目的是不偏不倚地「呈現」現
> 實。五四小說的敘事者則往往預設立場，主觀意識強
> 烈，目的是「批評」現實，從而喚起讀者對危機感產生
> 共識，達到改變現世的目標。[27]

五、現代文學繼承了清末受儒學影響維新人物的文學傳統

　　五四文學家強烈的功利主義文學觀，作品中強烈的社會意
識，事實上是繼承了清末的新小說及其他文學改革的傳統。東
歐以普實克（J. Prusek）為首的布拉格學派（Prague School）學
者，很早就注重研究中國現代革命文學的理論與歷史發展，他
們認為中國現代文學的根源來自古典的中國文學，甚至包括古

典詩歌，他有關現代文學抒情情境的討論很受重視。[28]這種把中國現代文學放在中國文學的傳統中，向前追溯源頭，比周作人所嘗試過的更深刻全面的去發掘，目前這種新方向的研究已成風氣。[29]因為晚清的白話文運動、詩界革命、新文體、小說界革命，是中國近代新文學的第一波動。

　　晚清文學界的維新人物，主要是來自政治上參與變法的知識分子，像黃遵憲、康有為、譚嗣同、梁啟超等人。基於國家民族危機，救國救民的經世思想，一旦進入文學領域，自然把文學當作國家社會人心的改革工具：

> 政治上的變通思想之所以能入於文學領域，主要是變法維新的領導階層意識到文學具有支配人道、左右世界的實質功效，梁啟超就曾說過「小說有不可思議之力支配人道」，黃遵憲論詩有「詩體雖小道，然歐洲詩人，出其鼓吹文明之筆，竟有左右世界之力。」[30]

　　這些維新人物，個個都是深愛儒家及其他中國傳統思想影響的人物，人人都是以天下為己任的中國知識分子，興起了救亡圖存的使命感，因而改革文學，倡導白話文。許多知識分子都相信文學可以改變人心，拯救國家，一九〇三年梁啟超發表在《新小說》創刊號的〈論小說與群治的關係〉就代表了當時的儒家的功利文學觀：

> 欲興一國之民，不可不新一國之小說，故欲新道德，必新小說，欲新宗教，必新小說，欲新政治，必新小說，欲新風俗，必新小說，欲新學藝，乃至欲新人心，欲新

> 人格，必新小說，何以故？小說有不可思議之力支配人
> 道故。……今日欲改良群治，必自小說界革命始。欲新
> 民，必自小說始。[31]

　　梁啟超及其他人所提倡的以文學改革世道人心的儒家人文
精神與經世致用的文學觀，正是後來五四運動胡適、魯迅、周
作人所繼承的一部分文學觀。也就因為受了這種傳統經世文學
思想的影響，如前面所說過，中國現代作家很多都背負著道德
重擔，流入狹窄的愛國主義，變成與西方超越自我與國籍，去
探索現代文明與人類更深沈的哲學心理層面。

六、魯迅仍抱著清末啟蒙、為人生、改良人 生的文學觀

　　在五四初期的作家中，魯迅最具代表性，因為他在論述創
作與思想文化界，都被肯定為主要提倡新文學、新文化、新思
想的人物。現在我們就以他為例，一個被視為最全盤性、反傳
統的領導人物，其文學與思想意識仍然與中國文化有密切關
係。

　　魯迅開始從事文學工作與清末文人很相似，是出於愛國主
義的熱忱，想從改變人民的精神面貌來改變中國。魯迅喜歡西
方的科幻小說如《月世旅行》、《月界旅行》，中國古典神話
《山海經》，清末的小說如《鏡花緣》、《儒林外史》、《老殘遊
記》，因為這些作品能「破遺傳這迷信，改良思想，補助文
明，勢力之偉，有如此者」。[32] 後來他從事小說寫作，也說目

的是探索病態社會，加以療救：「將舊社會的病根暴露出來，
催人留心，設法加以療治。」³³他不斷重複這樣的小說啟蒙人
民，達到改革社會的文學觀。在〈我怎麼做起小說來〉，承認
抱著啟蒙主義思想，為人生，改良社會的目的：

> 自然，做起小說來，總不免自己有些主見的。例如，說
> 到「為人生」，而且要改良人生。……所以我的取材，
> 多採取病態的社會的不幸的人們中，意思是在揭出痛
> 苦，引起療救的注意。³⁴

　　五四運動期間的重要作家，以魯迅的年紀最大。以1919
年為例，魯迅30歲，郭沫若27歲，茅盾23歲，葉聖陶25歲，
朱自清21歲，聞一多20歲，冰心19歲。正如王瑤所指出，他
們實際上都是接受了傳統的文學教育影響。³⁵魯迅自己就承認
是在清末文人的影響而長大的，嚴復、林紓的作品通通都熟
讀，有些甚至能背誦。在南京求學四年期間（1899～1902），
他還花了很多時間去閱讀清末民初維新派的報紙。³⁶他即使到
了日本尋求外國新知識以後，還深受章太炎的影響，他說：
「以後又受了章太炎先生的影響，古了起來。」³⁷據說劉半農
曾送一對聯給魯迅，說他半中半西「托尼學說，魏晉文章」，
魯迅也覺得很恰當。³⁸因為他一向主張向古典與傳統爭取聯
繫：

> 我以為「新文學」和「舊文學」這中間不能有截然的分
> 界，然而有蛻變，有比較的偏向。³⁹
> 因為新的階級及其文化，並非突然從天而降，大抵是發

達於對於舊支配者及其文化的反抗中，亦即發達於和舊者的對立中，所以新文化仍然有所承傳，於舊文化也仍然有所擇取。[40]

目前研究魯迅思想與文學作品的學者，很多都注意到他的著作中有兩種大異其趣的精神和風格，寫實與象徵，革命與虛無，傳統與反傳統，西方與中國、互相交迭，呈現出極複雜的內涵。所以林毓生在他的〈中國意識的危機〉中指出：

> 他在五四後期的一個寫作主題是：在晦黯的虛無主義感受中，掙扎著保持獻身於中國之新生的信誓，以及對生命意義的追尋。在世界文學中，很少有魯迅這樣的作家，他一方面認為世界是虛無的，但另一方面卻使自己介入意義的追尋並獻身於啟蒙。[41]

林毓生認為，在言論上全盤性反傳統的魯迅，心中又有絕望感，並不是受到道家尤其是莊子的影響，而是源自中國儒家傳統的「整體性思考模式（Holistic mode of thinking）」。由於受過嚴格中國古典教育，深切浸濡在中國傳統文化之中，作為思想家，他仍然在中國文化的經驗範圍內活動：

> 然而，在魯迅底複雜思想中，雖然對中國傳統全盤性的排斥確實佔據著重要的位置；但他對人間事務的具體感受卻又使得他認識、欣賞一些中國傳統中的道德價值（如「念舊」）與文化質素，並適當地使它們在不失純正性的情況下接受了它們。不過，他並沒有因這樣地接受

了一些傳統的道德價值與文化素質而激起超越它底全盤
性反傳統主義思維活動。[42]

林毓生甚至指出，「魯迅肯定了儒家對於政治所持的理
想，認為政治應該是根據『意圖倫理』追求道德性的目標」。

> 雖然魯迅曾明確地對傳統中的許多成分予以嚴斥，然而
> 在他的意識中的一個基本層面上，儒家要把政治道德法
> 與法家要把政治弄成完全是不道德的東西的二分法
> （dichotomy）所培養出來的傳統中國式的政治觀，似乎
> 仍然被他理所當然地接受了下來。[43]

七、以傳統與反傳統的複雜意識架構，重新解讀中國現代文學作品

過去我們對五四以來現代文學作品，尤其二、三十年代
的，由於過於相信反傳統，過於重視現代作家全盤西化的口
號，把許多作家作品中有關傳統的論述完全忽略了，譬如解讀
魯迅作品時，只看見他的作品中全盤性所排斥的舊封建理論，
對中國傳統中的道德價值，對優良的舊文化，舊家庭倫常，完
全忽視掉，自然不能欣賞到魯迅作品中對中國傳統文化的眷
戀，正直、勤勞、忍耐等美德的表現，這樣就不瞭解魯迅文學
作品的全面內涵了。因此我們有需要重新詮釋魯迅許多五四新
文學的文學作品的必要，要不然會誤讀所有好壞的作品，都是
以反封建、反孔家店、反地主資本家為主題。

從這個角度來理解魯迅思想意識與文學作品的複雜性，林毓生已在《中國意識的危機》及其相關論文中建立起這個理論構架[44]，周昌龍〈魯迅的傳統與反傳統思想〉也進一步用魯迅思想傳統又反傳統的「緊張性」去解讀魯迅的作品[45]，他們及其他一些學者已將過去僵硬的解釋範疇打開一個缺口。譬如他們在解讀〈在酒樓上〉，就能突破過去讀法：呂緯甫反抗傳統失敗，變得失意落魄，與傳統妥協，所以它的主題是寫革命者變得麻木脆弱，傳統頑強難變。很顯然意識之複雜性，夏志清早就看見魯迅對孝道的眷戀：

> 呂緯甫雖然很落魄，他的仁孝也代表傳統人生的一些優點。魯迅雖然在理智上反對傳統，在心理上對於這種古老生活仍然很眷戀。[46]

林毓生以「念舊」來概括小說中所隱示的孝道、家庭、親情、友情等等優良的道德傳統：

> 他欲使他母親高興，明確地分擔她對人的真誠的關懷，這是通過典型的中國傳統模式的人與人關係的表現這一渠道來進行的——她為幼兒的墳墓而憂慮；為久已惦念的船夫的女兒想要一朵剪絨花並為此而受折磨這類小事操心。呂緯甫儘快返回故鄉，為了完成任務……這是一種對舊傳統道德價值「念舊」的反映。[47]

周昌龍在〈在酒樓上〉，解讀出來這是一篇對傳統鄉土社會的人情風俗眷戀不忘的小說。遷葬、送剪絨花給一位已死去

的鄰居的女兒，不是無聊事，是對生命的虔敬的宗教儀式，對
人情美與民族溫柔敦厚特質的追求。在理性的功利主義的現代
社會裏，呂緯甫選擇了重儀式重感情的鄉土社會習俗。周昌龍
通過象徵性場景（山茶與梅花在冬日的廢園裏滿樹繁花），看
見魯迅對中國傳統與鄉土文化再興的期待。[48]

　　魯迅和其他中國當代作家，攻擊舊倫理、舊禮教、舊宗教
習俗，但他們不是要消滅傳統文化思想。過去就因為只重視意
識的，顯示反傳統的層面，而過分忽略潛意或隱示的。[49]魯迅
所獻身於中國知識和道德的某些傳統價值，就消失掉。所以重
新認識中國現代文學感時憂國的精神內涵與儒家的人文傳統，
才能解讀中國現代文學各個層面的意義，瞭解其複雜性，這樣
也就不會誤讀中國現代文學作品篇篇都是充滿革命激情，狂熱
的反傳統，揭發舊社會的黑暗，宣布舊傳統文化的死亡。

注　釋

[1] 感時憂國一詞最早使用於夏志清的英文論文 "Obsession with China: The
　　Moral Burden of Modern Chinese Literature", in *A History of Modern Chinese*
　　Fiction (New Haven: Yale University Press, 1971, Second Edition)，pp.533
　　～554。這篇論文中文翻譯見夏志清《中國現代小說史》（臺北：傳記
　　文學出版社，1979年），頁533～552。

[2] 關於儒家的精神思想與文以載道的歷史意義，參考林保淳《經世思想
　　與文學經世》（臺北：文津出版社，1991年）；另外有關儒家人文精
　　神，參考黃繼持〈人文精神與藝術旨趣〉，見《文學的傳統與現代》
　　（香港：華漢文化事業公司，1988年），頁1～8。

[3] 見林徐典編《漢學研究之回顧與前瞻》，（北京：中華書局，1995
　　年），上冊，頁343～356；又參考王德威〈現代中國小說研究在西

方〉，見《小說中國》（臺北：麥田出版社，1993年），頁389～407。

[4] 同註3。

[5] 同註1，頁52（中文版）；頁21～22（英文版）。

[6] 同註1，頁51～52（中文版）；頁21～22（英文版）。

[7] 梁實秋《浪漫的與古典的》（香港：文藝書屋，1968年；原版1927年），頁1～24。

[8] 同註1，頁42及50（中文版）；頁11及503～504（英文版）；又參考余英時〈中國近代思想史上的胡適〉，見《中國思想傳統的現代詮釋》（臺北：聯經出版公司，1987年），頁519～574。

[9] 周昌龍《新思潮與傳統》（臺北：時報文化出版公司，1995年），頁205～233。

[10] 周作人《中國新文學的源流》（北京：人文書店，1934年），頁91～92。

[11] 同前註10，頁105。

[12] 有關儒家的人文精神或稱人本主義，參考黃繼持〈人文精神與藝術旨趣：從中國傳統談到現代〉，見《文學的傳統與現代》，頁1～16；宇野精一編、洪順隆譯《中國思想之研究：儒家思想》（臺北：幼獅文化事業公司，1977年），第1冊，頁533～534（英文）。

[13] 同註1，頁533（中文）；頁533～534（英文）。

[14] 同註1，頁533～534（中文）；頁534（英文）。

[15] 同註1，頁538（中文）；頁539（英文）。

[16] 林毓生《中國意識的危機》（貴陽：貴州人民出版社，1988年），頁177～296；又見Lin Yu-shen, *The Crisis of Chinese Consciousness*（Madison: University of Wisconsin Press, 1979），pp.104～151。另外參考《魯迅政治觀的困境》（臺北：聯經出版公司，1989年），頁253～275。

[17] 劉紹銘《涕淚交零的現代中國文學》（臺北：遠景出版社，1979年），

頁4。

[18] 同前註,頁9。

[19] 白先勇《寂寞的十七歲》(臺北:遠景出版社,1976年),頁332。

[20] 這是他論及的觀點,請參考他談論文學的訪談與文章,見《第六手指》
(臺北:爾雅出版社,1995年)。

[21] 有關沈從文的現代性,參考Jeffrey Kinkley, *The Odyssey of Shen Congwen*
(Stanford: Stanford University Press, 1987)及本人的《沈從文小說新論》
(臺北:文史哲出版社,1997年)。

[22] 同註1,頁535～536(中文);頁536(英文)。

[23] 李歐梵(Leo Lee), *The Romantic Generation of Modern Chinese Writers*
(Cambridge, Mass: Harvard East Asian Series, 1973)。

[24] 李歐梵〈中國現代文學的現代主義〉,見《見浪漫之餘》(臺北:時報
文化出版公司,1981年),頁39。他為中西現代文學的現代性學問,
還寫了其他幾篇文章,其中包括:〈文學趨勢〉,見《康橋中華民國
史》(北京:中國社會科學出版社,1993年),卷上,頁507～567
(上),頁478～562(尤其頁560～566);〈現代性與中國現代文
學〉,見《民族國家論述》(臺北:中央研究院,1955年),頁9～
24。

[25] 同前註,頁40～43。

[26] 同註1,頁48(中文);頁18(英文),另外請參考李歐梵註23的專
著有關部分。

[27] 彭小妍《超越寫實》(臺北:聯經出版公司,1993年),頁1。

[28] 普實克的代表研究中文譯本有《普實克中國現代文學論文集》(長
沙:湖南文藝出版社,1987年)。英文代表著述有Jaroslav Prusek, *The
Lyrical and the Epic: Studies of Modern Chinese Literature*(Bloomington:
Indiana University Press, 1980);關於他的研究特點,參考前註3王德

威《小說中國》，頁392～393。

29 如夏志清〈新小說的提倡者：嚴復與梁啟超〉，見《人的文學》（臺北：純文學出版社，1977年），頁63～91；李瑞騰《晚清文學思想論》（臺北：漢光文化出版公司，1992年）；蔣英豪《傳統與現代之間》（香港：文德文化事業公司，1991年）；賴芳玲《清末小說與社會政治變遷》（臺北：台安出版社，1994年）；黃錦珠《晚清時期小說觀念之轉變》（臺北：文史哲出版社，1995年）。研究現代作家時往前探討的有俄羅斯的謝曼諾夫（V. I. Semanov）《魯迅和他的前驅》（長沙：湖南文藝出版社，1987年），英文本：V. I. Semanov, *Lu Hsun and His Predecessors*, tr. by Charles Alber（New York: M. E. Sharpe, 1980）。

30 李瑞騰《晚清文學思想論》，同前註，頁131。

31 梁啟超《飲冰室文集》（臺北：臺灣中華書局，1960年），第10冊，頁6～10。

32 我在《魯迅小說新論》（臺北：東大圖書公司，1992年）中有較詳細討論，見頁75～79。魯迅這句話出自《月界旅行·辨言》，見《魯迅全集》（北京：人民文學出版社，1973年），卷11，頁393。

33 《魯迅全集》，卷4，頁455。

34 同註32，《魯迅全集》，卷4，頁393。

35 王瑤〈中國現代文學和民族傳統的關係〉，見《上海師範學院學報》第1期（1982年）。

36 許壽裳等著《作家談魯迅》（香港：文學研究社，1966年），頁10～11。

37 魯迅《集外集序言》，見《魯迅全集》，卷7，頁4。

38 孫伏園〈魯迅先生二三事〉，引自王瑤〈論魯迅作品與中國古典文學的歷史關係〉，見《六十年來魯迅研究論文選》（北京：中國社會科學出版社，1982年），下冊，頁220。

39 〈「感舊」以後〉（上），《魯迅全集》，卷5，頁329。

40 〈浮士德與城・後記〉，《魯迅全集》，卷7，頁355。

41 同註16（中文版），頁264。這是本書的附錄部分，原是一篇獨立的論文，見〈魯迅思想的特質〉，收入作者的《政治秩序與多元社會》（臺北：聯經出版公司，1989年），頁246。

42 林毓生《中國意識的危機》（中文版），頁262～263；又見同前註《政治秩序與多元社會》，頁245。

43 同註41〈魯迅政治觀的困境〉，《政治秩序與多元社會》，頁269。

44 見上引註16及41，林毓生著《中國意識的危機》及《政治秩序與多元社會》二書。

45 同註9，頁101～160。

46 同註1，頁74（中文）；頁41（英文）。

47 同註16，頁246。

48 同註9，頁126～127。

49 同註16，頁235～236。

論大觀園暮春放風箏的象徵

一、經常出現大觀園上空的風箏

　　《紅樓夢》中描寫風箏文字的獨創手法，其象徵的複雜結構與意義，被逐漸發現和肯定，是由於近年紅學考證工作所挖掘的新資料，使我們能重新認識《紅樓夢》的藝術結構。這種紅學的新方向說明，注意藝術結構的文學分析（literary study）與強調史料的傳統考證，是可以相輔相成，互相參考與幫忙的。只有在《紅樓夢》各種舊版本之發現與考證以及比較各種版本中有關風箏文字之異同後，我們才注意到曹雪芹在《紅樓夢》裏描寫風箏的藝術手法之奧妙，其意義涵蓋之廣大。如果沒有發現曹雪芹佚著《廢藝齋集稿》裏面的《南鷂北鳶考工志》的文字和圖片殘稿[1]，就不會引起對風箏之特別興趣，也不會明白有系統的象徵文字與符號。

　　曹雪芹在《紅樓夢》中一共讓風箏先後出現過七次。[2]第一次是在第五回寶玉看見探春的判詞裏：「畫著兩人放風箏，一片大海，一只大船，船中有女子掩面泣涕之狀。」另外還有詩一首：

才自精明志自高，生於末世運偏消。

清明涕送江邊望，千里東風一夢遙。（5:78）

在第二十二回，〈製燈謎賈政悲讖語〉中，探春的謎語詩如
下：

階下兒童仰面時，清明妝點最堪宜。

游絲一斷渾無力，莫向東風怨別離。（22:313～314）

賈政一聽就猜中是風箏。

　　第三次風箏出現在第七十回裏，那是《紅樓夢》中最精
彩、最細致的放風箏的描寫。由於在大觀園瀟湘館前放風箏所
引起的象徵意義極其複雜和重大，這裏需要將原文抄錄下來，
以方便下面的分析：

　　一語未了，只聽窗外竹子上一聲響，恰似窗屜子倒了一
　　般，眾人嚇了一跳。丫鬟們出去瞧時，簾外丫鬟嚷道：
　　「一個大蝴蝶風箏掛在竹梢上了。」眾丫鬟笑道：「好
　　一個齊整風箏！不知是誰家放斷了繩，拿下他來。」寶
　　玉等聽了，也都出來看時，寶玉笑道：「我認得這風
　　箏。這是大老爺那院裡嬌紅姑娘放的，拿下來給他送過
　　去罷。」紫鵑笑道：「難道天下沒有一樣的風箏，單他
　　有這個不成？我不管，我且拿起來。」探春道：「紫鵑
　　也學小氣了。你們一般的也有，這會子拾人走了的，也
　　不怕忌諱。」黛玉笑道：「可是呢，知道是誰放晦氣
　　的，快掉出去罷。把咱們的拿出來，咱們也放晦氣。」

紫鵑聽了，趕著命小丫頭們將這風箏送出與園門上值日的婆子去了，倘有人來找，好與他們去的。

這裡小丫頭們聽見放風箏，巴不得七手八腳都忙著拿出個美人風箏來。也有搬高凳去的，也有捆剪子股的，也有撥籰子的。寶釵等都立在院門前，命丫頭們在院外敞地下放去。寶琴笑道：「你這個不大好看，不如三姐姐的那一個軟翅子大鳳凰好。」寶釵笑道：「果然。」因回頭向翠墨笑道：「你把你們的拿來也放放。」翠墨笑嘻嘻的果然也取去了。寶玉又興頭起來，也打發個小丫頭子家去，說：「把昨兒賴大娘送我的那個大魚取來。」小丫頭子去了半天，空手回來，笑道：「晴姑娘昨兒放走了。」寶玉道：「我還沒放一遭兒呢。」探春笑道：「橫豎是給你放晦氣罷了。」寶玉道：「也罷。再把那個大螃蟹拿來罷。」丫頭去了，同了幾個人扛了一個美人並籰子來，說道：「襲姑娘說，昨兒把螃蟹給了三爺了。這一個是林大娘才送來的，放這一個罷。」寶玉細看了一回，只見這美人做的十分精緻。心中歡喜，便命叫放起來。此時探春的也取了來，翠墨帶著幾個小丫頭子們在那邊山坡上已放了起來。寶琴也命人將自己的一個大紅蝙蝠也取來。寶釵也高興，也取了一個來，卻是一連七個大雁的，都放起來。獨有寶玉的美人放不起去。寶玉說丫頭們不會放，自己放了半天，只起房高便落下來了。急的寶玉頭上出汗，眾人又笑。寶玉恨的擲在地下，指著風箏道：「若不是個美人，我一頓腳踩個稀爛。」黛玉笑道：「那是頂線不好，拿出去另使人打了頂線就好了。」寶玉一面使人拿去打頂線，一面又取

一個來放。大家都仰面而看，天上這幾個風箏都起在半空中去了。（70:997～999）

接著下面還有一段，由於脂硯齋庚辰本與程高本的《紅樓夢》有重要的差異，我下面引用了兩種不同的寫法，標上重點號部分表示有重要差異：

一時丫鬟們又拿了許多各式各樣的送飯的來，頑了一回。紫鵑笑道：「這一回的勁大，姑娘來放罷。」黛玉聽說，用手帕墊著手，頓了一頓，果然風緊力大，接過鷂子來，隨著風箏的勢將鷂子一鬆，只聽一陣豁剌剌響，登時鷂子線盡。黛玉因讓眾人來放。眾人都笑道：「各人都有，你先請罷。」黛玉笑道：「這一放雖有趣，只是不忍。」李紈道：「放風箏圖的是這一樂，所以又說放晦氣，你更該多放些，把你這病根兒都帶了去就好了。」紫鵑笑道：「我們姑娘越發小氣了。那一年不放幾個子，今忽然又心疼了。姑娘不放，等我放。」說著便向雪雁手中接過一把西洋小銀剪子來，齊鷂子根下寸絲不留。咯登一聲鉸斷，笑道：「這一去把病根兒可都帶了去了。」那風箏飄飄搖搖，只管往後退了去，一時只有雞蛋大小，展眼只剩了一點黑星，再展眼便不見了。眾人皆仰面睃眼說：「有趣，有趣。」寶玉道：「可惜不知落在那裏去了。若落在有人煙處，被小孩子得了還好；若落在荒郊野外無人煙處，我替他寂寞。想起來把我這個放去，教他兩個作伴兒罷。」於是也用剪子剪斷，照先放去。探春正要剪自己的鳳凰，見天上也

有一個鳳凰，因道：「這也不知是誰家的。」眾人皆笑說：「且別剪你的，看他倒像要來絞的樣兒。」說著，只見那鳳凰漸逼近來，遂與這鳳凰絞在一處。眾人方要往下收線，那一家也要收線，正不開交，又見一個門扇大的玲瓏喜字帶響鞭，在半天如鐘鳴一般，也逼近來。眾人笑道：「這一個也來絞了，且別放，讓他三個絞在一處倒有趣呢。」說著，那喜字果然與這兩個鳳凰絞在一處。三下齊收亂頓，誰知線都斷了。那三個風箏飄飄搖搖都去了。眾人拍手哄然一笑，說：「倒有趣，可不知那喜字是誰家的，忒促狹了些。」黛玉說：「我的風箏也放去了，我也乏了，我也要歇歇去了。」寶釵說：「且等我們放了去，大家好散。」說著，看姊妹都放去了，大家方散。（70:999～1000）

一時風緊，眾丫鬟都用絹子墊著手放。黛玉見風力緊了，過去將籰子一鬆，只聽「豁喇喇」一陣響，登時線盡，風箏隨風去了。黛玉因讓眾人來放。眾人都說：「林姑娘的病根兒都放了去了，咱們大家都放了罷。」於是丫頭們拿過一把剪子來，鉸斷了線，那風箏都飄飄搖搖隨風而去。一時只有雞蛋大，一展眼只剩下一點黑星兒，一會兒就不見了。眾人仰面說道：「有趣，有趣！」說著，有丫頭來請吃飯，大家方散。

從此寶玉的工課也不敢像先竟撂在脖子後頭了，有時寫寫字，有時念念書，悶了也出來合姐妹們玩笑半天，或往瀟湘館去閒話一回。眾姐妹都知他工課虧欠，大家自去吟詩取樂，或講習針黹，也不肯去招他。那黛玉更怕賈政回來寶玉受氣，每每推睡，不大兜攬他。寶玉也只

得在自己屋裡，隨便用些工課。[3]

　　在第一六回，賈寶玉重游太虛幻境，再度翻閱《金陵十二釵正冊》，匆忙間，「只見圖上影影有一個放風箏的人兒」（116:1583），這是風箏的第四次出現。另外在第五十回，暖香塢寶釵和寶玉各製作一個燈謎，全詩如下：

　　　鏤檀鍥梓一層層，豈係良工堆砌成？
　　　雖是半天風雨過，何曾聞得梵鈴聲？（50:704）
　　　天上人間兩渺茫，琅玕節過謹隄防。
　　　鸞音鶴信須凝睇，好把唏噓答上蒼。（50:704）

這二首詩的謎底是什麼？小說沒有交待，是作者故意回避過去，讓讀者去捉摸。但有些學者猜寶釵的謎底是紙鳶，寶玉的是「紙鳶帶風箏者」或「風箏琴，俗名鷂鞭」，也有其他學者不同意。[4]

二、兩種放風箏的方法

　　長期以來，流行最廣、最為讀者熟悉的是以程本系統（即程甲或程乙本）為底本的一百二十回的《紅樓夢》，其中人民文學出版社在1957年出版的以程乙本為底本的《紅樓夢》，印數多達二百五十餘萬，地方出版社印的還不算在內，這是一般人所讀的《紅樓夢》。1982年，人民文學出版社出版了以《脂硯齋重評石頭記（庚辰本）》為底本，經過重新校訂，加上以

程甲本為底本的後四十回，在《紅樓夢》版本史上第一次，初次就印了六十餘萬冊。[5]第七十回對風箏的描寫，脂評本（庚辰或戚序本）的《紅樓夢》，如上面所引，比程甲或程乙本詳細很多，多出五百多字。近幾十年，由於各種脂評本陸續被發現，因此少數紅學家如鄧雲鄉就從俞平伯校的八十回《紅樓夢》（庚辰本），發現風箏的描寫情節，比程本系統更細致，結尾還多了一大段，我在上面已引錄二種版本之不同部分。[6]

　　對於這差異，不少學者認為程高本所以簡略，是被程偉元或高鶚「刪改得支離破碎」的結果。[7]我想這種解釋把問題看得太簡單了。其實這兩種不同的寫法，正說明曹雪芹對風箏在小說中所創造的角色與注入的意義，真是費盡苦心。大概有二種可能。第一，如果程高本的底本比脂評本早的，那表示作者把放風箏的情節，在後期手稿中，加以複雜化，以期放出更高層次的象徵性。譬如在末段，二個鳳凰絞在一起，最後與一個喜字風箏一起飄去，顯然又把風箏與探春遠嫁命運再度連繫起來，判詞中的風箏，謎語中的風箏便又得到另一種意義的發展。我會在下面指出鳳凰與喜字風箏把判詞中的悲劇性改變了，所以後來探春嫁到海疆後，生活快樂，還在抄家後回去探親，把吉祥帶回賈府，因此才有中興的跡象。

　　寶玉擔心黛玉的風箏落在荒野無人的地方會寂寞，便把自己的剪斷，讓它飄去作伴，這也表示寶玉對黛玉之癡情，因此放風箏便超越了放掉晦氣，讓病根兒帶走的傳統象徵，而成為具有獨創的個人象徵（private symbol）了。再看黛玉原來不願把風箏放走，是紫鵑搶過來剪斷的，這裏又把五十七回「慧紫鵑情辭試忙玉」的情節有機地連繫起來。紫鵑一片真心為林姑娘，故意設辭試探寶玉，說林妹妹要回蘇州去了，果然寶玉急

痛迷心，人事不知，驚動全家，還得紫鵑方能解開。這一次剪風箏又測驗出寶玉的真心。

紫鵑一句「姑娘不放，等我放」，又是暗示她以後隨惜春出家的不幸預兆（第118回）。程高本結尾說「有丫頭來請吃飯，大家方散」，意義太平實單薄，脂評本「看姊妹都放走了，大家方散」，多了「放走了」三字，內涵就大大豐富了，文字從寫實變成象徵，變成暗示大觀園眾女子和寶玉將從此死的死，散的散。

如果曹雪芹先寫詳細的，後來再縮短，也不是沒有可能的。《紅樓夢》風俗專家鄧雲鄉說：「這段文字由於把風箏描繪得很細致，所以有關放風箏的術語也不少。有些比較特殊的，不加注解，恐怕有的讀者就不易了解了。」他又指出「各式各樣送飯的」[8]，「一個門扇大的玲瓏喜字帶響鞭，在半天如鐘鳴一般」，「看他倒要像來絞的樣兒」等等描述，都是對風箏有專業的知識才能了解的。也許正因為如此，曹雪芹在程本系統的底本，把它簡化了，通俗化了。

呂啟祥比較兩種不同系統版本的文字重大差異現象，得出的結論是：脂評本與程高本最明顯差異是文白之分和南北之差。程高本的文字較注意通俗通暢，生僻字也改掉，主要是有利於閱讀。所以風箏在第七十回的文字也一樣。[9]

在無法知道哪一種版本系統的先後，也不確定為後人所修改的情況下，我只能作這樣的判斷。但不管怎樣，它表示作者很重視風箏所能放出的複雜的象徵意義。

論大觀園暮春放風箏的象徵 341

三、曹雪芹在燕子風箏上留下的象徵畫與文字

1962年，鄧雲鄉因為讀了俞平伯校的八十回《紅樓夢》，才發現上引最末一段文字，比程高本多出五百字，他即驚訝的說：「風箏寫得有聲有色，實在不可多得，這不僅是文學作品中的好材料，實在也是民間工藝史、民俗史中的好材料。」[10]任何人讀了第七十回生動活潑的放風箏的描寫，把風箏所有的術語、關鍵都能用文字說清楚，都會這樣想：應該作者自己會扎風箏，有些實際的操作經驗才能寫清楚。

1973年吳恩裕開始公開介紹新發現的曹雪芹《廢藝齋集稿》中《南鷂北鳶考工志》的文字和圖式殘稿。此外還有附錄的董邦達的序，與敦敏《瓶湖懋齋記盛》。這一發現，證明生動貼切，自然而形象，深刻而含蓄的《紅樓夢》中的風箏，是來自曹雪芹畫、糊、扎與放風箏的實際經驗。《南鷂北鳶考工志》原是教人扎、畫與糊風箏的小冊子，每種風箏均有彩圖、畫法與編扎的歌訣。現在細讀這些有關製作風箏的文字和圖畫，雖然殘留部分主要是關於燕子風箏，在這些燕子身上，我們可以找到不少珍貴的可以解讀《紅樓夢》放風箏的象徵密碼。

曹雪芹在《南鷂北鳶考工志》的序文說，友人于景廉因經濟困難，無以為生，曹雪芹教他扎糊風箏，養活家人。敦敏的《瓶湖懋齋記盛》曾記曹雪芹擅長製作宓妃美人風箏，一次友人見了，還以為是真人。這不免使人想起寶玉與黛玉所放者都

是美人風箏。殘文中「富非所望不憂貧」七字風箏,而第七十
回的風箏中,也有「一個門扇大的玲瓏喜字」風箏出現。敦敏
也說曹雪芹示範放風箏,果然手法高明。[11]

　　最引起我注意的,是那些教導人扎、糊、繪風箏的詩歌口
訣,如《軟翅扎糊訣》下半首是:

> 軟翅專為摹形態,尤須神似栩栩然。
> 兔起鶻落擬鷹准,下擊上翻復盤旋。
> 最是多情雙飛燕,左撲右閃逗雲間。
> 金魚浮泳常擺尾,彩蝶追逐喜翩躚。
> 鷺飛一行畫青靄,雁排人字書蒼天。
> 喜看長干小兒女,青梅竹馬戲門前。
> 宓妃何興來天畔,婀娜娉婷步青蓮。
> 世上萬物自殊異,全在神存動態間。
> 軟翅獨能傳妙趣,悟得斯旨可通玄。
> 訣中一語千般用,尖時尖時彎對彎。[12]

以上的歌訣,透露曹雪芹最喜歡又是最拿手扎糊和繪畫的風箏
包括了鷹、雙飛燕、金魚、彩蝶、鷺、雁排人字、長干女兒、
宓妃等形狀的。在第七十回所出現的風箏,居然也大致相同:
賈赦院裏飛來的是蝴蝶,晴雯放的是大魚,賈環有一個螃蟹,
寶玉與黛玉的是美人,寶釵放的是大雁,以上都相似,至於喜
字風箏與寶琴的蝙蝠不在軟翅風箏的名單上,卻出現在別的圖
文中。現存殘文中有七字風箏,上面已說過,下面我會指出曹
雪芹喜歡把蝙蝠畫在燕子風箏上。

　　在《南鷂北鳶考工志》的殘文中,主要是有關燕子形狀的

風箏的扎糊畫的口訣。由此可見這種風箏之重要。燕子代表喜氣，有春到人間之象徵，必然為大眾所喜好。《肥燕畫訣》有這二句：

> 大地春回景色妍，燕子報喜到人間。

所以曹雪芹愛把風箏畫上好預兆的象徵物。在《肥扎燕畫法》中，燕的嘴畫上紅蝠：

> 嘴畫紅蝠，兼寓洪福在眼前之意。

在三幅燕子風箏的圖畫上，燕的翅膀中都畫上春天盛開的花朵。曹雪芹在《此中人語：肥扎燕畫法》中說得最清楚：

> 古之人以燕為喜之徵，春之象，故必以意匠為之，實以擬乎人也。須使其眉目口角，均呈喜相。於其翼內尾羽之間，配以「紋樣組錦」，以慶福祿壽喜之禎；組成：紅桃綠柳，以徵大地回春之象。膀角位以彩蝶，兼喻蛺蝶尋芳之趣。[13]

比翼燕子，則更有個別的象徵意義：長年白首的愛情，《比翼燕畫訣》說：

> 比翼雙燕子，同命相依依。
> 雄羽映青天，雌衣耀紫暉。
> 相期白首約，互證丹心哲。

曹雪芹的風箏，不但要形似，也要神存。更重要的能呈現複雜的象徵性。如《肥扎燕畫法》說燕的翅部，「羽間五福捧壽紋樣，紅蝠褪潤勾以白線，遠望即呈粉紅花一朵」，即是蝙蝠，又是花，更是福和壽，請看下圖[14]：

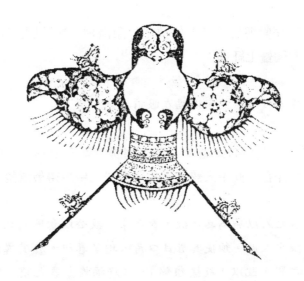

所以儘管還有不少紅學家懷疑《南鷂北鳶考工志》的真實性，但這並不重要，至少它洩露了民間藝術的製造方法之奧秘，可幫我們解讀《紅樓夢》中的風箏的象徵結構與意義。

四、從初春的桃花變成暮春的柳絮

儘管曹雪芹喜歡燕子風箏，譬如肥燕代表大地回春，「喜之征，春之象」，比翼雙燕象徵依依白首之愛情，但大觀園天

空中出現過的風箏，沒有一個是燕子風箏。為什麼？

要回答這問題，就要注意《紅樓夢》放風箏的時間與人事的安排。第一、二、及四次都是清明時節，第七十回是暮春，也大概是清明時節吧。這個時節，不是燕子紛紛的時候，而是敗絮飄落的暮春。所以第七十回作者一再表現，大觀園的兒女對時間與人事變化之無奈，她們沒辦法安排春天不走，桃花不凋謝，更不能叫敗絮不要飄落。

第七十回的回目為〈林黛玉重建桃花社，史湘雲偶填柳絮詞〉。初春時候，史湘雲想把海棠詩社改建成桃花詩社，趁「萬物逢春，皆主生盛」時，但賈府有種種事情發生，吟詩會開不成，一拖就到了「暮春之際」，史湘雲眼看滿目敗絮紛飛，遂召集了大觀園詩社最後的一次聚會。眾人的柳絮詞都是描寫暮春殘景，寄寓了賈府即將衰敗的預感。寶釵最後偏要反過來寫，「好風頻借力，送我上青雲」，希望能把哀傷驅走。想不到眾人拍案叫絕未完，一個斷線的風箏嘩啦的落在窗外竹子上，把大家嚇了一跳。於是眾人又以放風箏為手段，希望把晦氣放走，可是放完風箏時，寶釵一句話「且等我們放了去，大家好散」不幸言中，從此不但大觀園的兒女一個緊跟一個失散死亡，連四大家族也衰敗了。《紅樓夢》中的散是很可怕的預兆，第七十七回司棋被逐出大觀園，迎春說：「想這園裡凡大的都要去吧。依我說，將來終有一散。」（77:1100）後來司棋撞牆而死。（92:1307）

因此曹雪芹沒有讓「喜之徵，春之象」的燕子與敗絮一齊飛舞在大觀園的天空。

五、重新認識大觀園暮春天空的風箏

　　大觀園暮春天空的柳絮敗落之後，曹雪芹不可能選擇放出「喜之徵，春之象」的燕子風箏，雖然那是他最喜歡同時也是民間最受歡迎的風箏。如果我們一口氣把第七十回讀完，你會感到作者是故意製造一種感覺：柳絮敗落後，變成一個個風箏。現在讓我們一一細數曹雪芹放出的帶著徵象的風箏，並解讀風箏身上的象徵圖案。正如梁歸智所說，「放風箏的方式、所放風箏的樣式、放風箏的先後次序」都是經過精心設計，用來象徵人物的命運歸宿。[15]

　　第一個風箏是蝴蝶，「大老爺那院裡嬌紅姑娘放的」。嬌紅（據庚辰，其他版本作嫣紅）是賈赦買回來的妾。賈赦是榮國府賈母的大兒子，因此是賈府罪大惡極的代表人物。後四十回賈府被抄，賈赦罪狀為交通外官，依勢凌弱，被革去世職，發往台站效力贖罪，所以第一個斷線的風箏來自賈赦，隱伏著四大家族沒落是從這種人開始的。這蝴蝶風箏是由嬌紅放出的，它又有更深的意義。蝴蝶象徵賈赦是一個天天採花的好色之徒。曹雪芹《比翼燕畫訣》說：「彩蝶翩翩來，迷花不知惜，錦衣紈綺者，盡是輕薄兒。」[16]又加上蝴蝶風箏是嬌紅放的，便一道把第四十六回賈赦欲強迫娶鴛鴦為妾，事敗後，才買嬌紅為妾的尷尬事件引出來。

　　第二個提到放走風箏的是晴雯。寶玉要丫頭把賴大娘送他的大魚風箏拿來放，後來才發現「晴姑娘昨兒放走了」。所以更準確的說，晴雯比賈赦的嬌紅更早一天放走風箏。曹雪芹如

此安排，是因為晴雯早在賈府被抄之前，在七十七回「俏丫鬟抱屈夭風流」，就因遭忌被逐，抱屈夭亡。至於大魚風箏原是賴大娘送的，也暗示晴雯之身世：十歲時被賴大家買來孝敬賈母，後來賈母把她送給寶玉。她是一個多餘的人，所以風箏是一條大魚。

第三第四人把風箏放走的先後是黛玉和寶玉。兩人的風箏均是美人。曹雪芹的風箏殘文中有宓妃和長干女兒兩種美女風箏，兩者都可以看作寶玉的風箏。前者固然是大美人，但長干女兒「青梅竹馬戲門前」，未嘗不像黛玉的象徵，更何況長干女兒長大後不能與愛人長相守，小時「同居長干里，兩小無嫌猜」更像寶黛的悲劇愛情。當黛玉把風箏放走，寶玉怕它在荒野裏寂寞，因此也把自己的風箏放去陪它。這是一種伏筆，那是要人聯想起第五十七回「慧紫鵑情辭試忙玉」的象徵。寶玉的風箏是林大娘送的，這是暗示林黛玉家送的，因為寶玉心迷時，曾把林之孝當作林黛玉家的人，誤以為來接她回蘇州。

寶玉放走的風箏的形狀沒說明。他的第一個風箏也是美人，那是極恰巧不過的，因為他一生下來要的就是脂粉，長大後是唯一住在大觀園的男子。可是他卻娶不到他最愛的女子黛玉，因為這個美女風箏的「頂線」不好，放了半天，也放不上去。黛玉明白問題所在：「那是頂線不好。」雖說「拿出去另使人打了頂線就好了」，時間來不及了，丫頭送來另一個，寶玉一下子就放上去了。這不是寓意著王熙鳳掉包設計，偷龍轉鳳的事件嗎？寶玉明明要娶的是黛玉，卻娶來寶釵。所謂頂線不好，也象徵黛玉在賈府地位比不上寶釵。後者是王夫人的外甥女（薛姨媽與王夫人為姐妹），而且寶釵端莊自重，恪守禮教，加上有「金玉良姻」，黛玉雖是賈母外孫女，畢竟父母已

雙亡，只得寄居賈府，這就是「頂線」不好的原因。寶釵正如前面所說，她信心十足，所以眾人都為敗絮傷感，她卻說：「好風頻借力，送我上青雲。」她是大觀園中青雲直上的福氣的女人。

第五個剪斷風箏的人是探春。她的鳳凰與另一個別處飄來的鳳凰絞在一起，後來又飄來一個喜字風箏，把兩個鳳凰絞在一起，然後一起斷線而去。這是從第五回與第二十二回風箏詩歌演繹出來的，象徵探春遠嫁，她後來嫁給鎮海總制周瓊之子。前兩次風箏出現時，由於有「世雲偏消」、「千里東風一夢遙」和「莫向東風怨別離」等淒傷的字眼，紅學家以為探春出嫁後便會與家人永別。這一次的風箏象徵她命運之改變。其中曹雪芹用鳳凰與喜字的風箏，不正是象徵她以後是快樂的嗎？所以第一一九回賈府被抄，寶玉心迷走失之後，探春從海疆回來破落的賈府探親，家人「見探春跳得比先前更好了，服采鮮明」，而家人形象剛好相反：王夫人形容枯槁，惜春道姑打扮。探春給賈府帶來更大的吉祥與喜訊：賈蘭中了舉人，出乎意外的「沐皇恩賈家延世澤」便發生了。《紅樓夢》這樣的結局使到紅學家大失所望，所以堅持到底的說後四十回是高鶚或他人所續，違反曹雪芹的意願與主題。事實上喜字風箏已替曹雪芹說明了一切。

探春的風箏不是唯一好預兆的象徵。寶琴放的是一個「大紅蝙蝠」。大紅即洪大，蝙蝠即偏福，是吉祥的象徵，曹雪芹在「肥扎燕畫法」中說，「嘴畫紅蝠，兼寓洪福在眼前之意」。寶琴是寶釵的堂妹，隨兄薛蝌進府，賈母寵愛，命王夫人認作乾女兒，賈母想跟寶玉求配，只因寶琴已許婚梅翰林之子才作罷。寶琴自幼隨父走遍三山五嶽，因此詩詞的題材特別

為姐妹們所羨慕，小說結束時沒有悲劇。所以曹雪芹特別送給她一個大紅蝙蝠風箏。

寶釵的風箏是七個雁，應是《軟翅扎糊訣》中「雁排人字書蒼天」的那個。雁一方面點出她經常勸諫寶玉讀書仕進，在眾姊妹中她最像人，端莊自重，恪守禮教。雁與燕同音，雖然她不能完全象徵大地回春的燕子，但第一〇二回寶玉出家後，她有遺腹子，宗祧可續，復興有望，可見風箏之選擇，是與曹雪芹小說情節之進展變化有密切關係的。

另外曹雪芹送給賈環一個螃蟹風箏，那是跟他開了一個玩笑。正如梁歸智所說：「含有深深的調侃，而且暗伏後來賈環像螃蟹一樣橫行霸道，欺侮陷害寶玉，所謂『橫行公子卻無腸（寶玉螃蟹詩）也。』」[17]

姐妹們似乎都有放風箏，因為最後作者這樣點明：

> 寶釵說：「且等我們放了去，大家好散。」說著，看姊妹都放去了，大家方散。

不過我們不知道像史湘雲、李紈的風箏樣式。

六、我看曹雪芹放風箏時放出的象徵

我在上面曾指出，曹雪芹所製作的風箏，身上都載滿了象徵，像那個「喜之徵，春之象」的肥燕（見圖片），它眉心是紅色桃花，眼球外畫綠柳，嘴畫紅蝠，兼寓洪福在眼前，翅內紅蝠形成紅桃花一朵，另有五朵花形成五福，還有彩蝶四隻及

其他象徵物。

曹雪芹五次（或七次）放的風箏，都不是普通的風箏，而是載滿象徵物象的風箏，尤其在第七十回裏，真是令人看得眼光繚亂，怪不得最後黛玉說「我也乏了，我也要歇歇去了」。最後還寫「黛玉回房歪著養乏」。

先是黛玉《桃花行》製造出滿園凋落憔悴的桃花，接著是史湘雲看見柳花飄舞，還有眾姊妹填詞時帶出的敗落柳絮。當凋謝的桃花，敗落的柳絮變成風箏時，大觀園暮春天空有二種風箏：過去的與現在的一起出現，像「晴姑娘昨兒放走了」、「昨兒把螃蟹給了三爺」、「那一年不放幾個子」，都是過去放的風箏。黛玉、寶玉、探春、寶釵的是現在的。曹雪芹因為風箏太多，最後只用「看姊妹都放去了，大家方散」草草結束。不管過去或現在的，這些風箏同時把過去的事件與未來的命運同時帶上天空，讓大家回憶和了解未來。

放風箏是以「放晦氣」作為動機，最後以「大家好散」作為結束。「放晦氣」不成，反而導致眾人的散亡敗落如桃花和柳絮，這說明了大觀園內，甚至賈府內的人的無奈。散亡的原因因人而異，如賈赦，因為他「彩蝶翩翩來，迷花不知惜，錦衣紈絝者，盡是輕薄兒」。黛玉與寶玉的悲劇，只因「頂線不好」，晴雯被攆出大觀園，只因她是多餘的人，被人買來送去。這些風箏通過其樣式，放風箏的方式和先後，有些象徵大觀園，甚至賈府的必然敗落及其原因，有些象徵各人的個性行為，有些預示各人的悲哀或吉祥的未來命運與下場。

曹雪芹一口氣把所有各種象徵都放了出來。在西方文學理論中，意象因其聯想力量的產生之不同，分成四大種象徵類型。像放風箏以期把晦氣放掉，斷線的風箏飄落不知何處，即

寄寓家人的散失死亡，蝴蝶代表好色的「錦衣紈絝者」，都是人類生活經驗中，盡人皆知的世人共識象徵（universally understood symbols）。具有歷史性的傳統象徵（conventional symbols）也不少，如蝙蝠象徵有福氣，有吉祥，紅蝠即是洪福，大魚象徵多餘，鳳凰代表結婚。所謂個人象徵（private symbols），即是作者私自創造的也不少，如螃蟹風箏暗寓為人橫行霸道的賈環，清明時飄向海洋的風箏暗示探春遠嫁海疆，大魚風箏是指有多餘人的身世的晴雯。另有一些比個人象徵更複雜，因為當它與小說中其他東西連繫在一起，便產生新的意義。「晴姑娘昨兒放走了」隱伏著她是大觀園中最早被攆出去，最早死亡的一位。「且等我們放了去，大家好散」，「散」和「去」即蘊含著姊妹要散落死亡的預兆，因為它和小說其他部分如七十七回「將來終有一散，不如你各人去罷」密切連繫著的。這種象徵便是所謂內在關係象徵（internal relationship symbols）。

象徵的意象的來源，有出自大自然世界的，與人體有關的，藝術品或一切俗物，文學歷史典故等等，至於在小說中呈現時的方式，有時是真實的經驗，有時只是一種夢境或幻象（vision）。《紅樓夢》放風箏時的暮春就是自然的一部分，風箏本身是藝術品或俗物，而放風箏的人及其放風箏的動作是人體的動作。第五回、二十二回、及一一六回的放風箏都是通過幻境來表現，第七十回則完全是真實生活的描寫，有大的如整個放風箏場面，有細小的地方的如林黛玉說「我也乏了」或寶釵說的「且等我們放了去，大家好散」，處處都是象徵的意象。

所以曹雪芹的放風箏圖，簡直就是一幅複雜的象徵結構圖，在這放風箏的場面裏，可以找到現代象徵理論任何一部分

所要的實際例子。[18]

注 釋

[1] 關於發現之經過及殘文圖片，見吳恩裕《曹雪芹叢考》（上海：上海古籍出版社，1980年），頁1～79。吳恩裕首次公開所發現資料是在1971年《文物》第2期上。

[2] 本文所用引文採用北京人民文學出版社以《脂硯齋重評石頭記》（庚辰本）為前八十回底本，程甲本為後四十回底本的《紅樓夢》（北京：人民文學出版社，1982年）。引文後面先註明回數，然後是頁數，如5:78。

[3] 這是複印自呂啟祥〈《紅樓夢》新校本和原通行本正文重要差異四百例〉，見《〈紅樓夢〉開卷錄》（西安：陝西人民出版社，1987年），頁389～390。重點號為作者所加。程高本是指以程乙本為底本的人民文學出版社1957年出版的《紅樓夢》。

[4] 劉耕路《紅樓夢詩詞解析》（吉林：吉林文史出版社，1986年），頁208～271，又見馮其庸、李希凡主編《紅樓夢大辭典》（北京：文化藝術出版社，1990年），頁587～589。

[5] 呂啟祥曾比較兩種不同系統版本之重要異文，見《〈紅樓夢〉開卷錄》，頁273～404。

[6] 俞平伯校訂《紅樓夢八十回校本》（北京：人民文學出版社，1958年）。

[7] 梁歸智〈放風箏的啟示〉，《石頭記探佚》（太原：山西人民出版社，1983年）。

[8] 鄧雲鄉〈紅樓夢小錄〉（太原：山西人民出版社，1984年），頁335～342。

[9] 同前註3。

[10] 同前註8。

[11] 同前註1，頁27～39。

[12] 同前註1，頁17～18。

[13] 同前註1，頁24～25。

[14] 取自註1，圖三之二。

[15] 同前註7。

[16] 同前註1，頁20。

[17] 同前註7，頁67～68。

[18] 本節所依據象徵理論，出自Alex Preminger (ed), *Poetry and Poetics* (Princeton: Princeton University Press, 1965), pp.833～836。

論《紅樓夢》中謎語詩的
現代詩結構

一、「單是命意，就因讀者眼光而有種種」

艾略特（T. S. Eliot）認為莎士比亞劇作所以偉大，因為程度不同、興趣不同的讀者或觀眾，都能找到自己喜歡的東西：

> 在莎翁的劇本裡，你能得到許多不同層次的意義。對最普通的聽眾來說，戲裡有故事情節，比較有深度的人則會接受那些有個性的人物及人物的心理衝突，在文學上更有修養的人，對劇本中的詩詞會更有興趣，音樂涵養深的人，對那些音韻旋律則會很欣賞，至於在那些感受與了解造詣更高的人，整個戲劇則具有無窮的意義，……讀者或聽眾絕不會因為某一種東西的存在，由於他不了解或不感興趣而苦惱。[1]

植根於中國複雜的歷史、文化、文學的《紅樓夢》與莎翁的劇作比較，其內涵層次要複雜得多。魯迅在一九二七年就已說過：

> 單是命意，就因讀者的眼光而有種種，經學家看見
> 《易》，道學家看見淫，才子看見纏綿，革命家看見排
> 滿，流言家看見宮闈秘事……。[2]

今天紅學家周汝昌等人，不但認為《紅樓夢》是一部文化
小說，它簡直是一部中國文化的百科全書，具有廣博而深厚的
文化內涵：

> 大家熟知，歷來對《紅樓夢》的闡釋之眾說紛紜，蔚為
> 大觀：有的看見了政治，有的看見了史傳，有的看見了
> 家庭與社會，有的看見了明末遺民，有的看見了晉朝名
> 士，有的看見了戀愛婚姻，有的看見了明心見性，有的
> 看見了讖緯奇書，有的看見了金丹大道……。[3]

正由於《紅樓夢》的內容和表現多樣化，而且密合著傳統
中國文化的精髓，周策縱指出，「要想充份了解它的人，必須
有多方面的知識和修養，從多種角度去觀察和探索，才能得到
真相」。[4]

近二十多年，許多紅學學者打破傳統的研究途徑與角度，
去探索《紅樓夢》。單單從西方文學作品的藝術結構與表現技
巧來看《紅樓夢》，也各有所見，各有所得。譬如對熟悉西方
象徵主義的學者，如霍克斯（David Hawkes），就曾寫〈象徵
小說《石頭記》論〉[5]，其他中國學者如胡菊人的〈紅樓夢的
象徵意義〉[6]，周中明〈試論《紅樓夢》中的象徵手法〉[7]，都
一再肯定象徵結構是小說中極重要的一部分。蒲安迪（Andrew

Plaks）受了西方神話原型（Archetype）理論的影響，當他分析《紅樓夢》的小說結構，他看見神話在敘事與意義上扮演著極重要的角色。[8]現代西方小說注重敘事觀點（point of view）的敘事與表現法，同樣的一些學者也發現曹雪芹運用了這種所謂現代小說手法，有時通過寶玉、黛玉、劉姥姥等人眼睛輪流變換使用。[9]

王蒙寫小說，喜歡試驗和創新表現技巧，他對世界現代小說也有很深的認識。當他讀《紅樓夢》第三十回〈椿齡畫薔痴及局外〉一段，他雖然明知這不是一本現代派小說，但他眼中所見，這一段卻是一篇只有一千多字的現代派小說，運用了人物觀點、心理分析等現代小說表現技巧。他說可以給它一個標準的短篇小說的題目如〈雨〉或〈花下〉。[10]

因為王蒙寫現代小說，讀《紅樓夢》時未免看見現代西方現代小說，我因為自己寫現代詩，就覺得《紅樓夢》許多詩、詞、曲、賦、謎語等韻文體作品中，不少具有現代詩的結構與技巧。根據周雷的統計，《紅樓夢》中的韻文體作品可分成二十二種，其中詩共八十一首（其中五言及七言絕句三〇首，五、七言律詩四六首，排律二首，歌行二首，樂府一首），詞十八首，曲十八首，再加上詩謎等文體共有二二五首。[11]

我本文中研究的詩，其實只限於詩謎。《紅樓夢》中共有二八首謎語：

1. 第二十二回：十首詩謎（賈環、賈母、賈政、元春、迎春、探春、惜春、黛玉、寶玉、寶釵作）。
2. 第五十回：四個一句式的燈謎（李紈二首，紋兒、綺兒各一首）。

3. 第五十回：一首〈點絳唇〉曲謎（湘雲）。

4. 第五十回：三首七言律詩燈謎（寶釵、寶玉、黛玉各一首）。

5. 第五十一回：〈懷古詩〉詩謎十首（寶琴）。

對這二十八首詩謎的研究，目前已有不少文章發表，像香港中文大學《紅樓夢》研究小組的〈略論《紅樓夢》中的謎語〉[12]，高國藩的〈《紅樓夢》中的謎語〉[13]都肯定這些謎語的重要性，它不但是暗示人物命運與情節發展的伏線，也成為小說的有機組成部分。

在這些詩謎中，第二十二回的十首我最感興趣，即使把它放在全書二百多首詩中，它還是最有創意、最有新技巧的詩歌。本文以下嘗試從現代派詩學與表現技巧來分析，希望能更具體的看見《紅樓夢》的現代性。

二、「詩應該永遠停留在謎語裏」

曹雪芹把謎語寫成詩，也把許多詩詞曲賦寫成謎語，如金陵十二釵圖冊判詞，因此他的詩學與法國象徵的詩人相似。馬拉美（Stephane Mallarme, 1842～1898）說：「詩應該永遠停留在謎語裏」（Poetry must always remain a riddle）。後來他的學生梵樂希（Paul Valery, 1871～1945）也主張「詩人應該為我們製造謎語」（They propound riddles to us）。[14]

謎語在中國不只是茶餘飯後，供作娛樂性質的遊戲文字，它自古以來就是語言精簡，表達含蓄，具有文學表現技巧的韻

文，它充滿機智與想像力，包含了文化精華，是一種民間文
學。劉勰（466？～539？）寫《文心雕龍》時，就因為謎語
像小說那樣被人摒棄在正統文學以外而不滿，特地寫〈諧隱〉
一章，以論述謎語的特點及其發展史。諧和隱，都是謎語的前
身文體，劉勰以恰當的文字把它的特色描繪出來：

> 讔者，隱也；遁辭以隱意，譎譬以指事也。
> ……謎也者，回互其辭，使昏迷也。或體目文字，或圖
> 像品物，纖巧以弄思，淺察以炫辭，義欲婉而正，辭欲
> 隱而顯。[15]

如果把這兩段《文心雕龍》譯成英文，那些談論西方現代
派詩歌特點的字眼，都在此出現了，試看施友忠的英文翻譯：

> Yin, or engima, literary means to hide: to use obscure lan-
> guage to hide ideas or to employ an artful parable to point to
> certain facts.
> A riddle is a piece of writing so circuitous that it leads people
> into a maze. Some riddles are based on the sturcture of char-
> acters, and some on the pictures and forms of articles. They
> show refinement and cleverness in the manipulation of
> thoughts, and simplicity and clarity in the array of expres-
> sions; their ideas are indirect and yet correct, and their lan-
> guage is ambiguous and yet suggestive.[16]

謎語用的是晦澀的文字，喜歡把意義隱藏起來，不像五四

時期的白話新詩，通過口頭語，把意思暴露無遺。謎語詩的表現方法注意以間接手法，通過「圖像品物」，使到意思淺顯而又深奧。讀者只能從暗示和聯想中去猜答案，這不是現代派詩歌的語言與表現手法嗎？施友忠在翻譯《文心雕龍》時，當然完全沒有想到西方現代派詩歌的特點，因此他不會故意把討論現代詩的字眼用在謎語的定義上，但是由於謎語的語言與表現特徵與西方現代詩相似，那些有關現代詩的特徵的字眼，如 obscure language, riddle, ambiguous and suggestive 等等便自然而然出現了。

劉勰給謎語下的定義，簡直就是今天所謂現代詩的定義。而曹雪芹在第二十二回所寫的十首謎語詩，實際上就是今天世界各地華文作家所寫的現代詩，為了方便下面的討論，我把這十首謎語詩抄錄如下：

賈環
大哥有角只八個，二哥有角只兩根。
大哥只在床上坐，二哥愛在房上蹲。

——枕頭、獸頭

賈母
猴子身輕站樹梢。

——荔枝

賈政
身自端方，體自堅硬。
雖不能言，有言必應。

——硯台

賈元春

能使妖魔膽盡摧，身如束帛氣如雷。
一聲震得人方恐，回首相看已化灰。

——爆竹

賈迎春
天運人功理不窮，有功無運也難逢。
因何鎮日紛紛亂？只為陰陽數不通。

——算盤

賈探春
階下兒童仰面時，清明妝點最堪宜。
游絲一斷渾無力，莫向東風怨別離。

——風箏

賈惜春
前身色相總無成，不聽菱歌聽佛經。
莫道此生沈黑海，性中自有大光明。

——佛前海燈

林黛玉
朝罷誰攜兩袖煙？琴邊衾裏兩無緣。
曉籌不用雞人報，五夜無煩侍女添。
焦首朝朝還暮暮，煎心日日復年年。
光陰荏苒須當惜，風雨陰晴任變遷。

——更香

賈寶玉
南面而坐，北面而朝。
象憂亦憂，象喜亦喜。

——鏡子

薛寶釵

有眼無珠腹內空，荷花出水喜相逢。

梧桐葉落分離別，恩愛夫妻不到冬。

——竹夫人[17]

　　關於這十首謎語解釋與最後三首的補續等問題，已有不少學者探討過[18]，這裏只需指出，曹雪芹寫謎語就如目前我們創作現代詩，每一首詩就是一種試驗，因此有一行的，有四言古詩，有七言的律絕。在這十首詩中，語言和意義都不算極端晦澀，完全符合「辭欲隱而顯」的手法。第五十回和五十一回的謎語（上述第四及第五項）甚至沒有謎底，中外學者一直猜到今天，二百年了還是沒有答案，雖然讀者讀後各有自己的答案。[19]即使第二十二回的十個謎，通過小說人物的對話提供了謎底，我們知道賈母的「猴子身輕站樹梢」，她的猴子並不單單指荔枝，讀者知道這個謎的寓意在暗示秦可卿托夢鳳姐（第十三回）所預言的「樹倒猢猻散」的結局，象徵賈家的崩潰。在元春的謎底爆竹裏，也隱喻著更深一層的悲劇。元春被選為貴妃，聲勢顯赫，但剎那間的榮華富貴，轉眼成空。[20]

　　讀曹雪芹的謎語詩，與讀現代派的好詩，經驗是很相似的，因為曹雪芹和梵樂希都相信，「詩應該永遠停留在謎語裏」。而劉勰在《文心雕龍》裏所說「回互其文，使昏迷也」，就是曹雪芹的「現代詩」的傳統。

三、物謎詩與意象詩

　　《紅樓夢》第二十二回中的十個謎語，雖然詩的形式多變

化，有一句、四句和八句的，有四言、五言、七言的，但都是屬於物謎，讀者從謎面具體的形象，即是《文心雕龍》所謂「象品物」，產生聯想。通過這種隱喻暗示而把謎底啟開。謎底，具體清楚，如賈母的荔枝、賈政的硯台、元春的爆竹、迎春的算盤，但謎底不是詩的答案，只是意義的開始，所以賈母的謎底只是引發我們聯想的跳板，要我們跳到賈府去尋找更深入的寓意：「樹倒猢猻散」。

劉勰雖然說，謎語表現手法要間接，「回互其辭，使昏迷也」，意義也要含蓄，即「義欲婉」，但他要晦澀的謎語是用「辭淺會俗」、「欲隱而顯」的文字來表現。因此比較傳統的燈謎，如《紅樓夢》中第五十回李紈「觀音未有世家傳」（打《四書》「雖善無徵」），讀者不是憑視覺意象，而是憑謎面的字義去尋找謎底，其藝術低，形式呆板，一般人都不把它看作詩，因此蔡義江《紅樓夢詩詞曲賦評注》、劉耕路的《紅樓夢詩詞解析》都不把這類燈謎收入。[21] 這種傳統難猜的燈謎，只適合讀死書的舊文人玩賞，因此在五十四回作者通過寶釵等人把它否定了。當李紈說出四個傳統燈謎，作者寫道：

> 寶釵道：「這些雖好，不合老太太的意；不如做些淺近的物兒，大家雅俗共賞才好。」眾人都道：「也要做些淺近的俗物才是。」[22]

曹雪芹的謎語詩所強調的淺近俗物，或劉勰的「圖像品物」，再加上「辭淺會俗」，「欲隱而顯」，不禁使我們想起意象派（Imagist）的詩論。意象派的詩論是構成現代派詩論其中的一環，這派的詩人認為現實生活（reality）是流動的，抽象

的語言和傳統的邏輯沒法捕捉它。因此要表現感覺經驗，最好通過視覺清楚的物象來作間接的表現，賈環的枕頭、獸頭、賈母的荔枝、賈政的硯台、元春的爆竹、迎春的算盤，都是視覺具體清楚的意象。跟意象詩更相似之處，就是詩最主要力量蘊藏在比喻象徵的意象語言裏。學者在這些意象中找到許多悲劇。[23]

《紅樓夢》第二十二回的十首謎語詩，可謂在表現方法，不但達到劉勰論謎語所說「辭欲隱而顯」，而且結構上也「約而密之」。[24]英美意象派詩人主張以淺近白話入詩，一如謎的「辭淺會俗」，但也要簡要準確的語言，拒絕沿襲傳統的陳言濫語，「絕對不用一個在表現上屬於多餘的字」(To use absolutely no word that did not contribute to the presentation)成為意象派大師龐德的寫詩原則。他曾寫了一首詩題名叫〈在巴黎地下火車站〉(In a Station of the Metro)，原詩共有三十行，後來濃縮成十五行，他還不滿意，一年以後改寫成兩行：

The apparition of these faces in the crowd;
Patals on a wet, black bough.
那些人潮中的臉孔的魅影；
花瓣貼在潮濕的黑樹幹上。

這首詩被公認為英美意象詩的名作，因為作者把詩錘煉得「約而密之」，只有十四個字，彈性大，張力強，卻又載滿了沈重的，各種不同的含義。地下隧道是圓圓的，烏黑一片，一如潮濕的樹幹，如果人群從隧道另一端走來，深色衣服消失在黑暗的背景中，剩下多顏色的臉孔，出現在黑暗的空間，遠遠看

起來就像暴風雨後凋落的花瓣。這是現代生活有深度的感受。[25]

　　每讀龐德的〈在巴黎地下火車站〉，我就想起賈母的「猴子身輕站樹梢」，它比龐德的詩的強度更大，寓意著整部《紅樓夢》的大悲劇。賈政的硯台「身自端方，體自堅硬，雖不能言，有言必應」，還不是強度很大的意象詩？賈政是賈府中言行正正方方的人，「端方」是他的性格特點，第二回冷子興給賈雨村介紹榮寧二府時，也說：「惟有次子賈政，自幼酷愛讀書，為人端方正直。」硯台本身就象徵讀書做學問，這裏不但象徵他的性格，也暗示了作為一個文官，對皇帝是天天「有求必應」。硯台堅硬，即是隱喻他是鞏固賈府的基石，也有頑固封建代表的深意。[26]

　　我不必把每一個謎語的寓意都說一遍，因為目前已有許多學者詳盡的分析過其內涵，這些研究都證明其多義性，也間接的說明曹雪芹通過文字淺白，簡單但視覺具體的意象，把許多意義暗喻出來。這種手法，與意象派極其相近。意象派詩人都把意象作為一首完整的詩（an image as a complete poem），把一切意義集中在意象中。[27]曹雪芹的謎語詩把意義集中在謎底，而他的謎底如算盤、風箏、硯台就是意象，因此兩者是相同的。

四、謎底與曲喻

　　歐美現代派詩人在英國十七世紀玄學派詩人（Metaphysical poet）的作品中，發現許多藝術特色，把它注入

現代詩中，成為現代詩的新生命、新傳統。

玄學派詩人，特別在鄧約翰（John Donne, 1572～1631）的詩中，大量運用曲喻（conceit）寫詩。曲喻又被譯作硬喻，顧名思義，即採用毫不相關的兩樣事物、經驗或情境來比較。鄧約翰的一首最有代表性的玄學詩〈臨別贈言：說不盡的悲傷〉（A Valediction: Forbidding Mourning），運用了很典型的曲喻。他用畫圓圈的圓規比喻他與妻子的相親相愛，心心相印、形影不離。圓規上端有螺絲把兩隻腳結合在一起，螺絲象徵他們一顆共同的心，在畫圓圈時，一隻腳在外，一隻腳駐足圓心，代表丈夫常出外旅行工作，妻子在家中看守著家庭，這樣才能畫一個完全的圓圈，夫妻才能維持美滿的生活。在玄學詩的曲喻裏，基本意象（即圓規）一旦形成，詩的哲理便如數學的演算一樣，嚴密緊湊的一步一步發展下去。[28]

其實《紅樓夢》第二十二回的每一首詩，都與玄學詩有很多類同之處，每一個謎底，都可稱為曲喻。像上面討論過的硯台，與圓規相比，真是有過之而無不及的巧妙的曲喻，一個是活生生的人，一個是石頭，可是性質不同的東西，通過對硯台本質之分析，形成一種哲理邏輯，從點發展成線，最後與賈政的外貌和精神本質發展成天衣無縫的統一體。「身自端方」是道貌岸然，一本正經，「體自堅硬」暗指封建頭腦頑固不化。「雖不能言」，暗喻賈政雖居官位，從不敢直言，只唯命是從（「有言必應」）。「有言必應」也有人從「所言必有應驗」去解釋，因為賈政平常對寶玉的貶辭對第二十二回謎語所包涵不吉祥之預兆，都說對了。爆竹原來與一個美麗高貴的女人毫無關係，根本無相似相通之處。但是細想一下，爆竹外表被包紮得緊緊，而且用繽紛五彩的顏色紙包裝，使人想起貴妃之打扮，

被選入宮，煊赫飛騰，權力無限，當然使妖魔膽破。而一響而碎的爆竹，更像賈元春的榮華富貴與瞬息即逝的命運。

　　賈迎春的算盤與鄧約翰的圓規都是科技產物，在科學性的推理上，這兩首詩更加接近。鄧約翰的〈臨別贈言〉運用圓規的操作法說明愛人總要分離：

> 我們倆的心靈，是二而一
> 雖然我一定要離開，要忍受的
> 不是分離，而是擴大……。[29]

　　算盤詩謎一開始也以紛紛地撥動算盤珠子運算來說明命運不好，也無法得出結果：

> 天運人功理不窮
> 有功無運也難逢

　　迎春的人老實忠厚，算是「有功」了，但為什麼結局悲慘？那是由於她「無運」。迎春的父親賈赦想選個有財有勢的貴婿，結果反而誤嫁孫紹祖那中山狼。賈母、賈政都只好感到無奈，他們嘗試幫忙她逃過厄運，但都沒有結果，因為迎春的命數不好，詩最後兩句：

> 因何鎮日紛紛亂？
> 只為陰陽數不同。

　　能在外在形象不同的事物中，發現隱藏中間的玄秘的類似

性，是《紅樓夢》中謎語詩的最大特點。玄學派詩人最被現代派詩人看重的，他們多具有一種感性的機能，能吸收各種經驗的本領（possessed a mechanism which could devout any kind of experience）。對普通人來說，各種記憶、感受、社會現象，原是很混亂的、破碎的、沒有聯繫的。但這些作家卻能使混亂的東西形成一種新的秩序，有意義的一個新整體。[30]再看謎語詩，由於它是一種以老人兒童的民間日常生活、民間的智慧和情趣所構成的玩意，因此不但反映廣博的生活知識，也反映前人的智慧和學問。《紅樓夢》第二十二回的十個謎語，不但具備了廣泛的生活與知識基礎，而且在詩的結構上，亦極為巧妙和天衣無縫，如果要了解西方玄學派的曲喻詩，最好也要一讀這些詩謎。

五、結論

現代詩有哪一些特徵？或者說現代詩中的現代性（Modernity）是什麼？關於這個問題，沒有人能提供一個不會引起爭論的答案。我在上面引用了多義性、謎語結構、意象詩、玄學詩來考察《紅樓夢》，因為這些特徵，通常都會出現在討論現代詩的特點的論文中。為了避重就輕，我對這些現代詩的特點的了解，主要根據兩種著作：一是埃薩斯（J. Isaacs）的《現代詩的背景》（*The Background of Modern Poetry*），原是他為英國廣播公司（BBC）撰寫的演講稿[31]，另一根據是《普林斯頓詩學辭典》（*Princeton Encyclopedia of Poetry and Poetics*）所給現代詩的定義。[32]用了現代詩許多特徵中的一些要點來考察

《紅樓夢》中第二十二回的謎語詩,我們發現它具有這種現代
性,這也無怪《紅樓夢》禁得起時代的考驗,超越了文化背
景,使到對中國尚存有偏見的西方學者,也只好說《紅樓夢》
「只能算中國小說在寫作技巧刻意經營上取勝的孤立例
子」[33],用來作為自我解嘲。

注 釋

[1] 見T. S. Eliot, *The Use of Poetry and the Use of Criticism* (London: Faber and
Faber, 1933), p.153.

[2] 魯迅《集外集拾遺補編〈絳洞花主〉小引》,《魯迅全集》(北京:人
民文學出版社,1981 年),第8 卷,頁145。

[3] 周汝昌、周倫《紅樓夢與中華文化》(北京:工人出版社,1989 年),
頁13。

[4] 周策縱〈紅樓三問〉,見《紅樓夢大觀》(香港:百姓半月刊,1987
年),頁2～5。

[5] David Hawkes. "The Story of the Stone: A Symbolist Novel", *Renditions*,
No. 25 (Spring 1986), pp.6～17.

[6] 胡菊人《小說技巧》(臺北:遠景出版事業公司,1978 年),頁25～
54。

[7] 周中明〈試論《紅樓夢》中的象徵手法〉,《紅樓夢學刊》1983 年第2
期,頁135～157。

[8] Andrew Plakes, *Archetype and Allegory in the Dream of the Red Chamber*
(Princeton University Press, 1976).

[9] 孟昭連〈《紅樓夢》的人物敘事觀點〉,《紅樓夢學刊》1988 年第1
期,頁211～236;唐明文〈《紅樓夢》的視點〉,《紅樓夢學刊》1986
年第1 期,頁31～36。

[10] 王蒙《紅樓啟示錄》（北京：三聯書店，1991年），頁29～36。

[11] 周雷〈序〉，見劉耕路《紅樓夢詩詞解析》（吉林：吉林文史出版社，1986年），頁3～4。

[12] 《紅樓夢》研究小組〈略論《紅樓夢》中的謎語〉，見《香港紅學論文選》（天津：百花文藝出版社，1982年），頁150～165。

[13] 高國藩〈《紅樓夢》中的謎語〉，見《紅樓夢學刊》1984年第1期，頁244～267。

[14] J. Isaacs, *The Background of Modern Poetry* (New York: E. P. Dutton, 1952), p.25.

[15] 王利器校箋《文心雕龍新書》（北京：巴黎大學北京漢學研究所，1976年香港龍門書店翻印本），頁44～45。

[16] Vincent Yu-chung Shih, *The Literary Mind and the Carving of Dragons* (Hong Kong: The Chinese University Press, 1983).

[17] 謎語引自以程乙本為主的《紅樓夢》（北京：人民文學出版社，1972年），第1冊，頁258～260。

[18] 見註12及13，同時參考蔡義江《紅樓夢詩詞曲賦評注》（北京：北京出版社，1979年）及劉耕路《紅樓夢詩詞解析》等書的相關註釋與評析部分。

[19] 關於沒有謎底的謎語的各家猜謎，參見蔡義江《紅樓夢詩詞曲賦評注》，頁245～264；劉耕路《紅樓夢詩詞解析》，頁266～283；蔡義江《紅樓夢佚稿》（杭州：浙江古籍出版社，1989年），頁43～48；周紹良《紅樓夢研究論集》（太原：山西人民出版社，1983年），頁199～201。

[20] 見蔡義江《紅樓夢詩詞曲賦評注》，頁140～153。

[21] 見前註19。

[22] 《紅樓夢》，第2冊，頁625。

[23] 高國藩〈《紅樓夢》中的謎語〉，《紅樓夢學刊》1984 年第1 期，頁 250～262。

[24] 王利器校箋《文心雕龍新書》，頁45。

[25] 關於意象派的歷史與詩論及其代表作品，見William Pratt (ed.), *The Imagist Poems* (New York: E. P. Dutton, 1963), p.p11～39及50（詩）。本人曾較詳細討論〈在巴黎地下火車站〉，見拙著《中西文學關係研究》（臺北：東大圖書公司，1978 年），頁78～88。

[26] 參考高國藩《紅樓夢中的謎語》，頁251～252。

[27] William Pratt, *The Imagist Poems*, p.33.

[28] 本人曾對這首詩作詳細的分析，見王潤華〈圓規與水井〉，《中西文學關係研究》，頁57～70。

[29] 〈臨別贈言〉的中譯，見前註28。

[30] T. S. Eliot, "The Metaphysical Poets", *Selected Essays* (London: Faber and Faber, 1932), pp.281～291.

[31] J. Isaacs, *The Background of Modern Poetry* (New York: E. P. Dutton, 1952).

[32] Alex Preminger (ed.), *Princeton Encyclopedia of Poetry and Poetics* (Princeton, New Jersey: Princeton Universitty Press, 1965), pp. 514～518。二十世紀英美現代詩部分由John Fraser 執筆。

[33] 海陶瑋（James Hightower）著、宋淇譯〈中國文學在世界文學中的地位〉，見《英美學人論中國古典文學》（香港：香港中文大學出版社，1973 年），頁259。

《紅樓夢》對中國
現代文學之影響

　　研究世界各國文學影響問題的比較文學學者很早就發現一
個很普遍的現象：當一個國家的文學形式或其美學陳舊不堪
時，或者當一個國家的文學傳統要激烈改變方向時，本國的古
典文學作品常常不容易滿足作家的要求，因此往往向外國文學
優秀作品中去發現可以滿足他們所需要的作品。這些作家在國
外尋找到理想的作品的表達形式，或主題思想，或藝術技巧，
然後根據自己的思想意識、時代、和國家的需要而加以消化後
採用過來。外來影響的種籽落在本國傳統的文學的土壤上，每
粒種籽都會受到它生根成長的土地和氣候的影響。[1]

　　中國在1917年爆發的新文學革命運動就是一個很好的例
子。五四以來文學革命所提倡的新文學，是跟傳統文學對立
的，正如王瑤在〈中國現代文學和民族傳統的關係〉一文所指
出，主張文學革命的人都不提倡學習舊文學，繼承傳統，沒有
人認為提倡文學革命需要和過去的傳統發生關係，當時只有反
對文學革命的復古派才這樣主張，許多作家像魯迅等人，甚至
提倡不讀中國書。[2]

　　當時作家們對傳統的態度固然一致是「打倒傳統」，實際
上他們都已接受了傳統的文學教育之影響。如王瑤所指出，五
四時期搞現代文學的年輕人，以1919年為例，魯迅38歲，郭

沫若27歲，茅盾23歲，葉聖陶25歲，朱自清21歲，聞一多20歲，冰心19歲。從他們在從事創作以前的經歷來看，受的教育主要都是傳統文學教育，雖然他們不太講這一點，甚至說這是包袱。[3]

　　五四時期並沒有把所有古典文學價值否定，只是把一部分打下去，把另一部分提高起來。由於當時中國人逐漸接受了西洋的文學觀，因此也肯定了一些歷史上向來不被重視的小說與戲曲。《紅樓夢》就是這樣被肯定為一部偉大的小說，魯迅說：「在中國，小說是向來不算文學的。」又說：「小說和戲曲，中國向來是看作邪宗的，但一經西洋的『文學概論』引為正宗，我們也就奉之為寶貝，《紅樓夢》、《西廂記》之類，在文學史上竟和《詩經》、《離騷》並列了。」[4]另一方面，《紅樓夢》所以為人特別注意，因為它被人用來證明中國白話文學是歷史悠久，古已有之的代表傑作。因此《紅樓夢》對現代作家及其作品，產生出乎意料的影響力。

　　《紅樓夢》對中國現代及當代文學之影響，這個問題範圍廣大，其意義也極重大。本文只簡單的討論《紅樓夢》在現代作家及作品中，所以被繼承與發揚的傳統，而且只限於在魯迅、巴金、曹禺和白先勇等人作品中所產生的影響，用來說明《紅樓夢》在現代文學中之影響力。

一、魯迅繼承了《紅樓夢》現實主義及藝術技巧之傳統

　　魯迅和新文學運動初期其他先驅作家一樣，強烈的憎惡舊

文學中的壞傳統，他勸青年人「少讀」或「不讀」中國書，不要被舊傳統、舊歷史文化包袱所拖累。但是他對中國古典文學，自小便有濃厚之興趣，特別是古典小說。1920至1924年間，當他正在熱心創作小說時，便撰寫《中國小說史略》及《中國小說的歷史的變遷》。[5] 他是現代中國小說家中，最善於汲取古典小說優良傳統的一位。[6]

魯迅是中國文學史上，從文學本質上認識《紅樓夢》的現實主義之價值最早的作家之一。他在《中國小說的歷史的變遷》裏說：「至於說到《紅樓夢》的價值，可是在中國底小說中實在是不可多得的。其要點在敢於如實描寫，並無諱飾，和從前的小說敘好人完全是好，壞人完全是壞的，大不相同，所以其中所敘的人物，都是真的人物。總之自有《紅樓夢》出來以後，傳統的思想和寫法都打破了。」[7] 魯迅最強調《紅樓夢》「敢於如實描寫，並無諱飾」的寫實主義精神，由於他以自己的小說去繼承和發展了這種現實主義傳統，他解剖自己的小說時，他說他是「將所謂上流社會的墮落和下層社會的不幸，陸續用短篇小說的形式發表出來」。[8] 他又說：「也不免夾雜些將舊社會的病根暴露出來，催人留心，設法加以療治的希望。」[9] 曹雪芹在《紅樓夢》第一回聲稱他創作的重要原則是：「其間離合悲觀，興衰際遇，俱是按跡循蹤，不敢稍加穿鑿，至失其真。」[10] 魯迅說「雪芹自己的境遇，很和書中所敘相合」，「大部分為作者自敘」。[11] 這是指曹雪芹寫《紅樓夢》，是以自己家庭和自己生活經歷作為創作素材。魯迅自己也說他的小說根據他「苦於不能全忘卻」的回憶而寫。[12] 周作人的《魯迅小說裏的人物》一書，處處足以證明魯迅也是如此的作家，他採用自己的特別是在紹興縣的生活經驗來寫作，而那些事件和人

物卻極有典型意義。[13] 所以魯迅的小說與《紅樓夢》的創作原則是很相近的。

　　魯迅從《紅樓夢》汲取的文學傳統，包括思想內容和藝術表現手法，不過這種種影響既然不是簡單的模仿，而作品又表現著不同範疇的社會內容和人民生活，則作品上所發生的影響不是一目了然的，具體可摘的，更何況他所接受的影響來源也是多方面的，帶有創造性的，其中還有外國文學之影響。

　　魯迅的小說，除〈傷逝〉之外，幾乎沒有寫到愛情的主題，他也不曾寫過長篇巨著，但如果我們不單從形式上而是從本質上看，則可發現，魯迅小說也如《紅樓夢》，如實地描寫客觀的社會生活，把社會概括成典型的生活圖畫和典型人物。我們在魯四老爺身上，看到了賈政式的虛偽的正派[14]，魯迅小說中的祥林嫂，雖然不同於林黛玉，她是一個目不識丁的悲慘的勞動婦女，但是〈祝福〉通過她的苦難命運，暴露中國封建思想之恐怖，無端端將一個善良的靈魂送入地獄。閏土自然也不像賈寶玉，他是一個辛亥革命後中國農村的一個勤苦農民的典型，從這兩個人震慄人心的悲劇看，這與《紅樓夢》「按跡循蹤，不敢稍加穿鑿，致失其真」的藝術追求相仿。[15]

　　魯迅也很注意《紅樓夢》中人物對話的藝術：「高爾基很驚服巴爾扎克小說裏寫對話的巧妙，以為並不描寫人物的模樣，卻能使讀者看了對話，便好像目睹了說話的那些人。」[16] 他又說：「中國還沒有那樣好的手段的小說家，但《水滸》和《紅樓夢》的有些地方，是能使讀者由說話看出人來的。」[17] 在〈明天〉中，單四嫂子與何小仙的對話，雖然短短幾句話，就刻劃出庸醫的神態：

「先生——我家寶兒什麼病呀？」

「他中焦塞著。」

「不妨事麼？他……」

「先吃兩帖。」

「他喘不過氣來，鼻翅子都扇著呢。」

「這是火克金。」[18]

這與《紅樓夢》寫「亂用虎狼藥」的胡庸醫，沒有搞清人物的身分就亂開藥方，還說「方才不是小姐，是位爺不成？」一樣傳神。此外，〈藥〉中的花白鬍子，〈肥皂〉裏的何道統，也是全由對話來刻劃人物性格。[19]

　　《紅樓夢》對人物內心世界的重視，大大超過了它以前及以後的古典小說，魯迅與他當代作家中，也比較重視刻劃人物的內心活動，多少是受《紅樓夢》的影響。[20]另外《紅樓夢》像西方現代小說，很擅長使用敘事觀點，而且轉移觀點時，往往不露痕跡，運用自如。寶玉在場時，大部分用寶玉的觀點，在別的場合時，他覺得該用什麼人當這一場主角，就輪到那個人觀點去。敘事雖常用全知全能觀點來表現，全知觀點裏面又有由各種人物的第一人稱觀點出發。林黛玉一到了賈家，從她的眼看到一個個人物登場，其中又混了別人的觀點。[21]魯迅在〈吶喊〉與〈彷徨〉中，簡直表現出他是敘事觀點使用大師，二十五篇小說中，其中十二篇由第一人稱觀點來敘述，十三篇是用第三人稱。觀點的使用，是作者表現及挖掘主題意義的一大奧秘。魯迅在〈孔乙己〉中用一個天真無邪的小孩來敘述一個嚴重的社會問題，讓讀者參與批判中國舊傳統，一個作家選擇觀點的成功，已決定了小說成敗的一半。曹雪芹用劉姥姥，

一個鄉下人的眼光來看賈家朱門酒肉臭的生活，比任何批評或謾罵一個大家族之衰亡要有力量。

二、《紅樓夢》對巴金寫舊家庭小說之影響

巴金跟在新文學革命第一個十年裏成名的作家一樣，精神上是積極反對傳統文學，反對舊封建制度的。巴金出身四川成都一個封建的大家庭。他從小就接受舊文學的傳統教育，對舊詩詞、舊小說已有所認識。他對《紅樓夢》自小有特別的印象。常常在傍晚時，他的大哥和姐姐們湊了一點錢，買下幾樣下酒的冷菜，並再叫廚房做幾樣熱菜，就大家圍著一張圓桌坐下來，一面行令一面喝酒，或者說一些有趣味的事情，或者批評《紅樓夢》裏面的人物。在他們家裏，除了幾個與巴金同年紀的小孩子外，就沒有一個人不曾熟讀過《紅樓夢》。他的父親在廣元買了一部十六回的木刻本，他的母親有一部精美的石印小本。大家後來又買了一部商務印書館出版的石印本。巴金常常聽見人們談論《紅樓夢》，所以他當時雖然還限於文化程度不曾開始讀它，卻已經熟悉了書裏面的人物和事件。[22]

巴金在談到如何創作《家》時說：「我當初剛起了寫《家》的念頭，我曾把小說的結構略略思索一下。最先浮現在我的腦子裡的就是那些我所熟的面龐，然後又接連地出現了許多我所不能夠忘記的事情，還有些我在那裡消磨了我的童年的地方。我並不要把我所認識的人寫進我的小說裡面，我更不願意把小說作為報復的武器來攻擊私人，我所憎恨的並不是個人，而是制度。這也是你所知道的。然而意外地那些人物，那些地方，

那些事情都爭先恐後地要在我的筆下出現了。」[23] 這使人想起曹雪芹所說「其間離合悲歡，興衰際遇，但只按跡循蹤，不敢稍加穿鑿，致失其真」的話。巴金寫舊家庭，是要批判封建舊制度與家庭制度之腐敗。讀他的小說，往往叫人想起《紅樓夢》，他的小說如《激流三部曲》、《憩園》寫的都是大家庭的生活，取材自他的家。他的小說中的封建人物如高老太爺和許許多多命運悲苦的婢女，往往使我們想起也曾在《紅樓夢》中出現過。巴金談到琴的時候，他說：「到後來，一個類似惜春（《紅樓夢》裏的人物）的那樣的結局，就像一個狹的籠似地把她永遠關在裏面了。」[24]

三、曹禺《北京人》所受《紅樓夢》情節與人物刻劃之影響

《中國現代小說史》的作者夏志清在1980年說：「現代作家寫中國舊家庭，沒有一個不受《紅樓夢》的影響，曹禺也不例外。」[25] 他這句話是針對中國現代小說和戲劇而說的。上面我們已談過巴金，另一位喜歡寫大家庭的作家是曹禺，他改編過《家》成劇本，《雷雨》和《北京人》寫的都是舊家庭。他的《北京人》很顯然也受了《紅樓夢》的影響。

曹禺也是一位世家逆子，他對舊家庭大家族的生活很熟悉，他痛恨封建家庭制度。他的戲劇創作，凡寫到世家生活，由於題材的熟悉，感受之深切，都能深入的表現問題。他寫《雷雨》（1933）及《日出》（1936），深受西方戲劇之影響。[26]他的《北京人》被認為最具有濃郁的民族風格。其實所謂民族

風格，所謂紮根於中國民族藝術土壤上，主要是因為受了《紅樓夢》之影響。[27]

曹禺1910年出生於天津一個封建官僚的家庭裏，「家裡一共有四口人，我父親，後母，還有一個哥哥。四個人，就有三個抽鴉片的，就是我不抽。到十七歲的時候，我父親死了，家庭就逐漸被破落了」。曹禺最初受的教育也是由私塾先生教的傳統教育。他是被《紅樓夢》及其他古典小說培養起最初的文學興趣。[28]

只要我們一翻開〈北京人〉，《紅樓夢》中劉姥姥帶了外孫小板兒初進榮國府的結構便出現了。曹禺安排六十多歲的陳奶媽從鄉下帶了孫子小柱兒進城拜見老東家，通過這位老佣人重訪舊主人，作者手法經濟的把曾家沒落的情形，家人墮落的樣子，一一介紹給讀者。愫方一登場，我們也立刻會聯想起林黛玉：「愫方有三十歲上下的模樣，生在江南的世家，父親也是個名士，名士風流，身後非常蕭條；不久母親又棄世，自己的姨母派人來接，從此就遵守母親的遺囑，長住在北平曾家，再沒有回過江南老家。」[29]可是愫方抵達曾家後，曾文清（寶玉）已娶親，最疼愛的曾姨母（像賈母）不久又去世了，她只好忍苦受辱，卻毫無怨言住下來，最後對曾文清完全失望後，才毅然走出曾家大門。《北京人》中的其他人物，我們也在《紅樓夢》中找到他們的影子。曾皓這個曾家的主管，似乎是賈政的後裔，而思懿和王熙鳳好像是不同時代的孿生姐妹。

《北京人》所寫的曾家士大夫家庭生活，和賈家的大族名宦之家，有著傳統的血肉關係。兩書都是通過複雜之社會與人際關係，展示了封建社會崩潰的徵兆。[30]

四、白先勇繼承了《紅樓夢》以戲點題及其他小說技巧

　　在中國大陸以外，1949 年以後才成名的作家中，受《紅樓夢》影響的作家也不少。我們在這裏，只能以白先勇作為代表。夏志清早在1971 年即著〈白先勇論〉，他認為白先勇是中國短篇小說家中少見的奇才，從五四運動到1949 年以前，他覺得在藝術上可以和白先勇後期小說相比的或超越他的成就的，只有魯迅、張愛玲等五六人而已。[31]

　　白先勇與五四期間的作家不一樣，他對中國傳統文學沒有自卑感或蔑視的心理，雖然他自己是學西洋文學的。正因為他對西洋文學有深入的認識，他對中國古典小說，特別是《紅樓夢》，讚不絕口，佩服得五體投地。白先勇最直接自剖他所受《紅樓夢》影響，是在受胡菊人訪談的〈與白先勇論小說藝術〉一文中。白先勇認為愈深奧的題材，所需要的技巧就愈高，《紅樓夢》就是這樣的作品。曹雪芹寫他年輕時代的回憶，把個人回憶中的人物或事件變成具有社會意義的，普遍性的，表現永恒人性的素材，所以它能超越時代。白先勇繼承了這個基本的創作原則：「影響我的文學的是我還在中學時，看了很多中國舊詩詞，恐怕對文字的運用，文字的節奏，有潛移默化的功效。然後我愛看舊小說，尤其《紅樓夢》，我由小時候開始看，十一歲就看《紅樓夢》，中學又看，一直到目前還看。這本書對我文字影響很大。」[32]他所說「文字」當然包括技巧。在各種表現藝術技巧之中，白先勇特別注意《紅樓夢》在敘述

時人物觀點之使用，對話之藝術手法，以戲點題、象徵手法及
場景之安排。另外《紅樓夢》的基本主題思想中有關人生聚散
無常的消極人生觀或悲劇精神，對他影響也很深。

　　在早期小說中，像〈金大奶奶〉，金先生要把「上海唱戲
的女人」接回家辦喜事的那個晚上，金大奶奶服藥自殺，作者
大概借用了《紅樓夢》中九十八回〈苦絳珠魂歸離恨天〉的寫
法。[33]他自己承認〈思舊賦〉中用兩個下人的觀點，在〈梁父
吟〉中掛什麼對聯，擺什麼書，下圍棋，讀者一看，就知道這
個人的身分，這些都是《紅樓夢》的方法。[34]

　　白先勇在1980年，曾參加在美國威斯康辛大學的「紅學
會議」，他以〈《紅樓夢》對〈遊園驚夢〉的影響〉為題，親自
分析他的小說所受《紅樓夢》之影響。他說《紅樓夢》第廿三
回〈西廂記妙詞通戲語，牡丹亭艷曲驚芳心〉，曹雪芹用《西
廂記》來暗示寶玉與黛玉的愛情，用《牡丹亭》來影射黛玉夭
折的下場。利用戲曲穿插，來推展小說故事情節，加強小說主
題命意，這是《紅樓夢》高明的手法。因此他創作〈遊園驚夢〉
這篇短篇小說時，《牡丹亭》這齣戲也占有極其重要的位置，
無論小說、情節、人物、氣氛都與《牡丹亭》相輔相成。他坦
白的承認：「就『以戲點題』這一個手法來說，〈遊園驚夢〉
無疑是繼承了《紅樓夢》的傳統。」而且還說：「事實上《遊
園驚夢》的主題跟《紅樓夢》也相似，就是表現中國傳統中世
事無常，浮生若夢的佛道哲理。」[35]

　　　　——原載《中國現代文學研究叢刊》1987年第3期（總
　　第32期），頁200～209。（與劉寶珍合撰）

注 釋

1 王潤華譯《比較文學理論集》(臺北：國家出版社，1983 年)，頁73～
74頁。

2 馬良春等編《中國現代文學思潮流派討論集》(北京：人民文學出版
社，1984 年)，頁139～156。

3 馬良春等編《中國現代文學思潮流派討論集》，頁139～156。

4 〈且介亭雜文二集‧徐懋庸《打雜集》序〉，《魯迅全集》(香港：文
學研究社，1973 年)，第6集，頁231。

5 《中國小說史略》1923 年由北京新潮社印行上卷，1924 年印行下卷，
1925 年由北京北新書局出版成一冊。1930 年作者修訂再版。《中國小
說的歷史的變遷》寫於1924年。

6 王瑤〈論魯迅作品與中國古典文學的歷史聯繫〉，《魯迅作品論集》
(北京：人民文學出版社，1984 年)，頁1～39。

7 《魯迅全集》(香港：文學研究社，1957 年)，第8集，頁350。

8 〈英譯本短篇小說選集自序〉，《集外集拾遺》，收入《魯迅全集》第7
集，頁632。

9 〈自選集自序〉，《南腔北調集》，收入《魯迅全集》第4集，頁347～
348。

10 《紅樓夢》(北京：人民文學出版社，1972 年)，第1冊，頁3。

11 魯迅《中國小說的歷史的變遷》，《魯迅全集》第8集，頁350。

12 《吶喊自序》，《魯迅全集》第1集，頁3。

13 周遐壽《魯迅小說裏的人物》(香港：香港中流出版社，1976 年)。

14 楊義《魯迅小說綜論》(西安：陝西人民出版社，1984 年)，頁257～
354；又見王瑤〈論魯迅作品與中國古典文學的歷史聯繫〉，《魯迅作
品論集》，頁29～30。

[15] 楊義《魯迅小說綜論》，頁301。

[16] 魯迅〈花邊文學・看書瑣記〉，《魯迅全集》第5集，頁429。

[17] 同前註。

[18] 〈明天〉，《吶喊》，《魯迅全集》第2集，頁37。

[19] 賴春泉〈魯迅與紅樓夢〉，《魯迅誕辰百年文集》，下冊，頁379～
380。

[20] 許懷中《魯迅與中國古典小說》（西安：陝西人民出版社，1982年），
頁304～305。

[21] 胡菊人〈與白先勇論小說藝術〉，《小說技巧》（臺北：遠景出版社，
1978年），頁173～180。

[22] 《巴金文集：憶》（香港：南國出版社，1970年），頁56～57。

[23] 〈關於家〉，《家》（北京：人民文學出版社，1980年），頁467。

[24] 同前註，頁476。

[25] 夏志清〈曹禺訪哥大紀實兼評「北京人」〉，《明報》第174期（1980
年6月），頁53～66。

[26] 劉紹銘《曹禺論》（香港：文藝書屋，1970年）。此書主要以西方戲劇
的影響來看曹禺之作品。

[27] 田本相《曹禺劇作論》（北京：中國戲劇出版社，1981年），頁225～
241。

[28] 同前註，頁2。

[29] 夏志清〈曹禺訪哥大紀實兼評「北京人」〉，頁58～60；《北京人》
（香港：東亞書局，1960年），頁47。

[30] 田本相《曹禺劇作論》，頁226～227。

[31] 夏志清〈白先勇論〉，見白先勇《臺北人》（臺北：晨鐘出版社，1971
年），頁231～252。

[32] 胡菊人《小說技巧》，頁188。

33 夏志清〈白先勇論〉,《臺北人》,頁237。

34 胡菊人《小說技巧》,頁202。

35 周策縱《首屆國際紅樓夢研討會論文集》(香港:中文大學出版社,
1983年),頁251～252。

「桃源勿遽返，再訪恐君迷」？

—— 王維八次桃源行試探

一、「我去清理牧場的水源」：從卷首詩出 發的研究

美國現代詩人佛洛斯特（Robert Frost, 1874～1963）是一個二十世紀的田園詩人。他長期生活在美國東北新英格蘭的鄉下，晚年更愛住在佛爾蒙特一片三百英畝的農場上一間小屋中。他多數的詩以這地區的農村和牧場作背景，鄉土味極濃，不過他並沒有淪入膚淺天真的田園主義，他的作品往往用區域性的農村題材開始，然後昇華到象徵的境界，最後的結論是全人類的主題與智慧。

佛洛斯特的第一本詩集是《少年心事》，第二本詩集《波士頓以北》出版時，其中有一首詩題名為〈牧場〉，後來他不但把這首詩放在《少年心事》的扉頁上當作詩序，同時他以後自己整理出版的詩選及《佛洛斯特詩全集》，全都採用〈牧場〉印在扉頁上，作為卷首詩。[1]

美國學者林狄佳（Frank Lentricchia）在撰寫《佛洛斯特：現代詩學與自我的景物》時，認為〈牧場〉是作者邀請讀者進

入他詩中田園經驗的一張請帖。通過這首詩，他有意無意的揭露他基本的詩歌技巧與意圖。〈牧場〉的全詩如下：

> 我去清理牧場的水泉，
> 我只是把落葉撩乾淨，
> （可能要等泉水澄清）
> 不用太久的——你跟我來。
> 我還要到母牛身邊
> 把小牛犢抱來。它太小
> 母牛舐一下都要跌倒。
> 不用太久的——你跟我來。

　　詩裏有二種聲音：詩人引導讀者進入詩集的聲音，及農人邀請某人參與農家日常生活的聲音。身兼詩人與農人的佛洛斯特，鼓勵我們了解建造在詩中的田園世界。〈牧場〉中的二種工作：清理（cleansing）與牽帶（fetching）說明佛洛斯特對大自然與詩歌的基本態度。清理落葉，是指詩人需要整理和詮釋經驗的想像力。至於「抱來」或「牽帶」，表示詩人要把世界上弱小者帶進安全的屋子裏。詩人的旅程，來往於屋子與泉水之間，所以他說「不用太久的」。「你跟我來」是呼喚讀者與他經驗他的田園生活。

　　〈牧場〉不但告訴我們佛洛斯特怎樣探討景物，而且洩露了詩中的重要意象，如小溪、木屋和樹林。林狄佳就是憑著〈牧場〉這張請帖走進新英格蘭農場的小溪、木屋與樹林，找到了佛洛斯特的「自我景物」與詩論。

　　我在這裏不必細說林狄佳對佛洛斯特詩歌如何分析，然後

又如何把他定位（認定是一位現代主義作家），我要指出的是，他對卷首詩〈牧場〉與佛洛斯特其他所有作品的母子關係，提供我們一個很好的研究角度與方法。在許多詩人作品中，如果能找到這種母題詩，就等於找到一把可以打開那個詩人作品的鑰匙。[2]

讀了關於清理水源的〈牧場〉，我禁不住想起王維的〈桃源行〉，它與王維其他的作品一樣，也具有母題的關係，這也是一首「卷首詩」。可是至今尚被人忽略，難道是因為「桃源勿邊返，再訪恐君迷」？雖然如此，我還是想重返王維的桃源世界。

二、「峽裡誰知有人事，世中遙望空雲山」：從〈桃源行〉看王維的詩歌

王維的詩集是逝世後，才由他的弟弟王縉蒐集出版，因此他本人不可能把一首母題詩放在卷首。但是如果與佛洛斯特的〈牧場〉比較，〈桃源行〉與王維其他作品的關係，要密切得多，因為〈桃源行〉的幾乎每一個段落，都構成王維詩歌中的一個母題或主要意象。在現存的《王右丞集》中，王維除了〈桃源行〉一首，描寫桃花源之旅，其實還有七首直接寫桃花源之行的詩，如果把其餘七首與最早的〈桃源行〉相互對照與比較地讀，則更能全面了解桃花源這母題與王維詩歌世界之關係及其重要性。為了下面討論的方便，我現在把八首寫桃源行的詩根據其在《王右丞集》出現的先後秩序抄錄如下[3]：

(一)藍田山石門精舍

落日山水好，漾舟信歸風。玩奇不覺遠，因以緣源窮。
遙愛雲木秀，初疑路不同。安知清流轉，偶與前山通。
舍舟理輕策，果然愜所適。老僧四五人，逍遙蔭松柏。
朝梵林未曙，夜禪山更寂。道心及牧童，世事問樵客。
暝宿長林下，焚香臥瑤席。澗芳襲人衣，山月映石壁。
再尋畏迷誤，明發更登歷。笑謝桃源人，花紅復來覿。

(二)桃源行

漁舟逐山愛山春，兩岸桃花夾古津。坐看紅樹不知遠，
行盡清溪不見人。山口潛行始隈隩，山開曠望旋平陸。
遙看一處攢雲樹，近入千家散花竹。樵客初傳漢姓名，
居人未改秦衣服。居人共住武陵源，還從物外起田園。
月明松下房櫳靜，日出雲中雞犬喧。驚聞俗客爭來集，
競引還家問都邑。平明閭巷掃花開，薄暮漁樵乘水入。
初因避地去人間，更聞成仙遂不還。峽裡誰知有人事，
世中遙望空雲山。不疑靈境難聞見，塵心未盡思鄉縣。
出洞無論隔山水，辭家終擬長游衍。自謂經過舊不迷，
安知峰壑今來變。當時只記入山深，青溪幾度到雲林。
春來徧是桃花水，不辨仙源何處尋。

(三)酬比部楊員外暮宿琴台朝躋書閣率爾見贈之作

舊簡拂塵看，鳴琴候月彈。桃源迷漢姓，松樹有秦官。
空谷歸人少，青山背日寒。羨君棲隱處，遙望白雲端。

(四)送錢少府還藍田

草色日向好，桃源人去稀。手持平子賦，目送老萊衣。
每候山櫻發，時同海燕歸。今年寒食酒，應得返柴扉。

㈤春日與裴迪過新昌里訪呂逸人不遇
桃源一向絕風塵，柳市南頭訪隱淪。到門不敢題凡鳥，
看竹何須問主人。
城外青山如屋裡，東家流水入西鄰。閉戶著書多歲月，
種松皆老作龍鱗。

㈥和宋中丞夏日游福賢觀天長寺之作
已相殷王國，空餘尚父溪。釣磯開月殿，筑道出雲梯。
積水浮香象，深山鳴白雞。虛空陳妓樂，衣服製虹霓。
墨點三千界，丹飛六一泥。桃源勿遽返，再訪恐君迷。

㈦口號又示裴迪
安得舍塵網，拂衣辭世喧。悠然策藜杖，歸向桃花源。

㈧田園樂（七首之三）
採菱渡頭風急，策杖村西日斜。杏樹壇邊漁父，桃花源
裡人家。

除了這八首直接描寫桃花源外，還有許多詩都有明顯桃源之旅
的行程及其進入桃源之境界，譬如〈青溪〉就是一個例子，全
詩如下：

言入黃花川，每逐青溪水。隨山將萬轉，趣途無百里。

> 聲喧亂石中，色靜深松裡。漾漾汎菱荇，澄澄映葭葦。
> 我心素已閒，清千澹如此。請留盤石上，垂釣將已矣。

詩中前四句與上引桃源詩的第一及第二首的前四句是完全一樣的。其餘有所變化，那是因為王維的桃源世界有好幾個不同的境界。如果我們把〈青溪〉、〈寄崇梵僧〉、〈寒食城東即事〉、〈過香積寺〉、〈游感化寺〉等有「桃源行」之結構與意境的詩都算進去，那麼王維就不止八次「桃源行」了。

正如佛洛斯特把〈牧場〉印在他的各種選集和全集的扉頁當作卷首詩，前面所引八首有關桃源行的詩，都適合當作王維詩集的前言，它比〈牧場〉更能說明作者詩的表現手法、詩中的自然世界。讀王維的詩，一定要從這一組桃源詩出發，它提供一條正確的途徑，一個適當的視野。

可是我至今卻沒看見有人從微觀王維這八首寫桃源行的詩，來宏觀王維的全部詩作，這樣我們便不會了解王維詩歌世界與桃源世界之關係，我們不能停留在「峽裡誰知有人事，世中遙望空雲山」的隔膜狀態裏。因此我要嘗試走進桃源世界一趟。

三、「漁舟逐水愛山春，坐看紅樹不知遠」：王維的無心之旅

我在上面抄錄的八首桃源行的詩中，只有二首的寫作年代可考。〈桃源行〉作於唐開元七年（719），當時王維才十九歲，這一年他赴京兆府試。他的仕途生涯要在二十一歲考到進

士後才開始。另一首〈口號又示裴迪〉相信是天寶十五年（756）作的，那時他已五十六歲了。所以在八首詩中，〈桃源行〉顯然是最早的作品，同時也是描寫王維桃源之旅最完整的，最具代表性之作。[4]

由於是王維青年時期之習作，而且以陶淵明（365～427）的〈桃花源記〉為本事，一般人並不怎樣重視它。但是在細心比較之下，發現陶淵明的桃花源只是一個逃避亂世的、沒有兵災人禍的空想樂園，一個政治烏托邦；而王維的桃源行是一個神仙境界，他避開寫實的細節，通過靜謐、虛幻、奇妙的境界，表現一個屬於宗教的、哲學的烏托邦、一個仙人樂土。那裏的居民「初因避地去人間，及至成仙遂不還」。

肯定〈桃源行〉之重要性，只是近年之事。一九七七年在臺北《淡江評論》上發表余寶琳的〈王維的無心之旅〉，獨具慧眼的指出，〈桃源行〉的焦點是關於尋找、接觸與理解大自然的過程，而不是旅程的終點。因為漁夫不知距離、路程與目的，所以他進入桃源世界。當漁人是無心的，沒有目的，他便與大自然和諧的打成一片，把自己交給隨意無窮的河水，沿著彎彎曲曲的幽徑漫無目的走去。他的無心無意，能使他自由又自然的與山水融合成一體。無知無為的旅程往往把人領入啟蒙與悟化的境界。可是頓悟後的漁夫，他放棄桃源，然後想採用理性的、自覺的、有目的手段再重歸桃源，可是他失敗了，因為王維主張和相信智慧、理性的追求是無效的，它必定失敗。[5]下面的詩句可說明王維一再強調只有在無意之旅中，才能發現桃源世界之存在：

落日山水好，漾舟信歸風。玩奇不覺遠，因以緣源窮。

> 遙愛雲木秀，初疑路不同。安知清流轉，偶與前山通。
> 舍舟理輕策，果然愜所適……。（〈藍田山石門精舍〉）
> 漁舟逐水愛山春，兩岸桃花夾古津。坐看紅樹不知遠，
> 行盡清溪不見人。山口潛行始隈隩，山開曠望旋平陸。
> （〈桃源行〉）

把自己交給自然，窮水源，穿山越嶺，走盡山路，往往是驚見桃源世界前必經的無我、無知、無心的經驗。這種旅行也出現在很多尋找「桃源」的詩中，尤其在前往拜訪佛寺僧友途中。譬如〈過香積寺〉，一開始王維就說「不知香積寺」，全詩如下：

> 不知香積寺，數里入雲峰。古木無人徑，深山何處鐘。
> 泉聲咽危石，日色冷青松。薄暮空潭曲，安禪制毒龍。

相對的，王維也一再警告，如果抱著理性的追求，打著想占有的目的和企圖，必定注定失敗：

> 一、再尋畏迷誤，明發更登歷。（〈藍田山石門精舍〉）
> 二、辭家終擬長游衍，自謂經過舊不迷。安知峰壑今來
> 　　變。當時只記入山深，……不辨仙源何處尋。
> 　　（〈桃源行〉）
> 三、桃源勿遽返，再訪恐君迷。（〈和宋中丞夏日游福
> 　　賢觀天長寺之作〉）

王維桃源行的無我、無知、無心的經驗，大概就是葉維廉

的「純粹經驗」學說[6],王維以道家的方式去接受自然,與山
水融成一體,這種「無心」或「無知」的旅程,也可以用來說
明王維詩歌語言的特點。理性的、邏輯性的、分析性的、說明
性的語言(有心之旅),反而捕捉不到複雜的人與大自然的情
景交融的經驗,因此他採用多義性的暗喻與象徵性的語言。因
此我們閱讀他的詩,只要是「無心之旅」,全心投入他的文字
之中,常常會有驚人的發現,就如漁夫意外的發現桃源世界。

我不想太過強調王維無心之旅的神秘性。他與自然之複雜
關係已進入哲學、宗教、美學的層次。我這裏需要特別指出,
王維八首寫〈桃源行〉的詩,那就是我在題目中所說的八次桃
源行,洩露了《王右丞集》中詩歌的一個最基本的結構與母
題。[7]從十九歲寫了〈桃源行〉以後,王維其餘不少的作品的
表現方式,都建造在一個旅遊的結構上,而主題則以尋找桃源
為主。除了上述七首有直接提到「桃源」的字眼,很多明顯的
是在寫尋找桃源世界,雖然沒有點明,因為桃源世界在後來的
作品中,已具體化了,成為香積寺、友人隱居之處、田園生
活、甚至他自己的輞川別墅。像上述提過的〈過香積寺〉,他
通過「不知」、「何處」來暗示這是無心之發現,而香積寺的
風景則是在出乎意外的情形之下發現的「桃源世界」。另外我
在上面也引用過〈青溪〉那首詩,他不但用「每逐青溪水」、
「趣途無百里」來暗寓無心之旅,同時他想退隱的黃花川,就
是暗藏著的「桃源世界」的母題。

所以從桃源行這組詩中,我們在「行」中找到了王維最基
本的表現技巧(由語言、結構等形成),在「桃源」中又發現
了王維詩中的基型世界。

四、「笑謝桃源人，花紅復來覿」：從無心到有意之旅

　　如果我們把本文前面的八首寫桃源行之詩一起細心讀一遍，你便會發現，王維的桃源之旅不是全是屬於「無心之旅」。八次桃源行之中，〈桃源行〉、〈藍田山石門精舍〉、〈和宋中丞夏日遊〉三首，肯定是屬於「無心之旅」，但是第二首詩中的「我」，雖然明知再回頭尋找，會迷失桃源，他還是決定明年再來：「笑謝桃源人，花紅復來覿」。第三首詩中，「我」勸告宋中丞不要太快回去，再來恐怕會迷途，但是王維只說「恐」，重回桃源的可能性還是有的。

　　可是其餘五首詩中的桃源行，很顯然的，都是有意之旅。譬如〈送錢少府還藍田〉，是王維在長安送別同鄉錢少府（錢起）歸返藍田，還預計寒食節時，他就能抵達藍田的故居。錢起每年櫻花開、燕歸來的春天都要回家一趟。因此錢起的桃源行（藍田故家）是有計劃的，每年都準時回返桃源一次。這與〈桃源行〉中漁人的無心之旅是不同的。在〈春日與裴迪過新昌里訪呂逸人不遇〉中，王維約了裴迪一道去拜訪呂逸人，呂所住的桃源實際上在長安城柳市的南端。這當然是有意的外遊。〈口號又示裴迪〉與〈田園樂〉中的桃花源，是王維的輞川別墅。王維時出時隱，絕不會迷失。

　　無心之旅中，意外中發現的桃源，往往是神仙樂土（〈桃源行〉），佛門聖地（〈藍田山石門精舍〉、〈過香積寺〉），居民是神仙或高僧，有意之旅一般上描寫隱居與田園生活情趣。正

因為桃源行的另一結構是寫一般讀書人追求的桃源世界,王維
詩作中才出現很多具有現實性的詩。王維很多寫自己歸隱終南
山、嵩山或輞川的詩,都暗藏著比較現實的歸返他自己桃源世
界的母題,下面三首便是很好的例子:

> 晚年唯好靜,萬事不關心。自顧無長策,空知返舊林。
> 松風吹解帶,山月照彈琴。居問窮通理,漁歌入浦深。
> (〈酬張少府〉)
> 清川帶長薄,車馬去閑閑。流水如有意,暮禽相與還。
> 荒城臨古渡,落日滿秋山。迢遞嵩高下,歸來且閉關。
> (〈歸嵩山作〉)
> 谷口疏鐘動,漁樵稍欲稀。悠然遠山暮,獨向白雲歸。
> 菱蔓弱難定,楊花輕易飛。東皋春草色,惆悵掩柴扉。
> (〈歸輞川作〉)

以第二首為例,王維寫歸返途中的景物:清川、荒城、古渡、
落日、秋山。他的桃源世界只是荒漠孤寂的山中一野屋。第三
首「谷口疏鐘動,漁樵稍欲稀。悠然遠山暮,獨向白雲歸」是
有意識的旅程。「白雲」深處是桃源,而這桃源只是輞川的故
居。

　　無心之旅在旅中所見的山水景物,如本文第三節所指例的
詩,一般上比較充滿虛幻、縹緲、奇妙的神秘境界,而所抵達
的目的地不是屬於王維的隱居之地,而是神仙或佛門聖地。相
反的,有意之旅,沿途景色比較寫實,路途也不太遙遠,〈口
號又示裴迪〉,王維說「悠然策藜杖,歸向桃花源」,似乎可免
涉水越山之苦。訪呂逸人的桃源隱居地,居然是在長安新昌里

的一個柳市南邊。而目的地，一般上都是王維或與他生活相似的士臣歸隱之地。

因此我們需要進一步了解，王維詩歌追尋的桃源世界是怎樣的一個地方。

五、「悠然策藜杖，歸向桃花源」：王維的人間桃源

王維有二個不同的桃源世界，一個屬於結廬在人間的桃源，一個屬於神仙眷屬和佛門高僧所在白雲深處的仙境。因此王維在詩中，設計了二種不同的桃源之旅，以期通到不同的桃源世界。

王維有一首詩送崔九弟（即其內弟崔興宗）前往終南山的絕句：「二城隅一分手，幾日還相見。山中有桂花，莫待花如霰。」裴迪同詠的詩可作為王維詩的最好註釋：「歸山深淺去，須盡邱壑美。莫學武陵人，暫遊桃源裡。」由此可見，王維與裴迪都把崔九弟要去的終南山中的旅途（或短期隱居）之地稱為桃源世界，而崔氏的終南山之旅，就是一次桃源行了。我上述引過王維〈春日與裴迪過新昌里訪呂逸人不遇〉一詩，說第一句「桃源一向絕風塵」是指呂逸人隱居的長安城新昌里的柳市居所，因為裴迪也有一首同詠詩，最後二句是：「聞說桃源好迷客，不如高枕盼庭柯。」可見裴迪也稱呂逸人隱居之地作「桃源」，雖然它就在長安城內。[8]

另外我上面說過的錢少府因歸返藍田故居作短期隱居或省親，王維就稱之為桃源行，〈口號又示裴迪〉雖不是寫旅程，

而是說希望能夠「悠然策藜杖，歸向桃花源」。他心目中的桃花源，其實就是他隱居的輞川別業或終南山，不是什麼虛無縹緲的仙境。而〈田園樂〉共有七首，描寫隱居者與一般農民躬耕自給，恬淡閑適的生活情趣。其中第三首最後一句「桃花源裡人家」，便可證實真正屬於王維的世外桃源的境界與生活，便是住著安貧樂道、與世無爭的人的田園。而這種桃源世界只需要通過有意之旅，就可抵達了。

六、「春來遍是桃花水，不辨仙源何處尋」：王維的桃源仙境

王維〈桃源行〉詩中所描寫的桃源仙界，需要通過無心之旅，才能發現。王維本人雖然嚮往，但不是屬於他所有的。第一次進入這個神仙境界，不是「我」，而是一個漁夫。那裏的居民，是神仙眷屬，此外還有一些漁父和樵夫。後來王維曾多次進入桃源仙界，如藍田石門精舍、香積寺，但他不是那裏的居民，只是匆匆偶然經過的過客，真正屬於那裏的人，是老僧、牧童及樵客。

王維二十一歲開始做官，至逝世為止，除了短期歸隱，其他時間都在長安，他在〈留別山中溫古上人並示舍弟縉〉詩中承認，他在「理齊」與「道勝」時，不應該隱居或出家。自己也因此感嘆「草色日向好，桃源人去稀」，當他看見同鄉錢起歸返藍田（見〈送錢少府還藍田〉），他曾向裴迪抱怨「安得舍塵網，拂衣辭世喧。悠然策藜杖，歸向桃花源」（〈口號又示裴迪〉）。因此在〈桃源行〉中，他已有先見之明（那時才十九

歲），才會用「世中遙望空雲山」的詩句，來表示那是一個遙不可及的地方。後來凡是被比作桃花源的地方，都說它在白雲中，如楊員外隱居的琴台，他說「羨君棲隱處，遙望白雲端」，香積寺則「數里入雲峰」，到最後他感覺到連自己的藍田別墅也在「白雲外」（〈酬虞部蘇員外過藍田別業不見留之作〉及〈答裴迪〉）。

這樣他的桃源詩中便出現兩個桃源世界：一個出世的，一個入世的。

七、「草色日向好，桃源人去稀」：結論

王維桃源行的詩歌結構與母題，如果再引用更多詩例作更細微分析，相信能令人信服的接受另一個結論：這是導致王維創作大量山水田園詩的主要原因。為了發揮桃源世界的母題，或運用桃源行的詩歌結構，王維除了特別注意山水景物，而且每寫一個景物，都以遊記形式出擊，結果促使王維即使在寫唱和別人的詩時，也以遊記結構去寫，也當作桃源世界的一次尋找。前面引用過的如〈酬比部楊員外〉、〈酬虞部蘇員外〉、〈和宋中丞〉三首詩，都足以說明。〈寄崇梵僧〉原來應沒有遊記結構，居然也套用〈桃源行〉的「峽裡誰知有人事，世中遙望空雲山」兩句，只把「世中」改作「郡中」，主要是要強調崇梵寺是個桃源仙境。〈終南別業〉原本是寫在林中散步，其中「行到水窮處，坐看雲起時。偶然值林叟，談笑無還期」，又是在運用追逐水源，意外發現桃花源的結構與母題了。

　　無心之旅，強調潛意識，直覺性的感受活動，又由於通過旅程是要窮水源，翻山越嶺，因此中國大地上隱藏著的神秘山水，都被具有桃源行的結構與主題的詩發掘出來了。所以我認為桃源行詩中的無心之旅，是王維用來寫山水的秘密工具。而有心之旅，則給他帶來大量田園生活的詩篇，而這些屬於「有心之旅」的詩，在表現技巧上又比較寫實，富於農村生活氣息，與「無心之旅」的山水有所不同。

　　研究王維詩歌的學者很多，卻甚少人去注意他的桃源行詩歌模式與他田園山水詩之重大與密切關係，而且是王維詩歌中極重要的詩歌表現結構的母題。這方面研究的忽略，不免叫人感嘆：「草色日向好，桃源人去稀」。

注　釋

1 *A Boy's Will* (London: David Nutt, 1913)，*North of Boston* (London: David Nutt, 1914)。〈牧場〉(Pasture)譯文取自趙毅衡譯《美國現代詩》(北京：外國文學出版社，1985年)。原文見Edward Lathem, *The Poetry of Robert Frost* (New York: Hett, Rinehart and Winston, 1976)，p.1。

2 Frank Lentricchia, *Robert Frost: Modern Poetics and the Landscapes of Self* (Durham, N.C: Duke University Press, 1975)，pp.23～43.

3 本論文王維詩，全引自趙殿成箋注《王右丞集箋注》(北京：中華書局，1961年)，上冊。

4 同前註，下冊，頁550及556。

5 Pauline Yu, "Wang Wei's Journeys in Ignorance," *Tamkang Review*, Vol. VIII, No. 1 (April 1977)，pp.23～87；她在另一處也有討論到這一點，見 Pauline Yu, *The Poetry of Wang Wei* (Bloomington:Indiana University Press, 1980)，pp.50～51, 60～61。

[6] Wai-lim Yip, "Wang Wei and the Aesthetic of Pure Experience," *Tamkang Review*, Vol. II, No. 2 and Vol, III, No.11（October 1971～April 1972）, pp.199～209。此文改寫並縮短作為王維譯詩序文，見Wai-lim Yip（tr.）, *Hiding the Universe: Poems by Wang Wei*（New York: Crossman Publishers, 1972）, pp.V～XV。

[7] 中文研究著作中，主題學研究主要探討相同主題在不同時代以及不同作家手中之處理，很少研究同一主題在作者不同作品中之處理，見陳鵬翔《主題學研究論文集》（臺北：東大圖書公司，1983年），頁1～30。

[8] 陳貽欣與張鳳波等人，都把首句中桃源指為王維輞川隱居之地，見陳貽欣《王維詩選》（北京：人民文學出版社，1959年），頁106；張鳳波《王維詩百首》（石家莊：花山文藝出版社，1985年），頁143。裴迪詩見《王右丞集》，上冊，卷10，頁190。

第五輯

∞

無國界的華文文學

越界與跨國

—— 世 界 華 文 文 學 的 詮 釋 模 式

一、從邊緣到中心：文化中國與世華文學

自從二十世紀以來，中國知識分子永不中斷的移民外國，近三十年，臺灣、香港、大陸大量專業人士、留學生、移民，更大量移居世界各國，再加上東南亞的華人再移民，今天作為華人的意義已大大改變。[1] 杜維明在〈文化中國：邊緣中心論〉（Cultural China:The Periphery as the Center）、〈文化中國與儒家傳統〉、〈文化中國精神資源的開發〉諸文章中[2]，提出「文化中國」的概念，因為中國不只是一個政治結構、社會組織，也是一個文化理念。今日產生重大影響力的有關中國文化的關心、發展、研究、論述，主要在海外，而這些人包括在外國出生的華人或研究中國文化的非華人，這個文化中國的中心超越中國，而由中國、香港、臺灣與散居世界各地的以華人為主的人所構成。其實正如《常青樹：今日改變中的華人》（*The Living Tree:The Changing Meaning of Being Chinese*）中其他文章所觀察[3]，華人的意義不斷在改變中，中國以外邊緣地帶華人建構了文化中國，同樣的，中國以外的華人及非華人，我所說的

具有邊緣思考的華人，也建構了另一類華文文學。這類文學，就如文化中國，他超越語言、族群、宗教，而這種邊緣文學就是構成文化中國的一部分，為文化中國創造新的精神資源。這種文學也成為另一個華文文學中心，甚至散佈世界各地的華人世界，自己也成一個中心，比如新加坡華文文學或馬華文學，其作品即有中國文學傳統也有土文學傳統。[4]因此我們需要尋找種種理論思考來與詮釋模式來瞭解與解讀這種文學。本文探討從漢文化圈（陳慶浩）、多元文化中心／雙重文學傳統（周策縱、王潤華）、邊緣中心論（賽依德、杜維明）、後殖民文學（Bill Ascroft 等人）、文化中國（杜維明）等論說來思考世界華文文學，這些論說與詮釋模式給世界華文文學可能帶來的越界與跨國的新視野。而許多有關華人與文化的思考，上述杜維明的論說及其編的《常青樹：邊緣中心論》中如王賡武、李歐梵等人的論述，王賡武的《進入現代世界：中國內外》（*Joining the Modern World World*），還有其他純理論性的如愛德華詩（Edward Shils）的《中心與邊緣：宏觀社會學》（*Center and Periphery: Essays in Macrosociology*）都是幫忙發現、思考問題與瞭解現象的視野。[5]

二、從域外漢文學到世界華文文學

除了中國以外，古代的韓國、日本、越南等國家，皆長期使用漢字。創作了大量的作品，尤其在本國文字還沒有形成以前，形成一個漢字文化圈。即使在漢字基礎上，發展出本國文字以後，很多作家還是以漢字寫作。特別是漢詩，至到目前，

還是文化教養的象徵。到了十九世紀，西方入侵，中國衰落，殖民主義與民主主義高漲，漢字逐漸被殖民國文字與本國文字取代，漢文寫作的傳統便逐漸消失。自第二次世界大戰以後，隨著老一輩知識分子的凋零，漢文作品就更少出現了。

在韓國、日本、和越南，今天還保存了大量的漢文作品，有價值的著作不少。研究中國文學的人都忽略這些作品。在第二次世界大戰後民族主義高漲時，中日韓越等國學者，還以為這些作品皆非民族的文化產品，因此被認為不值得研究。最後域外漢文學、漢文化被棄置在傳統的漢學、韓國學、日本學、越南學研究之外。

由於數百年來中國人不斷移民，世界華裔也不斷再移民，被移置海外的華文華語就在十九世紀末二十世紀初，漢字文化在中國鄰近國家衰落時，傳統文化圈少有人用漢字時，華文文學在世界興起，最早在東南亞，尤其新加坡、馬來西亞。自從高行健榮獲2000年的諾貝爾文學獎，世界華文文學有了極大的突破，引發許多重視與肯定。世華作家把華文與華文文學的文化空間擴大了，它包涵又超越種族、地域，語言也多元化了。這些華文作家雖然主要是世界各國的華人，其他種族的華文作家也不少，如韓國的許世旭、澳洲的白傑明（Germienic Barme）、德國的馬漢茂（Hermet Martin）、美國的葛浩文（Horward Goldblatt）與韓秀。在日本與越南的今天，用華文創造的日本人與越南人則更多了。

傳統的域外漢文學與現代的世界華文文學是中華文化的延續與發展，是中華文化與世界文化對話所產生的多元文化的文學。湯一介在〈新軸心時代與中華文化定位〉說，經濟全球化、科技一體化，今後文化發展將會文化多元，華文文學就是

中華文化大潮流的帶頭浪。杜維明說儒家傳統不單是中國的，它也是日本的、朝鮮的、越南的，將來也可能是歐美的。世界華文文學目前已發展出它的特點，它是世界性的。因此要瞭解中華文學的傳統的整體發展與變化，中國文學、域外漢文學、世界華文文學需要作一整體研究。王國良與陳慶浩在1998年臺北主辦的《中華文化與世界漢文學》研討會，正是對新舊漢字文化圈作整體研究的出發點。這種整體研究可以發現漢字的生命力，華人文化的動力。[6]

三、重新認識華文文學的新地圖：多元的文學中心的肯定

目前英文文學（English literature）一詞的定義已起了變化，它不單單指屬於英國公民的以英文書寫的文學，而是形成一個多元文學中心的局面。除了英國本土是英文文學的一個中心之外，今天的美國、加拿大、澳洲、紐西蘭、印度，以及許多以前英國殖民地的亞洲與非洲國家都有英文文學，各自形成英文文學的中心，不是支流，各自在語言、技巧、文學觀都與英美大國不同。英文文學的發展，比華文文學更複雜，因為他們的許多國家的作家都不但是非白人，而是其他民族，包括印度人、華人、黑人及混種人。過去一百年來，已有不少非英美作家，非白人的英文作家獲得諾貝爾文學獎。

研究共和聯邦英文如何在英國文學的傳統下，重建本土的文學傳統，重構本土幻想與語言系統，創作多元文化的文學等課題的論說，如《從共和聯邦到後殖民文學》（*From*

Commonwealth to Post-Colonial)、《新興英文文學》(*New English Literatures*)及《世界英文文學》(*Literatures of the World in English*),都提供可供參考的透視世華文學的理論與批評方法。[7]

英文文學已發展到這樣的一種新局面:每年最好的以英文創作的詩、最好的小說、最傑出的戲劇,不一定出自英國或美國的作家之手,它可能出自南美、非洲的非白人之手。同樣的,如果我們公平的評審一下,每年最佳的華文小說、詩歌、或戲劇也不見得一定出自中國大陸和臺灣,很可能是馬來西亞或住在歐美的華文作家。諾貝爾文學獎頒給許多非英美的非白人英文作家,尤其最近得獎的華文作家高行健(2000)與印度後裔英文作家奈保爾(2001)便是代表這種承認。[8]臺灣《聯合報》短篇小說獎也是最好的例子,首獎經常被海外華文作家所奪,如1996、2000及2001年的首獎為大馬女作家黎紫書所榮獲,她已是第三代的馬來西亞華裔。

黎紫書1994年(24歲)開始嘗試小說創作,1995年以〈把她寫進小說裡〉獲得第三屆花蹤文學獎馬華小說首獎。1996年以〈蛆魘〉獲得第十八屆聯合報文學短篇小說首獎。1997年,又以〈推開閣樓之窗〉獲得花蹤小說首獎。今年(2000),再以〈山瘟〉獲得聯合報文學小說首獎。另外,黎紫書還榮獲國內外其他文學獎。

黎紫書的小說,以目前已出版成書的《天國之門》與《微型黎紫書》、《山瘟》為代表[9],是中華文化流落到馬來亞半島熱帶雨林,與後殖民文化雜混衍生,再與後現代文化的相遇擁抱之後,掙脫了中國文學的許多束縛,再以熱帶的雨水、黴濕陰沈的天氣、惡腥氣味彌漫的橡膠廠、白蟻、木瓜樹、騎樓舊

街場等陰暗的意象，再滲透著歷史、現實、幻想、人性、宗教，巧妙的在大馬的鄉土上建構出魔幻現實小說。魔幻主義、現代意識流、後現代懷舊種種手法，另外散文、詩歌、小說、都輪流混雜的出現在她的小說中。但是由於她的幻想與本土文化，語言藝術與本土文化結合在一起，黎紫書的小說不像許多現代派小說，心理活動或語言遊戲太多，而顯得有氣無力。相反的她的小說甚至能把通俗小說的讀者吸引回來看藝術小說，提高藝術小說的可讀性。

在黎紫書的短篇與微型小說中，散文、詩歌、小說、被揉成一體或混雜成一種特殊的語言文字作為表現、敘事媒體。在〈天國之門〉中，我被阿爺在臉上打了一巴掌，受傷嘴角滴在白床上的血「綻放一朵小紅花」，在〈某個平常的四月天〉老李的女兒看見書記小姐與父親在作愛：「膠廠書記小姐的雙腿盤在他的腰上，像一隻枷鎖般緊緊扣住了男人」。黎紫書的小說敘述語言超越性別與年紀，像上面小孩的視角，直視、簡約，帶來新的視覺、詩的內涵。所以我們在她的小說中，發現智性的、感性的、生活的、神話的、幻想的，變幻無常。

黎紫書熱帶雨林的離散族群邊緣話語，後殖民寫作策略，給大馬小說，甚至世界華文小說的大敘述，帶來很大的挑戰。她在自己本土的傳統中，在藝術語言中再生。譬如〈推開樓閣之窗〉，黎紫書的魔幻寫實技巧，產生自怡保舊街場的榕樹、小旅店的魔幻文化傳統。我小時候常常走過這些街道，大街小巷充滿了超現實主義的神話[10]，就如李天葆在吉隆坡半山笆監獄對面蓬萊旅店後的小巷，找到本土窮人的神話。他們身上都流著共同的神話血液。[11]

像黎紫書與及李永平、張貴興、李天葆、商晚筠（馬來西

亞）、張揮、希尼爾（新加坡）這些新馬華裔華文作家的華文作品的小說給世界華文小說帶來極大的反省與挑戰。他們的新馬後殖民經驗開拓了華文小說的新境界，創造耳目一新的小說新品種。[12]

　　世界華文文學的版圖也不斷的擴大，目前學者已承認許多國家的華文文學作品具有它的獨特性，美國與加拿大的華文文學作品有它本土的文學傳統，亞洲東南亞各國更有其獨特的語言、思想與題材。這種發展的新趨勢，會使到華文文學的版圖與觀念大大改觀。要閱讀一流中文（華文）的作品，除了大陸、臺灣、香港、澳門的作品之外，其他國家的華文文學作品也一樣重要。由於這種新的華文文學的出現，從邊緣走向另一個中心，中國、臺灣、香港出版的中國文學選集，如《20世紀中國新詩辭典》（上海：漢語大詞典，1997年）、《中華現代文學大系》（臺北：九歌出版社，1989年）、《中國當代散文選》（香港：新亞洲出版社，1987年）都收錄中國、臺灣、港澳以外世界各國的華文文學作品。這種文選，清楚的說明過去被漠視的邊緣作家已開始被承認與肯定。1986年劉紹銘、馬漢茂在德國萊森斯堡舉辦一個「中國文學的大同世界」世界華文作家會議，後來由臺灣（王德威）、大陸（李陀）、香港（黃維梁）、馬來西亞（姚拓）、菲律賓（施穎洲）與新加坡（王潤華）編了上下二冊《世界中文小說選》（臺北：時報出版社，1987年），是重要一次承認華文文學是超越國界，多元文化的。雖然當時由於政治保守的環境，書名還用中文二字。[13]

四、從「雙重傳統」，「多元文學中心」看世界華文文學

1989 年在新加坡舉行的東南亞華文文學國際會議上，周策縱教授特地受邀前來作總評。在聽取了二十七篇論文的報告和討論後，他指出，中國本土以外的華文文學的發展，已經產生「雙重傳統」（Double Tradition）的特性，同時目前我們必須建立起「多元文學中心」（Multiple Literary Centers）的觀念，這樣才能認識中國本土以外的華文文學的重要性。我認為世界各國的華文文學的作者與學者，都應該對這兩個觀念有所認識。[14]

任何有成就的文學都有它的歷史淵源，現代文學也必然有它的文學傳統。在中國本土上，自先秦以來，就有一個完整的大文學傳統。東南亞的華文文學，自然不能拋棄從先秦發展下來的那個「中國文學傳統」，沒有這一個文學傳統的根，東南亞，甚至世界其他地區的華文文學，都不能成長。然而單靠這個根，是結不了果實的，因為海外華人多是生活在別的國家裏，自有他們的土地、人民、風俗、習慣、文化和歷史。這些作家，當他們把各地區的生活經驗及其他文學傳統吸收進去時，本身自然會形成一種「本土的文學傳統」（Native Literary Tradition）。新加坡和東南亞地區的華文文學，以我的觀察，都已融合了「中國文學傳統」和「本土文學傳統」而發展著。我們目前如果讀一本新加坡的小說集或詩集，雖然是以華文創作，但字裏行間的世界觀、取材、甚至文字之使用，對內行人

來說，跟大陸的作品比較，是有差別的，因為它容納了「本土文學傳統」的元素。[15]

當一個地區的文學建立了本土文學傳統之後，這種文學便不能稱之為中國文學，更不能把它看作中國文學之支流。因此，周策縱教授認為我們應建立起多元文學中心的觀念。華文文學，本來只有一個中心，那就是中國。可是華人偏居海外，而且建立起自己的文化與文學，自然會形成另一個華文文學中心；目前我們已承認有新加坡華文文學中心、馬來西亞華文文學中心的存在。這已是一個既成的事實。因此，我們今天需要從多元文學中心的觀念來看詩集華文文學，需承認世界上有不少的華文文學中心。我們不能再把新加坡華文文學看作「邊緣文學」或中國文學的「支流文學」。

我在《從新華文學到世界華文文學》與《華文後殖民文學》二書中，反覆從各個角度與課題來討論多元文學中心的形成[16]，又以新馬華文文學為例，說明本土文學傳統在語言、主題各方面如何形成。由於新馬華文在世華文學中歷史最長，新馬文學研究的許多論著如《東南亞華文文學》與楊松年的《戰前新馬文學本地意識的形成與發展》對這方面的課題做了許多開墾性的思考。[17]

五、放逐、邊緣詩學：流亡者、移民、難民建構了今日邊緣思想、文化與文學

這是一個全球作家自我放逐與流亡的大時代，多少作家移民到陌生與遙遠的土地。這些作家與鄉土，自我與真正家園的

嚴重割裂，作家企圖擁抱本土文化傳統與域外文化或西方中心文化的衝擊，給今日世界文學製造了巨大的創造力。 現代西方文化主要是流亡者、移民、難民的著作所構成。美國今天的學術、知識與美學界的思想所以如此，因為它是出自法西斯與共產主義的難民與其他政權異議分子。整個二十世紀的西方文學，簡直就是ET（extraterritorial）文學，這些邊緣文學作品的作家與主題都與流亡、難民、移民、放逐、邊緣人有關。這些外來人及其作品正象徵我們正處在一個難民的時代。今日的中文文學、華文文學或華人文學也多出自流亡者、自我放逐者、移民、難民之筆。[18]

　　所謂知識分子或作家之流亡，其流亡情境往往是隱喻性的。屬於一個國家社會的人，可以成為局外人（outsider）或局內人（insider），前者屬於精神上的流亡，後者屬於地理／精神上的流亡。其實所有一流 前衛的知識分子或作家，永遠都在流亡，不管身在國內或國外，因為知識分子原本就位居社會邊緣，遠離政治權力，置身於正統文化之外，這樣知識分子／作家便可以誠實的捍衛與批評社會，擁有令人歎為觀止的觀察力，遠在他人發現之前，他已覺察出潮流與問題。古往今來，流亡者都有跨文化與跨國族的視野。[19]流亡作家可分成五類：⑴從殖民或鄉下地流亡到文化中心去寫作；⑵遠離自己的國土，但沒有放棄自己的語言，目前在北美與歐洲的華文作家便是這一類[20]；⑶失去國土與語言的作家，世界各國的華人英文作家越來越多；⑷華人散居族群，原殖民地移民及其代華文作家，東南亞最多這類作家；⑸身體與地理上沒有離開國土，但精神上他是異鄉人。高行健離開中國前便是這種作家。[21]

　　無論出於自身願意還是強逼，思想上的流亡還是真正流亡，不管是移民、華裔（離散族群）、流亡、難民、華僑，在政治或文化上有所同，他們都是置身邊緣，拒絕被同化。在思想上流亡的作家，他們生存在中間地帶（median state），永遠處在漂移狀態中，他們即拒絕認同新環境，又沒有完全與舊的切斷開，尷尬的困擾在半參與半遊移狀態中。他們一方面懷舊傷感，另一方面又善於應變或成為被放逐的人。遊移於局內人與局外人之間，他們焦慮不安、孤獨、四處探索，無所置身。這種流亡與邊緣的作家，就像漂泊不定的旅人或客人，愛感受新奇的　當邊緣作家看世界，他以過去的與目前互相參考比較，因此他不但不把問題孤立起來看，他有雙重的透視力（double perspective）。每種出現在新國家的景物，都會引起故國同樣景物的思考。因此任何思想與經驗都會用另一套來平衡思考，使到新舊的都用另一種全新，難以意料的眼光來審視。[22]流亡作家／知識分子喜歡反語諷刺、懷疑、幽默有趣。老舍因為在英國及其殖民地開始寫小說，身為異鄉人，流亡知識分子的思考，就出現在倫敦創作的〈老張的哲學〉（1925）、〈趙子曰〉（1926）、〈二馬〉（1929）、及在新加坡寫的〈小坡的生日〉（1930）等作品。老舍即使回中國以後，還是讓自己遠離權力中心，置身於邊緣地帶去思考，因此他以後的思考與語言仍然是邊緣的。那時老舍在1949年以前，不管在國內或國外，他是思想上的流亡者。[23]

　　在理論資源上，西方許多論述，如賽依德（Edward Said）的論述〈知識分子的放逐：外僑與邊緣人〉（Intellectual Exile: Expatriates and Marginals）、〈放逐思考〉（Reflection on Exile）及《在外面：邊緣化與當代文化》（*Out There: Marginalization*

and Cotemporary Cultures）、《放逐的感覺》等論文集中的論
文，都極有用處。世華作家學者也已注意世界各地華文作品中
流亡、放逐、邊緣的書寫，白先勇的〈新大陸流放者之歌〉、
王潤華〈從浪子到魚尾獅：新加坡文學中華人困境意象〉、簡
政珍〈放逐詩學：臺灣放逐詩學初探〉、林辛謙〈當代中國流
亡詩人與詩的流亡〉等論文已思考過不少問題。[25]

六、華文後殖民文學：重建本土文化、語言傳統：重新幻想與書寫本土歷史、地理與生活

《東方主義》（*Orientalism*）的作者愛德華‧賽依德
（Edward Said）在一篇論述大英共和聯邦（Commonwealth）的
英文文學走向英文後殖民文學（Post-colonial Literature）時指
出，幾十年來，為了從歐洲控制之中爭取解除殖民與獨立，在
重建民族文化遺產，重構本土文化與語言的特性，在重新幻想
與書寫本土歷史、地理與社會生活上，大英共和聯邦的英文文
學扮演著關鍵性的角色。在建構過去殖民地的各地區英文文學
時，賽依德特別使用重新建構（configuration）與改變構型
（transfiguration）二種轉變程序來說明如何進行消除文學中的
殖民主義影響。因此文學經驗的重新建構（Configuration of literary experiences），新文化的重新建構（A new cultural configuration），對歷史與地理改變構型、重新幻想，都是創造新文學
的一個重要過程。[26]

當我們的作家運用重新建構（configuration）與改變構型

（transfiguration）去進行創作時，這便是新馬華文文學從傳統
走向現代的開始。這個過程，在《逆寫帝國：後殖民文學的理
論與實踐》一書中[27]，這個程序被稱為重置語言（Re-place lan-
guage）與重置文本（Re-placing the text）。前者指本土作家要重
新創造一套適合被殖民者的話語。語言本身是權力的媒體，只
有在使用來自中國的語言時，加以重新塑造到完全能表達本土
文化與經驗，本土文學才能產生。重置文本是指作者能把中國
文學中沒有或不重視的邊緣性、交雜性的經驗與主題，跨越種
族、文化、甚至地域的東西寫進作品中，不要被中國現代文學
傳統所控制。

　　當我們討論後殖民文學時，注意力都落在以前被異族入侵
的被侵略的殖民地（the invaded colonies），如印度，較少思考
同族、同文化、同語言的移民者殖民地（settler colonies），像
美國、澳大利亞、紐西蘭的白人便是另一種殖民地。美國、澳
大利亞、紐西蘭的白人作家也在英國霸權文化與本土文化衝突
中建構其本土性（indigeneity），創造既有獨立性又有自己特殊
性的另一種文學傳統。[28]在這些殖民地中，英國的經典著作被
大力推崇，結果被當成文學理念、品味、價值的最高標準。這
些從英國文學得出的文學概念被殖民者當作放之四海而皆準的
模式與典範，統治著殖民地的文化產品。這種文化霸權（cul-
tural hegemony）通過它所設立的經典作家及其作品典範，從殖
民時期到今天，繼續影響著本土文學。魯迅便是這樣的一種霸
權文化。[29]

　　新馬的華文文學，作為一種後殖民文學，它具有入侵殖民
地與移民殖民地的兩者後殖民文學的特性。在新馬，雖然政
治、社會結構都是英國殖民文化的強迫性留下的遺產或孽種，

但是在文學上，同樣是華人，卻由於受到英國文化霸權與中國
文化極深嚴之不同模式與典範的統治與控制，卻產生二種截然
不同的後殖民文學與文化。一種像侵略殖民地如印度的以英文
書寫的後殖民文學，另一種像澳大利亞、紐西蘭的移民殖民地
的以華文書寫的後殖民文學。[30]

　　當五四新文學為中心的文學觀成為殖民文化的主導思潮，
只有被來自中國中心的文學觀所認同的生活經驗或文學技巧形
式，才能被人接受，因此不少新馬寫作人，從戰前到戰後，一
直到今天，受困於模仿與學習某些五四新文學的經典作品。來
自中心的真確性（authenticity）拒絕本土作家去尋找新題材、
新形式，因此不少被迫去寫遠離新馬殖民地的生活經驗。譬如
在第二次大戰前後，郁達夫在1939年南度新加坡後，批評新
馬作家人人都學魯迅的雜文，因為不學魯迅就不被認為是好作
家。抗戰時田間、艾青的詩被推崇模仿，這種主導性寫作潮
流，就是來自中心的霸權話語的文化殖民。[31]

　　我在〈從戰後新馬華文報紙副刊看華文文學之發展〉一文
中[32]，曾指出從最早至戰前，來自中國文壇的影響力，完全左
右了馬華文學之發展，副刊成了他們統治當地文壇的殖民地。
林萬菁的《中國作家在新加坡及其影響，1927～1948》，就研
究了洪靈菲、老舍、愛蕪、吳天、許傑、高雲覽、金山、王紀
元、郁達夫、楊騷、巴人（王任叔）、沈滋九、陳殘雲、江金
丁、杜運燮等人。他們在中國時已有名氣，移居新馬，不是擔
任副刊編輯便是在學校教書，所以影響力極大。現在重讀這些
副刊，便明白本地意識、本土作品沒法迅速成長的原因。但是
本土意識的文學種子一直在壓抑下成長。譬如在戰前，二〇年
代，一群編者開始注意到，新馬長大或出生的作者，要求關心

本地生活與社會，改用本地題材來創作，於是副刊開始提倡把南洋色彩放進作品裏。到了1930年代，由於新馬華人歸宿感日益增加，作家把南洋的觀念縮小成新馬兩地，通稱為馬來亞，因此「南洋文藝」便開始發展成馬華文學。[33]

後殖民文學理論的論述，尤其在《逆寫帝國：後殖民文學的理論與實踐》(*The Empire Writes Back: Theory and Practice in Post-Colonial Literatures*)、《後殖民研究讀本》(*Post-Colonial Studies Reader*)、《從共和聯邦到後殖民》等書有極適合的批評理論供我們研究後殖民華文文學。[34] 採用後殖民批評理論來審視華文文學，我的《華文後殖民文學》、許文榮的《極目南方：馬華文化與馬華文學話語》、張京媛編的《後殖民理論與文化認同》文章中，有很大的發揮，能透視很多問題。[35]

七、結論：越境跨國尋找本土與全球視野的批評理論

我撰寫了《從新華文學到世界華文文學》(1994)與《華文後殖民文學》(2001)二書中的論文後，我開始明白世華文學的複雜性。世華文學是中華文化放逐到世界各地，與各地方本土文化互相影響、碰擊、排斥之下產生。它吸收他種文化，也自我更生。湯一介認為，經濟全球化，資訊科技一體化，加上地球村的形成，世界文化必走向多元共存。[36] 世界華文文學正是構成多元文化的一種前衛文化。詮釋這種複雜、越界跨國、多元文化的文學，挑戰性很高，深感我們批評理論資源的薄弱，除了像戈慈 (Clifford Geetze) 在《本土知識》所使用

的本土知識，波狄奧（ Pierre Bourdieu） 所說的文化生產現場
（field of cultural production） [37]，也需要在全球視野發展出來的
批評理論，不能只從地緣（即華人社會）來瞭解。正如《常青
樹：今日改變中的華人》與王賡武的〈只有一種華人離散族
群？〉（A Single Diaspora?）所指出，單單中國境外的華人，由
於身分認同之不同，用英文時，Chinese overseas，overseas
Chinese，ethnic Chinese，huaqiao，huayi 等等名詞都可以使
用，各有其理由，各有需要。[38]因此我要經常越境跨國去尋找
各種理論來詮釋世華文學，而我上述所論述的，也只是許多可
採用的其中一些例子而已。

注 釋

[1] Wang Gungwu, "A Single Chinese Diaspora?", *Joining the Modern World:
Inside and Outside China*（Singapore: Singapore University Press,2000）,
pp.37～70. Wang Gungwu, "Among the Non-Chinese", in Tu Wei-wei, ed.,
The Living Tree: The Changing Meaning of Being Chinese Today（Stanford:
Stanford University Press, 1994）, pp.127～147.

[2] Tu Wei-ming, "Cultural China:The Periphery as the Center" in Tu Wei-
ming,ed., *The Living Tree: The Changing Meaning of Being Chinese* Today 」,
op. cit., pp.1～34；杜維明〈文化中國與儒家傳統〉，《1995 吳德耀文
化講座》（新加坡：國大藝術中心，1996 年），頁31；杜維明〈文化中
國精神資源的開發〉，鄭文龍編《杜維明學術文化隨筆》（北京：中國
青年出版社，1999 年），頁63～73。

[3] 特別見杜維明、王賡武、李歐梵、Myron Cohen、Vera Schwarcz 等人的
論文。

[4] 王潤華〈後殖民離散族群的華文文學：包涵又超越種族、地域、語言

和宗教的文學空間〉，新世紀華文文學發展國際學術研討會論文，1991
年5月19日，臺灣元智大學。

[5] Edward Shils, *Center and Periphery: Essays in Macrosociology*（Chicago: University of Chicago Press, 1975）.

[6] 王國良、陳慶浩編《文學絲路：中華文化與世界漢文學論文集》（臺北：世華作協編輯出版，1998年），特別陳慶浩、金達凱、丁奎福、韋旭升、李進益、王三慶、黃文樓、鄭阿財、王潤華等人的論文。

[7] Anna Rutherford, ed., *From Commonwealth to Post-Colonial*,（Sydney: Dangaroo Press, 1992）; Bruce King, *The New English Literatures*（London: Macmillan Press, 1980）; Bruce King ed., *Literatures of the World in English*（London: Routledge, 1972）。有關這方面的參考書目，見 Bill Ashcroft, Gareth Griffiths and Helen Tiffin, eds. *The Empire Writes Back: Theory and Practice in Post-Colonial Literatures*（London: Routleddge, 1991）, pp.198～216（Readers' Guide）.

[8] 關於非英美英作家獲頒諾貝爾文學獎，見 *Nobel Lectures: Literature 1990～1995*（Singapore: World Scientic,1993）, *Nobel Lectures: Literature 1991～1995*（Singapore :World Scientific, 1997）。

[9] 黎紫書三本小說出版：吉隆坡：學爾出版社，1999年；臺北：麥田出版社，1999年；臺北：麥田出版社，2000年。

[10] 關於黎紫書的小說，見王潤華《華文後殖民文學》（上海：學林出版社，2001年），頁197～198; 王德威〈黑暗之心的探索者〉，《山瘟·序》，頁3～12。

[11] 關於李天保的代表作，見徐舒虹〈半山芭監獄與蓬萊旅店〉，《馬華文學的新解讀》（吉隆坡：馬來西亞留台同學會，1999年），頁306～312。

[12] 這些作家的作品代表作，可見於黃錦樹等編《馬華當代小說選》（臺

北：九歌出版社，1998年）；黃孟文編《新加坡當代小說精選》（瀋陽：瀋陽出版社，1999年）。

[13] 這個研討會的論文收集於 *The Commonwealth of Chinese Literature: Papers of the International Reisenburg Conference*, West Germany, July 1986. Bochum: Ruhr University,1986。

[14] 周策縱〈總評〉，《東南亞華文文學》（新加坡：作家協會與歌德學院，1989年），頁359～362。

[15] 同前註，頁359～362。

[16] 王潤華《從新華文學到世界華文文學》（新加坡：潮州八邑會館，1994年）。我至今的論文未收入這二本論文集的有〈後殖民離散族群的華文文學：包涵又超越種族、地域、語言和宗教的文學空間〉，15頁，新世紀華文文學發展國際學術研討會論文，1991年5月19日，臺灣元智大學；〈邊緣思考與邊緣文學〉，12頁，香港教育學院第二屆亞太區中文教學研討工作坊：新的文化視野下的中國文學研究論文，2002年3月13～15日。

[17] 楊松年《戰前新馬文學本地意識的形成與發展》（新加坡：八方文化公司，2000年）。

[18] Edward Said, "Reflection on Exile," in Russell Ferguson and others, eds., *Out There : Marginalisation and Contemporary Cultures*（Cambridge, MA: MIT Press, 1990), pp.357～366.

[19] Edward Said, "Intellectual Exile: Expatriates and Marginals," in Moustafa Bayoumi and Andrew Rubin, eds., *The Edward Said Reader*（New York: Vintage Books, 2000), p.371.

[20] 林幸謙〈當代中國流亡詩人與詩的流亡：海外流放詩體的一種閱讀〉，《中外文學》30卷1期（2001年6月），頁33～64。

[21] 這種分類見 Meenakshi Mukherjee, "The Exile of the Mind" in Bruce

Bennett and others,eds., *A Sense of Exile*（Nedlands, Australia: The Center for Studies in Australian Literature, University of Western Australia, 1988）, pp. 7～14.

22 Edward Said, "Intellectual Exile: Expatriates and Marginals," op cit, pp.378 ～379.

23 我對老舍關於這方面的觀察，見王潤華《老舍小說新論》（臺北：東大圖書公司，1995 年）。

24 Edward Said, "Intellectual Exile: Expatriated and Marginals", Representation of the Intellectual（London: Vintage, 1994）, pp.35～48; Edward Said, "Reflection on Exile", in Russell Ferguson and others, eds., *Out There: Marginalization and Contemporary Culture*（Cambridge, Mass: MIT Press, 1990）, pp.357～366; Bruce Bennett and others, eds., *A Sense of Exile*（Nedlands, Australia: Centre for Studies in Australian Literature, University of Western Australia,1988）.

25 白先勇〈新大陸流浪之歌〉，《明星咖啡屋》（臺北：皇冠出版社，1984 年），頁33～37。其英文原文見Pai Hsian-yung, "The Wandering Chinese: The Theme of Exile in Taiwan Fiction", *The Iowa Review*, vol7, Nos 2～3（Spring-Summer, 1976）, pp.205～212；王潤華的論文見《從新華文學到世界華文文學》，頁34～51；簡政珍的是會議論文，17頁；林幸謙的見前註20。

26 Edward Said, "Figures, Configurations, Transfigurations", in Anna Rutherford,ed., *From Commonwealth to Post-Colonial*（Sydney: Dangaroo Press, 1992）,pp. 3-17.

27 Bill Ascroft, et al, eds., *The Empire Writes Back: Theory and Practice in Post-Colonial Literatures*（London: Routledge, 1989）。此書中譯本有劉自荃譯《逆寫帝國：後殖民文學的理論與實踐》（臺北：駱駝出版社，1998

年）。

28 同前註，頁1～2，頁117～141（英文）。

29 同前註，頁6～7。我曾以魯迅為例子，探討過這個問題，見〈從反
殖民到殖民者：魯迅與新馬後殖民文學〉，《華文後殖民文學》（臺
北：文史哲出版社，2001年），頁77～96，或上海學林出版社（2001
年），後者有刪改。

30 同前註，頁133～139。我曾討論過新加坡曾受兩種霸權文化的影響
而產生的後殖民文學，見〈魚尾獅與橡膠樹：新加坡後殖民文學解
讀〉，《華文後殖民文學》，頁77～100。

31 見郁達夫〈幾個問題〉與〈我對你們卻沒有失望〉，《馬華新文學大
系》（新加坡：星洲世界書局，1972年），第2集，頁444～448，頁
452～453。參考楊松年〈從郁達夫《幾個問題》引起的論爭看當時南
洋知識分子的心態〉，《亞洲文化》23期（1999年6月），頁103～
111。關於詩歌所受中國之影響，見原甸《馬華新詩史初稿（1920～
1965）》（香港：三聯書店，1987年）。

32 瘂弦、陳義芝編《世界中文報紙副刊學縱論》（臺北：文建會，1997
年），頁494～505。

33 王潤華〈論新加坡華文文學發展階段與方向〉，《從新華文學到世界
華文文學》，頁1～23；林萬菁《中國作家在新加坡及其影響，1927
～1948》（新加坡：萬里書局，1994年），頁12～153。

34 Bill Ashcroft, et al, eds., *The Post-Colonial Studies Reader*（London:Routledge,
1995）。其他專論，The Empire Writes Back 附有書目，頁198～216。

35 許文榮的書由士古萊：南方學院，2001年出版；張京媛的由臺北：麥
田出版社，1995年出版。

36 湯一介〈新軸心時代與中華文化定位〉，《跨文化對話》第6期（2000
年4月），頁18～30。

[37] Clifford Geetz, *The Local Knowledge: Further Essays in Interpretative Anthropology* (New York: Basic Books 1983); Pierre Bourdieu, *The Field of Cultural Production: Essays on Art and Literature* (Cambridge: Polity Press,1993).

[38] Wang Gungwu, "A Single Diaspora", *Joining the Modern World: Inside and Outside China* (Singapore: Singapore University Press,2000), pp37 ~70.

重新幻想：從幻想南洋到南洋幻想

——從單元的中國幻想到東南亞本土多元幻想

一、空間詩學下的南洋

　　根據Gaston Bachelard的《空間詩學》（*The Poetics of Space*）的理論，空間通過一種詩學過程而獲得情感與意義。一個客觀的空間，如一所房子，需要幻想或想像（imagination）的、心靈直接的親密感、舒適感、安全感。風水師往往就是根據一個人心靈對這所房子的感受，加上一些外在的地理情況，來決定風水好不好。其實走廊、客廳、房間本身，遠遠沒有想像的、感覺的所造成的空間詩學意義重要。這種想像的、虛構的價值，把本來是中性的或空白的空間產生了新的意義與價值。[1]

二、破壞後創造自己的形式的西方幻想／中國的神思

　　在現代西方文學理論中，幻想或想像（imagination）被詮

釋為創造高等、嚴肅、充滿情欲的詩歌的心智能力。想像往往
把東西溶解、消散、擴散，然後重構、創造。想像愛把東西理
想化，統一化。理想有強大的生命力，它像植物活動與生長。
所以Coleridge 說幻想在溶解外在物體後，產生與製造自己的
形式。幻想在知識的形成扮演重要的角色，幻想也與思想、感
情、個性結合。[2]怪不得劉勰在《文心雕龍》說，「形在江海
之上，心存魏闕之下」，這句話固然是指「其神遠矣」，「思接
千里」，或者回到莊子原文所說，他還想著做官，但在文學書
寫的互文性中，我卻認為這個人不管他走到天涯海角，他還是
帶著朝廷的心態與語言來觀察與書寫。劉勰他以神與思兩個元
素來建構想像，不是單純認定是思的功能，可見他是非常明白
文學的創作與作者本人心智狀態之關係。[3]

作家的幻想往往大膽解構異域的新事物，然後根據個人的
文化心智把它重構。從這個角度來重讀中西作家在東南亞的書
寫，我們就明白他們的南洋幻想的形成。

三、文化優越意識，霸權話語下的幻想南洋

西方自我中心主義與中國的中原心態（Sino-Centric atti-
tude），使到一元中心主義（mono-centrism）的各種思想意
識，在東亞本土上橫行霸道，一直到今天。另外語言本身是權
力媒體，語言就是文化意識。當年西方或中國移民作家把自己
的語言文字帶到環境與生活經驗都很異域的南洋，這種進口的
英文或中文企圖用暴力征服充滿異域情調的、季節錯誤、又受
異族統治的熱帶。從單元的、大漢主義的、霸權的幻想開始便

可瞭解。[4]

　　不管是空間詩學，幻想或神思，優越的文化心態，還是霸權話語，都是一種詩歌化過程，這種種想像力，擁有同化、吸收，將許多不同的東西綜合成一個有機體。幻想南洋與南洋幻想便是這樣產生的。解讀幻想的產生，是閱讀與解讀文本的第一步。

四、南洋、星洲、岷江的中國性創造

　　當我用微軟XP的漢語拼音輸入法（Microsoft Pinyin IME），每次打nan yang二字，首先出現的一定是南陽二字，不是南洋，開始我百思不解。我在南洋出生長大，又研究南洋文學文化，而又在此生活工作到老，我想今天南洋地名，應該比諸葛亮住過的在今河南省的南陽來得常用。那是我南洋人的想法，我的空間詩學。後來發現，這套系統是由微軟與哈爾濱科技學院合作的產品。中國北方人對南洋陌生又遙遠，他的幻想對nan yang二音產生的心智地理，肯定是以中國歷史文化的地名為先。同樣的，由於在中國的共產黨統治之下長大的人在編碼，我每次打tong zhi二字，先出現的聯想漢字，必定是同志，而不是通知，或統治，或童稚。電腦系統中已灌輸了中國人的記憶與幻想，所以電腦不管被賣到哪裏，就像當年中國人移民到那裏，他的思考多數是中國的，他的空間詩學也是中國文化思想的。

　　其實南洋這地名的中國性也很強。尤其在清朝的時候，通稱江蘇、浙江、福建、廣東沿海一帶為南洋，而沿海以北各省

為北洋。魯迅到日本留學時，進入仙台醫學專門學校，滿清政府稱他為「南洋官費生周樹人」。[5] 後來東南亞一帶也通稱南洋。新加坡，以前常常通稱為星洲，它出自唐人盧照鄰的詩〈晚度渭橋寄示京邑好友〉，其中有這一句：「長虹掩釣浦，落雁下星洲」，據說星洲作為新加坡的地名，最早被邱菽園用來命名它的星洲寓廬。邱菽園是當時海峽殖民地的傑出的華人菁英，由於教育都在中國接受，他從政治歸屬感到文化取向，都是以中國人為本。在中西文化的撞擊下，他永遠以華僑的身份來回應。因此他思考新加坡時，主要從中國出發。[6]

今天很多人在唱《岷江夜曲》，想到的岷江便是四川的那條大江，其實這首歌曲寫的是菲律賓的馬尼拉海灣，當年 Manila 的移民多是閩南人，他們念 Manila 市的第一個音節，常發出岷字的音，我想岷南方言與懷鄉都有關係。而當年作曲作詞的作者（高劍生、司徒容，都是一人，原名李厚襄）作為一個中國人，到了馬尼拉，它的中國鄉土意識很容易的便使他用岷來代表馬尼拉，這是中國人的幻想，中國化的南洋。[7]

賽依德（Edward Said）說，亞洲通過歐洲的想像而得到表述，歐洲文化正是通過東方學這一學科的政治的、社會的、軍事的、意識形態的、科學的、以及想像的方式來處理，甚至創造東方。中國學者與文人也是如此創造了南洋。[8]

五、想像南洋的水果花草：中國化與西方殖民化的榴槤與植物

在東南亞，尤其鄭和下西洋船隊訪問過新馬，很多人迷信

榴槤是鄭和下南洋時，在叢林中留下的糞便所變成。說得難聽一點，榴槤的果肉，就像一團一團的糞便。東南亞的人都迷信，榴槤樹很高大，果實表面長滿尖刺，如果從樹上掉下打中人，必定頭破血流，但卻從沒聽過有這種悲劇發生。神話中都說因為鄭和的神靈在保護。鄭和在東南亞後來已被當作神靈來膜拜。

榴槤所發出的香味極富傳奇性。本土人，尤其是原居民，一聞到它，都說芬芳無比，垂涎三尺。可是多數中國人與西方人，榴槤的香味變成臭味，一嗅到氣味，便掩鼻走開。初來東南亞的明代的馬歡，形容榴槤「若牛肉之臭」，現代作家鍾梅音說它「雞屎臭」。西方人則形容氣味為腐爛洋蔥或乳酪。我曾說榴槤神話代表典型的後殖民文本。[9]

由此可見，在東南亞，即使水果花草的想像，也難逃被中國人或新移民南洋化與東方主義化的命運。東南亞的本土的水果菜蔬及植物，就像其公路街道，都披上被南洋化或西方殖民的名字。叢林中的豬籠草，世界上最大的花朵（bunga patma），因為萊佛士（Stamford Raffles）自己首次在馬來西亞與印尼叢林看見，便武斷地說這是第一次被發現，結果現在用英文的記載，都用Raffesia來命名，前者命名Nepenthes Raffesiana，後者叫Raffesia flower。[10]東南亞的蘭花因為長在當年尚未開墾蠻荒的東南亞，從歷史文化悠久的中國人看來，那是胡人之地，所以命名為胡姬花，胡姬，即野蠻美女之花，蠻荒之地美女之花，雖然胡姬原是英文orchid的音譯。

六、通過小說的想像：西方東方化了東方， 中國南洋化了南洋

在康拉德（Joseph Conrad）的熱帶叢林小說中，白人到了東南亞與非洲的神秘叢林，很容易在情欲與道德上墮落。這些白人本來都是由理想，充滿生活氣息的殖民者，最後毀於性欲。康拉德的熱帶叢林小說怪罪這片原始的叢林，把白人鎖在其中，不得不墮落。[11] 毛姆（Somerset Maugham）的英國人也常常在馬來西亞的橡膠園鬧情殺案。[12]

在中國三十年代作家的筆下，中國是禮儀之邦，太多社會倫理，會扭曲人類自然的情欲需求。而南洋是義理與律法所不及的異域，這神秘的南洋即是化外之邦，自然之地，因此被想像成是原始情欲的保護區。林春美用徐志摩與張資平小說中的南洋，也就是他們想像中的南洋，論證三十年代中國作家想像建構的南洋性都是如此。張資平的小說〈苔莉〉表弟與表兄的妾，〈性的屈服者〉弟弟與嫂嫂，〈最後的幸福〉美瑛與妹夫，都因為逃到南洋而能消解倫理，自由發泄情欲。所以林春美說：

> 西方通過想像東方化了東方，同樣的，中國也通過想像南洋化了南洋。所以，如若上述把「西方─東方」置換成「中國─南洋」的說法可以成立的話，那麼，有論者提出的「中國是西方的『他者』、女性化的空間」的論點，也就可以被置換成「南洋是中國的『他者』、女性化

的空間」。[13]

在現實中的郁達夫，他也有幻想南洋的情懷。在鬧家變之後，郁達夫在1938年帶著王映霞遠赴新加坡其中一個原因，也是非常浪漫的，充滿幻想南洋的嚮往。他以為與她感情破裂，遠赴遙遠、陌生的南洋，神秘的、原始的、充滿性欲的南洋可以把感情醫治，神秘的南洋可以消除義理，一切可以回歸原始。[14]

七、魚尾獅：東南亞本土幻想典範

今天在新加坡河口，有一座獅頭魚尾的塑像，口中一直的在吐水，形象怪異，它被稱為魚尾獅。根據古書《馬來紀年》的記載，在十二世紀有一位巨港（在今天的印尼）王子尼羅烏多摩（San Nila Utama）在淡馬錫（即今天新加坡）河口上岸時，看見一隻動物，形狀奇異，形狀比公羊大，黑頭紅身，胸生白毛，行動敏捷，問隨從，沒人知曉，後來有人說它像傳說中的獅子，因此便認定為獅子，遂改稱淡馬錫（Temasek）為獅城（Singapura）。並在此建立王朝，把小島發展成東南亞商業中心。那是1106年的事。魚尾獅塑像置放在新加坡河口，今日成為外國觀光客必到之地，魚尾獅也供奉為新加坡之象徵。[15]

後來的新加坡人把這頭獅子描繪成獅身魚尾。新加坡英文詩人唐愛文（Edwin Thumboo）在一首題名Ulysses by the Merlion 的詩中這樣描寫：

可是這隻海獅
鬃毛凝結著鹽，多鱗麟，帶著奇怪的魚尾
雄赳赳的，堅持的
站立在海邊
像一個謎。

在我的時代，沒有任何
預兆顯示
這頭半獸、半魚
是海陸雄獅
在擁有過多的物質之後，
心靈開始渴望其他的意象，
在龍鳳、人體鷹、人頭蛇
日神的駿馬外，
這頭海獅，
就是他們要尋找的意象。[16]

　　由於在東南亞群島熱帶叢林的原居民的想像總是與森林的動物有關，住在海島上的人往往靠魚為生，因此把這頭神話中的怪獸用森林之王與河海中之魚來描繪，是理所當然的，符合心理與想像的需要。所以我認為這是東南亞最早的本土想像的典範。王子烏多摩家族原是印度後來成為印尼，同時其家族又從佛教改信回教，這說明東南亞自古擁有多民族的多元文化傳統背景。

　　對現代新加坡人來說，魚與獅代表了海洋與陸地，正說明

新加坡人具有東西方的文化、道德、精神，而這個社會，也由西方的法治精神與東方的價值觀所建設的一個獨特的國家社會。在一個多元民族的社會，強調混雜多種性（hybridised nature）是一種優點不是弱點。新加坡就是因為吸收了東西方與亞洲各種文化的優點，才能產生新加坡經驗與新加坡模式。

近年來經過多次的公開討論，新加坡人還是接受這隻怪獸作為新加坡的象徵，它經得起時間的考驗，主要它出自東南亞的本土的想像。

八、重新幻想與書寫本土歷史、地理與生活

重新建構本土文學傳統，除了重置語言，創造一套適合本土生活話語，也要重置文本（re-placing the text），才能表達本土文化經驗，把西方與中國文學中沒有或不重視的邊緣性、交雜性的經驗與主題，跨越種族、文化、甚至地域的東西寫進作品中，不要被西方或中國現代文學傳統所控制或限制。葛巴星（Kirpal Singh）曾分析新加坡的詩歌，他認為建國以後，多元民族的社會產生了跨文化的詩歌。多元種族的文學，需要運用一個多元種族的幻想意象，來進行跨文化書寫。[17]

其實新馬的華文文學在第二次大戰前，已開始走向本土化。譬如在1937年，雷三車寫了一首反殖民主義的詩〈鐵船的腳跛了〉，作者的幻想力非常的後殖民化，顛覆了中國新詩的語言，他創造的「鐵船」意象，是英國在馬來亞發明的一種開採錫礦的機器，很適當的象徵英殖民者霸佔吞食土地，把殖民地剝削得一乾二淨，因為鐵船開採錫礦後，留下草木不生的

沙漠似的廣闊的沙丘湖泊，破壞了大地：

> 站在水面，
>
> 你是個引擎中的巨魔；
>
> 帶著不平的咆哮，
>
> 慢慢的從地面爬過。
>
> 你龐大的足跡，
>
> 印成了湖澤，小河，……
>
> 地球的皮肉，
>
> 是你惟一的食糧。
>
> 湖中濁水
>
> 是你左腦的清湯。
>
> 你張開一串貪饞的嘴，
>
> 把地球咬得滿臉疤痕。[18]

　　這是重新幻想，重新建構了新馬本土歷史、地理與社區時，本土幻想在本土化華文文學中的試驗性作品。

　　在東南亞，第一代華人作家用自己的中國語言書寫完全陌生的異域環境與生活，到了第二代本土出生作家，他們要用幾乎是外國語言的華文來書寫屬於自己本土社會與生活，因此兩者在幻想上都需要作極大的調整。我在別處已引用許多例子，討論過新馬華文作家如何從事本土性建構，從單一族群走到多元文化的書寫。[19]

　　本土作家利用其東南亞的想像改造語言與意象，讓它能承擔新的本土經驗，譬如一棵樹，它居然也具有顛覆性的文化意義，一棵樹它就能構成本土文化的基礎。吳岸的婆羅洲想像在《達邦樹上》選了達邦樹（Tapang），它是婆羅洲生長的一種樹

木，木質堅硬，樹身高大，在砂勞越的伊班族民間傳說中，它是一棵英雄樹。它最後都被殖民者砍伐掉。[20]

被英國人移植到新馬的橡膠，很象徵性的說明它是開墾南洋勤勞華僑之化身。我在〈在橡膠王國的西岸〉曾說：

> 橡膠樹是早年開拓南洋勤勞的華僑之化身。綠色的橡膠樹從巴西移植過來後，再依靠華人移民的刻苦耐勞，才把南洋時代的蠻荒，毒蛇猛獸，原始森林，通通驅逐到馬來半島最險峻的主幹山脈上。所以橡膠樹象徵新加坡和馬來西亞早年的拓荒者，同時也是經濟的生命線。[21]

新馬的華文作家本土化的幻想，以橡膠樹來記載殖民時代個人或千百萬個華人移民勞工的遭遇，以表現殖民地資本家剝削的真相，正適合各個現象。橡膠樹與華人都是處於經濟利益被英國強迫、誘惑來到馬來半島，最早期種植與經營橡膠都是殖民主義的英國或西方資本家，天天用刀割傷樹皮，榨取膠汁，正是象徵著資本家剝削，與窮人忍受兇殘欺凌、苦刑的形象。橡膠樹液汁乾枯，滿身創傷，然後被砍掉當柴燒，這又是殖民主義者海盜式搶劫後，把當地的勞工當奴隸置於死地。[22]

《微型黎紫書》中的第一篇微型小說〈阿爺的木瓜樹〉，用很怡保的想像創造了一家三代的馬來西亞華人，熱帶雨林常見的木屋、橡膠樹、木瓜樹，熱帶暴風雨，及英國殖民地開始建造的老人院、華文報紙等意象，最後建構了馬華文化傳統的危機感。[23]最後她又在《天國之門》與《山瘟》中，再度用陰暗的、大馬華人的幻想，重組很馬來西亞熱帶雨林的雨水，陰沈潮濕的天氣、噁心腥臭的橡膠廠、白蟻、木瓜樹，在創造她的

邊緣化小說。她的幻想又與八十年代以前的作家的幻想不一樣
了。[24]

九、幻想是中性／空白的地域產生了意義

空間通過一種詩學的過程，創造了感情與意義。經過這個
程式，本來是中性的，空白的空間，就產生了意義。在詩學的
過程中，作者的思想、感情、文化、知識、社會意識都被其幻
想力吸收與綜合起來。我這篇文章，只是關於中國作家幻想南
洋與南洋幻想，東南亞華文作家的本土幻想的一個小註解。這
是閱讀／研究東南亞華文文學的第一步。

幻想是創造新文學的開始。中國現代小說史，是以魯迅的
〈狂人日記〉中一位五四反傳統的狂人的幻想開始。這種五四
新文化運動精神的新幻想，開創了一種新的文化傳統。[25]日本
人寫臺灣的漢詩，有時他的想像是中國的，不是日本的，因為
一些日本學者受太多中國舊話語與文化的影響，如明治時期日
本漢詩詩人森槐南，他的〈丙申六月巡臺篇〉，對臺灣的描述
遠離事實，他的想像臺灣是參考、引用中國的典籍而形成。[26]
東南亞華文學是從中國作家的幻想南洋與南洋幻想開始，再由
本土的鐵船、橡膠想像重新出發，目前這種本土多元文化的幻
想，已創造出具有邊緣思考，多元文化、多族群的一種新傳統
的華文文學。[27]由於想像的重要，劉勰才把〈神思〉列為《文
心雕龍》的五十篇之一，並指出：「夫神思方運……登山則情
滿於山，觀海則意溢於海。」[28]

注 釋

1 Gaston Bachelard, *The Poetics of Space*（Boston: Beacon Press, 1958）.

2 I.A. Richards, *Coleridge on Imagination*（London: K. Paul Trench, Trubner & Co, 1934）; M.H. Abrams, *The Mirror and the Lamp*（Oxford : Oxford University Press, 1953）, chapter 7.

3 劉勰《文心雕龍》（香港：商務印書館，1960年），下冊，頁493～504。

4 王潤華〈邊緣思考與邊緣文學：重構東南亞本土幻想／語言／史地／文化的策略〉，《中國文學與東亞文化》（漢城：中國語文研究會，2002年），頁187～196。

5 見滿清使館給仙台醫專的魯迅入學推薦書複印本，本人收藏。

6 李元瑾《東西文化的撞擊與新華知識份子的三種回應》（新加坡：新加坡國立大學中文系／八方文化公司，2001年）。

7 高劍聲（曲）、司徒容（詞）〈岷江夜曲〉，《上海老歌名典》（臺北：遠景出版社，2002年），頁115。其實高與司徒都是李厚襄的筆名。他是浙江寧波人，到過馬尼拉。

8 愛德華・賽依德著、王宇根譯《東方學》（北京：三聯書店，1999年），頁4～5。

9 王潤華〈吃榴槤的神話：東南亞華人創作的後殖民文本〉，《華文後殖民文學》（臺北：文史哲出版社，2001年），頁177～190；（上海：學林出版社，2001年），頁158～170。

10 David Attenborough, *The Private Life of Plants*（London: BBC Books, 1995）.

11 王潤華《老舍小說新論》（臺北：東大圖書公司，1998年），頁47～78；《華文後殖民文學》，頁19～36（臺版）；頁19～36（上海

版）。

[12] *Maugham's Malaysia Stories*, ed. Anthony Burgess（Singapore: Heinemann, 1969）; *Maugham's Borneo Stories* ed. G.V. De Freitas （Singapore: Heinemann, 1976）.

[13] 林春美〈欲望朱古律：解讀徐志摩與張資平的南洋〉，中國現代文學亞洲學者國際學術會議論文，2002年4月20～22日，新加坡。

[14] 王潤華〈郁達夫在新加坡與馬來亞〉，《中西文學關係研究》（臺北：東大圖書公司，1987年），頁189～206。

[15] 魯白野《獅城散記》（新加坡：星洲世界書局，1972年），頁86～97。

[16] Edwin Thumboo, *Ulysses by the Merlion*（Singapore: Heinemann, 1979）, pp.31～32。我對這首詩作過一些分析，見《華文後殖民文學》，頁97～120（臺版）；頁77～100（上海版）。

[17] Kirpal Singh, "Inter-Ethnic Responses to Nationhood : Identity in Singapore Poetry", in *From Commonwealth to Post-Colonial*, ed. Anna Rutherford（Sydney : Dangaroo Press, 1992）,pp.3～17.

[18] 雷三車在30年代寫作，大概1945年前去了（回返）中國，他的出生背景不詳。詩見《馬華新文學大系》（新加坡：星洲世界書局，1971年），第6冊，頁198～200。

[19] 王潤華〈從放逐到本土，從單一族群到多元文化書寫：走出殖民地的新馬華文後殖民文學〉，《新馬華人傳統與現代的對話》（新加坡：南洋理工大學，中華語言文化中心，2002年），頁333～354。

[20] 吳岸《達邦樹禮讚》（吉隆坡：鐵山泥出版社，1982年），頁123～126。我另有文章討論，見〈到處聽見伐木的聲音〉，《華文後殖民文學》，頁168～176（臺版）；頁149～157（上海版）。

[21] 王潤華〈在橡膠王國的西岸〉，《秋葉行》（臺北：當代叢書，1988年）

頁155～156。

22 〈橡膠園內被歷史遺去的人民記憶：反殖民主義的民族寓言解讀〉，《華文後殖民文學》，頁121～136（臺版）；頁101～116（上海版）。

23 王潤華〈馬華傳統文化患上老人癡呆症：黎紫書的微型華族文化危機意識〉，世界華文微型小說研討會論文，2002年8月2～5日馬尼拉。我另有簡評，見〈最後的後殖民文學：黎紫書的小說小論〉，《華文後殖民文學》，頁225～226（臺版）；頁197～198（上海版）。

24 黎紫書《微型黎紫書》（吉隆坡：學而出版社，1999年）；《天國之門》（臺北：麥田出版社，1999年）；《山瘟》（臺北：麥田出版社，2000年），有王德威與潘雨桐的序。最近黃美儀發表〈黎紫書與李永平文字花園中的後殖民景觀〉，見《人文雜誌》2002年3月號，頁79～89。

25 王潤華〈西洋文學對中國第一篇短篇小說的影響〉，《魯迅小說新論》（上海：學林出版社，1993年），頁61～76。

26 黃憲作〈想像臺灣：日本帝國心態下的漢詩〉，《風華出現》（花蓮：東華大學中文系，2002年），頁207～228。

27 王潤華〈邊緣思考與邊緣文學：重構東南亞本土幻想／語言／史地／文化的策略〉，同前註4；《華文後殖民文學》，同前註9。

28 同前註3，頁493～494。

從邊緣思考到邊緣文學閱讀

一、「迫使我們看見被壓迫的歷史」的邊緣作家

　　離散族群的作家，特別是華文作家，一向被邊緣化，目前已開始引起中心的注意了。歐洲重要的文化霸權中心的諾貝爾文學獎頒給第三世界作家如馬奎斯（Gabriel Marquez, 1982）、索因卡（Wole Soyinka, 1986）、高行健（2000）及奈保爾（V. Naipaul, 2001）等，表示邊緣性作家在殖民全球化與本土性的衝擊中，他們邊緣性的、多元文化的思考文學作品，逐漸被世界認識到是一種文學新品種，其邊緣性，實際上是創意動力的泉源。[1] 所以諾貝爾文學獎委員會指出高行健的小說與戲劇「開闢了創新的道路」。同時也指出，高行健的小說有多種聲音（polyphony），也使用不同文類的表現手法（blend of genres）。[2] 諾貝爾文學獎委員在贊辭中說奈保爾的作品，深入挖掘後殖民社會，尤其那些流亡、錯移、疏離、動亂的主題，「將有見識的敘事與坦誠的洞察力連在一起，迫使我們看到被壓迫的歷史」（having united perspective narrative and incorruptible scrutiny in works that compel us to see the presence of suppressed histories）。

奈保爾也將小說、遊記、自傳混為一體，試驗跨越文類的書寫。[3]

　　放逐的、邊緣性的、離散族群的世界各地華文作家，他們不是主潮，因為往往不接受霸權話語，又拒絕走向通俗，討好讀者。沒有國家、黨、出版商及娛樂機構的推銷，同時又不是住在中國的土地上，這些世界各國華文作家連最基本的讀者都沒有。所以高行健說他只寫給自己看。但是這些作家還是繼續創作，而他們的作品往往擴大了華文文學的視野、技巧、語言與思想感情，因為他們往往住在多元多化的土地上。高行健的被承認，代表這些邊緣性的離散族群作家，會越來越受到中國文化中心及國際間的重視。[4]最近王德威在一篇評介馬來西亞新銳小說家黎紫書的新作《山瘟》小說集時指出，馬華文學不但發展出自己的「一脈文學傳統」，值得離散族群（diaspora）文化研究者的注意，其中馬華文學的精品，如黎紫書的作品，「每每凌駕自命正統的大陸及臺灣文學」。[5]

　　從自我放逐歐洲的馬奎斯的《百年孤寂》、奈保爾的《大河灣》到黎紫書的《微型黎紫書》、《天國之門》與《山瘟》，都是書寫殖民地被遺忘的、被壓抑的歷史與記憶。因此邊緣的、華人離散族群的多元文化思考及其文學作品的特點，值得我們再思考。[6]它是中國文學傳統被放逐後，吸收多元思考後，所產生的新品種的多元文化的華文文學。

二、流亡者、移民、難民建構了今日邊緣思想、文化與文學

1958 年蘇聯把巴特納（Boris Pasternak）驅逐出境，他向政府抗議說：「走出我的國界，對我來說等於死亡。」[7] 其實巴特納所形容的是他的創作環境，不是表現我們這個時代的精神。這是一個全球作家自我放逐與流亡的大時代，多少作家移民到陌生與遙遠的土地。這些作家與鄉土，自我與真正家園的嚴重割裂，作家企圖擁抱本土文化傳統與域外文化或西方中心文化的衝擊，給今日世界文學製造了巨大的創造力。現代西方文化主要是流亡者、移民、難民的著作所構成。美國今天的學術、知識與美學界的思想所以如此，因為它是出自法西斯與共產主義的難民與其他政權的異議分子。整個二十世紀的西方文學，簡直就是ET（extraterritorial）文學，這些邊緣文學作品的作家與主題都與流亡、難民、移民、放逐、邊緣人有關。這些外來人及其作品正象徵我們正處在一個難民的時代。今日的中文文學、華文文學或華人文學也多出自流亡者、自我放逐者、移民、難民之筆。[8]

所謂知識分子或作家之流亡，其流亡情境往往是隱喻性的。屬於一個國家社會的人，可以成為局外人（outsider）或局內人（insider），前者屬於精神上的流亡，後者屬於地理／精神上的流亡。其實所有一流的前衛的知識分子或作家，永遠都在流亡，不管身在國內或國外，因為知識分子原本就位居社會邊緣，遠離政治權力，置身於正統文化之外，這樣知識分子

／作家便可以誠實的捍衛與批評社會，擁有令人歎為觀止的觀
察力，遠在他人發現之前，他已覺察出潮流與問題。古往今
來，流亡者都有跨文化與跨國族的視野。[9]流亡作家可分成五
類：(1)從殖民或鄉下地方流亡到文化中心去寫作；(2)遠離自己
的國土，但沒有放棄自己的語言，目前在北美與歐洲的華文作
家便是這一類[10]；(3)失去國土與語言的作家，世界各國的華人
英文作家越來越多；(4)華人散居族群，原殖民地移民及其代華
文作家，東南亞最多這類作家；(5)身體與地理上沒有離開國
土，但精神上他是異鄉人。高行健離開中國前便是這種作
家。[11]

三、流亡者位居邊緣、拒絕同化的思考位置：看世界的雙重透視力

　　無論出於自身願意還是強逼，思想上的流亡還是真正流
亡，不管是移民、華裔（離散族群）、流亡、難民、華僑，在
政治或文化上有所同，他們都是置身邊緣，拒絕被同化。在思
想上流亡的作家，他們生存在中間地帶（median state），永遠
處在漂移狀態中，他們既拒絕認同新環境，又沒有完全與舊的
切斷開，尷尬的困擾在半參與半游移狀態中。他們一方面懷舊
傷感，另一方面又善於應變或成為被放逐的人。游移於局內人
與局外人之間，他們焦慮不安、孤獨，四處探索，無所置身。
這種流亡與邊緣的作家，就像漂泊不定的旅人或客人，愛感受
新奇的。當邊緣作家看世界，他以過去的與目前互相參考比
較，因此他不但不把問題孤立起來看，他有雙重的透視力

（double perspective）。每種出現在新國家的景物，都會引起故國同樣景物的思考。因此任何思想與經驗都會用另一套來平衡思考，使新舊的都用另一種全新、難以意料的眼光來審視。流亡作家／知識分子喜歡反語諷刺、懷疑、幽默有趣。[12] 老舍因為在英國及其殖民地開始寫小說，身為異鄉人，流亡知識分子的思考，就出現在倫敦創作的《老張的哲學》（1925）、《趙子曰》（1926）、《二馬》（1929），及在新加坡寫的《小坡的生日》（1930）等作品。老舍即使回中國以後，還是讓自己遠離權力中心，置身於邊緣地帶去思考，因此他以後的思考與語言仍然是邊緣的。那時老舍在1949年以前，不管在國內或國外，他是思想上的流亡者。[13]

四、邊緣思維建構了東南亞本土地理、歷史與文化

　　東南亞的華僑、華人、華族新加坡人就以這種流亡者的邊緣思維建構了自己的本土地理、歷史、文化與文學。根據英國殖民霸權學者的歷史書寫，萊佛士在1819年1月28日在新加坡河口登陸時，當時只有一百五十個馬來漁民，華人只有三十人。新加坡在這之前，一直是海盜的窩巢，他們經常利用這小島作為平分贓物的地方。這種歷史敘述，顯然是要建立萊佛士或英國發現新加坡的霸權話語。[14] 置身邊緣的馬來族、華人學者從雙重透視眼光來看，知道新加坡十三至十五世紀 時，巨港王子建立過獅子城王國（Singapura），曾是繁盛的海港，後來因為外來侵略戰爭而淪為廢墟。十四世紀，中國商人汪大淵

寫的《島嶼志略》已記錄淡馬錫（Temasek）。元代中國與新加坡已有貿易來往。十六世紀，柔佛王朝統治新加坡及廖哪群島，那時廖內兵淡島（Bentan）就有一萬名中國勞工。十五世紀時，明代鄭和的船隊也到過新加坡。十六世紀完成的《馬來紀年》說新加坡是一大國，人口稠密，商賈眾多。萊佛士登陸時，雖然繁華已消失，但絕不是一個海盜藏身的天堂，或完全荒蕪人煙的小島。新加坡島上的森林中，早有來自中國的移民及馬來人、印度人以耕種為生，萊佛士登陸後發現的香料種植如甘密園，便是證據。島上也設有行政機構，萊佛士登陸後，即與當時統治者柔佛蘇丹派駐新加坡的行政首長天猛公簽約，才能在島上居住，後來又用錢租用新加坡。[15]英國史家為了建構其殖民史，製造新加坡為英人所發現與開闢神話，便把新加坡更早之歷史塗掉。但是今天邊緣思考的書寫，終於把被壓抑的歷史與回憶挖掘出來。新加坡的作家如魯白野的散文《獅城散記》等非小說著作便是重構本土地理與歷史、文化與生活的書寫。[16]

重新建構（configeration）與改變構型（transfiguration）這兩種程式，可以幫助消除文化思想中的殖民主義影響。[17]新加坡人由於普遍使用英文，常常中了殖民者暗藏在語言中的毒素而不知覺。語言本身就是權力的媒體，譬如長久以來，我們都接受萊佛士是新加坡的founder（開闢者、建立人、創立者、開埠者）這樣的話語：the founder of Singapore。但是上述流亡者邊緣思維，多元思考，雙重透視力引發了今天的新加坡人去質疑：founder指的是什麼意思？對一個機構或是組織來說，他是創辦人，對一個國家來說，就複雜了。如果開闢者或創立者指的是古代新加坡，《馬來紀年》的記載，他是山尼拉烏打

馬（Sang Nina Utama），對馬來族群，這人是衣斯幹達（Sri Tari Buana aka Iskander），對葡萄牙人，他是Parameswara。如果指的是現代新加坡，多數人都會說他是李光耀。如果你問的很準確，英國殖民時代的新加坡的founder，那當然是萊佛士。[18]

把本土歷史人物的記憶抹掉，歷史的發展與源頭就消失了。現在新加坡很多人都以萊佛士登陸的1819年作為新加坡歷史之開始。1919年，曾隆重慶祝新加坡開埠（founding of Singapore）100周年，把萊佛士的塑像從草場移到維多利亞音樂廳。1969年，又大肆慶祝150周年開埠紀念，把萊佛士的塑像豎立在當年他登陸的新加坡河邊。[19]這些殖民主義、歐洲自我中心主義（Euro-centrism）的語言與文化都在消除我們的本土記憶。因此在新加坡，今天即使英文學者作家也在重建書寫本土地理歷史與文化的工作。譬如周振清的英文《新加坡史》就努力消除殖民意識，恢復本土記憶，上面有關萊佛士建立新加坡的討論所隱藏的殖民話語就是一好例子。[20]

五、重構語言與重新幻想

在殖民時代與目前的後殖民時代，歐洲自我中心主義與中國的中原心態（Sino-Centric attitude），使一元中心主義（mono-centrism）的各種思想意識，被本土盲目接受，因為語言本身是權力媒體，語言就是文化意識。當年中國移民作家把自己的語言中文帶到環境與生活經驗都很異域的新加坡，但這種進口的中文經過艱苦的搏鬥，發現很難征服充滿異域情調的、季節錯誤、又受異族統治的熱帶。因此邊緣、後殖民作家

為了完整地詮釋自己，把來自中華文化中心的中文搶奪過來，置於南洋的土地上與英殖民主義統治中，加以改造，這種重構過程，後殖民文學理論稱為重置語言（re-placing language），是後殖民寫作的重要策略。這種策略以棄用與挪用（abrogation and appropriation）為手段。[21] 棄用是用來拒絕以中國中心位為準的某些文化類別、美學、規範性語言。挪用的程式是改變中文的性能，使它能承載與表達新加坡新的異域與殖民生活經驗。尤其在東南亞，這是一個多元種族、多種語言、多元文化的社會，即使是華文文學，它要進行本土、跨種族、多元文化的書寫。因此邊緣文學是在一種衝突中形成的：拒絕反抗中國中心的中文，另一方面將它放置在本土上，讓它受方言、馬來、英文的影響而起變化。

從1945年前後新馬兩國的華文文學作品可以看出新馬作家不斷努力修正從中國移植過來的中文與文本，因為它已承載住中國的文化經驗，必須經過調整與修正，破除其現範性與正確性，才能表達與承載新馬殖民地新的先後經驗與思鄉感情。余光中讀了我的〈殖民地的童年回憶〉裏詩中的〈集中營的檢查站〉，他很敏銳的便覺察到新馬後殖民文本中的用語之英殖民化及馬華情結，全詩如下：

> 檢查站的英國與馬來士兵
> 翻閱我的課本與作業
> 尋找不到米糧與藥物
> 便拷問我：
> 「華文書本為什麼特別重？」
> 「毛筆字為什麼這麼黑？」

下午回家時
他們還要搜查我腦中的記憶
恐嚇我的影子
阻止他跟隨我回家

黃昏以後
當羅厘車
經過山林曲折的公路回來
士兵忙亂的細心搜查
滿滿一車的黑暗
用軍刀刺死每一個影子
因為他們沒有身份證[22]

所以余光中指出其顛覆性的語言與主題：

> 本詩原來的總題是〈殖民地的童年回憶〉，足見當為後
> 殖民作品中的馬華情結。在殖民時代，統治者與傭兵壓
> 制華人文化，更不容繼承歷史的傳統，乃有搜查記憶、
> 刺殺影子的意象，讀來令人心酸。「羅厘車」是指大卡
> 車lorry，乃音譯，卻是英國用語，非台灣讀者習慣的美
> 語，應該加注。[23]

　　1999年我在整理詩集《熱帶雨林與殖民地》時，請了一
位中國研究生替我打字，她很坦誠的指出，詩集中的許多句子
如「馬共與英軍駁火」、「胡姬花」、「羅厘車」，她認為應該
修改。其中「馬共與英軍駁火」，「駁火」被改成「槍戰」，這

樣英國殖民地統治下沒有受過教育，來自中國南方方言族群移民眼中的軍力強大英軍與森林中的馬共小小游擊衝突的描述便不夠本土化了。駁火是cross fire，或exchange of fire，是殖民地英國官員愛用的字眼，殖民地的華文翻譯官為了讓政治思想更密切追隨主人，用廣東方言式的華語將它譯成駁火。胡姬與蘭花雖然同科，因為熱帶叢林土壤與寒帶的蘭花不同，因此它的花與葉，及其生態都不一樣。再加上當時中國移民以中心看南洋，那是蠻荒之地，這種葉少花多猶如坦胸裸露的本土少女，因此取名胡姬，實在惟妙惟肖。[24]

六、重置語言的證據

因為氣候土壤的不同，春夏秋冬季節名稱都不適合用在熱帶，雖然早期很多文人都胡亂使用。[25]熱帶多數樹木是在三月左右落葉，因此秋天在熱帶不是九月以後，尤其橡膠樹，三月時紅葉漫山遍野的，在東北季風中一下子葉子落得精光。[26]樹猶如此，更何況人類複雜的生活，其本質更不相同。吳進（杜運燮）是其中最早的新馬本土色彩的提倡者，他的散文集《熱帶風光》是把中文敘事本土化的早期傑作。吳進把中文馬華化，將季節、文化、種族、環境等因素所產生的變化，寫成有深度有趣味的散文，比如因為天氣熱產生的沖涼（不是洗澡），熱帶三友（椰樹、香蕉、木棉）取代了歲寒三友，更能表現南洋各民族的個性與美德。[27]因此上述提到的後殖民文學的寫作策略之一的「重置語言」，目前很多語言學者對華語與中國普通話在語音、辭彙、語法上的差異研究給我們提供許多

專業性的證據，說明新馬後殖民文學在建構本土性時，華語也
逐漸本土化。陸儉明根據新加坡的書面語料，包括新加坡作
家、學者寫的書，共一百多本，其中有小說、散文、戲劇、遊
記學術論文等等，也有電視臺及報紙，用它跟中國普通話比
較，得出這樣的結論：

> 無論在語音上、辭彙上或語法上，二者又有區別。在語
> 音上，新加坡華語口語中幾乎等藤藤聽不見兒化音；在
> 辭彙方面，區別就更明顯了，像「組屋、使到、太過、
> 擺放」等都是新加坡華語裡的常用詞，可是在中國普通
> 話裡沒有這樣的詞；而像中國普通話裡的「服務員、乘
> 客、宇航員、救護車、摩托車、洗澡、劫持」，在新加
> 坡華語裡則分別是「侍應生、搭客、太空人、救傷車、
> 電單車、沖涼、騎劫」；在語法方面也有區別。……例
> 如在新加坡華語裡量詞「粒」和「間」的使用範圍特別
> 廣……。[28]

陸儉明另外指出，句式、句法格式和詞的重疊式都有不
同。中國普通話與新加坡華語的差異，原因很多，其中包括三
大社會因素。首先，新加坡在社會制度和經濟、文化上與中國
不同，1949 年以來隔絕了大約四十年，勢必會造成差異。新
加坡華人絕大多數來自福建廣東，所以母語絕大多數是閩／粵
與客家方言，因此華語在辭彙、句法上都受了方言影響。第
三，新加坡是一個多元社會，華人多能使用兩種語言以上，因
此新加坡華語，除了方言，也深受英語、馬來語的影響。[29]

　　林萬菁在論析〈新加坡華文辭彙的規範趨勢：與過去相比〉時，他注意到很多通行已久的新加坡本土辭彙，不少是借詞，譯自馬來文或英文，求音不求義，詞形怪異。然而這些辭彙帶有特殊的熱帶風味或南洋色彩，如：合合（baba）、娘惹（nyonya）、奎籠（kelong）、仄（cheque）、牙蘭（geran）、禮申（licence）、甘榜（kampung）、亞答（atap）、律（road）、惹蘭（jalan）、咕哩（coolie）。隨著中國的崛起，許多辭彙開始以中文為準而進行規範化，但一些通行已久的新加坡本土辭彙，在規範辭彙的衝擊下，還是被人大量使用。例如：羅厘（lorry）、必甲（pick-up）、的士（taxi）、巴剎（pasar），這是超越族群的辭彙，它反映新加坡是一個馬來、華人、印度族群的多元社會，也是一個擁有英國殖民地生活經驗的地方。[30]

　　這些華文的特點，正是用來說明本土化的「重置語言」的策略，改變中國普通話的結構，以表達與承載新加坡的非中國本土的生活經驗。

七、重新幻想：書寫本土歷史、地理與生活

　　重新建構本土文學傳統，除了重置語言，創造一套適合本土生活話語，也要重置文本（re-placing the text），才能表達本土文化經驗，把中國文學中沒有或不重視的邊緣性、交雜性的經驗與主題，跨越種族、文化、甚至地域的東西寫進作品中，不要被中國現代文學傳統所控制或限制。[31] 葛巴星（Kirpal Singh）曾分析新加坡的詩歌，他認為建國以後，多元民族的社會產生了跨文化的詩歌，他舉出的例子包括我的〈皮影

戲〉，皮影戲在東南亞是各民族都喜歡的民間娛樂，中國也
有。這首詩便運用一個多元種族意象，來進行跨文化書寫。新
加坡各民族在建國過程中，都共同經驗了被人控制與玩弄的難
忘記憶。唐愛文的〈尤里西斯旁的魚尾獅〉，他用希臘神話來
書寫新加坡多元種族的建國過程。[32]

其實新馬的華文文學在第二次大戰前，已開始走向本土
化。譬如在1937年，雷三車寫了一首反殖民主義的詩〈鐵船
的腳跛了〉，作者的幻想力非常的後殖民化，顛覆了中國新詩
的語言，他創造的「鐵船」意象，是英國在馬來亞發明的一種
開採錫礦的機器，很適當的象徵英殖民者霸佔吞食土地，把殖
民地剝削得一乾二淨，因為鐵船開採錫礦後，留下草木不生的
沙漠似的廣闊沙丘湖泊，破壞了大地：

> 站在水面，
> 你是個引擎中的巨魔；
> 帶著不平的咆哮，
> 慢慢的從地面爬過。
> 你龐大的足跡，
> 印成了湖澤，小河，
> ……
> 地球的皮肉，
> 是你惟一的食糧。
> 湖中濁水
> 是你左腦的清湯。
> 你張開一串貪饞的嘴，
> 把地球遙遙咬得滿臉疤痕。[33]

　　這是重新幻想、重新建構了新馬本土歷史、地理與社區時本土語言的使用。在東南亞，第一代華人作家用自己的中國語言書寫完全陌生的異域環境與生活，到了第二代本土出生作家，他們要用幾乎是外國語言的華文來書寫屬於自己本土社會與生活，因此兩者在幻想上都需要作極大的調整。我在別處已引用許多例子，討論過新馬華文作家如何從事本土性建構，從單一族群走到多元文化的書寫。

八、邊緣：思考的位置、反抗的場所、想像的空間

　　本文所論的邊緣性是指思想的位置、反抗的場所、大膽想像的空間。即使華人流亡者、離散族群或移民作家住在中心，或在中心工作、從事生產，不再生活在社會邊緣，他們還是想盡辦法維持邊緣思考，因為這種邊緣性不是我們要爭取被認同、進入中心工作、生活而需要拋棄的、放棄的邊緣位置與身份。[34] 邊緣不是失望、剝奪的符號，新加坡很多以英文寫作的華人、印度人作家認為，用英文寫作擁有最大的優點，即英文能突破種族的藩籬（cut across ethnic boundaries），因為不同種族的人都使用英文，這是各族共同的語言。這點確是英文的優勢。[35] 但華文作家雖以華族為主，但它的幻想、語言、邊緣思考卻跨越種族、語言、宗教與文化。而世界華文文學作家，他們屬於不同國家的公民，其政治認同各有不同，但其邊緣性始終很強，因為他們心目中的邊緣不是一種喪失、被剝奪的場所

（site of deprivation），而是反抗的場所（site of resistance），這種邊緣性提供一個空間創造與霸權對抗的話語，產生前衛性的視野，這樣才能看見、創造、幻想另一類不同的新世界。[36]

自從二十世紀以來，中國知識分子永不中斷的移民外國，近三十年，臺灣、香港大量專業留學移民，再加上東南亞的華人再移民，今天作為華人的意義（the meaning of being Chinese）已大大改變，杜維明在〈文化中國：邊緣中心論〉（Cultural China:Periphery as the Centre）中，提出「文化中國」的概念，因為中國不只是一個政治結構、社會組織，也是一個文化理念。今日產生重大影響力的有關中國文化的關心、發展、研究、論述，主要在海外，而這些人包括在外國出生的華人或研究中國文化的非華人，這個文化中國的中心不在中國，而由散居世界各地的以華人為主的人所構成。[37]其實正如《常青樹：今日改變中的華人》（*Living Tree: The Changing Meaning of Being Chinese Today*）其他文章所觀察[38]，華人的意義不斷在改變中，中國以外邊緣地帶華人建構了文化中國，同樣的，中國以外的華人及非華人，我所說的具有邊緣思考的華人，也建構了另一類華文文學。這類文學，就如文化中國，它超越語言、族群、宗教，而這種邊緣文學就是構成文化中國的一部分，為文化中國創造新的精神資源。這種文學也成為另一個華文文學中心，甚至散佈世界各地的華人世界，自己也成一個中心，比如新加坡華文文學或馬華文學，其作品既有中國文學傳統也有本土文學傳統。因此我們需要建立另一種理論來解讀。

注 釋

[1] Bill Ashcroft and others, *The Empire Writes Back: The Theory and Practice in Post-colonial Literatures*（London: Routledge, 1989），pp. 12～13～104～105.

[2] *The Straits Times*, 15 October 1999, p.47.

[3] *The Straits Times*, 13 October 2001, p.L7.

[4] 本人曾討論，見我的論文〈後殖民離散族群的華文文學：包含又超越種族、地域、語言和宗教的文化空間〉，臺灣元智大學「新世紀華文文學發展國際學術研討會」，1991年5月19日。

[5] 見王德威〈黑暗之心的探索者〉，黎紫書《山瘟》（臺北：麥田出版社，2001年），頁8；王潤華〈馬華傳統文文患上老人癡呆症：黎紫書的微型華族文化危機意識〉，世界華文微型小說國際研討會論文，2002年8月2～4。菲律賓，馬尼那，頁7。

[6] G. Marquez, *One Hundred Years of Solitude*（London: Penguin Books，1973），中譯有楊耐冬《百年孤寂》（臺北：志文出版社，1984年）；V.S. Naipaul, *A Band in the River*（New York: Vintage Books, 1979），中譯有李永平的《大河灣》（臺北：天下遠見出版社，1999年）。黎紫書三本書出版先後是：吉隆坡：學爾出版社，1999年；臺北：麥田出版社，1999年；臺北：麥田出版社，2001年。

[7] Pasternak 給蘇聯共產黨的信，引自Meenakshi Mukherjee, "The Exile of the Mind", in Bruce Bennett（ed），*A Sense of Exile*（Nedlands，Australia: Center for Studies in Australian Literature, University of Western Australia, 1988），p.7.

[8] Edward Said, "Reflection on Exile," in Russell Ferguson and others （Eds），*Out There: Marginalisation and Contemporary Cultures*（Cambridge, MA:

MIT Press, 1990），p.357～366.

9 Edward Said, "Intellectual Exile: Expatriates and Marginals, " *The Edward Said Reader.* eds. Moustafa Bayoumi and Andrew Rubin（New York: Vintage Books, 2000），p.371.

10 林幸謙〈當代中國流亡詩人與詩的流亡：海外流放詩體的一種閱讀〉，《中外文學》30卷1期（2001年6月），頁33～64。白先勇〈流浪的中國人：臺灣小說的放逐主題〉，見《第六隻手指》（臺北：爾雅出版社，1995年），頁107～122。

11 這種分類 見Meenakshi Mukherjee, "The Exile of the Mind"，同前註7。

12 Edward Said, "Intellectual Exile: Expatriates and Marginals," op cit, pp.378～379.

13 我對老舍關於這方面的觀察，見《老舍小說新論》（臺北：東大圖書公司，1995年）。

14 Victor Purcell, *The Chinese in Malaya*（Oxford: Oxford University Press, 1967），p.69; C. M. Turnbull, *A History of Singapore*（Oxford: Oxford University Press, 1988）.

15 邱新民《東南亞文化交通史》（新加坡：亞洲學會，1984年），頁300～313。潘翎編：《海外華人百科全書》（香港：三聯書店，1998年），頁200～217; Ernest Chew and Edwin Lee（eds），*A History of Singapore*（Oxford: Oxford University Press, 1991），chapter 3。

16 如曾鐵枕《新加坡史話》（新加坡：嘉華出版社，1962年、1967年），第1及2集；魯白野《獅城散記》（新加坡：星洲世界書局，1972年）；鄭文輝《新加坡從開埠到建國》（新加坡：教育出版社，1977年）。

17 Edward Said, "Figures, Configurations, Transfigurations"，in *From Commonwealth to Post Colonial,* ed Anna Rutherford（Sydney: Dangaroo

Press, 1992）, pp.3〜17.

18 Ernest Chew, "Who's the Real Founder?" *The Sunday Times*（Singapore）, pp.8.

19 魯白野《馬來散記續集》（新加坡：星洲世界書局，1954年），頁170〜172。

20 Ernest Chew, "Who's the Real Founder ?"，見前註18；Ernest Chew and Edwin Lee（eds）*The History of Singapore*，見前註15。

21 Bill Ashcoft, Gareth Griffths and Helen Tiffin（eds）*The Empire Writes Back: Theory and Practice in Post-Colonial Literatures*（London: Routledge, 1989）, pp.38〜77.

22 白靈等編《87年代詩選》（臺北：創世紀詩社，1999年），頁1〜2。原詩見王潤華《熱帶雨林與殖民地》（新加坡：新加坡作家協會，1999年），頁117〜119。

23 同前註，頁2。

24 王潤華《熱帶雨林與殖民地》，頁8、69、118。

25 前英國殖民地的英文作家（各種族）曾討論外來的英文如何被本土作家改變，為了更貼切表現異域的環境與生活，見John Press（ed）, *Commonwealth literature: Unity and Diversity in a Common Culture*（London: Heinemann, 1965）.

26 王潤華《王潤華文集》（廈門：鷺江出版社，1995年），頁99〜105。

27 吳進《熱帶風光》（香港：學文書店，1953年）。

28 陸儉明〈新加坡華語和中國普通話在句法上達差異〉，「新馬華人：傳統與現代的對話國際學術研討會」論文，2001年6月30日7月1日。

29 同前註。

30 林萬菁〈新加坡華文辭彙的規範趨勢：與過去比較〉，《語文建設通

訊》第69期（2001年10月），頁1～47。

[31] *The Empire Writes Back*, pp. 78～154.

[32] Kirpal Singh, "Inter-Ethnic Responses to Nationhood: Identify in Singapore Poetry", In *From Commonwealth to Post-Colonial*, pp. 117～127.

[33] 雷三車在30年代寫作，大概1945年前後回中國。詩見《馬華新文學大系》（新加坡：星洲世界書局，1971年），第6冊，頁198～200。

[34] "Marginality as Site of resistance", in Russell Ferguson, et at（eds）, *Out There: Marginalisation and Contemporary Cultures*, pp. 342～241.

[35] Kirpal Singh, "Inter-Ethnic Responses to Nationhood: Identity in Singapore Poetry", *From Commonwealth to Post-Colonial*, p. 118.

[36] 同前註34，頁341～342。

[37] Tu Weiming, "Cultural China: The Periphery as the Center," in Tu Weiming（ed）*The Living Tree: The Changing Meaning of Being Chinese Today*（Stanford: Stanford University Press, 1994）, pp.1～34；杜維明〈文化中國精神資源〉，《杜維明學術文化隨筆》（北京：中國青年出版社，1999年），頁63～73。

[38] 同前註。

馬華傳統文化患上老人癡呆症

—— 黎紫書的微型華族文化危機意識

一、黎紫書熱帶雨林的離散族群的邊緣話語

　　黎紫書在2000年獲頒第四屆大馬青年作家獎，我負責做總評報告時曾對他的小說做過簡要分析。黎紫書1994年（24歲）開始嘗試小說創作，1995年以〈把她寫進小說裡〉獲得第三屆花蹤文學獎馬華小說首獎。1996年以〈蛆魘〉獲得第18屆聯合報文學短篇小說首獎。1997年，又以〈推開閣樓之窗〉獲得花蹤小說首獎。2000年再以〈山瘟〉獲得聯合報文學小說首獎。另外，黎紫書還榮獲國內外其他文學獎。[1]

　　黎紫書的小說，以目前已出版成書的《天國之門》、《微型黎紫書》與《山瘟》為代表[2]，是中華文化流落到馬來亞半島熱帶雨林，與後殖民文化雜混衍生，再與後現代文化的相遇擁抱之後，掙脫了中國文學的許多束縛，再以熱帶的雨水、霉濕陰沈的天氣、惡腥氣味彌漫的橡膠廠、白蟻、木瓜樹、騎樓舊街場等陰暗的意象，再滲透著歷史、現實、幻想、人性、宗教，巧妙的在大馬的鄉土上建構出魔幻現實小說。魔幻主義、現代意識流、後現代懷舊種種手法，另外散文、詩歌、小說，

都輪流混雜的出現在她的小說中。但是由於她的幻想與本土文化，語言藝術與本土文化結合在一起，黎紫書的小說不像許多現代派小說，心理活動或語言遊戲太多，而顯得有氣無力。相反的她的小說甚至能把通俗小說的讀者吸引回來看藝術小說，提高藝術小說的可讀性。

在黎紫書的短篇與微型小說中，散文、詩歌小說被揉成一體或混雜成一種特殊的語言文字作為表現、敘事媒體。在〈天國之門〉中，我被阿爺在臉上打了一巴掌，受傷嘴角滴在白床上的血「綻放一朵小紅花」，在〈某個平常的四月天〉老李的女兒看見書記小姐與父親在作愛：「膠廠書記小姐的雙腿盤在他的腰上，像一隻枷鎖般緊緊扣住了男人。」黎紫書的小說敘述語言超越性別與年紀，像上面小孩的視角，直視、簡約，帶來新的視覺、詩的內涵。所以我們在她的小說中，發現智性的、感性的、生活的、神話的、幻想的，變幻無常。

黎紫書熱帶雨林的離散族群邊緣話語，後殖民寫作策略，給大馬小說，甚至世界華文小說的大敘述，帶來很大的挑戰。她在自己本土的傳統中，在藝術語言中再生。譬如〈推開樓閣之窗〉，黎紫書的魔幻寫實技巧，產生自怡保舊街場的榕樹、小旅店的魔幻文化傳統。我小時候常常走過這些街道，大街小巷充滿了超現實主義的神話，就如李天葆在吉隆坡半山芭監獄對面蓬萊旅店後的小巷，找到本土窮人的神話。他們身上都流著共同的神話血液。[3]

像黎紫書以及李永平、張貴興、李天葆、商晚筠（馬來西亞）、張揮、希尼爾（新加坡）這些新馬華裔華文作家的華文作品的小說給世界華文小說帶來極大的反省與挑戰。他們的新馬後殖民經驗開拓了華文小說的新境界，創造耳目一新的小說

新品種。⁴

　　本文企圖以黎紫書的《微型黎紫書》中的一篇〈阿爺的木瓜樹〉作為分析焦點，對他的微型小說作一次試驗性的閱讀。

二、「阿爺終於患上柏金遜症了」

　　《微型黎紫書》中的第一篇微型小說〈阿爺的木瓜樹〉，以一家三代的馬來西亞華人，熱帶雨林常見的木屋、橡膠樹、木瓜樹、熱帶暴風雨，及英國殖民地開始建造的老人院、華文報紙等意象，建構了馬華文化傳統的危機感。

　　這一家人，曾祖父與爺爺大概是第一代來自中國的移民，父母親是第二代土生華人，但在英殖民統治期間長大的中年人，「他」是馬來西亞獨立後長大的華人青少年。 阿爺與曾祖父大概是第一代移民，曾祖父去世後留下一大片橡膠園，為了讓父親到外國讀書，爺爺把它賣了。這暗示華人移民通常都重視教育，往往刻苦耐勞的工作賺錢存錢，讓下一代擁有知識。現在父親是醫生，爺爺老了，由於只懂華文，又怕孫子不懂華文，他每天都教孫子學華文，不過受英文教育的父母都非常不高興：

> 阿爺只懂華文，但是他的父母都不喜歡阿爺教他認字，每每看見阿爺攤開不知從那裡撿來的華文課本。總不約而同地皺起眉頭，用一連串英語交談彼此的不滿。他的父親是一個醫生，母親則是護士長，他們所說的流利的英語都充斥了繁複的醫藥名詞和消毒藥水濃烈的氣味。

（頁22～23）

　　不久家裏以訂購的報紙雜誌開銷太大，保留英文的，取消了訂閱的華文報紙，阿爺放聲大哭，驚動了鄰居。後來阿爺從垃圾桶裏撿舊報紙，看完了還收藏起來，這些舊報紙都是媽媽買菜時包過東西的髒紙。不久以後，父親就宣佈阿爺患上柏金遜症了，然後把他送去老人院。

　　受華文教育的阿爺被從西方學醫學回來、受英文教育的兒子宣佈得了柏金遜症，正說明馬來西亞華人社會的後殖民現象。當英國殖民教育政策發揮其殖民思想時，把華人的民族思想抹掉，華人自己也會認同殖民者，去否定華文文化及其傳統的價值。小說中的爸爸很顯然是殖民與後殖民時期長大的華人，西方優越感代替了中華文明。

　　說阿爺患上柏金遜症，或是患上老人癡呆症，是暗指華文及其文化傳統已經老化，在今天世界社會裏再也沒有其實用價值。阿爺在垃圾堆撿東西也等於說，只懂華文的人最後會變成撿破爛的，因為在英殖民與後殖民時代的新馬社會，只懂華文的人是找不到工作的，最後只能做最低下層的工作。所以父母堅持不要阿爺教孩子認識華文，「免得染上了翻找垃圾桶收集舊報紙的古怪癖好」。

三、「爸爸說要把木瓜樹砍了」

　　阿爺被送進老人院之前種的那棵木瓜樹，當它開花時，被受英文教育的父母認為是不吉祥的象徵，因此下令把它砍掉。

在馬來西亞鄉下，木瓜樹如果開長條的花，那是被認為是雄性，不結果實，而且有邪怪的徵兆，通常會被砍掉。受過華文教育、讀華文書的華人，在英國殖民時期，曾經一度被認為是左派危險分子，甚至是共產黨，只有單一受英文教育者，才會被殖民政府接納。在日本佔領時期，華校生也被日本軍人趕盡殺絕，懂得華語的人都是抗日分子。

從社會的地位到思想意識，華校生在新馬英國殖民與後殖民社會都是帶有邪怪的令人害怕的異種，當今天的少年人聽說要把木瓜樹砍掉，是難以理解的。這孩子是在多元文化社會長大的新一代，對很多家裏或社會發生的事都不能理解。

四、「父親把阿爺送到老人院⋯⋯」

只受過英文教育的第三代移民兒子（已經是爸爸了），把受中文教育的父親（阿爺）送進老人院，也給我們送來許多被壓抑的、被遺忘的華社共同回憶，說盡了英國殖民主義與後殖民主義把華文教育者加上各種罪名，然後加以消滅。《微型黎紫書》裏的許多小說，同時出現爸爸媽媽那一代的人要把老人送進養老院。〈兩難〉中的夫妻在考慮把母親送進老人院，妻子說：「不如把她送到老人院吧。」〈血〉中的爸爸被兩個兒子遺棄在鄉下木板屋裏，那木屋棟樑被白蟻蛀壞了，屋頂又漏水，快要倒塌了，他最後病死也沒人知道。〈菊花〉中的女兒也說：「看來，是時候為母親物色老人院了。」〈懲罰〉中的夫妻狠心的把嬤嬤送去養老院，結果學校在家長日，「他」（少年）家沒人參加。少年的父母對家長日並不重視，這種華

文學校的傳統活動，在當時的英文學校是沒有的，所以他們故意不出席。

五、「縱使他百思莫解，但爸爸還是把阿爺送進了老人院」

〈阿爺〉與〈懲罰〉中的爺爺與婆婆被爸爸媽媽送進老人院裏，都是通過少年的眼睛看見，這說明這種後殖民狀況逐漸在變化。目前新一代的馬來西亞華人，尤其年輕的，受到多元文化思潮的衝擊與影響，愈來愈敢擁抱自己的民族文化傳統，所以他們都無從瞭解為甚麼父母要把老人送去老人院。以新馬的殖民與後殖民的壯況來說，青少年的父母那一代最受殖民主義西方中心論的影響。今天開始進入沒有國界的時代，連前殖民地的國家也開始放棄各民族要融進大熔爐的理論與政策。

六、父親的遺產：一疊未寄出的華文信件

在〈父親的遺產〉中，敘事者「我」年紀比較大，應該是父親輩了。他的父親（爺爺輩了）去世前一晚，剪下一則華文報有關華校籌款的新聞，不斷搖頭歎息，打算明天拿錢去捐給那間華文學校。入睡後便不再醒來。他生前捐錢給華文學校，幾乎捐成了怪癖，銀行的存款，賣了爺爺留下的橡膠園的錢，都全捐出去了。他一生勞碌，省吃省用，為什麼把錢全捐給華校？他兒子認為那是一種報復。因為當年兒子堅持要報讀英

校，使父親非常生氣與傷心。父親死時，他給受英文教育的兒子留下一份遺產，那是一盒寫給兒子的華文信，因為兒子讀不懂，信始終沒有寄出。這隱喻他對華文教育的堅持，始終沒有放棄希望下一代接受華文教育的願望。

《微型黎紫書》小說裏的祖父輩留下的遺產，不是橡膠園就是舊華文報紙，或是華文信，黎紫書給人的暗示，大概是最早一輩的華人都是勤勞、重視華文教育的一代。所以逝世前不是教授小孩讀華文就是給華校捐款。他們最大的心願就是下一代都能讀懂華文，繼承華文文化的傳統。即使像嬤嬤那樣老，她也出席學校的家長會，表示重視下一代的教育。在〈女王回到城堡〉中，母親（已經是祖母輩了）把女兒小時的洋娃娃從橡膠園的木屋帶到城裏的新家，以為她會非常珍惜，想不到女兒要把它當作垃圾丟掉。當時家裏窮，女兒哭鬧了幾天，爸爸才肯買。這是窮人家最好的、最值得珍惜的回憶與經驗，想不到女兒會把它當作垃圾丟掉，把它從記憶中抹掉。

但是現在身為父母的大約中年的華人，他們追求什麼？什麼東西最有價值？他們的遺產是什麼？〈阿爺的木瓜樹〉的父母怕阿爺得了癡呆症，「以後會為家裡帶來許多麻煩」。他們要的是安靜與享受。〈兩難〉裏的夫妻，不滿母親搬進來同住，因為夫妻「不能一起進那唯一的浴室裡洗鴛鴦浴了」。〈生人快樂〉的夫妻，沒時間照顧孩子，主要是尋找機會與異性「光著身子扭打」。〈女王回到城堡〉的女兒，她要追求的是新東西、時髦的享受。

七、「鄉下的老屋子在一場風雨中倒塌了」

　　《微型黎紫書》中有關華人文化傳統危機的小說，多數故事背景是由馬來西亞鄉下發展到城市。 鄉下的屋子多數在熱帶暴風中，在白蟻的侵蝕中，慢慢的倒塌了。這些座落在橡膠林的木屋，是第一代華人在馬來西亞土地上落地生根的基地。它們的倒塌，正象徵老一代華人文化傳統的消失。幸好〈女王回到城堡〉裏的老媽媽從橡膠林的木屋來到城裏投靠女兒，她大包小包的行李，被女兒當成垃圾，把它扔掉，怕被別人看成撿破爛的。其實那些都是鄉下難忘的回憶，比如那只洋娃娃，是女兒哭鬧很多次，才肯花錢買的。被女兒拒絕後，老媽媽（已是婆婆了）堅強的回到橡膠園深處的木屋裏。這暗示還有人在堅守第一代移民帶來的華文文化傳統，那是節儉、勤勞、樸實、生活淡泊的好傳統。

八、魔幻的熱帶雨水下個不停

　　在馬奎斯（Garcia Marquez）用魔幻寫實的手法創作的《百年孤寂》（*One Hundred Years of Solitude*），描寫南美加勒比沿岸小城馬貢多的一個家族，他們的樓房與布恩蒂亞家族最後一代都被白螞蟻吃掉，那裏的大雨，一下就是四年十一個月零二天，我閱讀黎紫書小說的時候，總是感覺到她的小說充滿了馬奎斯魔幻的螞蟻與熱帶雨水。[5]〈血〉中的木屋，「樑子快要

讓白蟻蝕朽了，屋頂漏水」。〈阿爺的木瓜樹〉從小雨開始到
大雨結束：

> 他聽到水珠打在木瓜葉上的清脆聲響。（頁21）
> 滂沱大雨，一朵木瓜花飄然墜下。（頁26）

　　整篇小說情節隨著雨聲的節奏而變化與發展，最後雷聲隆
隆，狂風暴雨便開始了，因為爸爸已決定把木瓜樹砍掉。〈兩
難〉的老媽，所以投靠兒子，因為「鄉下的老屋在一場風雨中
倒塌了」。〈血〉中的木屋是「經過多年風雨」而傾斜倒塌。
〈在雨中〉的雨水暗喻死亡，製造了最可怕的魔幻場景。熱帶
的雨水就像不快樂的、感傷的女人的一生（〈這一生〉），在每
一個季節的人生中，那熱帶雨水都沒有停過。〈送行〉的女子
在雨中答應明天去飛機場送男朋友，晚上雨停止下了，但是當
她騎上電單車上路，雨又下起來，車禍便發生了。在〈動情三
十五〉中，雨水也帶來遺憾與惆悵。一個三十五歲的女人，等
了三十五年，在雨中才遇到自己喜歡的男人，但雨水使她更悶
悶不樂。
　　《微型黎紫書》裏的小說讀了令人心情沈重，因為熱帶的
暴雨總是下個不停。

注 釋

[1] 我的簡評，見〈最後的後殖民文學：黎紫書的小說小論〉，《華文後殖
　　民文學》（臺北：文史哲出版社，2001年；上海：學林出版社，2001
　　年），頁225～226；頁197～198。

[2] 黎紫書《微型黎紫書》（吉隆坡：學而出版社，1999年）；《天國之

門》（臺北：麥田出版社，1999年）；《山瘟》（臺北：麥田出版社，2000年），有王德威與潘雨桐的序。最近黃美儀發表〈黎紫書與李永平文字花園中的後殖民景觀〉，見《人文雜誌》2002年3月號，頁79～89。

3 關於李天葆第一部小說集《桃紅千秋記》，參考徐舒虹〈半山芭監獄與蓬萊旅店——解讀阿商與桃紅努力洗刷世界的神話〉，見《馬華文學的新解讀》（吉隆坡：馬來西亞留台同學會，1999年），頁306～312。

4 黃錦樹等編《馬華當代小說選》（臺北：九歌出版社，1998年）與黃孟文主編《新加坡當代小說精選》（瀋陽：瀋陽出版社，1999年），分別選錄了代表新馬兩國新一代華文小說家的作品。

5 Garcia Marquez, *One Hundred Years of Solitude* (London: Penguin, 1973)。西班牙原文 首次在1967年出版。作者1982年獲頒諾貝爾文學獎。中譯本有：楊耐冬譯《百年孤寂》（臺北：志文出版社，1984年）；黃錦炎等譯《百年孤寂》（杭州：浙江文藝出版社，1991年）。

《華人傳統》被英文老師
沒收以後
—— 希尼爾微型小説解讀

「我的《華人傳統》就毀在他手上」

　　希尼爾的小説，就像他的詩，是表現新加坡的土地與文化傳統在急速變化中，新加坡人所遭受到連根被拔起的困境。

　　「我的《華人傳統》就毀在他手上」是一位小孩説的一句話。説者無意，聽者有心，尤其在九十年代，引起我們受華文教育者的心靈極大的震撼，很有象徵意義。希尼爾在〈舅公呀呸〉裏，描寫「我」（一個叫符家興的小孩），有一天中午在萊佛士城內被舅公拉去參觀「華族傳統展覽」，他對傳統炒咖啡的工具與方法，「光緒六年」這些玩意一無所知，舅公就買了一本《華人傳統》畫冊給他：「有空拿來慢慢看，你貧乏得可憐。」趕回學校，下午的英文輔導課早已開始，「我」偷偷溜進課室，後來發現今天長文縮短習作他原先已做完，反而閑著無事，便拿了《華人傳統》畫冊來翻看。後來被老師金毛獅王發現，不但「《華人傳統》就毀在他手上」，還捉去見奧格斯汀陳主任，「與以往朝見他的同學一樣，例常地簽了名，罪名是

上課時間閱讀不良刊物，還要見家長」。過後「我」心慌慌的回去告訴舅公，他嗆咳一陣，安慰說：「沒關係的，你只不過丟失一本書罷了。」並且再補充一句：「他們都丟失了一個傳統。」

這一篇一千多字的小說，充滿濃縮的象徵性的語言。「我」的名字叫符家興，華人社會以家庭為重點，注重兒女的教養，更督促他成就，「我」的舅公帶外曾甥看文物展，喜歡喝用手炒的咖啡，表示這家人注重保存傳統，帶外曾甥看傳統文物展，買傳統文物畫冊給他看，表示努力把華族傳統傳達給下一代。而那個展覽地點設在現代化的購物中心萊佛士城內，又象徵現代化的新加坡還是努力想把華族文物流傳與發揚。但是事實不得不叫人憂心。學校裏的英文教師金毛獅王與主任密斯特奧格斯汀成，名字與職稱本身不但代表英文教育者，他們沒收且毀掉《華人傳統》畫冊，再加罪名。「閱讀不良刊物」，這些人正是象徵新加坡華人中想毀滅華族文化的人，他們對華族文化由於無知，因此充滿偏見。作者對華族文化並不樂觀，因為當「我」在看傳統展覽時，其他同學都不感興趣。催他快點回校上英文輔導課。這批同學也正是暗喻目前年輕一代的新加坡華人，怎不叫人悲觀？

〈舅公呀呸〉中的「我」也許就是〈寶劍生銹〉中的「我」。那時大概過了幾年，在中學時代了。他曾經在校慶時上台演「荊軻刺秦王」。「我」到表叔的汽車廠，製造了一把鐵的寶劍與匕首，而且還把它電鍍。過了幾年，當「我」在校慶日返校，想再一睹那年演戲時用過的寶劍，因為它用後高掛在教員休息室的牆，想不到寶劍不見了，取代的是一幅現代畫。「我」還安慰自己說，大概被同學鑲起來，掛在新校舍，後來

他驚訝發現那寶劍被丟棄在垃圾堆裏,那劍鋒已開始銹蝕了。「我」當年校慶時演「荊軻刺秦王」代表當年學校還在提倡優良的華人文化傳統,寶劍在中華文化中,一向代表高節,浩然之氣、正義、道德感。可是現在的學校以英文教育為主的人掌管大權以後,忽視華文傳統文化,電鍍的寶劍本不易生銹,可是完全沒保管,最終便被拋棄在垃圾堆裏。這是極大的諷刺!而現在學校教員休息室裏取代寶劍,竟是一幅西洋現代畫。作者通過平凡的一段回憶,一把劍一幅畫,找到最佳的「客觀投影」(Objective Correlative)。艾略特說,在文學作品中唯一表達作者感情思想的途徑,是尋找「客觀投影」,而這所謂「客觀投影」是指能恰當巧妙地通過象徵來表達思想的一些外在的事件或物件。[1]因此同學演「荊軻刺秦王」便代表當年學校還提倡發揚中華文化,現在寶劍生銹,是象徵中華文化受到漠視,而被學校當局拋棄。現代畫則代表目前學校以英文教育與西方文化為掛帥。

希尼爾〈舅公呀吪〉和〈寶劍生銹〉中的我,小時候就是〈鴨子情〉中的小達,自小跟婆婆住在鄉下,睡房外就是鴨寮,後來搬到組屋,住不慣,因為他要聽著鴨子叫,才肯入睡。「我」似乎也是〈咖啡小傳〉中的「他」,父親與舅舅當年不把傳統咖啡店改裝成現代咖啡屋,是怕他成為第一代的麥當勞少年。因為這個「我」(有時也以「他」出現),自小在婆婆、舅公、舅父(代表老一代有傳統文化的人)的培育之下長大,因此長大後他比較有華族文化傳統,〈五香腐乳〉、〈遠航的感覺〉及〈三十里路中國餐〉的主角,比一般人略懂孝順和文物。不過這樣的一個人是寂寞的,他的同類並不多了。而那些維護和發揚中華文化傳統的老前輩,都已垂垂老矣。

「老爸躺在床上想回去老家」

　　在〈布拉崗馬地〉那篇小說中，「我」的爸爸已垂死床上，一聽說以前故居的小島要重建房屋，他就向兒子吵著要搬回去。他始終住不慣高聳的組屋。「我早就說過不要搬的，那些地方多清涼，多自由……」，過了中秋，老爸逝世了，「我」和兄弟等人帶他回去（「忘了替他買船票」），把骨灰撒在故居的土地上。小說中的老爸不但是一個對土地有濃厚感情的人，擁抱過去，他只能接受舊名稱布拉崗馬地島，不能接受更新潮好聽的聖淘沙島，因為布拉崗馬地擁有歷史：如日本兵殺死許多人，英軍大炮艦撞上岸、龍牙門，更重要，它「清涼」又「自由」。因此老爸不但是一個對故居有感情的人而已，更重要他擁抱歷史傳統。在〈讓我回到老地方〉的老爸失蹤了。他從「四面牆內面對一架電視機」的囚犯似的生活逃回老人院。在公園裏談論蔡鍔將軍與小鳳仙的風流韻事，才能使他快樂。〈青青厝邊〉中的叔公，一聽說火城的青青厝還保留完好，便頻頻在追問：「我們是不是可以搬回去住？」他不能接受勞明達或火城，他心中只承認加冷及其過去的土地面貌。

　　希尼爾小說中的人物，由二批人組成。除了上面的青少年，多數是上了年紀的老人，老爸、婆婆、外公、祖父、舅公、舅舅、外婆，他們不但代表老一輩的新加坡人，實際上也是華族文化、儒家思想價值觀念的象徵。因此作者安排舅公帶外曾甥符家興去看華人傳統展覽，要他認識華人傳統文物，〈咖啡小傳〉中的舅舅不把店現代化，怕他成為第一代的麥當

勞少年。可是這些人在失去的生活方式之後，雖然力挽狂瀾，困境是沒有辦法突破的。

大象、老鼠、蟑螂都失去了鄉土

在希尼爾的小說中，小孩為失去鴨叫聲而不能入眠，《華族傳統》被老師沒收毀掉，青年人發現掛在母校教員休息室心愛的寶劍已生銹，被老師拋棄在垃圾堆裏，取而代之的是一幅西洋現代畫。老人都是在失去過去的鄉村生活而悒悒不樂，逝世前吵著要回返故土。從整體來看，他小說中的華人則因擔心失去華族傳統而憂心忡忡。不但人類因失去鄉土而感到困苦，連大象、老鼠、蟑螂也面臨這種困境。

在〈生命裡難以承受的重〉那篇小說中，一群大象發現長堤海峽的西岸，大自然都給破壞了，他們將失去深廣的林野，開始要逃亡。在〈關於鼠族聚居吊橋小販中心的幾點澄清〉和〈如何計劃一次報復行動〉中，老鼠與蟑螂因為新加坡日愈現代化，不但沒有生存之地，大有絕種的危機。為了起死回生，老鼠曾聯合蟑螂向人類採取一次報復的行動。

由此可見希尼爾筆下的新加坡華人，從整體小說的完整性來看，他要表達的意義，並不止於華人傳統與舊式鄉村生活的消失，他的最終意義是從鄉土出發，從新加坡這個小島出發，去表現全人類，全地球所面臨的困境與危險！因為在急速現代化的發展中，全人類都因物質主義而喪失精神文化。大象所看見大自然之毀滅，不正是地球之危機嗎？

所以希尼爾的小說表面是能從本土出發，不管是從聖淘

沙、加冷,還是德光島,它的最終意義是全世界、全地球的,他的小說所概括的層面,絕不止於華人的文化傳統困境,它同時表達全人類所面臨的文化危機。

在新加坡鄉土紮根的小說

中國新文學運動後,由魯迅首先創作,鄉土小說到了二十年代蔚然成風。在魯迅、許傑、王魯彥、彭家煌、臺靜農,從中國引進的小說形式,終於在中國本地的土壤中紮根。因此現在研究中國二十年代小說的學者,都說鄉土小說不但使現代中文小說中國化,也是開始進入成熟時期。因1917年新文學革命後,大家試驗創作的小說,從外國移植進來後,許多作家往往無法克服「思想性大於形象」的偏差,無法避免概念化的毛病。[2]魯迅曾經對於《新潮》作者群(包括汪敬熙、羅家倫、葉紹鈞等)作過這樣的批評:

> 自然,技術是幼稚的,往往留存著舊小說上的寫法在情調;而且平鋪直敘,一瀉無餘;或者過於巧合,在一剎時中,在一個人上,會聚集了一切難堪的不幸。[3]

魯迅所說「過於巧合」與「在一個人上,會聚集了一切難堪的不幸」是寫實主義最概念化的地方。魯迅等人的作品,因為出發點不是高喊要反映社會,表現時代,只是從自己長大的鄉土,從自我最熟悉的生活經驗出發,則語言更具個性化,所表現的現實則又更平實自然。

　　現在回過頭看希尼爾的鄉土小說，他就像二十年代的中國作家，當他創作小說時，《華人傳統》被英文老師沒收撕毀的事實早已發生，教師休息室牆上掛著的荊軻刺秦王的寶劍早已生銹且被拋棄，取代它的是一幅現代畫，鄉村故居也已被政府徵用，人們早就住進高聳的組屋裏。希尼爾不但已是城市人，而且在跨國機構受訓服務。當他寫這些小說時，他的觀點是世界的，全人類的，雖然他的題材是新加坡的鄉土的。這種美學距離，使它冷靜，讓現代意識與真切的生活感受結合起來。他的這些小說，簡直就是風俗畫，圖案簡單，但內涵豐富生動，讀了使人有深刻的印象。

　　希尼爾的鄉土小說促進了新加坡寫實小說的深刻化和本土化。他小說中的事件，擺脫了戲劇腔善則盡善、惡則盡惡的誇張俗套。

在微型小說結構中複雜的小說世界

　　如果說希尼爾小說中的鄉土成分促使寫實主義深刻化，那麼小小說或微型小說的結構則給小說帶來藝術上的成熟。

　　微型小說講究機智地推理地把一人生細節的事件，通過極簡練的文字表達出來。這一套結構，落在目前新一代的小說家手中，如張揮[4]和希尼爾，便把小說約束成言有盡而意無窮的一種文字藝術，換句話說，它就濃縮成唐詩那樣簡練藝術。讀希尼爾的小說，一句對話、一個名稱、一種物件，都具有象外之象，言外之意的特殊效果。譬如〈退刀記〉，一位老太太買了一把刀，有一天突然回去退刀，她說這刀太陰冷，以前被用

來殺了人。店員說這是牌子最新款,全新的,拒絕退貨,後來店員追問殺人事件在那裏發生,她說:「南京」,店員還以為是指南京街。後來把店裏的刀拿來細看一下,上面寫著:「日本製造」。希尼爾並不把小說停止和局限於推理與情趣裏,他超越微型小說的功能,從偵探小說的懸疑趣味,進入探討人類共同對戰爭殘酷的恐懼感。前面提過的寶劍、《華人傳統》畫冊、老爸的失蹤、老爸骨灰撒在聖淘沙的土地上,這些象徵性的細節,一落入希尼爾手中,便出神入化的把許多複雜深入的現代社會的種種困境表現出來。

希尼爾的微型小說,每篇只有一千多字,可是他的語言與情節結構所造成的小說世界是如此複雜和迷人,使人完全忘記這是一本微型小說集。

把現代詩的藝術技巧帶進了小說

希尼爾在1989年出版第一本詩集《綁架歲月》時,我曾以〈一本植根於文化鄉土的詩集〉為題,簡單的討論了他的詩作。我指出:

> 讀希尼爾的詩,由於作品都是植根於新加坡的土地與文化傳統上,我處處都感覺到被連根拔起的悲痛,被連根拔起後之恐懼感。[5]

另外我又說:

希尼爾同樣探索了兩個自我，一個屬於過去，一個屬於
現在，因此這部詩集，很有深度地反映了新加坡的土地
的變遷，歷史文化傳統的考驗，以及廣大人民的內心世
界。[6]

現在希尼爾第一部小說集所表現的幾乎是同一的主題。我在前
面說過，那些老爸、外公、舅公、五香腐乳、青青厝、寶劍、
日本製造的刀便是屬於過去，而那些《華族傳統》畫冊，校慶
日回返，母校的學生便是現在。只是小說比詩歌更能提供更多
生活細節，更具體、更廣面的去表現新加坡的種種困境。因此
這一部小說集，能補充許多詩歌藝術不能涵蓋的層面。如果我
們把希尼爾的第一部詩集和這部小說集一道讀，則更能看出作
者如何完整、有深度的去表現新加坡土地的變遷、歷史文化傳
統的考驗，以及廣大人民的內心困境。他從鄉土出發，其最後
意義還是世界性的。

希尼爾的小說與詩歌相似之處，不止於所探討的主題內
容，其實希尼爾相當創新的在這些小說中試驗性地用現代詩的
藝術技巧來寫作。我在上面說過，希尼爾善於運用「客觀投影」
的現代詩技巧，把感情通過外在的事件，物品表現出來。老婦
人在〈退刀記〉中，只要求退一把日本製造的刀，「他」在
〈寶劍生銹〉中回母校，發現當年演荊軻刺秦王的寶劍，原來
掛在教員休息室，如今已被一幅畫取代。整篇小說主要的震撼
力，就靠這些客觀投影爆炸出來。前者只通過刻印上日本製造
的、閃閃發光的刀鋒，使人喚起戰爭的可怕，後者以一把寶劍
象徵了中華文化中的德智育行的精神。所以讀希尼爾的微型小
說，簡直就是在讀象徵詩，簡單多義性的語言，包涵著複雜的

象徵，在〈橫田少佐〉中，我的祖父與日本遊客的「祖父」就代表殘酷的戰爭及其受苦受難的兩個層面。

讀希尼爾的微型小說，重要的不是尋找懸疑之後出現的謎底，那一點點的驚訝，而是那一大片。讓我們去思考、去聯想的空間。因為我們讀的不是一則故事，而是一首詩。

從小孩到大人、從鄉土到都市、從新加坡到世界。

這本微型小說的其中一個焦點，落在青少年身上，像〈鴨子情〉、〈五香腐乳〉、〈劣者〉、〈告訴我行嗎？〉、〈飛鏢、又見飛鏢〉等，這是一群生長在城市化前後的孩子，他單純，很鄉土，像〈鴨子情〉中的小達，需要聽著鴨叫入眠，〈抉擇〉中的李有財決定不讀書，去幫忙爸爸做小販。這一批青少年都是在老爸、外公、祖父、舅公、外婆的照顧下長大的，因為這些老人都是中華文化傳統的化身，因此這批青少年長大後，還稍微有一點點華族意識，懂得孝順老爸，不要讓他住在養老院（〈讓我回到老地方〉），去探望外婆（〈五香腐乳〉），也還愛演刺激壞人的戲。

可是當鄉村變化成都市，年青人長大後，也戰勝不了現代社會的歪風，儘管兒子孝順，老爸不愛與兒媳同住在組屋裏，兒子長大後，也鬧離婚（〈一件小事〉），女兒長大後怕朋友知道媽媽貧窮（〈金花〉），在〈傷心海岸〉、〈流動晚餐〉、〈這一胎，有得扣嗎？〉等作品，我不但發現作者在表現新加坡現代化之變，新加坡人的困境，而且開始拓展了所謂都市小說了。

當我讀希尼爾的小說，最令人驚訝的，就是發現這約六十

篇小說,它們互相之間,發展且形成一種新的秩序。那些長
輩,舅公、舅舅、外公,似乎一個家族的人,在那群青少年人
中,小時候要聽鴨叫才能入眠的小孩,長大後似乎就是演荊軻
刺秦王的青年人,出國後,到三十里外吃中國餐的旅行者好像
也是同一人。其實有才華的作家,他們的作品雖然是陸續在一
生中寫出來,但每篇作品間,都有一種秩序與關連,這樣才能
產生作品細膩獨特的小說世界。中國的魯迅通過二十五篇小
說,把魯鎮建立了起來,現在它代表了中國的舊社會。我們似
乎可以看出,希尼爾正在朝向這一方面發展,正努力開拓和建
設自己的小說世界。

　　不過更可喜的,正如我在上面已提到,希尼爾雖然取材自
新加坡的鄉土,他的最終目的是都市,甚至世界。他所寫的鄉
村已變成大都市,小村鎮的木屋已變成組屋和摩天大樓,舊生
活與文化傳統都遭到極大的變化,在人類心靈上會有些什麼困
境?這不但是新加坡的現象,也是世界各國的現象,這不但是
新加坡人(特別是華人)的困境,也是全人類的危機。

(1991年10月肯特崗)

注 釋

1 艾略特最早提出這概念是在論述漢姆萊特及其問題,見T. S. Eliot
　 "Hamlet and His Problems", *The Sacred Wood: Essays on Poetry and Criticism*
　 (New York: Barnes & Noble, 1966), pp.95～103.

2 關於中國五四時期之鄉土小說,見嚴家炎《中國現代小說流派史》(北
　 京:人民文學出版社,1989年),頁29～76。

3 這是魯迅給《中國新文學大系》小說二集寫的導論,引自《中國新文
　 學大系導論選集》(香港:益群出版社,1978年),頁74。

4 張揮小說集共有三冊，《再見，老師》（新加坡：教育出版社，1976
年）、《45.45會議機密》（新加坡：新加坡作家協會，1990年）、《十
夢錄》（新加坡：新加坡作家協會，1972年），本人有論文討論張揮的
微型小說的成就，見〈門檻上的吸煙者——我讀張揮短篇小說集〉，
《十夢錄》（收入《十夢錄》作為序文）。

5 希尼爾《綁架歲月》（新加坡：七洋出版社，1989年），頁2。

6 同前註，頁16。

林幸謙的後散文

一、這是一個全球作家自我放逐與流亡的時代

　　這是一個全球作家自我放逐與流亡的大時代，多少作家移民到陌生與遙遠的土地。這些作家與鄉土，自我與真正家園的嚴重割裂，作家企圖擁抱本土文化傳統與域外文化或西方中心文化的衝擊，給今日世界文學製造了巨大的創造力。現代西方文化主要是流亡者、移民、難民的著作所構成。美國今天的學術、知識與美學界的思想所以如此，因為它是出自法西斯與共產主義的難民與其他政權異議分子。整個二十世紀的西方文學，簡直就是ET（extraterritorial）文學，這些邊緣文學作品的作家與主題都與流亡、難民、移民、放逐、邊緣人有關。這些外來人及其作品正象徵我們正處在一個難民的時代。今日的中文文學、華文文學或華人文學也多出自流亡者、自我放逐者、移民、難民之筆。[1]

　　所謂知識分子或作家之流亡，其流亡情境往往是隱喻性的。屬於一個國家社會的人，可以成為局外人（outsider）或局內人（insider），前者屬於精神上的流亡，後者屬於地理／

精神上的流亡。其實所有一流前衛的知識分子或作家，永遠都在流亡，不管身在國內或國外，因為知識分子原本就位居社會邊緣，遠離政治權力，置身於正統文化之外，這樣知識分子／作家便可以誠實的捍衛與批評社會，擁有令人歎為觀止的觀察力，遠在他人發現之前，他已覺察出潮流與問題。古往今來，流亡者都有跨文化與跨國族的視野。[2] 流亡作家可分成五類：(1)從殖民或鄉下地流亡到文化中心去寫作；(2)遠離自己的國土，但沒有放棄自己的語言，目前在北美與歐洲的華文作家便是這一類[3]；(3)失去國土與語言的作家，世界各國的華人英文作家越來越多；(4)華人散居族群，原殖民地移民及其代華文作家，東南亞最多這類作家；(5)身體與地理上沒有離開國土，但精神上他是異鄉人。高行健離開中國前便是這種作家。[4]

　　無論出於自身願意還是強逼，思想上的流亡還是真正流亡，不管是移民、華裔（離散族群）、流亡、難民、華僑，在政治或文化上有所同，他們都是置身邊緣，拒絕被同化。在思想上流亡的作家，他們生存在中間地帶（median state），永遠處在漂移狀態中，他們既拒絕認同新環境，又沒有完全與舊的切斷開，尷尬的困擾在半參與半游移狀態中。他們一方面懷舊傷感，另一方面又善於應變或成為被放逐的人。游移於局內人與局外人之間，他們焦慮不安、孤獨，四處探索，無所置身。這種流亡與邊緣的作家，就像漂泊不定的旅人或客人，愛感受新奇的。當邊緣作家看世界，他以過去的與目前互相參考比較，因此他不但不把問題孤立起來看，他有雙重的透視力（double perspective）。每種出現在新國家的景物，都會引起故國同樣景物的思考。因此任何思想與經驗都會用另一套來平衡思考，使新舊的都用另一種全新、難以意料的眼光來審視。[5]

二、永遠活在邊陲地帶的邊緣人

林幸謙是一位徹徹底底的邊緣人。他是中國人移民馬來西亞的第三代土生的華裔，在今天馬來西亞的政治制度下，他被狹窄的種族主義與政治權力歸類為非本土人的公民。我和林幸謙從小就讀華文學校，華校生在新馬社會，至今還是被認為是政治社會的邊緣人，不是主流。[6] 他雖然很幸運的進入馬來西亞最高學府馬來亞大學中文系獲得學士學位，後來又在臺灣政治大學及香港中文大學中文系獲得碩士與博士，但中文系就如在傳統社會或後殖民地裏，他如一位普遍受到歧視的女人。林幸謙因此用後殖民文學話語，與中文系進行了漫長的文化對話，這就是激發他寫出那一篇收集在《漂移國土》散文集中最傑出的後散文〈中文系情結〉（頁195～206）的邊緣思考。[7]

考進馬來亞大學讀書，而馬大是大馬國家培養菁英的大學，林幸謙照理已被納入中心，但是他拒絕走進中心，在〈豐滿三月‧前傳〉中他寫道：

> 獨居以離群為出發點。第二年的大學生活，我設法獨居在小山上的忘情小舍裡，有意疏離許多同學朋友，冷眼看著世紀末的男男女女在種族的地圖上摸索某種可以互相可以信賴的真理。（頁103）

林幸謙早在1987年他已深感在邊緣的孤獨：

生處在不同文化體系的人群之中，猶如一隻失群的鴻
雁，在邊緣、孤弱的向文化差異方逆飛（〈蒼涼〉，頁
137）。

　　林幸謙後來從馬來西亞到臺灣讀碩士，然後又到香港讀博
士，目前留在香港教書。「穿過邊緣的一種心境，跨過海峽，
如今我住在中國的邊境」，他依然感到生活在邊緣地帶，感到
「邊緣的寂寞」（〈盛年煙雲〉，頁182），而所寫的，都是邊陲
情結。（〈慶典背後〉，頁309）從南洋的邊緣，不管去到什麼
地方，他還是從「歷史邊緣滑向世界邊緣」。（〈香江浮華〉，
頁186）因為他生於邊陲，生活在流亡中，因此他稱自己是
「異客」，「海外邊緣人」。（〈生之尋〉，頁256）

三、邊緣性的散文、邊緣性的思考與視野

　　林幸謙生為邊緣人，他認識到他寫的散文的邊緣性。他
說：「在中國現代文學中，散文一向處於邊陲位置，在邊緣性
文類的陰影中搖擺不定。」（〈九十年代台灣散文現象與理論走
向〉）[8] 他的邊陲又用邊緣性文類書寫，「在中國的邊界寫書，
特別感到歷史和命運自有自身次序」。（〈生之尋〉，頁256）
因此他「試圖把地獄化為天堂」，「試圖解構被自己放逐的靈
魂」：

　　　　在書寫中，我試圖解構被自己放逐的靈魂，以及人生過
　　　程中所衍生的各種欲望。在亂夢如絲的盛年，寫下我身

為一個心靈盲者的匱乏。視覺盲者在黑暗中虛構長的手杖，而在邊陲區域，歷史和夢都成了我的手杖……力圖認清邊疆的世界。我試圖詮釋世界，世界也詮釋我……。（〈生之尋〉，頁257）

其實所有一流前衛的知識分子或作家，就如林幸謙，永遠都在流亡，不管身在國內或國外，因為知識分子原本就位居社會邊緣，遠離政治權力，置身於正統文化之外，這樣知識分子／作家便可以誠實的捍衛與批評社會，擁有令人歎為觀止的觀察力，遠在他人發現之前，他已覺察出潮流與問題。古往今來，流亡者都有跨文化與跨國族的視野由於放逐者、流亡者、移民、難民，都有跨文化、跨國族，所謂雙重的透視力。 細讀林幸謙這本散文，我發現他多元文化的思考、多種角度的視野，正如我上面所說過的，這就是林幸謙：

不管是移民、華裔（離散族群）、流亡、難民、華僑，在政治或文化上有所同，他們都是置身邊緣，拒絕被同化。在思想上流亡的作家，他們生存在中間地帶（median state），永遠處在漂移狀態中，他們即拒絕認同新環境，又沒有完全與舊的切斷開，尷尬的困擾在半參與半游移狀態中。他們一方面懷舊傷感，另一方面又善於應變或成為被放逐的人。游移於局內人與局外人之間，他們焦慮不安、孤獨、四處探索，無所置身。這種流亡與邊緣的作家，就像漂泊不定的旅人或客人，愛感受新奇的。當邊緣作家看世界，他以過去的與目前互相參考比較，因此他不但不把問題孤立起來看，他有雙重

的透視力（double perspective）。每種出現在新國家的景物，都會引起故國同樣景物的思考。因此任何思想與經驗都會用另一套來平衡思考，使到新舊的都用另一種全新，難以意料的眼光來審視。

在散文創作上，林幸謙以後散文理論與實驗性的作品，主張散文書寫模式跨越單一性的界限。本集中的散文從主題到技巧，都從單一跨入多元反複的結構。他的散文不斷從雨林故土出發，他經常重複這樣的句子：「重返釣河舊地」（〈蘆葦叢中的蝶人〉，頁64），「我再次回到鄉塔下的釣河北路」（〈歲月的疊影〉，頁61），最後漂泊在中國的邊境和異鄉小路上。這些地點說明他的離散族群、流亡、放逐的生活與思考。

在學術研究裏，林幸謙反復的從多元思考、多元文化、雙重透視歷來解讀文學問題。單篇論文如〈當代中國流亡詩人於是的流亡〉，專論有《生命情結的反思》中論述白先勇小說中放逐、鄉愁、文化憂思，《張愛玲論述》與《歷史、女性與性別政治》，都是邊緣下的學術思考。[9]

四、後散文的理論建構與書寫實驗

林幸謙這本散文集的意義不只是呈現從八十年代至今的創作成果，這些作品說明林幸謙不但在努力建構後散文的理論，同時他也在以實際的創作去實驗後散文書寫。林幸謙作為學者與作家的思索與開創後散文的道路，重新思考和重心給後散文的定義，將給散文作家試驗新寫法帶來很好的理論根據。

　　林幸謙的後散文理論，其中較重要者，他的學術論文〈九十年代臺灣散文思現象與理論走向〉中，有很重要的發揮。以臺灣九十年代以來散文創作的新走向來分析，林幸謙發現散文不斷的被作家加以詩歌化與小說化，結果造成敘述觀點的轉變與體式的轉變與擴大。散文作者更超越了以作者真是經驗為主要題材內容之外，表現更多虛構與想像成分。過去散文被囚禁在紀實、抒情、寫景、狀物、說理、表意等範疇，現在後散文結合現實生活經驗和虛構想像、怪誕或魔幻，讓散文在「現實、想象、意境、結構和敘述視角等領域佔有更大的空間」。另外本集中的散文，像〈生之尋〉（頁256～261）、〈異客〉（頁262～266），林幸謙以自己的散文書寫，說明書寫模式方面跨越了單一性的界限，在主題、技巧上突破單一性的結構，邁入多元反複的方向。我在上面已說明，他散文是「試圖解構被自己放逐的靈魂」。從個人的邊緣到海外華人的邊緣，再推廣到弱智人的邊緣世界，從文化政治邊緣到心靈邊緣，都在林幸謙的後散文書寫中。本集中的作品如〈漂泊七月〉（頁41～51）、〈男人的忠誠〉（頁207～222）、〈中文系情結〉（頁195～206），還有與弱智者的對話的書寫如〈月光倒影〉（頁231～234）、〈分裂的語言〉（頁235～237）、〈人生和雨聲〉（頁238～240）〈童話的剪影〉（頁273～276）、〈智障者〉（頁277～279）、〈寓言〉（頁280～283）、〈貢品圖騰〉（頁284～286），都是散文新品種的後散文。用林幸謙自己的話，「此書在形式上即都是一種別於傳統的，而試圖從新的視角把以前的作品依小題重新打散，重新組識為新的整體——這也是我試圖以新的後散文形式出版的一個構想」。（給我的信）他在這些散文中，將傳統散文的敘述者／作者身分轉換成第三者

的視角，文中的敘述者「我」偏離了作者真實的「我」之主
體，因而敘述者在文中能穿梭在不同的物理與心靈的時空之
間。

五、後散文的模式與典範

　　這是一本後散文集，它給後散文的寫作提供一種模式與典
範。像上面所舉的例子，如〈中文系情結〉還有與弱智者對話
的書寫，因主題素材的需要，可打破散文作者和敘述的陳舊關
係。因此敘述觀點不只局限於第一人稱上。由於敘述觀點的改
變，散文主體性也跟著改變了。

　　在這本後散文集中，作者把作品根據書名《漂移國土》分
成〈漂〉、〈移〉、〈國〉、〈土〉四部分。這說明作者對各篇
散文也有嚴密的藝術構思。〈漂〉與〈移〉以大馬漂泊的華裔
青年回歸熱帶雨林，回返大馬東岸的故居，開始感受到華人政
治疏離、邊緣的弱勢、華文文化沒落。到了第三及第四集，
他已住在中國的國土邊緣，但卻回歸不了國土，更感到邊緣人
的寂寞。邊緣人就如弱智者，以自己的方式活著，「世界永遠
和我保持某種陌生的文化差距」。在這樣的結構下，林幸謙便
可以利用散文中的敘述觀點多元的轉換，後散文的書寫模式和
表現空間便有了更大的可能性。

　　林幸謙在那論文結束時說：

　　　　散文的變革與創新，不論在體式類型，敘述觀點，書寫
　　　　模式乃至意象系統各方面，相信將在新世紀裡結出更為

成熟的果子。

其實林幸謙這本散文集，就是這種後散文成熟的果子。

注 釋

1 Edward Said, "Reflection on Exile," in Russell Ferguson and others, eds.; *Out There: Marginalisation and Contemporary Cultures* (Cambridge, MA: MIT Press, 1990), pp357～366.

2 Edward Said, "Intellectual Exile: Expatriates and Marginals," in Moustafa Bayoumi and Andrew Rubin, eds., *The Edward Said Reader* (New York: Vintage Books, 2000), p.371.

3 林幸謙〈當代中國流亡詩人與詩的流亡：海外流放詩體的一種閱讀〉，《中外文學》30卷1期（2001年6月），頁33～64。

4 這種分類見 Meenakshi Mukherjee, "The Exile of the Mind" in Bruce Bennett and others, eds., *A Sense of Exile* (Nedlands, Australia: The Center for Studies in Australian Literature, University of Western Australia, 1988), pp.7～14.

5 Edward Said, "Intellectual Exile: Expatriates and Marginals," *op cit,* pp.378～379.

6 我在〈馬華傳統文化患上老人癡呆症：黎紫書的微型華族文化危機意識〉有論及新馬華校生的社會困境，此文發表於2002年第四屆世界華文微型小說研討會。

7 本文論述中所引各篇，見林幸謙《漂移國土》（吉隆坡：學而出版社，2003年）。

8 林幸謙〈九十年代臺灣散文現象與理論走向〉，《文藝理論研究》，第5期（1997年9月），頁72。

9 林幸謙《生命情節的反思》（臺北：麥田出版社，1994年）；《重讀
張愛玲：歷史、女性、與性別政治》（臺北：麥田出版社，2000
年）；《張愛玲論述》（臺北：洪業文化出版公司，2000年）。

國家圖書館出版品預行編目資料

越界跨國文學解讀 ／王潤華著. -- 初版. --

臺北市：萬卷樓, 2004[民 93]

面； 公分

ISBN 957－739－469－8(平裝)

1.中國文學－現代(1900－)－評論

820.908 93001227

越界跨國文學解讀

著 者：王潤華
發 行 人：楊愛民
出 版 者：萬卷樓圖書股份有限公司
　　　　　臺北市羅斯福路二段 41 號 6 樓之 3
　　　　　電話(02)23216565・23952992
　　　　　傳真(02)23944113
　　　　　劃撥帳號 15624015
出版登記證：新聞局局版臺業字第 5655 號
網 址：http://www.wanjuan.com.tw
E－mail ：wanjuan@tpts5.seed.net.tw
經 銷 代 理：紅螞蟻圖書有限公司
　　　　　臺北市內湖區舊宗路二段 121 巷 28 號 4F
　　　　　電話(02)27953656(代表號)　傳真(02)27954100
E－mail ：red0511@ms51.hinet.net
承 印 廠 商：晟齊實業有限公司
定 價：480 元
出 版 日 期：2004 年 2 月初版

ISBN 957－739－469－8